U0091035

古典文學研究輯刊

十一編

曾永義 主編

第14冊

近代文學與學術史觀（中）

左鵬軍 著

國家圖書館出版品預行編目資料

近代文學與學術史觀（中）／左鵬軍 著 — 初版 — 新北市：
花木蘭文化出版社，2015〔民 104〕
目 2+210 面；19×26 公分
（古典文學研究輯刊 十一編；第 14 冊）
ISBN 978-986-404-120-6（精裝）
1. 中國文學史 2. 近代文學 3. 文學評論
820.8　　103027548

古典文學研究輯刊
十一編　第十四冊　　ISBN：978-986-404-120-6

近代文學與學術史觀（中）

作　　者　左鵬軍
主　　編　曾永義
總 編 輯　杜潔祥
副總編輯　楊嘉樂
編　　輯　許郁翎
出　　版　花木蘭文化出版社
社　　長　高小娟
聯絡地址　235 新北市中和區中安街七二號十三樓
　　　　　電話：02-2923-1455／傳眞：02-2923-1452
網　　址　http://www.huamulan.tw 信箱 hml 810518@gmail.com
印　　刷　普羅文化出版廣告事業
初　　版　2015 年 3 月
定　　價　十一編 29 冊（精裝）台幣 52,000 元

近代文學與學術史觀（中）

左鵬軍　著

目次

上冊

中冊

中　輯

文學與文體

龔自珍「尊情」三層面說

「情」是經常出現在龔自珍筆下的一個字眼，「尊情」是龔自珍的一貫思想主張。時賢對此曾予以相當的注意和較多的研究。王元化先生曾指出：「總的說來，『情』就是反封建束縛要求個性解放的『自我』。無疑地，這個『自我』是唯心主義的，但它反映了資產階級思想萌芽。它有些近似費希特的『自我意識』。費希特的『自我意識』是他的浪漫主義唯心論的核心。它發展到到後來演變成為主觀唯心主義的反動哲學思潮，在今天是必須加以徹底批判的。」〔註1〕此論可以代表此前關於龔自珍「尊情」思想的研究水平和基本評價。但是，對龔自珍所尊之「情」內涵的理解和把握，學界或語焉不詳，未能進行深入具體的分析，或齟齬枘鑿，未能取得比較一致的認識。

本文擬根據現存龔自珍本人的著述及相關材料，對龔自珍「尊情」問題作一新的探討，試圖揭示其思想內涵及其與龔自珍文學創作、哲學觀念、學術思想的關係，並從這一角度認識「尊情」思想的文學史意義和時代意義。為了敘述的方便，筆者依據龔自珍論及「尊情」文字的思想內涵與涉及的主要方面，將其所「尊」之「情」作如下三個層面的切分：生理心理層面；社會政治層面；哲學文化層面。茲請一一述之。

一、生理心理層面的情

在許多中國傳統著述當中，似乎有這樣一種習慣，不大喜歡在討論或研究某一問題之初，進行嚴格的範疇設定，也往往沒有下定義的傳統。龔自珍

〔註1〕王元化《龔自珍思想筆談》，《文學沉思錄》，上海：上海文藝出版社1983年版，第194頁。

雖說一貫張揚「尊情」，但是在他的思想意識中，「情」不是一個輪廓清晰的邏輯概念，他也從未爲之下一個明確的定義。而主要是在生命衝動、自我意識驅動之下的一種心理情境，一種情感狀態，一種生命體驗。他經常把「情」描繪得撲朔迷離，亦幻亦眞，因之也就賦予「情」複雜性、包容性的特徵，甚至帶有幾分玄妙的色彩。因此，理解龔自珍的「情」，重要的不是邏輯上的推衍論證，理論上的闡幽掘微，而在於帖近心靈的精神感悟，設身處地的情緒體驗。

在中國人的觀念中，「情」與「欲」通常膠著難分，二者似乎是扭結雜糅於一起的。這不僅從傳統文學尤其是一些小說、戲曲作品如《金瓶梅》、《紅樓夢》、《西廂記》和《牡丹亭》等「情」與「欲」關係的處理中可以洞見，比如在處理二者的關係時，儘管存在或重在張揚「情」，或主要表現「欲」的區別，但它們經常膠著難分，起碼在人們的意識中，二者的界限是不那麼清晰的；而且，從文字訓詁的角度言之，更復如此。許慎《說文解字》云：「情，人之陰氣有欲者。」段玉裁注：「董仲舒曰：情者，人之欲也。人欲之謂情。」〔註2〕這裡實際上是肯定了「情」的生理基礎，將「情」視爲心理與生理的統一，靈與肉的統一。袁枚說得更明白：「詩者由情所生者也。有必不可解之情，而後有必不可朽之詩。情所最先，莫如男女。」〔註3〕在中國思想史和文學批評史上，一直存在著理與情的尖銳對立，理與欲的兩相對峙。

龔自珍的「尊情」思想可以說同這種觀念一脈相承，「情」、「欲」統觀的觀念實際上也正是龔自珍闡發他所尊之「情」的基點，「情」的自然屬性當然是龔自珍「尊情」題中應有之意。在《宥情》中，甲乙丙丁戊五人相互辯駁詰難，有的描繪了「於哀樂也，沉沉然」的精神情感狀態，有的引印度佛教哲學的思想，說「欲有三種，情慾爲上」，有的「以情隸欲」，有的「以欲隸情」，提出種種不同見解。龔自珍對五人孰是孰非未加評騭，但描繪了這樣一種心理感受：「龔子閒居，陰氣沉沉而來襲心，不知何病。」接著又追憶童年時期的同樣體驗：「予童時逃塾就母時，一燈熒然，一硯、一几時，依一嫗抱一貓時，一切境未起時，一切哀樂未中時，一切語言未造時，當彼之時，亦嘗陰氣沉沉而來襲心，如今閒居時。」〔註4〕他還曾這樣描述那種

〔註2〕許慎撰，段玉裁注《說文解字注》，上海：上海古籍出版社1981年版，第502頁。

〔註3〕袁枚《答蕺園論詩書》，《小倉山房詩文集》，上海：上海古籍出版社1988年版，第1802頁。

〔註4〕龔自珍《宥情》，《龔自珍全集》，上海：上海人民出版社1975年版，第89～

獨特的心境：「佛言劫火遇皆銷，何物千年怒若潮？經濟文章磨白晝，幽光狂慧復中宵。來何洶湧須揮劍，去尚纏綿可付簫。心藥心靈總心病，寓言決欲就燈燒。」〔註 5〕這種頗有浪漫神秘色彩的奇特感受即是「情」。它與生俱來，始終盤踞在龔自珍的身心中，根深蒂固，成爲他的「心病」，甚至「十五年鋤之而卒不克」，「鋤之不能，而反宥之，宥之不已，而反尊之。」〔註 6〕可以看到，在「情」的步步緊逼之下，龔自珍一步一步地退卻了，而他心中的「尊情」卻在不斷地升騰。

湯顯祖曾明確地指出情與理的勢不兩立，吶喊「情有者理必無，理有者情必無。眞是一刀兩斷語。」〔註 7〕並滿懷熱情地讚美至情：「情不知所起，一往而深，生者可以死，死可以生。生而不可與死，死而不可復生者，皆非情之至也。」〔註 8〕正如湯顯祖一樣，龔自珍對正統儒家主張的「發乎情，止乎禮義」唱出了別調：「夫我也，則發乎情，止於命而已矣。」〔註 9〕在另一處，他說得更痛快：「民飲食，則生其情矣，情則生其文矣。情始積，隆隆然；始盈也，莫莫然；求之空虛，望望然。始相與謀曰：使我有飲食者，父歟？母歟？父母非能生之也，殆其天歟？」〔註 10〕其中隱含著這樣的邏輯：情乃是與飲食一同產生的，如果人們的穿衣吃飯是合理的，那麼情當然也是合理的，由情而生的文也自然合理。飲食、情、文既非別人的恩賜，乃是天所賦予，那麼當然也不是他人能夠隨意擺佈左右，更非任何異己的力量所能束縛扼殺的。這種「天賦人情」思想無疑肯定了情的天然合理，確立了它無庸置疑、不可動搖的尊貴地位。

由此出發，龔自珍主張爲人爲文都要恪守眞的原則，他對世俗的烏煙瘴氣深惡痛絕，對自己爲風塵所污痛心疾首：「客氣漸多眞氣少，汨沒心靈何已？」並告誡自己「心頭閣住，兒時那種情味。」〔註 11〕揭示和強調「情」之於讀書人的重要性：「載籍，情之府也，宮廟，文之府也，學士大夫，情與

90 頁。

〔註 5〕龔自珍《又懺心一首》，上海：上海人民出版社 1975 年版，第 445 頁。

〔註 6〕龔自珍《長短言自序》，上海：上海人民出版社 1975 年版，第 232 頁。

〔註 7〕湯顯祖《寄達觀》，《湯顯祖詩文集》，上海：上海古籍出版社 1982 年版，第 1268 頁。

〔註 8〕湯顯祖《牡丹亭記題詞》，徐朔方、楊笑梅校注《牡丹亭》卷首，北京：人民文學出版社 1963 年版，第 1 頁。

〔註 9〕龔自珍《尊命二》，上海：上海人民出版社 1975 年版，第 85 頁。

〔註 10〕龔自珍《五經大義終始論》，上海：上海人民出版社 1975 年版，第 41 頁。

〔註 11〕龔自珍《百字令・投袁大琴南》，上海：上海人民出版社 1975 年版，第 564 頁。

文之所鍾也。」〔註 12〕還進一步指出眞實乃言語之靈魂，不作無病呻吟之虛言：「言也者，不得已而有者也。如其胸臆本無所欲言，其才武又未能達於言，強之使言，茫茫然不知將爲何等言，不得已，則又使之姑效他人之言，效他人之種種言，實不知其所以言。於是剽掠脫誤，摹擬顚倒，如醉如寱以言，言畢矣，不知我爲何等言。」〔註 13〕

在中國文學批評史上，遠在龔自珍之前，早有人把主觀的「情」與外物聯繫起來，如劉勰《文心雕龍》中即說過：「人稟七情，應物斯感，感物吟志，莫非自然。」〔註 14〕又說過：「春秋代序，陰陽慘舒，物色之動，心亦搖焉。」〔註 15〕強調客觀的物對於主觀的情具有決定性作用，將主觀的情與外物如此密切地聯繫起來，也反映了中國人認識自我與世界關係的一種思維方式和心理習慣。

龔自珍的獨特之處在於，他把「情」看得如同穿衣吃飯一樣平常，是人生一種不可或缺的自然需求。也就是說，「情」不僅是人的生理機制產生的，也是維持正常的生命活動所必需的；「情」不僅是人的心理結構的產物，也是人保持正常的精神心理活動的要素。在此，龔自珍把「情」表述得再平常自然不過了；但實際上已經把「情」置於至高無上的尊貴地位。他肯定「情」的生理、心理基礎，也就是認定了它的自然屬性。在龔自珍看來，「情」包含著「人情」與「人欲」，他從來都是把人視爲自然性與社會性的統一體。這種思想無疑帶有明顯的異端色彩，對「發乎情，止乎禮義」，「存天理，滅人欲」之類的封建正統教條無疑構成強烈的衝擊。這一思想基於他對人的生命與存在的深切體認，透露出近代以來人的自我意識覺醒、人性復歸的晨曦。

二、社會政治層面的情

中國知識分子歷來追求「立德、立功、立言」三不朽的人生理想，絕大多數讀書人走的都是一條由士而仕的人生道路。龔自珍雖然也努力了許多年，但仕宦之路對他來說總是那麼崎嶇坎坷，充滿了艱辛和無奈。後人每論

〔註 12〕龔自珍《乙丙之際塾議第二十五》，上海：上海人民出版社 1975 年版，第 12 頁。
〔註 13〕龔自珍《述思古子議》，上海：上海人民出版社 1975 年版，第 123 頁。
〔註 14〕劉勰著，范文瀾注《文心雕龍》，北京：人民文學出版社 1958 年版，第 65 頁。
〔註 15〕劉勰著，范文瀾注《文心雕龍》，北京：人民文學出版社 1958 年版，第 693 頁。

及此，不禁頓生同情：「定庵抱掩世之才，具先睹之識，危言高論，不足以破一世之訑訑。」因此究其一生，精神經常處於一種「彷徨無所寧」的狀態〔註 16〕。又有論者指出：「仁和龔自珍定盦先生，以曠代逸才，負經營世宙之略，不幸浮湛郎署，爲儒林文苑中人，此非其平生志願所歸往也。」〔註 17〕若九泉有知，龔自珍當引此語爲知己之言。

從少年時代即發揚蹈厲的「經世之志」，〔註 18〕終其一生不得施展，這種壓抑和失意便化作對自己身世不幸的感慨，時常發泄出來。用龔自珍自己的話說，就是「我從瑣碎搜文獻，弦師笛師數徵宴。鐵石心腸愧未能，感慨如麻卷中見」。〔註 19〕具有叛逆性格和經世思想的龔自珍，並不諱言自己的失意落寞，每念及此，輒感慨繫之。他經常出現生不逢時的感受：「予欲慕古人之能創兮，予命弗丁其時！予欲因今人之所因兮，予莪然而恥之。」〔註 20〕於是憤憤不平地表示：「別離以來，各自苦辛，榜其居曰『積思之門』，顏其寢曰『寡歡之府』，銘其憑曰『多憤之木』。所可喜者，中夜皎然，於本來此心，知無損已爾。」〔註 21〕在這種生不逢時、塊壘難消的心境之下，聊可自慰的只是他尚可擁有的童心。

因此在他的詩文中時常可以見到這種感慨之言：「文章之事蔑須有，心靈之事益負負。蟠天際地能幾時，萬恨沉埋向誰咎？」〔註 22〕「屠狗功名，雕龍文卷，豈是平生意？」〔註 23〕「縱使文章驚海內，紙上蒼生而已，似春水干卿何事？」〔註 24〕「遊蹤廿五年前到，江也依稀，山也依稀，少壯

〔註 16〕錢穆《中國近三百年學術史》，北京：中華書局 1986 年版，第 538 頁。

〔註 17〕葉德輝《龔定盦年譜外紀序》，孫文光、王世芸編《龔自珍研究資料集》，合肥：黃山書社 1984 年版，第 123～124 頁。

〔註 18〕張祖廉《定盦先生年譜外紀》，《龔自珍全集》，上海：上海人民出版社 1975 年版，第 633 頁。

〔註 19〕龔自珍《秋夜聽俞秋圃彈琵琶賦詩書諸老輩贈詩冊子尾》，《龔自珍全集》，上海：上海人民出版社 1975 年版，第 501 頁。

〔註 20〕龔自珍《定盦八箴・文體箴》，《龔自珍全集》，上海：上海人民出版社 1975 年版，第 418 頁。

〔註 21〕龔自珍《與江居士箋》，《龔自珍全集》，上海：上海人民出版社 1975 年版，第 345 頁。

〔註 22〕龔自珍《京師春盡夕，大雨書懷，曉起柬比鄰李太守威、吳舍人嵩梁》，《龔自珍全集》，上海：上海人民出版社 1975 年版，第 474 頁。

〔註 23〕龔自珍《湘月》，上海：上海人民出版社 1975 年版，第 564～565 頁。

〔註 24〕龔自珍《金縷曲・癸酉秋出都述懷有賦》，上海：上海人民出版社 1975 年版，第 565 頁。

沉雄心事違。」〔註 25〕「客氣漸多眞氣少，汨沒心靈何已？千古聲名，百年擔負，事事違初意。心頭閣住，兒時那種情味。」〔註 26〕「少年攬轡澄清意，倦矣應憐縮手時。今日不揮閒涕淚，渡江只怨別蛾眉。」〔註 27〕「因歸思鬱勃，事不如意，積每所鼓，肺氣橫溢，遂致嘔血半升，家人有咎酒者，非也。」〔註 28〕抑鬱感傷極了，又回到「蛾眉」和「酒」身邊，以求得到暫時的麻醉式的解脫和逃避式的超然。

其實，這種身世不遇的感慨伴隨了龔自珍一生，充塞於他的心胸，始終不曾得到眞正的排解。這對於他這樣一個哀樂過人、擁有童心眞情的人來說，該是多麼痛苦的事情！其實，封建社會有才學有識見的正直知識分子，得志者寥寥，失意者甚多，幾乎是一種普遍現象，遠非龔自珍一人如此。但這種人生不幸降臨到「抱不世之奇材與不世之奇情」〔註 29〕的龔自珍頭上，其分量要比常人沉重得多，難怪他對此那麼刻骨銘心。於是，這種生不逢時、懷才不遇的感慨客觀上也構成了對當時現實政治的抨擊和批判，成爲他社會政治層面「情」的重要內容之一。

另一方面，龔自珍不僅是一位善於理論思辨、深於情感體驗的思想家，也是一位極有現實洞察力的社會改革者。他以「盱衡六合逞詞鋒」的傑出才華，以「一蟲獨警誰同覺」〔註 30〕的先睹之識，感覺到暮氣沉沉的「衰世」已經到來，朦朧地意識到社會蘊蓄著一場歷史性的變革。他不論怎樣的困頓鬱悶，「雖江湖長往，而無所牢騷，甚不忘京國也」，〔註 31〕「是故智者受三千年史氏之書，則能以良史之憂憂天下，憂不才而庸，如其憂才而悖；憂不

〔註 25〕龔自珍《醜奴兒令・答月坡、半林訂遊》，上海：上海人民出版社 1975 年版，第 583 頁。

〔註 26〕龔自珍《百字令・投袁大琴南》，上海：上海人民出版社 1975 年版，第 564 頁。

〔註 27〕龔自珍《己亥雜詩》之一〇七，《龔自珍全集》，上海：上海人民出版社 1975 年版，第 519 頁。

〔註 28〕龔自珍《與吳虹生書（一）》，《龔自珍全集》，上海：上海人民出版社 1975 年版，第 347 頁。

〔註 29〕程金鳳《己亥雜詩書後》，《龔自珍全集》，上海：上海人民出版社 1975 年版，第 538 頁。

〔註 30〕程秉釗《乾嘉三憶詩之一》，孫文光、王世芸編《龔自珍研究資料集》，合肥：黃山書社 1984 年版，第 97 頁。

〔註 31〕龔自珍《與吳虹生書〔十二〕》，《龔自珍全集》，上海：上海人民出版社 1975 年版，第 354 頁。

才而從憐，如其憂才而眾畏。履霜之屩，寒于堅冰；未雨之鳥，戚於飄搖；痺癆之疾，殆於癰疽；將萎之華，慘於槁木。」〔註 32〕這種強烈的社會責任感和道德使命感積蓄澎湃在龔自珍的心胸之中，便構成了他社會政治層面「情」的又一突出內容：憂患。

龔自珍對西北邊疆和東南沿海的動蕩不寧深爲關切，寫作《西域置行省議》、《東南罷番舶議》，提出自己的政見，又在詩中歌詠道：「絕域從軍計惘然，東南幽恨滿詞箋。一簫一劍平生意，負盡狂名十五年。」〔註 33〕他堅決反對殘害國人身心的鴉片貿易。當林則徐被派往廣東查禁鴉片時，他曾請求隨同南下，因故未成，又作《送欽差大臣侯官林公序》，提出嚴禁鴉片、抗敵禦侮的主張。他同情勞動人民的艱辛苦難，對自己也是「不勞而食」階層中的一員表示深深的自責：「只籌一纜十夫多，細算千艘渡此河。我亦曾糜太倉粟，夜聞邪許淚滂沱。」〔註 34〕又如：「九州風氣恃風雷，萬馬齊喑究可哀。」〔註 35〕「避席畏聞文字獄，著書都爲稻粱謀」，〔註 36〕就是他筆下當時知識分子政治境遇的寫照。

當時芸芸眾生的精神狀態更是「日之將夕，悲風驟至，人思燈燭，慘慘目光，吸飲莫氣，與夢爲鄰」。〔註 37〕在當時的朝野，「左無才相，右無才史，閫無才將，庠序無才士，隴無才民，廛無才工，衢無才商，抑巷無才偷，市無才駔，藪澤無才盜，則非但鮮君子也，抑小人甚鮮。」因此他並非危言聳聽地警告說：「起視其世，亂亦竟不遠矣。」〔註 38〕龔自珍呼喚人材的解放：「我勸天公重抖擻，不拘一格降人材。」〔註 39〕發誓療救被摧殘扼殺的「病

〔註 32〕龔自珍《乙丙之際箸議第九》，《龔自珍全集》，上海：上海人民出版社 1975 年版，第 7 頁。
〔註 33〕龔自珍《漫感》，《龔自珍全集》，上海：上海人民出版社 1975 年版，第 467 頁。
〔註 34〕龔自珍《己亥雜詩》之八十三，《龔自珍全集》，上海：上海人民出版社 1975 年版，第 517 頁。
〔註 35〕龔自珍《己亥雜詩》之一二五，《龔自珍全集》，上海：上海人民出版社 1975 年版，第 521 頁。
〔註 36〕龔自珍《詠史》，《龔自珍全集》，上海：上海人民出版社 1975 年版，第 471 頁。
〔註 37〕龔自珍《尊隱》，《龔自珍全集》，上海：上海人民出版社 1975 年版，第 87 頁。
〔註 38〕龔自珍《乙丙之際箸議第九》，《龔自珍全集》，上海：上海人民出版社 1975 年版，第 7 頁。
〔註 39〕龔自珍《己亥雜詩》之一二五，《龔自珍全集》，上海：上海人民出版社 1975

梅」——被壓抑扭曲的人材。〔註 40〕龔自珍還發出了改革社會的振聾發聵的吶喊，儘管他的社會改革理想還那麼朦朧，還處於「藥方只販古時丹」〔註 41〕的層面：「一祖之法無不敝，千夫之議無不靡，與其贈來者以勁改革，孰若自改革？」〔註 42〕然而，朝廷昏聵，世人皆濁，龔自珍奏出的不和諧曲調竟鮮有知音，更無從奢望一展懷抱了。於是，抑鬱孤獨的他，只能不斷地在詩中詠歎這種沉沉憂患：「憂患吾故物，明月吾故人。」「我生受之天，哀樂恒過人。」〔註 43〕「故物人寰少，猶蒙憂患俱。春深恒作伴，宵夢亦先驅。不逐年華改，難同逝水徂。多情誰似汝，未忍託禳巫。」〔註 44〕「一天幽怨欲誰諳？詞客如雲氣正酣。我有簫心吹不得，落花風裏別江南。」〔註 45〕他所歌詠的「我有靈均淚，將毋各樣紅」，〔註 46〕實際上也是自擬屈原，爲國家灑下憂時憂民之淚。他甚至把北京西郊繽紛而落的海棠花也喻成憂患，或者說，他賦予眼前的落花一種象徵意義：「西郊落花天下奇，古來但賦傷春詩。……如錢唐潮夜澎湃，如昆陽戰晨披靡，如八萬四千天女洗臉罷，齊向此地傾胭脂。奇龍怪鳳愛漂泊，琴高之鯉何反欲上天爲？玉皇宮中空若洗，三十六界無一青蛾眉。又如先生平生之憂患，恍惚怪誕百出難窮期。……安得樹有不盡之花更雨新好者，三百六十日長是落花時。」〔註 47〕

在儒家人生哲學薰陶下成長起來的中國歷代傳統知識分子，均有著入世的情懷，有著憂國憂民、傷時感世的人格特徵。但是，這些傳統延續到中國古近代之交社會巨大變革的前夜，在那樣一個風雨如晦的時代氛圍裏，再現

年版，第 521 頁。

〔註 40〕龔自珍《病梅館記》，上海：上海人民出版社 1975 年版，第 186～187 頁。

〔註 41〕龔自珍《己亥雜詩》之四十四，《龔自珍全集》，上海：上海人民出版社 1975 年版，第 513 頁。

〔註 42〕龔自珍《乙丙之際箸議第七》，《龔自珍全集》，上海：上海人民出版社 1975 年版，第 6 頁。

〔註 43〕龔自珍《寒月吟》，《龔自珍全集》，上海：上海人民出版社 1975 年版，第 481 頁。

〔註 44〕龔自珍《賦憂患》，《龔自珍全集》，上海：上海人民出版社 1975 年版，第 478 頁。

〔註 45〕龔自珍《吳山人文徵、沈書記錫東餞之虎丘》，《龔自珍全集》，上海：上海人民出版社 1975 年版，第 439 頁。

〔註 46〕龔自珍《紀夢七首》，《龔自珍全集》，上海：上海人民出版社 1975 年版，第 498 頁。

〔註 47〕龔自珍《西郊落花歌》，《龔自珍全集》，上海：上海人民出版社 1975 年版，第 488～489 頁。

在龔自珍身上，便顯示出非凡的強度和衝擊力，具有獨特的思想文化史意義。需要特別指出的是，正是這種憂患意識，使龔自珍所尊之「情」獲得了充實的社會歷史內容，開啓了近代知識分子慷慨論天下事、積極進行社會政治批判的時代風氣，具有不可忽視的近代啓蒙主義品格。

三、哲學文化層面的情

龔自珍「尊情」並不止於以上兩個層面，他思想家的特質使他的「情」進入哲學文化層面，表現出一個思想深邃、良知未泯的知識分子的形而上的思索和終極關懷，「情」也從而獲得了哲學思想文化史的普遍意義和長久價值。

龔自珍首先肯定並強調「我」、「心」的重要意義，抨擊封建正統思想對「我」的蔑視，對「心」的束縛，弘揚人作爲主體的不可或缺的價值和不可動搖的地位，呼喚人的自我意識的復歸，肯定生命本體的至高無上。從而構成「我」、「心」與外在世界的一種強烈的對抗與緊張，凸現人是物質世界和自我心靈的眞正主宰。他非常自信地宣稱：「天地，人所造，眾人自造，非聖人所造。聖人也者，與眾人對立，與眾人爲無盡。眾人之宰，非道非極，自名曰我。我光造日月，我力造山川，我變造毛羽肖翹，我理造文字言語，我氣造天地，我天地又造人，我分別造倫紀。」他又給「心」以顯赫的位置，強調「心力」對成就眞正的「人」的重要性，主張「尊心」：「心無力者，謂之庸人。報大仇，醫大病，解大難，謀大事，學大道，皆以心之力。」〔註48〕並且通過「尊心」以達「人尊」之境：「欲爲史，若爲史之別子也者，毋瘺毋喘，自尊其心。心尊，則其官尊矣，心尊，則其言尊矣。官尊言尊，則其人亦尊矣。」〔註49〕顯然，龔自珍這一頗有浪漫氣息的思想近於費希特的「自我意識」〔註50〕，也頗像叔本華的意志主義所宣稱的「世界是我的表象」和柏格森直覺主義所標舉的「生命衝動」。這種帶有異端叛逆性格的個性解放思想，衝破了當時思想界的沉沉暮氣，在陰霾籠罩的天界劃過閃光的一筆。

龔自珍經常使用「童心」二字，表述他的獨特思想。「童心」非龔自珍最

〔註48〕龔自珍《壬癸之際胎觀第四》，《龔自珍全集》，上海：上海人民出版社 1975 年版，第 15～16 頁。

〔註49〕龔自珍《尊史》，《龔自珍全集》，上海：上海人民出版社 1975 年版，第 81 頁。

〔註50〕參考王元化《龔自珍思想筆談》，《文學沉思錄》，上海：上海文藝出版社，1983 年版，第 180～218 頁。

先標舉，明代李贄即有《童心說》闡發其義，中有云：「夫童心者，眞心也，若以童心爲不可，是以眞心爲不可也。夫童心者，絕假純眞，最初一念之本心也。若失卻童心，便失卻眞心；失卻眞心，便失卻眞人。人而非眞，全不復有初矣。童子者，人之初也；童心者，心之初也。」〔註51〕清代袁枚說：「詩人者，不失其赤子之心者也。」〔註52〕其「赤子之心」，與李贄之「童心」含義相近。龔自珍一再道及的「童心」的眞實底蘊亦即由「尊我」、「尊心」這一哲學思想自然生發出來的對眞人、眞心、眞情的執著和禮讚。他以非凡的思想勇氣和道德膽識，要掃蕩人間一切矯情虛僞的迷霧，他說：「道焰十丈，不敵童心一車。」〔註53〕「黃金華髮兩飄蕭，六九童心尚未消。叱起海紅簾底月，四廂花影怒於潮。」〔註54〕「不似懷人不似禪，夢回清淚一潸然。瓶花帖妥爐香定，覓我童心廿六年。」〔註55〕「少年哀樂過於人，歌泣無端字字眞。既壯周旋雜癡黠，童心來復夢中身。」〔註56〕用心靈和生命去呼喚、追求「童心」，這樣的人物在中國委實寥若晨星，而本文的主人公龔自珍恰恰是其中引人注目的一位。

龔自珍本人就是這一哲學文化主張的積極實踐者，以行動昭明心迹，這就是他狂放的天性和一身的傲骨。相對於封建科舉制度製造出來的模式化正統儒生的唯唯喏喏、渾渾噩噩來說，龔自珍確是極有個性的桀驁之士。這種特立獨行的人格，在中國封建社會當中，無疑是極少見極可貴的。更難得的是，他對自己的人格、個性及其與環境的強烈對抗、不和諧關係有著清醒的認識，「知其不可而爲之」，這也是龔自珍的深刻之處。有載記說：「輿皀稗販之徒暨士大夫，並稱公爲龔呆子。」〔註57〕又有說龔自珍性格「熱中傲物，

〔註51〕李贄《焚書・續焚書》，郭紹虞主編《中國歷代文論選》第三冊，上海：上海古籍出版社1980年版，第117頁。

〔註52〕袁枚著，顧學頡校點《隨園詩話》卷三，北京：人民文學出版社，1982年版，第74頁。

〔註53〕龔自珍《太常仙蝶歌》，《龔自珍全集》，上海：上海人民出版社1975年版，第493頁。

〔註54〕龔自珍《夢中作四截句》，《龔自珍全集》，上海：上海人民出版社1975年版，第496頁。

〔註55〕龔自珍《午夢初覺，悵然詩成》，《龔自珍全集》，上海：上海人民出版社1975年版，第466頁。

〔註56〕龔自珍《己亥雜詩》之一七〇，《龔自珍全集》，上海：上海人民出版社1975年版，第526頁。

〔註57〕陳元祿《羽琌逸事》，孫文光、王世芸編《龔自珍研究資料集》，合肥：黃山

偏宕奇誕，又兼之以輕狂。」〔註 58〕

他不僅讚譽那些極富個性的帶有叛逆異端色彩的人物，如說：「百媚夫，不如一猖夫也；百酣民，不如一瘁民也；百瘁民，不如一之民也。」〔註 59〕而且，他經常自詡自勉地將自己歸入特立獨行之士的行列，稱「狂」說「傲」又道「癡」，寫道：「性懶情多兼骨傲，值得銷魂如此。與澗底孤松一例。」〔註 60〕又寫道「：「春燈如雪浸蘭舟，不載江南半點愁。誰信尋春此狂客，一茶一偈到揚州。」〔註 61〕又寫道：「綠鬢人嗤愁太早，黃金客怒散無名。吾生萬事勞心意，嫁得狂奴孽已成。」又寫道：「書來懇款見君賢，我欲收狂漸向禪。早被家常磨慧骨，莫因心病損華年。」〔註 62〕還寫道：「絕域從軍計惘然，東南幽恨滿詞箋。一簫一劍平生意，負盡狂名十五年。」〔註 63〕中國自魏晉以來，時常會出現「狂士」，縱使他們身上有這樣那樣的局限，但在沉重的封建官僚政治體系面前，他們表現出了強大思想勇氣和非凡的意志力量。中國封建社會末期，統治者實行最嚴酷的思想鉗制，大興文字獄，萬馬齊喑，噤若寒蟬。龔自珍正是這時出現的一位「狂士」，就愈益顯示出超乎尋常的沖決羅網的勇氣了。

龔自珍還是一個很有詩人氣質的人，感情激蕩，哀樂過人，有時甚至有點神經質。這種天性也成就了他的「傲骨」。小時每聞斜陽中的簫聲，則感而生病，成年之後亦復如此〔註 64〕。他一再表白自己具有超過常人的大哀樂：「我生受之天，哀樂恒過人。」〔註 65〕「之美一人，樂亦過人，哀亦過人。」〔註 66〕「沉沉十五年中事，才也縱橫，淚也縱橫，雙負簫心與劍名。」〔註 67〕「中年何寡歡？心緒不縹渺。人事日齷齪，獨笑時頗少。」〔註 68〕感

書社 1984 年版，第 55 頁。

〔註 58〕錢穆《中國近三百年學術史》，北京：中華書局 1986 年版，第 552 頁。

〔註 59〕龔自珍《尊隱》，《龔自珍全集》，上海：上海人民出版社 1975 年版，第 88 頁。

〔註 60〕龔自珍《賀新涼》，《龔自珍全集》，上海：上海人民出版社 1975 年版，第 570 頁。

〔註 61〕龔自珍《過揚州》，《龔自珍全集》，上海：上海人民出版社 1975 年版，第 445 頁。

〔註 62〕龔自珍《驛鼓三首》，《龔自珍全集》，上海：上海人民出版社 1975 年版，第 443～444 頁。

〔註 63〕龔自珍《漫感》，《龔自珍全集》，上海：上海人民出版社 1975 年版，第 467 頁。

〔註 64〕參考龔自珍《冬日小病寄家書作》及吳昌綬《定盦先生年譜》，均見《龔自珍全集》，上海：上海人民出版社 1975 年版。

〔註 65〕龔自珍《寒月吟》，《龔自珍全集》，上海：上海人民出版社 1975 年版，第 481 頁。

〔註 66〕龔自珍《琴歌》，《龔自珍全集》，上海：上海人民出版社 1975 年版，第 446 頁。

〔註 67〕龔自珍《醜奴兒令》，《龔自珍全集》，上海：上海人民出版社 1975 年版，第

覺到自己「稟賦實沖，孕愁無竭，投閒簉乏，沉沉不樂。抽豪而吟，莫宣其緒；欹枕內聽，莫訟其情。」〔註69〕感慨「壽云幾何，樂少苦多。」〔註70〕

因爲這樣的個性氣質，龔自珍雖然也坎坎坷坷地走過科舉之路，但他對封建社會占統治地位的正統儒家思想無甚興趣，反倒偏愛那些非正宗的思想派別，如老莊、仙俠等。他常這樣說：「名理孕異夢，秀句鐫春心。莊《騷》兩靈鬼，盤踞肝腸深。」「豈但戀文字，嗜好雜甘辛。出入仙俠間，奇悍無等倫。」〔註71〕又說：「十部徵文字，聱牙爲審音。雖非沮頡體，而有老莊心。」「我有靈均淚，將毋各樣紅。星星私語罷，出鞘一刀風。」〔註72〕又說：「願得黃金三百萬，交盡美人名士，更結盡燕邯俠子。」〔註73〕還說：「古愁莽莽不可說，化作飛仙忽奇闊。江天如墨我飛還，折梅不畏蛟龍奪。」〔註74〕可見，以他獨特的性格氣質爲基礎，龔自珍又從老莊、屈原、仙俠等思想中汲取了精神營養，成就了敢歌敢哭、敢愛敢恨的性格，建立了極具個性的人格特徵，與漫漫長夜的黑暗與死寂頑強抗爭，顯示出強勁堅忍的精神力量。

非常明顯，以個人的狂放行爲反抗強大的官僚政治，以一己的獨立精神對抗龐大的封建思想體系，這等超越常人的人格力量和精神意志，無論在哪一時代都是偉大的，都必定給時人與來者巨大的精神鼓舞。但無論如何，先行者總是難免心靈深處那種「前不見古人，後不見來者」的亙古的孤獨與蒼涼，甚至絕望。因此，龔自珍的癡與狂給我的感覺是：悲壯。

以龔自珍的敏銳與睿智，不會不深刻地體認到這一點，於是，他有時就難免頹喪感傷，以另一種方式排遣發泄心頭的憤怨孤獨。他曾在「自禱祈之

577頁。

〔註68〕龔自珍《自春徂秋，偶有所觸，拉雜書之，漫不詮次，得十五首》，《龔自珍全集》，上海：上海人民出版社1975年版，第487頁。

〔註69〕龔自珍《寫神思銘》，《龔自珍全集》，上海：上海人民出版社1975年版，第414頁。

〔註70〕龔自珍《定盦八箴・文體箴》《龔自珍全集》，上海：上海人民出版社1975年版，第418頁。

〔註71〕龔自珍《自春徂秋，偶有所觸，拉雜書之，漫不詮次，得十五首》，《龔自珍全集》，上海：上海人民出版社1975年版，第485～488頁。

〔註72〕龔自珍《紀夢七首》，《龔自珍全集》，上海：上海人民出版社1975年版，第497～498頁。

〔註73〕龔自珍《金縷曲・癸酉秋出都述懷有賦》，《龔自珍全集》，上海：上海人民出版社1975年版，第565頁。

〔註74〕龔自珍《己亥雜詩》之三一二，《龔自珍全集》，上海：上海人民出版社1975年版，第538頁。

所言」時說：「徵文考獻陳禮容，飲酒結客橫才鋒，逃禪一意皈宗風，惜哉幽情麗想銷難空。」〔註 75〕又曾說：「少年雖亦薄湯武，不薄秦皇與武皇；設想英雄垂暮日，溫柔不住住何鄉？」〔註 76〕「朝從屠沽遊，夕拉騶卒飲」，〔註 77〕也是他生活的寫照。這也就是林昌彝在《射鷹樓詩話》中記述的：「詩亦奇境獨闢，如千金駿馬，不受絓絏，美人香草之詞，傳遍萬口。善倚聲。道州何子貞師謂其詩爲近代別開生面，則又賞識於弦外弦、味外味者矣。中年以後，博弈，好飲酒，諸事俱廢，是亦學人之一病也。」〔註 78〕或者像孔繡山所評價的：「戒詩以後詩還富，哀樂中年感倍增。值得江湖狂士笑，不攜名妓即名僧。」〔註 79〕

龔自珍的這一性格側面固不排除封建時代名士才子的習氣，以今天的道德標準衡量，確屬言行失檢、放蕩不羈。但是，結合他所張揚的童心，標舉的傲骨，體察他思想的激越與內心的孤獨，我更願意將其理解爲這乃是龔自珍排遣精神痛苦、緩和心靈衝突以求得短暫的平衡解脫的一種手段。這實際上是在以一種變形的方式表達他的童心，表白他的傲骨，昭示他的眞情。正如他在詩中所說：「平生進退兩顚籛，詰屈內訟知緣因。側身天地本孤絕，矧乃氣悍心肝淳！欹斜謔浪震四坐，即此難免群公嗔。」〔註 80〕在這種貌似頹放狂蕩行爲的表象背後，潛藏著深刻的文化歷史內容，龔自珍的癡狂，絕對不同於那些淺薄的浪蕩公子、風流名士，而是一種帶有人文象徵意味的文化符號。

通過以上的解析可以認爲，龔自珍主張「尊情」，在前人思想理論之基礎上，第一次賦予「情」如此豐厚的內涵，使之獲得了複雜性、包容性的特徵，將「情」這一範疇發展到了一個前所未有的高度。甚至可以這樣說，龔自珍

〔註 75〕龔自珍《能令公少年行》，《龔自珍全集》，上海：上海人民出版社 1975 年版，第 452 頁。

〔註 76〕龔自珍《己亥雜詩》之二七六，《龔自珍全集》，上海：上海人民出版社 1975 年版，第 534 頁。

〔註 77〕龔自珍《自春徂秋，偶有所觸，拉雜書之，漫不詮次，得十五首》，《龔自珍全集》，上海：上海人民出版社 1975 年版，第 486 頁。

〔註 78〕林昌彝著，王鎭遠、林虞生標點《射鷹樓詩話》卷十，上海古籍出版社 1988 年版，第 217 頁。

〔註 79〕孔繡山題《己亥雜詩》絕句，見張祖廉《定盦先生年譜外紀》，《龔自珍全集》，上海：上海人民出版社 1975 年版，第 646 頁。

〔註 80〕龔自珍《十月廿夜大風，不寐，起而書懷》，《龔自珍全集》，上海：上海人民出版社 1975 年版，第 463 頁。

的「尊情」乃是中國古代主情思想的一個終結，同時開啓了近現代主情思想的先河。龔自珍的「尊情」思想，遠接魏晉時代阮籍、嵇康等的嘯聚山林、蔑視禮教，更是晚明浪漫思潮李贄、湯顯祖、馮夢龍、公安三袁、徐渭以及清代袁枚、金聖歎一派異端思想的繼承和發展；同時開啓了魯迅一代號召「立意在反抗，指歸在動作」〔註 81〕的摩羅精神、呼喚「精神界之戰士」的出現而去努力「致吾人於善美剛健」〔註 82〕境界的先河。由此我們看到，在古近代之交的中國思想文化史上，龔自珍樹立起一面涵蓋前代、暉映後世的「尊情」旗幟。

筆者將龔自珍所尊之「情」劃分爲生理心理、社會政治、哲學文化三個層面，乃是一種析而言之、將其表述得更加具體的嘗試。倘若從整體上對龔自珍張揚的「情」作一觀照把握的話，可以發現它是許多矛盾對立範疇的復合統一體。總起來說，龔自珍思想中的「情」主要不是理論闡發、邏輯推衍，而在於生命存在狀態的心理感悟、情緒體驗；不僅具有理論思辨的玄奧色彩，也具有關懷現實社會、人生的實踐品格；既是哲學層面上的思索，也是文學、社會學層面上的體察感悟；既肯定了人作爲主體的社會性，也包容了人的生物性和自然性；不但帶有由古代異端思想發展而來的叛逆傾向，而且具有近代啓蒙主義的個性解放特徵；既是理性的，也是非理性的；既是由個人出發向外部擴展的社會批判，也是由自我開始向本體內部開掘的精神拯救。

由此說來，龔自珍這種多維度的「尊情」確是遠紹前賢、超逸當代、啓迪後人的，其貢獻可謂大矣，其功勞可謂偉矣！然而在他的時代，這一思想太超前、太激進了些，知者甚寥，繼者鮮有。作爲先行者，他不能不終生品味那種注定的孤獨；作爲先覺者，他不能不長久地感受那種亙古的悲愴。他曾在詞中寫下這樣的句子：「繡院深沉誰是主？一朵孤花，牆角明如許！莫怨無人來折取，花開不合陽春暮。」〔註 83〕他還寫道：「無奈蒼狗看雲，紅羊數劫，惘惘休提起！客氣漸多眞氣少，汩沒心靈何已？千古聲名，百年擔負，事事違初意。心頭閣住，兒時那種情味。」〔註 84〕我覺得，以此來表述他和

〔註 81〕魯迅《摩羅詩力說》，《魯迅全集》第一卷，北京：人民文學出版社 1981 年版，第 66 頁。

〔註 82〕魯迅《摩羅詩力說》，《魯迅全集》第一卷，北京：人民文學出版社 1981 年版，第 100 頁。

〔註 83〕龔自珍《鵲踏枝・過人家廢園作》，上海：上海人民出版社 1975 年版，第 559～560 頁。

〔註 84〕龔自珍《百字令・投袁大琴南》，上海：上海人民出版社 1975 年版，第 564 頁。

他的「尊情」在當時的命運，是再恰切不過了。在這裡，人們看到的是「情」的明麗瑰奇與孤獨感傷的交織，這實際上是一種自傲自憐的歷史蒼涼感。這已遠遠不只是龔自珍一人的孤獨和悲愴。在這裡，我們可以再一次看到龔自珍高舉著「尊情」大旗，在崎嶇艱難的古道上踽踽獨行的背影。雖然未免頓生悲戚，但更多的仍是欽敬仰慕。因爲，在醞釀著巨變風雷的蒼茫的天宇上，他用心靈用生命寫下了兩個彪炳古今、輝映千古的大字：尊情！

江湜詩歌與道咸詩風

江湜是清道光、咸豐時期的一位重要詩人。在歷史發生重大轉折關頭的特殊的人生經歷、獨特的情感歷程，使他形成了獨樹一幟的詩歌面貌，獲得了特殊的時代意義。江湜的大量詩作以長歌當哭之筆和獨特的風格，既表現了這位命途多舛、屢遭不幸的窮愁詩人的遭際，又反映了時值中國古典詩歌發生重要轉換嬗替之際承傳通變的重要信息；既具有詩人心史的價值，又具有時代詩史的價值。而他勤懇執著、不斷探索、語必驚人的創作追求和在此精神驅動下的詩歌作品，又爲道咸時期的中國詩壇增添了特殊的光彩，留下意味深長的經驗。

一、清故詩人

江湜（1818～1866），字持正，又字弢叔，別署龍湫院行者。先世居於安徽歙縣之江村，清初爲避疾疫遷於江蘇，遂爲長洲（今蘇州）人。有《伏敔堂詩錄》十五卷，《伏敔堂詩續錄》四卷，同治元年（1862）福州刻本；另有清代鈔本《集道堂外集詩》二卷。現存詩作共達一千五百三十首。由左鵬軍點校、上海古籍出版社 2008 年 3 月出版的《伏敔堂詩錄》，作爲該社策劃出版的「中國近代文學叢書」之一種，是目前最爲完備的江湜詩集。該書經部分修訂，又於 2012 年 12 月出版了修訂版。

江湜雖有經濟之志與入世之心，也曾用心於學，然而他所處之時代，家國多遭不幸，個人亦多經患難，一生困頓窮愁，終至貧病而死於異鄉。嘗久困場屋，屢考屢敗，道光二十一年（1841）二十四歲時，始成諸生。其後屢應鄉試而毫無長進。咸豐七年（1857）春，已屆四十歲的江湜入京謁表丈彭詠莪，得其贈金，以此金入貲爲從九品官，候補浙江縣丞，隨後赴杭州，賃屋而居，寓中窘迫，冬衣盡典，奔波於浙江境，多以教館、遊幕爲生。加之遭太平天國起義之變，目睹戰爭血腥之難，經歷家破人亡之慘。這種特殊的時代環境和個人經歷對江湜的詩歌創作產生了根本性的影響，也是他如此執著於詩的根本動力。

江湜非常重視其詩，將其作爲一生行迹與心迹的眞實記錄，嘗在詩集《自序》中云：「余詩誠傳世，後當自有定論。不敢挾數君子之推許以自矜重。惟念經變以來，平生親舊至交，存亡乖隔，多可感者。……余年來身世既如此，因詩而感念親交數人。死者不生，生者日以零落。仰觀宇宙，不自知其淚之墮也。」〔註1〕事實亦如此，江湜一生雖窮困纏身，屢遭不幸，每發命途多舛、懷才不遇之歎，然其詩尚能具備一定的大家氣象，數量眾多，題材亦頗爲廣泛，顯示出相當獨特的個性。這在道光、咸豐至同治初年的詩壇上，顯得非常難得。他也曾在《近年》中表達對自己詩作必傳於後世的自信：「近年手創一編詩，脫略前人某在斯。意匠已成新架屋，心花那傍舊開枝。漫愁位置無多地，未礙流傳到後時。要向書坊陳起說，不須過慮代刊之。」〔註2〕

江湜生逢亂世，一生貧窮困厄，雖爲小吏，身在官場，每多格格不入，極感不合時宜。因此臨終前遺命書其碑碣曰「清故詩人江弢叔之墓」。他對自己「詩人」命運與身份的體認和接受，並非突發奇想或一時感慨，實際上在中年時期即已數次表達過，而且，隨著涉世漸深，聞見漸廣，對士風官場多有感受，他對自己只能作一名詩人的體認亦愈來愈清醒冷峻、眞切充分，詩之於他，也就愈來愈重要，以至於成爲他生命的主要存在形式與價值體現方式。他在七絕《忽受》就這樣寫道：「聖朝未合有遺民，僻性由來太率眞。忽受詩人好名目，殆將不負百年身。」〔註3〕。其七律《建陽旅夜》亦有云：「兵塵千里客蹤孤，建水留人緩去吳。尚幸賊邊存老友，不知詩外盡窮途。」〔註4〕此二詩所表達的心情恰與他遺命碑碣所提「詩人」之意相合。他在《挽

〔註1〕江湜著，左鵬軍校點《伏敔堂詩錄》，上海：上海古籍出版社2008年版，第453頁。

〔註2〕江湜著，左鵬軍校點《伏敔堂詩錄》卷七，上海：上海古籍出版社2008年版，第139頁。

〔註3〕江湜著，左鵬軍校點《伏敔堂詩錄》卷九，上海：上海古籍出版社2008年版，第185頁。

〔註4〕江湜著，左鵬軍校點《伏敔堂詩錄》卷十二，上海：上海古籍出版社2008年

陳少香丈三首》之三中亦嘗云：「相識兵端未動前，十年離聚幾詩篇。東南漸亂君方老，歲月猶多我自憐。不死更看何世界，盡窮終算盡天年。在鄉在客同黃土，清故詩人要墓阡。」〔註5〕雖是爲悼念前輩之逝所作，但每多感傷自己命運之思，「清故詩人」之念，已明確出現在江湜詩作之中。可見他遺命自己碑碣所書「清故詩人江弢叔之墓」端非偶然，已是他中年以後對自己命運與處境清醒體認的集中表達。這種自我認識與人生選擇，雖是出於萬不得已的無可奈何，然在中國古代士人中，蓋不多見。這也許就是江湜與中國詩歌史上眾多「餘事爲詩人」的創作者的不同之處。

也恰恰是因爲如此，江湜在時事艱危、生活困苦的境況下，經常勤勉地從事詩歌創作，雖只活了四十八歲，卻寫下了數量眾多、質量上乘的作品。甚至可以說，江湜用自己的詩歌創作與生命歷程，詮釋著「詩人」的含意和價值。

二、詩史心史

作爲一位傑出詩人，江湜的詩歌反映了他個人的生命歷程和情感世界，也反映了中國近代前期的時勢變遷和腥風血雨，兼具詩人心史和時代詩史的雙重價值。概括言之，江湜詩歌創作的題材特點、思想成就與貢獻比較集中地體現在以下諸方面。

第一，貧窮難達之歎，是江湜詩歌最突出的內容。這種對清貧窮困的品味，對生活苦澀與生命艱辛的吟詠，對懷才不遇的憂傷之歎、不平之鳴，貫穿了詩人短暫的一生，也貫穿於其詩歌的始終。

江湜嘗在《顧潔困於小試仍用前韻爲寄》中這樣描述自己的窮困之狀：「鄙人昔年窮巷底，十萬戶中無此貧。」〔註6〕雖係誇張之詞，卻可見其貧窮之甚。他自己編定的《伏敔堂詩錄》之首《詠懷》詩，就以「愁思」與「惆悵」開篇，表現出一種與他的年齡和經歷頗不相稱的深刻的孤獨和苦悶：「清風動帷幕，月白夜疑曙。愁思從何來？投入靜中慮。……虛室盡無情，所思爲誰訴？」又云：「夜半更惆悵，擊柱長歎息。失卻千里夢，一燈耿虛壁。

版，第243頁。

〔註5〕江湜著，左鵬軍校點《伏敔堂詩錄》卷十五，上海：上海古籍出版社2008年版，第319頁。

〔註6〕江湜著，左鵬軍校點《伏敔堂詩錄》卷四，上海：上海古籍出版社2008年版，第59頁。

……飢寒固自取，悲與世無益。」〔註 7〕這樣的情感表達和編排處理方式，當是詩人有意爲之，不能不令人深長思之。

詩人時運不濟、家族不幸的感慨經常在年終歲尾等特殊時刻齊集心頭，較平日表現得更加強烈。這些時刻原本也是與平常無異，但是對窮愁苦悶中的傷心詩人來說，必定更容易產生無限的感慨與追憶。詩人對秋有著特殊的敏感、特別深刻的感受，以致於可以傚秋蟲之苦吟了：「商聲入肝腑，隳壯愁相尋。冷臥秋聲中，漸能秋蟲吟。」〔註 8〕又是一年將盡，依舊是獨自一人奔波在外，也依舊是全家老少八口的飢寒交迫，這種延續了多年的窘困狀況並未因爲時令的推移獲得些許的改變。此種境況再加以疾病，無疑是雪上加霜，詩人遂以這樣的詩句記之：「有鼠有鼠奏口技，聲如河間奼女之數錢。自從二五成一十，以至十百累一千，清音歷歷來榻前。語鼠莫數錢，吾家積貧垂百年，竈神見慣廚無煙。」〔註 9〕歲除之日，本應是闔家老少準備迎接新年的喜慶時刻，然而詩人卻是過得如此清寂孤單：「庭角無梅座不春，門扉雖闔豈遮貧。晚來雪屐鳴深巷，半是吾家索債人。」如此窘況，詩人能想到的只有逃走一條路了，可是房租依然拖欠著，房子又不能搬移，看來連逃走也完全不可能，剩下的就只能是苦捱飢寒了：「有人來算租屋錢，小住三間月二千。使屋如船撐得動，避喧應到太湖邊。」〔註 10〕此二詩雖曰「戲作」，頗顯豁然達觀之態，甚至不無風趣幽默，實則異常沉重苦澀。

讀書取士，學優則仕，這幾乎是科舉時代讀書人尤其是窮困書生唯一改變自己命運與家庭命運的道路和機會，也幾乎所有的讀書人都不會放棄這也許是唯一的可能性。江湜對於窮困苦難的體會遠較一般士人更多，也就更加重視、更加急於改變自己和整個家庭的境況，當然也下過青燈黃卷、寒夜苦讀的功夫。但是他在這條道路上走得異常艱辛而且充滿坎坷，總是不能實現這已經少得可憐的願望。這種不遇難達、壯志難酬的感慨時時盤踞在詩人心中，儘管他並不經常表達出來。《對影》就是詩人志向未申、功名難成情緒的

〔註 7〕江湜著，左鵬軍校點《伏敔堂詩錄》卷一，上海：上海古籍出版社 2008 年版，第 1 頁。

〔註 8〕江湜《離思二首》之二，江湜著，左鵬軍校點《伏敔堂詩錄》卷一，上海：上海古籍出版社 2008 年版，第 9 頁。

〔註 9〕江湜《病中三詩》之一，江湜著，左鵬軍校點《伏敔堂詩錄》卷六，上海：上海古籍出版社 2008 年版，第 119 頁。

〔註 10〕江湜《歲除日戲作二詩》，江湜著，左鵬軍校點《伏敔堂詩錄》卷七，上海：上海古籍出版社 2008 年版，第 140 頁。

傾訴：「影傍書燈出，移燈影上牆。見顴揣骨瘦，舉頷拂鬚長。形既從天受，心難與世忘。明朝問青鏡，動業幾時償？」〔註 11〕顯而易見，詩人還是對動業有所希冀，用世之心尚未全灰。

詩人的內心體驗總是豐富深刻的，江湜這種倍受貧寒的詩人尤其如此，而且他經常有大量的時間體會這種不幸與孤獨。《自述》一首，頗可見其自我估價和內心感受：「不能奉教一先生，不逐時流苦愛名。百事輸人聊獨學，十年求道果何成？可憐悲涕向誰落，剩有寒燈相與明。時節因緣知到未，夜窗幾費讀書聲。」〔註 12〕頗有些百無一用、天虛生我，難以確認自己人生價值和社會身份的意味。窮困中的詩人對骨肉親情的體悟也特別深刻，詩中也時常表現這種相互惦念關愛、相依為命的情愫。《福州冬候不寒因卸敝裘有作》即通過一件破舊的皮衣，表現了詩人對弟弟的繫念關愛與骨肉情深，也透露出詩人極端貧困的境況，其後半部分寫道：「今冬我復入閩粵，有衣典盡愁雪霜。弟持此裘重衣我，謂將涉遠淩寒岡。豈知入閩恒燠若，卸裘不用維炎方。吾吳正在大寒節，卻憶吾弟寒難當。安能寄裘仍衣弟，毋使奇暖空堆床？嗟乎千里異寒燠，一家骨肉徒相望！」〔註 13〕《南臺酒家題壁》這樣抒寫其所歷之愁與心中之愁：「忽忽青春客裏休，半生贏得一生愁。與人會飲從沉醉，是處無家且浪遊。海氣夜迷燈火市，江風涼入管絃秋。不知一枕羈人夢，更上誰家舊酒樓？」〔註 14〕詩人經歷的愁煩確是無限，借酒澆愁實則難以消愁。古代詩人無限多的酒與愁的吟詠，到江湜這裡得到又一次具有個人特徵和時代特點的充分展現。

進入不惑之年時，由於親戚之助，江湜方入貲得一從九品小官，這是清代官階中最末的一品。實際上，終獲官位的變化並未給他帶來命運的改變，也並未給他帶來如意的生活和快樂的心境。雖則這樣說，實際上江湜的用世之心、騰達之意一直是相當強烈的。然而為官之後所聞所見、所知所感的種種，不斷打擊著他僅有的一點入世豪情與匡扶之志，他僅有的一點改變自己

〔註 11〕江湜著，左鵬軍校點《伏敔堂詩錄》卷十，上海：上海古籍出版社 2008 年版，第 211 頁。

〔註 12〕江湜著，左鵬軍校點《伏敔堂詩錄》卷八，上海：上海古籍出版社 2008 年版，第 151 頁。

〔註 13〕江湜著，左鵬軍校點《伏敔堂詩錄》卷九，上海：上海古籍出版社 2008 年版，第 174 頁。

〔註 14〕江湜著，左鵬軍校點《伏敔堂詩錄》卷十一，上海：上海古籍出版社 2008 年版，第 222 頁。

命運的期待也隨之煙消雲散。因此，他寫下了為數不少的表現為官之苦、渴望歸去的作品。隨著年華漸逝，暮景將至，江湜對自己一生命運的思考與認識愈來愈清楚。這種反省與追問雖然殘酷，然而更殘酷的是擺在面前無法改變的現實。於是他在晚年所作的多首詩歌中，一再品嘗這種苦澀的人生況味，表達內心的極度痛苦。《燈前一首》有云：「念我束髮即耽讀，二十卓犖能文章。學乖志僻坐蹭蹬，末路作吏還招秧。何嘗五斗逮甘旨，宦途俄變新戰場。牽挐兵禍陷鄉國，洗恨直欲翻東洋。即今萬卷空在腹，欠一孝字心悲傷。」〔註 15〕《枕上》也是一首思索平生、不堪回首的如泣如訴之歌：「少年夜甘睡，當曉曾不聞雞鳴。自經喪亂來，雞欲鳴時兀自醒。……雞聲遠近輒到耳，枕上豈免思平生。平生不可思，但有難為情。欲卷大海水，入此雙眼為淚傾。雞乎急催白日出，正苦秋夜天難明。」〔註 16〕

這樣的作品在江湜後期詩作中再再多有，即便已經為官，他的這種不適之感與窮愁之態仍未獲得些許的改變，這境況，反而增強了詩人生命價值與生活意義的荒誕感和空虛感。《雜書絕句六首》之一云：「早歲耽吟興不孤，惟愁門外吏催租。只今身作催租吏，敗盡人詩我亦無。」〔註 17〕將為吏催租害得他人毫無詩興且自己亦掃詩興的情狀表現得非常真切，亦將自己作為一名鹽官除鹽以外他物全無的生活窘境和盤托出。又有《對酒》云：「今日廚煙斷，何時關稅平？民應能諒我，官亦不聊生。手稿千篇富，身謀一葉輕。何知鹽有法，好用酒為名？」〔註 18〕民不聊生，已是對社會現狀的血淚控訴；此處詩人別出手眼地吟出「官亦不聊生」之句，可以想見當時百姓苦難已到何等地步。此種詩句，恐怕也只有江湜這樣真正歷盡艱辛困苦的窮愁詩人才能寫得出，的是懾人心魄之語。年屆知命的江湜對自己的一事無成、年華虛度，對自己的生逢亂世、為官成非，有了愈來愈深切的體悟。這就是他在《行年》一詩中表達的：「行年四十九，歲月去如飛。遭亂過中歲，為官成大非。

〔註 15〕江湜《伏敔堂詩續錄》卷一，江湜著，左鵬軍校點《伏敔堂詩錄》，上海：上海古籍出版社 2008 年版，第 327 頁。

〔註 16〕江湜《伏敔堂詩續錄》卷二，江湜著，左鵬軍校點《伏敔堂詩錄》，上海：上海古籍出版社 2008 年版，第 363 頁。

〔註 17〕江湜《伏敔堂詩續錄》卷三，江湜著，左鵬軍校點《伏敔堂詩錄》，上海：上海古籍出版社 2008 年版，第 390 頁。

〔註 18〕江湜《伏敔堂詩續錄》卷三，江湜著，左鵬軍校點《伏敔堂詩錄》，上海：上海古籍出版社 2008 年版，第 394 頁。

何由即歸得，其實所求微。昨夢江村路，人家只破扉。」〔註 19〕這可以看作是詩人對自己一生的回顧與總結，其中的痛苦與傷感，慚愧與悔恨，雖然展現得還不充分，但恰恰是在這種欲說還休的空白性表達中，可以清晰地看到一個雖然孤苦卻不失其傲岸個性的詩人形象。

第二，奔波勞碌之苦，是江湜詩歌另一重要主題。江湜不僅終身貧窮，而且或爲求功名、謀生計，或爲躲貧窮、避戰亂，長期流離奔波於外，北至京師、齊魯，南至浙江、福建，備嘗旅途的艱辛和寄人籬下的辛酸。

這一切化而爲聲詩，就成爲江湜詩歌創作一個重要方面。

江湜長期流離奔波於外，不僅受盡飢寒，且時常感受到世態炎涼、人情冷暖，於是經常在詩作中表達對自己人生處境和生命價值的懷疑，甚至透露出某種失望的情緒。江湜身爲長子卻常年奔波在外，每不能在家行孝悌，其孝親悌弟之情固極強烈，此類情感也時常表現於詩作之中。如有歲末懷弟之作云：「今年想似阿兄長，能柬新詩勸把觴。旅食感深吾不寐，家衣寄盡汝應涼。短檠燈可支三尺，小板書宜誦萬行。求友尊師皆要著，卻防俗物置中腸。」〔註 20〕客遊之中，詩人也時時惦記著年紀漸已老邁的雙親，《絕句五首》之二云：「平生能敝幾羊裘，寒往暑來長客遊。三十一年成底事，徒知催白老親頭。」〔註 21〕於自己生辰，益發感慨一事無成之艱辛，也更加懷念遠在千里之外的家鄉：「孌孌涼風滿林，重逢海國秋深。三十年前呱泣，二千里外歸心。」〔註 22〕由於經歷的苦難太繁多，遭逢的時勢太不幸，詩人不免產生極度憂傷失望的情緒，這種情緒在記述其旅途奔波的詩作中表現得尤爲強烈。《舟中二絕》寫道：「浮生已是一孤舟，更被孤舟載出遊。卻羨舟人挾妻子，家於舟上去無愁。」又云：「我向西行風向東，心隨風去到家中。憑風莫撼庭前樹，恐被家人知阻風。」〔註 23〕都是羈旅之人對家鄉的

〔註 19〕江湜《伏敔堂詩續錄》卷四，江湜著，左鵬軍校點《伏敔堂詩錄》，上海：上海古籍出版社 2008 年版，第 416 頁。

〔註 20〕江湜《山谷觴字韻詩有天教兄弟各異方不使新年對舉觴之句歲暮客中甚念兩弟和韻寄與各一首》，江湜著，左鵬軍校點《伏敔堂詩錄》卷四，上海：上海古籍出版社 2008 年版，第 70 頁。

〔註 21〕江湜著，左鵬軍校點《伏敔堂詩錄》卷五，上海：上海古籍出版社 2008 年版，第 84 頁。

〔註 22〕江湜《八月十四日題》，江湜著，左鵬軍校點《伏敔堂詩錄》卷五，上海：上海古籍出版社 2008 年版，第 89 頁。

〔註 23〕江湜著，左鵬軍校點《伏敔堂詩錄》卷八，上海：上海古籍出版社 2008 年版，

深情思念和對自己流離命運的自傷自憐。這樣的處境與心境，都經常出現在江湜的生活和詩作之中，幾乎成了這位窮苦詩人的宿命。

詩人這種深刻的做客異鄉、有家難歸之感，孤獨羈旅、苦於行役之懷，還經常以頗爲別致的寫景融情、體物寄情方式來表現，不僅增強了詩歌的美感與藝術性，更重要的是使這種獨特的內心感受表達得更深遠、更空靈，給人留下悠長的思索與餘韻，更易引起人們的共鳴。《塗中書意》云：「客身渺與世無關，盍且歸家日養閒。自信十分不解事，尙貪一路好看山。心期當代知交外，人老編年詩集間。差喜北來鄉國近，浪遊興盡便於還。」〔註 24〕對自己年華漸老的感知，對自己只能做「詩人」的身份體認，對歸家鄉還故土的嚮往，都在詩中得到了充分的表現。咸豐四年甲寅八月十五日（1854 年 10 月 6 日）中秋月圓之夜作於福建汀州的《此時一首》云：「此時誰正憶天涯，六十衰親感鬢華。游子不隨明月到，好秋應在別人家。亂來舟楫關身計，老去烽煙逼眼花。亦有歸心要登望，汀州天著萬山遮。」〔註 25〕中秋夜本是闔家團圓之辰，遠在千里之外的詩人卻只能遙望家鄉思念已老的雙親，不禁倍增其孤獨寂寞之感。詩人自己的生日，也還是不能還家，依然只能在異鄉的漂泊中思念雙親，體味客遊的孤苦，於是《八月十四日舟中題》中寫道：「歸途仍是客，生日又思親。極望天邊眼，遙慚牖下人。患應緣識字，晚乃慕垂綸。一片相迎月，還家合照貧。」〔註 26〕

九九重陽原本是團聚登高和祈求長久的節日，客遊在外的詩人卻只能又一次孤單地度過這個令人傷神的日子。其《九日》云：「菊花爲我不成妍，獨立疏林夕照邊。老矣一身無故里，淒然九日又今年。登高便有偏安地，與賊如何共戴天。欲助西風爲肅殺，橫戈直到葑（音富）門前。」〔註 27〕至於「與賊如何共戴天」之句，則是太平天國起義之後給江湜詩歌帶來的新內容，充分表達了作爲一個正統士人對農民起義的態度。《眘口自福州至溫今日挈來翁

第 154 頁。

〔註 24〕江湜著，左鵬軍校點《伏敔堂詩錄》卷十，上海：上海古籍出版社 2008 年版，第 187 頁。

〔註 25〕江湜著，左鵬軍校點《伏敔堂詩錄》卷十，上海：上海古籍出版社 2008 年版，第 200 頁。

〔註 26〕江湜著，左鵬軍校點《伏敔堂詩錄》卷十二，上海：上海古籍出版社 2008 年版，第 239 頁。

〔註 27〕江湜《伏敔堂詩續錄》卷一，江湜著，左鵬軍校點《伏敔堂詩錄》，上海：上海古籍出版社 2008 年版，第 340 頁。

洋時二弟已航海回里以二詩寫懷》之二云：「亂來何地可爲家？不及門前一樹鴉。鴉有定棲同日夕，人今驚散各天涯。滄波路遠牽魂夢，薄宦心違足怨嗟。念汝歸尋舊閭里，江城十月雪如花。」〔註 28〕戰亂發生，令詩人及其一家流離失所，爲逃難剛到杭州旋又赴福州，其間的艱辛困苦可想而知，以至於產生無以爲家、人不如鴉的感受。這已不僅僅是客遊在外而念家的憂傷，而且是戰亂之際生離死別的體驗。

第三，時局戰亂之憂，是江湜詩歌又一引人注目的內容。或是表達對普通百姓生活與命運的同情憐憫，或是對世風官場奇異變化的擔憂與諷刺，或是對時局動蕩、戰亂頻仍的擔心憂患，從早年至晚年的許多詩作都表達了這種入世精神和悲天憫人的情懷。

應當承認，與以往任何一個歷史時期相比，江湜生活的時代都要顯得更加不幸，無論個人命運還是國家命運都是如此。江湜又長期生活在社會下層，得以廣泛接觸、深入體味到普通百姓的艱難困苦。因此，在江湜的創作中，此類之詩不僅因其具有特別的深度而佔有重要地位，而且眞實地反映了當時的歷史事件，具有一定的「詩史」價值。

江湜常年奔波於外，關注黎庶、兼善天下的情懷使他對哀苦無告的百姓生發出由衷的體恤和深切的同情。《哀流民》作於寧化道中，是一首描寫百姓流離失所的七言歌行，不僅反映了時局的動蕩與民生的艱難，也表現了詩人悲天憫人的感情，結尾更頗有杜甫《茅屋爲秋風所破歌》之情懷。詩中寫道：「流民入城我出城，可憐滿眼流離形。寒者鼻涕長垂膺，餧者瘦骨高峥嶸。病者喘息喉作聲，老者足怠兒扶行。前男後婦同伶俜，探懷更哺啼饑嬰。嗟爾流民之窮有如此，益見父子骨肉夫妻情。……嗚呼！安得青山爲銅高嵯峨，大錢一鑄百萬多，資爾歸去毋奔波？亦使腐儒不用空悲歌？」〔註 29〕《雨中感事》描繪了當時水利不修、百姓苦難的現實，表達了同情民眾的情懷，並對統治者提出了勸誡。詩中寫道：「道光己酉夏五月，我歸自閶城東居。時方雨水漫東郭，臨流終日如寒漁。……今茲望歲歲大歉，民生國計宜何如？人言此鄉失水利，徵我目見良有諸。……嗚呼水利之不講，吳其爲沼

〔註 28〕江湜《伏敔堂詩續錄》卷三，江湜著，左鵬軍校點《伏敔堂詩錄》，上海：上海古籍出版社 2008 年版，第 389 頁。

〔註 29〕江湜著，左鵬軍校點《伏敔堂詩錄》卷六，上海：上海古籍出版社 2008 年版，第 103～104 頁。

吾其魚。」〔註 30〕

像晚清時期的許多讀書人一樣，江湜也是在屢試不第、抑鬱難達的境況下開始思考用人取士制度的合理性問題，不僅對科舉制度提出了深刻的懷疑，提出人才爲國家之本的觀念，而且對官場風氣、官僚制度的弊端有一定的認識，提出了有一定遠見的見解。他在《送人應禮部試》中寫道：「國家久治安，俗敝官恬嬉。因循積貧弱，兵氣生邊夷。天子乍軫念，吏治何淩遲。人才惟國本，振作今焉宜。既重進士科，曷取於浮詞？謂當核才實，發策如漢時。吾生服師訓，忠愛爲行基。讀書取適用，異日課設施。他塗不敢進，橐筆干有司。今秋又落解，刻骨文中疵。科舉法不變，吾其死山茨。」〔註 31〕認識到文恬武嬉、邊疆不寧的可怕現實，批評以浮詞取仕、不重視實學才幹的弊端，提出人才爲振興國家之本的觀念。這些都是當時社會面臨的非常緊迫的社會問題，也是近代以來多位文學家、思想家共同關注的具有時代性的問題。

江湜最爲集中地反映時局動蕩與戰亂之憂的作品，是關於太平天國起義的篇什。太平天國起義波及當時的南中國，而江湜經常生活與遊歷的江蘇、浙江一帶是受創最爲嚴重的地區。與舊時代的絕大多數士人一樣，江湜是站在統治者的正統立場來看待這一事件的。由於對太平天國懷有一種本能的反對和深刻的恐懼，遂使這些詩歌中不僅反映了起義的某些事件和史實，而且堅定地表明作者的立場；詩風也變得空前恣肆縱橫、犀利深刻、淩厲逼人。此類之作，從一個重要角度表現了詩人的生活苦難和創作風格，具有特別重要的價值。《昨夜一首》云：「昨夢手破江寧城，我兵從我三百名。分頭殺賊如磔狗，暗門狹巷刀聲聲。紅帕首者楊秀清，奪路欲竄如相迎。大呼狂賊何處走，一擊輒中擒歸營。有如李愬縛元濟，功成天曉雞初鳴。惜哉是夢不是實，醒後懊恨心難平。朝廷既徵十萬兵，大帥名重權非輕。營前明月三虧盈，江寧之城不克復，賊黨轉蔓功無成。嗚呼論將豈及我，夢中忘是孱書生。」〔註 32〕全詩一氣貫注，淋漓酣暢地表達了殺賊平亂的決心和希望，作者的

〔註 30〕江湜著，左鵬軍校點《伏敔堂詩錄》卷六，上海：上海古籍出版社 2008 年版，第 117～118 頁。

〔註 31〕江湜著，左鵬軍校點《伏敔堂詩錄》卷七，上海：上海古籍出版社 2008 年版，第 135 頁。

〔註 32〕江湜著，左鵬軍校點《伏敔堂詩錄》卷九，上海：上海古籍出版社 2008 年版，第 165 頁。

思想與才情均得到了充分的體現。長五古《重入閩中至江山縣述懷》也有一部分重要內容描寫了太平天國起義的情形，表明了作者的態度。在另一首極見功力的長五古《重至福州使院述事感懷五十韻寄彭表丈京師》中，詩人再次表達了對時局動蕩、戰亂頻仍局面的憂患：「我生雖腐儒，憂國心至誠。」〔註 33〕七律《官軍》表達的也是對於盡快消滅太平軍的渴望和對國家局勢的憂患。《登樓遣懷》同樣是對戰亂時局的擔憂與愁怨。

五古《誌哀九首》是一組描述江湜及其家人在太平天國戰亂中危險經歷與苦難處境的作品，更重要的是通過詩人一家的經歷，展現了江南廣大地區無數百姓在這次戰亂中經受的苦難和受到的衝擊，具有「詩史」價值，當在江湜全部詩歌創作中佔有特別突出的地位。其三有云：「可哀哉江南，地穰財賦稠。國家恃以富，歷歲二百秋。一朝竄豺虎，豈獨蒼生愁？」其四云：「記昨負米歸，心痛慘入室。前夕鄰村燒，賊來勢飄忽。吾母素性剛，訓女以死節。吾父淡蕩人，生理恒守拙。羞以衰白年，流離事行乞。命我挈一弟，兩口犯險出。出者善保軀，宗祀未宜絕。尙有兩子留，效死共蓬蓽。是時我有語，未吐氣先咽。欲留非親心，欲去是永訣。仰天蒼穹頹，蹋地后土裂。翻願受賊戕，痛以一刀畢。有女尙牽衣，叱之付遑恤。記茲庚申年，五月十五日。甪直鎭西橋，生人作死別。」〔註 34〕古詩《後哀六首》再次記錄了因爲戰亂衝擊，詩人弟弟攜眷從上海乘船到福州的經歷和苦難，與《誌哀九首》有異曲同工之妙。其一開頭即寫道：「吾生惟有哀而已，雙鵲無端來送喜。心知骨肉賊中來，所痛九原獨不起。死者不可生，生者幸無死。不死者來復相見，以此誌哀哀至矣。」〔註 35〕

太平天國起義對江湜生活和心理造成的影響非常重大，還有多篇詩作，從不同角度反映這一歷史事件，集中表達他對太平軍的仇恨恐懼、憂時念亂的情懷和殺賊立功的決心。《陷賊後避居僧寺題壁》云：「我殺一賊賊殺我，此身小用奚其可。欲鏖萬賊決一死，安得俄招百壯士。腰間雄劍三尺鳴，按之入匣銷其聲。劍乎有志掃狂寇，且忍風塵萬里行。」〔註 36〕《福州府席上》

〔註 33〕江湜著，左鵬軍校點《伏敔堂詩錄》卷九，上海：上海古籍出版社 2008 年版，第 172 頁。

〔註 34〕江湜著，左鵬軍校點《伏敔堂詩錄》卷十五，上海：上海古籍出版社 2008 年版，第 305～306 頁。

〔註 35〕江湜《伏敔堂詩續錄》卷一，江湜著，左鵬軍校點《伏敔堂詩錄》，上海：上海古籍出版社 2008 年版，第 350 頁。

〔註 36〕江湜著，左鵬軍校點《伏敔堂詩錄》卷十五，上海：上海古籍出版社 2008 年

云:「自訐烽煙隙處身,論文樽酒此何因?便須爛醉華筵上,不念江南人食人。」〔註 37〕

詩中寫到的「江南人食人」的恐怖場面,是詩人對戰亂局勢下百姓處境與命運的描述,當是有現實根據的寫實之筆。《聞官軍進攻蘇州》則表達了詩人對自己家鄉終被收復的喜悅心情,雖無杜甫《聞官軍收河南河北》的無限快意,但也是江湜詩作中難得一見的喜悅心情的表露:「此時投筆起,欲去助揮戈。殺賊爲京觀,平吳奏凱歌。無驚我邱壟,重履漢山河。只作農夫歿,餘生幸已多。」〔註 38〕《悲歌》云:「賊未殺我,我有餘生。我不殺賊,餘生無名。聞賊酋之受縛,將獻俘於帝京。切小臣之家讎,願一臠以爲羹。惟天閽之難達,望先隴兮淚傾。補天兮天缺,塡海兮海盈。盡吾年以永痛兮,志手梟此賊而無成!」題下有注云:「時大軍克復江寧,僞忠王李逆就擒。李逆蓋前陷蘇州者。」〔註 39〕此詩慷慨遒上,愷切動人,充分表達了詩人有心殺賊無路請纓、家仇雖報卻未親手梟賊酋之首和家鄉雖復卻心有餘痛的複雜心情。

在另一些詩作中,江湜通過對戰後地區社會狀況的眞實反映,特別是對某些重要細節的細緻描繪,傳達戰爭與動亂造成的嚴重後果,給人巨大的心靈震撼。《有自杭城來者道經浙東各郡縣述所聞見無涕可揮采其語爲絕句十首》就是代表性的例子。其一云:「武林二月新收復,掩骼曾勞役萬夫。卻問舊時叢葬地,半爲溝壑半爲塗。」萬夫勞役,掩埋屍骨,原來叢葬死者之地已面目全非,再難找到葬身之地了。其五云:「原田前歲流人血,壯草叢高二丈餘。蠅大如蟬蚊似蜨,盡徵目見語非虛。」這是何其慘痛之象。其七云:「燕巢於樹略知春,投宿無從問水濱。裹飯疾行義烏縣,百三十里始逢人。」原本富庶之鄉已變得荒無人煙,滿目淒涼。其八云:「多逢人骨少逢人,千里行來慘是眞。猶記龍游泊船處,髑髏傍槳齧沙痕。」〔註 40〕一路

版,第 302 頁。

〔註 37〕江湜《伏敔堂詩續錄》卷一,江湜著,左鵬軍校點《伏敔堂詩錄》,上海:上海古籍出版社 2008 年版,第 335 頁。

〔註 38〕江湜《伏敔堂詩續錄》卷二,江湜著,左鵬軍校點《伏敔堂詩錄》,上海:上海古籍出版社 2008 年版,第 364 頁。

〔註 39〕江湜《伏敔堂詩續錄》卷三,江湜著,左鵬軍校點《伏敔堂詩錄》,上海:上海古籍出版社 2008 年版,第 386 頁。

〔註 40〕江湜《伏敔堂詩續錄》卷二,江湜著,左鵬軍校點《伏敔堂詩錄》卷一,上海:上海古籍出版社 2008 年版,第 378 頁。

走來所見，骸骨多於生人，髑髏猶齧沙痕，彷彿死不瞑目，猶然含恨。此等情景，實在淒涼之極，慘不忍睹。

鴉片種植和貿易、吸食造成了巨大毒害，成爲近代以來危及中華民族命運的一個重大問題。像許多詩人、文學家和憂國憂民之士一樣，江湜對此相當關注並在詩中有所反映。《罌粟花》有云：「歎息台州道，田田罌粟開。天愁民有種，花與禍同胎。至味人間盡，奇方海外來。憑誰曉窮俗，五穀要多栽？」〔註 41〕對惡之花盛開、五穀遭荒廢、海外傳奇方、禍患已結成的現實表現出深深的憂慮。

近代以來中國社會發生的種種巨變，許多時候表現在對外關係中，這種變化經常反映在上海的開發與變化上。跟許多傳統士人一樣，江湜對此早有察覺，並在詩中表現出對這種變化的擔憂。《後哀六首》其二有云：「黃浦江，夷船開。五虎門，夷船來。夷船載人若載貨，得錢乃許登南臺。一船之費百金罄，陸居無屋眞難哉！」〔註 42〕描繪上海一帶外國船隻載人載貨的情形，透露出近代社會重大變化的氣息。《子長多述滬上新聞感歎而作》云：「茫然比例千年史，駭絕奇觀萬變圖。天似小兒方好弄，地原大物盡容污。中華自古混儒釋，上聖即今疑有無。人壽焉能愁許事，吾衰拚與酒爲徒。」〔註 43〕江湜家鄉長洲距上海極近，他也曾親到上海，因此對這裡五方雜處、華夷互市、華屋金碧、夜燈萬盞，恍若已越重洋置身海外的情景表現出極大的驚訝與震撼，對這種用夷變夏、人心不古的景象不免心生淒惻、無可奈何。《夷場二首》之一云：「滬城北門外，濱海開廣場。華夷互市地，雲集來萬商。通以火輪船，利盡東南疆。貨積財自聚，奸僞多非常。到來若外國，恍已航重洋。屋潤金碧氣，人換腥臊腸。輿馬塞廣術，踏沙爲不揚。夜燈萬琉璃，懸照洋樓倡。絲簧協夷樂，風引何悠揚。徒觀繁盛形，頗似樂未央。云昔賊在時，是處眞金湯。數夷執火器，已足資巡防。避地十萬家，輦貲賃夷房。偷安兵火隙，排悶猶壺觴。因是益增華，勝昔之金閶。我聞獨淒惻，仰視天茫茫。」〔註 44〕

〔註 41〕江湜著，左鵬軍校點《伏敔堂詩錄》卷十四，上海：上海古籍出版社 2008 年版，第 279 頁。

〔註 42〕江湜《伏敔堂詩續錄》卷一，江湜著，左鵬軍校點《伏敔堂詩錄》，上海：上海古籍出版社 2008 年版，第 350 頁。

〔註 43〕江湜《伏敔堂詩續錄》卷二，江湜著，左鵬軍校點《伏敔堂詩錄》，上海：上海古籍出版社 2008 年版，第 354 頁。

〔註 44〕江湜《伏敔堂詩續錄》卷四，江湜著，左鵬軍校點《伏敔堂詩錄》，上海：上江湜晚年對寒山詩表現出相當濃厚的興趣，不厭其煩地擬其體式，先作《擬寒山詩二十首》，繼又作《續擬寒山詩二十首》，多達四十首。這蓋非偶然之舉，而有深意存焉。這當與寒山詩突出的民間情懷、平民化色彩與清空淡遠、精微深邃的哲思意味有關，也與江湜歷盡生活苦難、時局動亂，飽嘗世道艱辛、人情冷暖後對生命和世界的體悟有關。

第四，酬朋悼友之傷，是江湜詩歌的又一重要內容。江湜所結交，貧賤困苦者多，遭遇不幸者夥，這種悲苦情緒和對死者的懷念哀悼，造成悲涼淒清的格調，給人強烈的心靈震撼。這種生活經歷和內心感受也伴隨了詩人一生的創作道路，這也應和了「方以類聚，物以群分」的古訓。

友朋酬唱贈答之作，在歷代詩人筆下可謂不可勝數，本是中國古典詩歌具有相當普遍性的內容之一。但是江湜此類之作有其突出的獨特性。他一生生活於社會下層，所結交者亦多是不遇難達的下層文人。這些人的愁苦艱難、貧病疾苦甚至是不幸死亡，經常出現於詩人筆下。在江湜的詩歌中，大量出現的是對逝去的親朋好友、親戚至交的真摯憑弔悼念，而且詩人從這種歌詠中體會著自己生命的苦難與生活的艱辛，親朋的去世經常引發詩人深刻悲苦的生命體驗。在對友朋的悼念中，經常可以感受到詩人同病相憐的感受和顧影自憐的憂傷。七言古詩《得元潔書知其居喪之況爲詩寄之》開端數句即寫得極爲深摯沉痛，如有句云：「嗟君潔養白頭母，今年遽奠靈筵觴。口轉楞嚴一瓣香，菜羹在案忍獨嘗？卅年啼笑不離膝，一旦繞棺寸斷腸。自我得友劉沈楊，不復結客少年場。那知劉沈既死別，君更泣血執親喪？」〔註 45〕《自聞汪先生之喪夜輒不寐並追悼劉彥沖沈山人枕上口占六言二首》之二云：「今我不能短睡，故人何自長眠？已成聚散一世，未滿悲歡百年。念此願同禪寂，將心免與憂煎。他日山陽聞笛，情枯應愧前賢。」〔註 46〕寫得均極爲悲傷沉痛，悼人憐已之懷令人動容。

江湜中年以後，因師友年華漸長漸衰，加之生活不幸與時事艱危，所作悼念亡者之詩亦遠較早年爲多，表達的情緒也越發沉痛深摯，由此生發而出的悼人悲己、同病相憐之感也表現得更加充分。五古《述夢寄元潔》有云：

海古籍出版社 2008 年版，第 418 頁。

〔註 45〕江湜著，左鵬軍校點《伏敔堂詩錄》卷五，上海：上海古籍出版社 2008 年版，第 90 頁。

〔註 46〕江湜著，左鵬軍校點《伏敔堂詩錄》卷六，上海：上海古籍出版社 2008 年版，第 103 頁。

「嗚呼夢五友，四作空山塋。秋卿與彥沖，均死歲在丁。潘先生繼歿，壬子之嘉平。其明年癸丑，元飲又入冥。痛此十年來，故里凋賢英。惟一元潔在，自老蘇州城。死者不可作，生者含離情。我今垂四十，久客身飄零。早衰驗齒髮，膝下無孩嬰。感傷朋友事，難獨登遐齡。人生處宙合，七尺非眞形。修短均一死，身外空求營。」〔註 47〕當年僅二十七歲的朋友盛艮山去世，江湜作七律《奠艮山作二詩誌哀》悼之，之二云：「朝聞夕死君奚憾，我拜靈筵總愴情。筆下哀辭心莫寫，尊中奠酒淚同傾。何能短笥通泉路，復續微言慰友生。世故驅人更沉溺，吾今獨學定無成。」〔註 48〕《輓陳少香丈三首》之三云：「相識兵端未動前，十年離聚幾詩篇。東南漸亂君方老，歲月猶多我自憐。不死更看何世界，盡窮終算盡天年。在鄉在客同黃土，清故詩人要墓阡。」〔註 49〕雖是悼念前輩之逝，但每多感傷自己命運之思，「清故詩人」之念，已如此清晰地出現在江湜詩作中，可見他遺命自己碑碣「清故詩人江弢叔之墓」端非偶然，已是他中年以後對自己命運與處境的清醒體認。江湜有時也頗能注意節制自己的情感，將哀悼逝者的情緒表達得比較洗煉，更多的是寄託對死者獲得安寧的祝願。《寄表丈彭文敬公靈右詩五首》之二云：「捧公八行書，墮我兩行淚。公書濕在紙，我淚濕在地。在紙寄來乾，在地不可寄。淚乎入黃泉，達我哭公意。地下庸鬼多，此哭鬼所忌。」〔註 50〕這種相對冷靜的方式大概也是對生命與死亡的另一種理解和表達，從中可見詩人後期的精神境界與情感狀態。

江湜還寫下了爲數眾多的歌詠離別、題贈友人的作品。此類之作，雖不如悼念死者之詩那般沉痛哀婉，但也從另一角度表現了詩人豐富的情感世界。他對親朋情感的珍惜，對他人命運的關切與對自己生命的體驗，在這些詩篇中均得到了展現。《舟中偶作六言將以示諸友》就是一首有突出特點的送友詩：「寒水縮時洲岸，孤鴻宿處船篷。載我幾朝幾暮，在途愁雨愁風。慮長

〔註 47〕江湜著，左鵬軍校點《伏敔堂詩錄》卷十一，上海：上海古籍出版社 2008 年版，第 232 頁。

〔註 48〕江湜著，左鵬軍校點《伏敔堂詩錄》卷十三，上海：上海古籍出版社 2008 年版，第 249 頁。

〔註 49〕江湜著，左鵬軍校點《伏敔堂詩錄》卷十五，上海：上海古籍出版社 2008 年版，第 319 頁。

〔註 50〕江湜《伏敔堂詩續錄》卷二，江湜著，左鵬軍校點《伏敔堂詩錄》，上海：上海古籍出版社 2008 年版，第 353 頁。

不知日短，計拙奚取詩工。公等閉門索句，原來未是全窮。」〔註 51〕詩人實則與朋友共同體認愁與窮的滋味。《晤雪樵丈談次有作》云：「大江左右兩詩人，傲物非眞懶是眞。出處都難容我輩，文章各已累終身。分從亂後相看老，不博閒中自在貧。他日更爲關塞隔，相思浩蕩寄煙春。」〔註 52〕雖說二人均爲文章所累，出處艱難，但是卻自有懷才傲物、自得自適之處。詩人兀傲狷介的個性由此可見一斑。

送別的場面與情景，經常牽動羈旅之人的歸思。江湜對此體會頗爲深切。《送客至洪山橋有作》就是一首將送別與歸思、歸愁與鄉愁結合抒寫的作品：「思歸歸未得，枉自到津頭。坐看相知去，獨緣何事留？安能人送我，即與客同舟。愁外江潮到，平添水似愁。」〔註 53〕《子長作西湖圖見寄以詩奉答》本是一首酬謝朋友贈畫之作，但在描述畫中內容、表達感謝之意後，還是不不免落到詩人最多體味也最常表達的窮愁上：「惜君寄畫爲我娛，不知我窮但有七尺軀。客中之屋無錢租，家中四壁今亦無。得君此畫何處掛？蒼茫四顧空嗟呼。」〔註 54〕《讀雪樵丈近詩》云：「淚是詩人血，傾來又化詩。因君重有歎，與我正同時。身際兵戈老，家因夢寐疑。商量消遣法，無酒對空卮。」〔註 55〕詩人體味的不僅僅是亂離之中貧窮羈旅、無酒空卮的生活窘況，而且是血淚化詩、視詩如命的內心體驗。痛苦出詩人之說雖非常理，然而在江湜的創作中，經常可以看到二者間的密切關係；江湜和他的時代，也驗證著「國家不幸詩家幸」的感慨。

第五，遊歷寫景之感，也是江湜詩歌一個較爲重要方面的內容。詩人一生勞頓奔波，羈旅行役，雖多出於不得已，然既多歷南北古迹與名山大川，即時常以詩記述遊歷所見所感，並能表現出突出的個性。

江湜雖歷盡苦難，但是對自然之美的欣賞與感動之心並未因此消磨，他

〔註 51〕江湜著，左鵬軍校點《伏敔堂詩錄》卷八，上海：上海古籍出版社 2008 年版，第 158～159 頁。

〔註 52〕江湜著，左鵬軍校點《伏敔堂詩錄》卷十二，上海：上海古籍出版社 2008 年版，第 243 頁。

〔註 53〕江湜著，左鵬軍校點《伏敔堂詩錄》卷十一，上海：上海古籍出版社 2008 年版，第 217 頁。

〔註 54〕江湜著，左鵬軍校點《伏敔堂詩錄》卷十四，上海：上海古籍出版社 2008 年版，第 285 頁。

〔註 55〕江湜《伏敔堂詩續錄》卷一，江湜著，左鵬軍校點《伏敔堂詩錄》，上海：上海古籍出版社 2008 年版，第 342 頁。

時常在對景物的留連中忘卻種種煩惱，獲得短暫而珍貴的精神愉悅。詩人時將田園生活寫得寧靜祥和，頗得唐人田園詩歌之風神，如《同楊元潔白自姚家渡取道柴莊嶺行米堆山下至西灣田家宿是夜仍乘月上長奇嶺得詩四首》之三云：「山家意淳樸，客至走相驚。村犬吠衣冠，亦覺非世情。遶舍十棱田，桑竹縱橫生。人行綠陰中，幽鳥時一鳴。蒼然暮色來，嵐光忽先冥。山深得月遲，夜景自虛明。居人望昏至，比舍門先扃。隔林一燈出，知有行人行。」〔註 56〕雖然是在客裏，但是舟行江南，山間水色亦令詩人陶醉於其間，每有忘情之感。《無錫道中》云：「斜陽兼水色，搖漾客舟晴。坐覺半窗爽，還堪十里行。對山心慮愜，出市語音清。即此一蕭散，渾忘問去程。」〔註 57〕《蘭山道中二首》之二云：「石路無塵一徑斜，春風茅店野人家。山田綠盡耕初起，閒著一村紅杏花。」〔註 58〕將幽然恬靜的田園景色描繪得生動傳神，宛在目前，令人神往。七絕《道中雜題絕句共錄十一首》也是一組空靈流暢的寫景小詩，頗能體現詩人的自適與愉悅情懷，這在江湜這位歷盡苦難的詩人筆下，確屬難得之作。其二云：「苦竹敲簷筍出泥，破籬笆下透雛雞。山農於此有至樂，打穀在場兒亂啼。」其十一云：「三朝三暮短長亭，歷歷風光記所經。身與溪流將百轉，眼逢山色故同青。」〔註 59〕

由於太平天國起義造成的巨大社會動蕩，給詩人的生活帶來嚴重的衝擊，在一些寫景詩中也增添了對這一戰亂的憂患與焦慮情緒，因此這些山水景物詩的內容和情感也都發生了明顯的變化。如《夏晚一首》便是借眼前景物抒發殺賊平亂之情的作品，與以往的單純以寫景詠物爲主題的作品已經有了明顯的不同。詩云：「亂時爲客心慨慷，登高夏晚望八荒。陣雲橫天有龍氣，飛電著人如劍光。因聞雷聲思戰鼓，願變雨點爲長槍。吾便挾此助勇力，與國殺賊清邊疆。」〔註 60〕《台州聞警而去將抵天台縣》云：「我先我後盡昇平，

〔註 56〕江湜著，左鵬軍校點《伏敔堂詩錄》卷一，上海：上海古籍出版社 2008 年版，第 11 頁。

〔註 57〕江湜著，左鵬軍校點《伏敔堂詩錄》卷二，上海：上海古籍出版社 2008 年版，第 16 頁。

〔註 58〕江湜著，左鵬軍校點《伏敔堂詩錄》卷三，上海：上海古籍出版社 2008 年版，第 39 頁。

〔註 59〕江湜著，左鵬軍校點《伏敔堂詩錄》卷五，上海：上海古籍出版社 2008 年版，第 94～95 頁。

〔註 60〕江湜著，左鵬軍校點《伏敔堂詩錄》卷十，上海：上海古籍出版社 2008 年版，第 188～189 頁。

適見兵戈起亂形。客鬢新從途次白，名山偏向賊前青。已無遊興探奇奧，剩有窮愁損性靈。一杵鐘聲國清寺，好風還送路人聽。」〔註 61〕表現了詩人生不逢時、戰亂頻仍，鬢髮新白、只剩窮愁、無路可逃的艱辛狀況，通過個人遭遇眞實地反映了苦難殘酷的社會現實。

江湜還曾寫有一些描繪寧靜空靈的自然景物，不知不覺陶醉其間以至於產生出世之想的詩篇，可以看作是詩人對現實苦難生活的一種疏離，從而獲得短暫的精神解脫和心靈解放。《雨餘》就是一首自然空靈之作，頗能體現江湜山水景物詩的特點：「好遊心自喜山程，復此前山放午晴。溪水綠時眞是酒，野花香得不知名。雨餘一笠行還佩，風處單衫著更輕。便算爲僧行腳去，何須歸籍就諸生。」〔註 62〕《驛外》云：「去驛五十步，有農八九家。泉枯筧水斷，沙塌碓房斜。收稻當寒日，行樵帶落霞。喜他生計好，蕎麥又開花。」〔註 63〕一幅安祥寧靜的田園景象，頗有世外桃源色彩，寄託了詩人的生活渴望。《湖上》也是描繪由遊覽杭州西湖產生的樂以忘憂的情感，以至於對自己入貲爲小吏的人生選擇產生了懷疑：「西湖疑可滌人愁，又此偷閒浪出遊。身避眾咻城裏事，水呈一碧鏡中秋。苦無佳句猶吟著，甘作卑官卻悔不？注目蒼山未能去，晚風偏與轉船頭。」〔註 64〕

江湜還特別擅長選取獨特的角度，描摹特異的物象，將對眼前自然景物的傳神描繪與動蕩混亂的時局、深刻的內心體驗結合起來，賦予山水詩以特有的思想深度和哲理色彩，使短小的詩篇獲得綿長的韻味。《溫溪得風掛帆》云：「雨餘水自栝州下，紛向船頭作倒流。撐篙昨日空盡力，掛席得風今小休。青山趁人若旋馬，白髮照影慚沙鷗。亂來飄泊凡幾載，得首歸途餘百憂。」〔註 65〕《石門觀瀑布》有云：「果然瀑大壯，一白劃破青山青。萬斛之源千仞勢，舂落潭底潛龍驚。後水擊前水，水怒益不平。爭翻白浪躍復鳴，合作

〔註 61〕江湜著，左鵬軍校點《伏敔堂詩錄》卷十四，上海：上海古籍出版社 2008 年版，第 279～280 頁。

〔註 62〕江湜著，左鵬軍校點《伏敔堂詩錄》卷九，上海：上海古籍出版社 2008 年版，第 183 頁。

〔註 63〕江湜著，左鵬軍校點《伏敔堂詩錄》卷十，上海：上海古籍出版社 2008 年版，第 204 頁。

〔註 64〕江湜著，左鵬軍校點《伏敔堂詩錄》卷十三，上海：上海古籍出版社 2008 年版，第 252～253 頁。

〔註 65〕江湜《伏敔堂詩續錄》卷三，江湜著，左鵬軍校點《伏敔堂詩錄》，上海：上海古籍出版社 2008 年版，第 403 頁。

戰鼓兵車聲。赴坑突石急溜成，去勢迅若風無形。自非一門趨谷口，雖以天池爲壑猶將盈。……此瀑勝處吾能評，如立支川直注海，如漏銀漢懸秋清。聲吹鬼神白日下，又如地底馳雷霆。」〔註 66〕一連串的比喻誇張，傳達出瀑布的巨大聲響和獨特姿態，詩人筆勢之雄健，才華之出眾，由此可見一斑。

三、出唐入宋

江湜一生勤於創作，詩作頗多，卻不以論詩名世。其論詩文字並不多見，只是通過個別詩篇尚能捕捉並認識其詩歌主張或創作觀念，從中可以看出其爲詩的基本主張和取向喜好。

《雪亭邀余論詩即爲韻語答之》就是今見江湜論詩詩中最爲突出的一首，相當集中地表現了他的詩歌創作主張，詩云：「近人浪爲詩，以古障眼目。徒看山外山，更住屋下屋。五六百年來，作者少先覺。工拙雖自殊，要是一邱貉。吾生有半解，得之十年讀。感君抱虛懷，未敢矢弗告。請以書喻詩，其理最明確。君看顏與柳，結字務從俗。二王有舊體，竟若高閣束。再變爲米顛，又訶顏柳惡。大言蔑羲獻，其氣何卓犖。懲弊稍規前，亦有趙榮祿。最後董思翁，更詆趙書熟。由來技藝精，必自立於獨。變古乃代雄，誓不爲臣奴。又觀於釋氏，達摩來天竺。教外開別傳，三藏成糟粕。後分爲兩宗，南北如相角。又後蓮池師，復不講語錄。但念阿彌陀，證佛乃更速。詩亦宜有之，論詩只此足。」〔註 67〕很明顯，江湜對五六百年來詩壇無先知先覺的大家出現的情形頗不滿意，當然其間也透露他過人的自信與自負；其作詩與論詩的主張多來自十年苦讀的功夫，強調的是「俗」、「獨」與「變」，就是植根於民間、追求獨創和有意識地變化的統一。《小湖以詩見問戲答一首》是另一首集中表現江湜詩歌主張的作品，詩云：「江子善作詩，李子辱問之。有問無不答，率爾陳其詞。詞曰詩者情而已，情不足者乃說理。理又不足徵典故，雖得佳篇非正體。一切文字皆貴眞，眞情作詩感得人。後人有情亦被感，我情那不傳千春。君詩恐是情不深，眞氣隔塞勞苦吟。何如學我作淺語，一使老嫗皆知音。讀上句時下句曉，讀到全篇全了了。卻仍百讀不生厭，使人難學方見寶。此種詩以人合天，天機到得寫一篇。寫時卻憶學時苦，寒窗燈火

〔註 66〕江湜《伏敔堂詩續錄》卷三，江湜著，左鵬軍校點《伏敔堂詩錄》，上海：上海古籍出版社 2008 年版，第 403 頁。

〔註 67〕江湜著，左鵬軍校點《伏敔堂詩錄》卷八，上海：上海古籍出版社 2008 年版，第 160 頁。

二十年。二十年學一日悟，乃得眞境忘蹏筌。江子說詩未云足，李子掉頭不心服。曰君之詩欠官樣，只是山歌與村曲，讓君獨吟在空谷。」〔註 68〕強調的依然是以「情」與「眞」爲最上，以「眞情」感人，指出「說理」與「徵典故」乃等而下之、無可奈何之法，並非作詩之「正體」，重要的是「以人合天」，心得「天機」，有了這些根本，自然無須避「淺語」，而且令老嫗能解是所難能，於是也就當然無須在意他人「欠官樣」、「只是山歌與村曲」之誚了。從中可以清晰地看到白居易詩歌思想的影響，以及歷代優秀詩人的創作觀念的延續。這些文字表達了具有相當出色的理論性和現實針對性的詩歌見解，當然也是他作詩的基本理論觀念和藝術追求，對認識和把握江湜的詩歌創作具有提綱挈領的價值。

另有一些詩作也體現了一定的創作主張，可豐富對於江湜詩歌理論觀念的認識。《自題詩卷》云：「將詩酬造物，不意卻驚人。此實無他巧，我惟自寫眞。初心慚道德，小技枉精神。異日身名外，空留紙上塵。」〔註 69〕從中可見他對自己作詩「寫眞」的要求和對於「驚人」的認可。確是如此，江湜對於詩歌創作和詩歌對於其生命的意義的認識，有一個逐漸深化的過程。隨著他仕途功名的日漸失敗，對詩歌的重視就日益加強，後來即大有杜甫「語不驚人死不休」的追求。從人生經歷和性情氣質等方面來看，江湜頗與唐宋苦吟詩人相近，因此其詩作中時常可見這種傾向。《彭表丈屢賞拙詩抱愧實多爲長句見意》中云：「旅懷伊鬱孟東野，句律清奇陳後山。他日無成還志短，詩名幸與二君班。」〔註 70〕在人格與詩格方面，都明顯地表現出對孟郊、陳師道的親近感與認同感。

此外，從江湜對他人詩歌的品評中亦可見其詩歌創作趨向。如《讀小湖近詩》云：「無一塵中語，惟君胸次高。更深憂國念，彌益使臣勞。經世年方富，懷奇筆最豪。吾生一雙眼，從此薄時髦。」〔註 71〕可見他最爲看重的還是胸次高遠而無塵世之態的不俗和深沉的憂國憂民之心。前者與一般所說清

〔註 68〕江湜著，左鵬軍校點《伏敔堂詩錄》卷十一，上海：上海古籍出版社 2008 年版，第 228～229 頁。

〔註 69〕江湜著，左鵬軍校點《伏敔堂詩錄》卷十，上海：上海古籍出版社 2008 年版，第 205 頁。

〔註 70〕江湜著，左鵬軍校點《伏敔堂詩錄》卷五，上海：上海古籍出版社 2008 年版，第 86 頁。

〔註 71〕江湜著，左鵬軍校點《伏敔堂詩錄》卷九，上海：上海古籍出版社 2008 年版，第 174 頁。

中葉以降宋詩派的核心主張相合，後者則與中國歷代優秀詩人的情懷相通。《顧潔見寄近詩皆效拙體漫寫一首卻寄》中亦可窺見江湜的作詩主張：「顧生學我詩，已得皮與骨。然我有神髓，彼固不能奪。我論作文字，毋若工人然。工人執規矩，乃定方與圓。曷觀古聖人，方圓出其手。方且制規矩，以與工人守。願生契造化，勿以我作師。妙悟而實證，自心生好詩。」〔註 72〕強調作詩不可沾染匠氣，當師法造化自然，將「妙悟」即靈心感悟與「實證」即學問根柢結合起來，從心中生發出好詩來。《錄近詩因書四絕句》其一云：「平生參遍名家作，似爲今時寫此哀。寫出渾疑哀已盡，明朝又上筆端來。」其二云：「尙愛吟詩縱不情，休將無益笑先生。又編同治元年稿，千載下人聞哭聲。」其三云：「自寫親身新亂離，杜陵應怪不相師。數篇脫手憑人看，如此遭逢如此詩。」〔註 73〕集中表現的是永無窮盡的哀和感動千載之哭，是親歷亂離世道的紀實之筆和如此遭逢不得不爾的個性化詩歌。

可見，江湜雖然沒有提出過更加全面系統的詩歌創作理論，但在一些詩歌中所表現出來的對於詩歌創作的認識和觀念，卻是基於豐富的創作經驗而且個性鮮明的頗有見地之論，不僅表現了這位終生困頓難達、窮愁孤獨的詩人的創作心態與人生態度，而且具有明顯的現實針對性，對道光、咸豐之際的詩壇風氣頗有針砭警策之意。也可以說，江湜關於詩歌創作的認識和觀念，對於豐富中國古代詩歌創作理論也有一定的價值。

關於江湜詩歌的取徑，葉廷琯《蛻翁所見錄詩錄感逝集》嘗云：「弢叔之言詩以情爲主，而歸於一眞字，又其意欲獨立門戶，不肯步人後塵，並見於與李小湖、陸雪亭論詩諸篇。故其所爲詩不假雕飾，純用白描。骨肉朋友之懷，死生離別之感，言之沉著痛快。其才力亦充然有餘，用筆能輾轉不窮，屈曲透達。在吾吳數百年來詩家中，洵足別開生面，自副所言。至其於古人宗派，評之者或以爲專法昌黎、山谷，然亦時有似東野、後山處，逮後詩境益熟，漸趨平易，遂大類誠齋、石湖手筆，因此未免間有率滑之語，此其生平作詩大略也。」〔註 74〕陳衍《近代詩鈔・石遺室詩話》亦云：「弢叔詩力深

〔註 72〕江湜著，左鵬軍校點《伏敔堂詩錄》卷九，上海：上海古籍出版社 2008 年版，第 182 頁。

〔註 73〕江湜《伏敔堂詩續錄》卷一，江湜著，左鵬軍校點《伏敔堂詩錄》，上海：上海古籍出版社 2008 年版，第 345～346 頁。

〔註 74〕錢仲聯主編《清詩紀事》第十五冊《道光朝卷》，南京：江蘇古籍出版社 1989 年版，第 10657 頁。

透，彭詠莪相國序以爲『古體皆法昌黎，近體皆法山谷，無一切諧俗語錯雜其間，戛戛乎超出流俗。』固矣。然弢叔近體出入少陵，古體出入宛陵，而身世坎壈，所寫窮苦情況，多東野、後山所未言。近人則鄭子尹、金亞匏未能或之先。尋常命筆，每首必有一二語可味者，咸同間一詩雄也。」〔註 75〕錢仲聯《夢苕庵詩話》有云：「擬之東野、後山，不足以盡之也。至其字句，則又戛戛生新，以昌黎、山谷爲骨幹，而出以白傅、誠齋之貌。彭甘亭所謂『先愁我肺腑，乃入人肝脾』，可藉以狀其孤詣苦心。」〔註 76〕錢仲聯又嘗云：「江湜詩，是清代的孟郊、楊萬里，而又不爲兩家所限。……他是有意識地在擺脫陳規，自創新面目。……實則金亞匏詩骨不免凡穢，不能與弢叔倫比。」〔註 77〕

諸家所論雖有異同，但表達的是一種相對接近的認識，即江湜詩之取徑，可從兩方面考察：一是以韓愈、孟郊、黃庭堅、陳師道爲代表的清深幽峭、苦吟雕琢詩風的影響與繼承；一是以白居易、楊萬里、范成大、梅堯臣爲代表的通俗平易、流暢洗煉風格的傳承與發揚；而且，從人生經歷和創作實踐來看，越是到後來，江湜的詩歌創作就越是自覺而自然地將這兩種風格相結合，力圖二者兼顧，得其雙美。至於杜甫與江湜詩歌創作的關係，則可以說，江湜既受上述唐宋諸家啓發，則必然間接地受到杜甫的影響；而且，後期江湜經歷的時勢動蕩與戰爭動亂，使他的處境與創作都更加接近「安史之亂」後的杜甫，一些詩作時現「三吏」、「三別」之風，而且表現得更加深刻，頗有駕老杜而上之之概。

江湜之詩，不僅數量頗大，而且各體兼擅，儘管其間存在高下多寡之別。關於江湜各體詩歌特點與成績之高下，邵祖平在《無盡藏齋詩話》中嘗分析道：「弢叔詩五言獨有面目，七言古稍傷議論，五言律絕無佳者，七言律頗落宋人窠臼，然佳者多。五言絕最少，七言絕則最擅勝場。其詩得韓處不多，得黃處最多，得白傅、東坡之處亦不少。大概長處在意致新雋，氣勢流暢，隨筆寫來，不窘篇幅，而短處則在貪多就熟，步驟太快。」〔註 78〕錢仲聯《夢

〔註 75〕陳衍《近代詩鈔・石遺室詩話》，上海：商務印書館，民國十三年（1924）刊本。見江湜著，左鵬軍校點《伏敔堂詩錄》，上海：上海古籍出版社 2008 年版，第 475 頁。

〔註 76〕錢仲聯《夢苕庵詩話》，濟南：齊魯書社 1986 年版，第 287 頁。

〔註 77〕錢仲聯《近代詩鈔》，南京：江蘇古籍出版社 1993 年版，第 428～429 頁。

〔註 78〕錢仲聯主編《清詩紀事》第十五冊《道光朝卷》，南京：江蘇古籍出版社 1989

茗庵詩話》云：「弢叔詩爽利無匹，宜於古體，故集中古勝於律，五古尤勝於七古。如《誌哀九首》、《靜修詩》、《感憶詩四首》，皆至誠慘怛，沉痛入骨，又純用白描。律詩七言勝於五言。」〔註 79〕從江湜創作成就來看，當以五言古詩見其功力，七言古詩顯其才華，七言律詩現其頓銼，七言絕句明其空靈，六言絕句展其凝煉，各體詩作從不同角度展現著這位傑出詩人的創作成績，顯示出比較明顯的大家風度。

一般將江湜歸入「宋詩派」，這雖不能全面準確地概括江湜詩的價值，但也從一個重要側面揭示了其詩的特點。如同清道光、咸豐、同治以降的許多詩人一樣，江湜作詩亦頗重視才學，講究根柢，詩歌中也時常表現出比較明顯的學問化、議論化傾向。實際上這是晚清以降詩壇的一種佔有主導地位的詩歌創作觀念，也是一種相當普遍、具有詩歌史意義的重要現象。

七古《汪月生先生獻玗家捕得一物似狐而非遠近莫識先生以爲貊也戲邀作詩》〔註 80〕就是一首比較早地表現詩人此種創作風格的作品。五古《得月生先生書因寄五十韻代柬》、《司祿》、《除夕得月生先生見和拙詩仍次原韻代柬時將有濟南之行》〔註 81〕等則是可以表現古雅凝重、鋪陳嚴整之風、頗見功力的作品。七古《泛舟大明湖登歷下亭遙望華不注》、《岱廟》〔註 82〕則表現了詩人天骨開張、一氣貫注的過人創作才華。七言歌行《李陽冰般若臺篆》、《橄欖》、《湯嶺觀雨》〔註 83〕等作品則顯示了詩人縱橫恣肆、舉重若輕的氣勢與才情。還有的作品表現了詩人才情灌注、氣勢酣暢、遼遠闊大之風，如《同邑盛艮山樹基年少而才美不徒以科目望之以一詩爲贈》〔註 84〕即是。可以看到，江湜在詩歌創作方面的多副筆墨和多方面才華，從其早年時起就有所展現，至中年與晚年時則表現得更加充分，他作爲近代一位傑出詩人的成

年版，第 10661 頁。

〔註 79〕錢仲聯《夢苕庵詩話》，濟南：齊魯書社 1986 年版，第 287 頁。

〔註 80〕江湜著，左鵬軍校點《伏敔堂詩錄》卷一，上海：上海古籍出版社 2008 年版，第 8 頁。

〔註 81〕江湜著，左鵬軍校點《伏敔堂詩錄》卷二，上海：上海古籍出版社 2008 年版，第 26～27 頁，第 30～31 頁，第 32～33 頁。

〔註 82〕江湜著，左鵬軍校點《伏敔堂詩錄》卷三，上海：上海古籍出版社 2008 年版，第 35～36 頁，第 37 頁。

〔註 83〕江湜著，左鵬軍校點《伏敔堂詩錄》卷五，上海：上海古籍出版社 2008 年版，第 71～72 頁，第 73～74 頁，第 74～75 頁。

〔註 84〕江湜著，左鵬軍校點《伏敔堂詩錄》卷八，上海：上海古籍出版社 2008 年版，第 143 頁。

就也由此得到證明。五古《重入閩中至江山縣述懷》長達八百言，是江湜集中最長的詩作之一。此詩以寫時局動蕩特別是太平天國起義造成的百姓流離、國家災難爲中心，除表現作者根柢之深厚、功力之超群而外，其中亦採用古雅樸素的古詩筆法，如有云：「吾鄉鄰賊藪，念之客心折。苦憶離家時，城居欠安謐。泛舟吳淞水，移家混蓬蓽。病妻爲我行，脊紉巾與襪。弱妹爲我行，盈箱置棗栗。舊友爲我行，規以訪賢達。有弟各恭兄，送我不能別。明知客途險，但勸愼風雪。願攜與偕去，正恐奉養缺。吾親亦有誡，意與恒情別。世亂治吾心，大旨謂名節。其餘瑣俗事，脫略不暇悉。悠悠涉長道，齎此寸心熱。」〔註85〕此類詩句，頗得《木蘭詩》神韻。從總體上看，「議者比少陵之《北征》」〔註86〕，肯定其獨特的詩史價値和傑出的藝術成就，確是深有見地之論。

清中葉以降，宋詩派的影響漸大漸廣，這種創作風氣一直延續到民國年間。作爲一位在以學問化、議論化爲的主導傾向的詩壇風氣中生存與創作的詩人，江湜詞句之推敲錘鍊、詩意之雕琢劖刻也時常表現於作品之中。如《歸里數月復作閩遊胸中雜感及即事紀行不能無作拈楊誠齋詩天寒短景仍爲客日暮長亭未是家爲韻到閩時適成十四首錄稿甄去其三》之一有句云：「凍雪不釃地，沍雲猶糊天。寒沙聚人影，出郭風帽偏。」已可見其用語之用力與雕琢。之六有句云：「刺篙投壺聲，驚灘鏘白石。石上水怒號，日夜聒行客。……我乘上水船，寸寸與水逆。篙工呀然汗，得進不能尺。」〔註 87〕從對自然景物的描摹到生活細節的描寫，均可見詩人的體味之深切。《日噉荔支間爲小詩凡六首》爲七言絕句，雖自名曰「小詩」，卻於每首之後加考證性小注，頗能反映詩人以考證學問入詩的創作習慣。如其五云：「欲齊物論學南華，果實品題底用嘩。堪笑東坡習氣語，荔支莫信閩人誇。」注云：「有以荔支謂粵勝於閩者，有謂閩爲最上，粵次之，蜀又次之者，其說不一。朱竹垞云：粵人誇粵，閩人誇閩也。」〔註 88〕詩與注二者相互發明，相得益彰，共同實現以詩紀事

〔註85〕江湜著，左鵬軍校點《伏敔堂詩錄》卷九，上海：上海古籍出版社 2008 年版，第 167 頁。

〔註86〕諸祖耿《江弢叔先生年譜》，《齊魯大學季刊》第 8 期，第 40 頁，中華民國二十六年六月出版。

〔註87〕江湜著，左鵬軍校點《伏敔堂詩錄》卷三，上海：上海古籍出版社 2008 年版，第 46～47 頁。

〔註88〕江湜著，左鵬軍校點《伏敔堂詩錄》卷五，上海：上海古籍出版社 2008 年版，第 88 頁。

之功用。此類之作在江湜詩集中數量雖然不多，卻頗能體現其創作特點，也透露出晚清以降詩歌創作中的一種傾向性的變化。

江湜詩歌亦時有意象出奇、構思獨特、別出心裁之作。這固與詩人經歷之獨特有關，但更加重要的是與其獨特的詩心和感悟相關。如《日暮抵驛仍獨行展眺》云：「日及未申暉景促，山深路遠愁僮僕。兩牛鳴地見人家，千葉飛時仍野宿。暮鳥依煙吟竹風，殘陽入水寫溪木。驛旁晚更避喧行，未惜詩情受棖觸。」〔註 89〕《登輿》云：「夢邊門有僕來敲，曉燭光中促酒肴。草草登輿離驛上，遲遲出日到林坳。濃霜如雪印人履，禿樹當風搖鵲巢。不是敝裘能出力，幾同寒夜走燕郊。」〔註 90〕中間兩聯，選景精緻，表現眞切，意象鮮明，個性突出，可見詩人的藝術修養。《舟雨》云：「隔嶺山嵐氣，飛來頃未多。忽看雲載雨，旋聽水跳波。晚色天低笠，寒聲風在蓑。篙師莫嗟怨，替爾作勞歌。」〔註 91〕於流利凝煉之中，見其古雅考究之思，頸聯尤能表現詩人之詩心詩才。此類之作，都必定是江湜之詩，非他人筆下所可能有，詩人的創作才華與藝術個性亦由此得到相當充分的展現。

楊鍾羲《雪橋詩話續集》卷八云：「江弢叔詩：『不知身得歸何日，且譬生來居杭州。』『貧能適志還須福，天與勞生自不閒。』『分從亂後相看老，不博閒中自在貧。』『登高便有偏安地，與賊如何共戴天。』皆宋體之佳者。弢叔詩宗昌黎、山谷，以諸生入貲爲浙江候補從九品，捐升縣丞，未五十而歿。其謂：『紫陽書荊軻爲盜似太苛。蓋由太史公列之刺客，先已失實。豫讓國士酬知，不能救智伯之亡，昔人頗有譏之者。太史公列之刺客，亦是此意。』論及透達。」〔註 92〕重點關注的也是江湜詩歌創作中的宋詩影響與議論識見。錢仲聯《夢苕庵詩話》有云：「弢叔寫景語有絕佳者。如『天流雲氣吞孤日，谷應雷聲撼別峰。』雄秀有魄力。『萬竹無聲方受雪，亂山如夢不離雲。』則又空靈淡靜，如不食煙火人語。其它往來途次寫景即事之絕句，信手拈來，

〔註 89〕江湜著，左鵬軍校點《伏敔堂詩錄》卷六，上海：上海古籍出版社 2008 年版，第 102 頁。

〔註 90〕江湜著，左鵬軍校點《伏敔堂詩錄》卷六，上海：上海古籍出版社 2008 年版，第 102 頁。

〔註 91〕江湜著，左鵬軍校點《伏敔堂詩錄》卷十二，上海：上海古籍出版社 2008 年版，第 238 頁。

〔註 92〕楊鍾羲《雪橋詩話續集》卷八，北京：北京古籍出版社 1991 年版，第 504～505 頁。

莫非妙境，亦古人所未有。佳者至夥，不遑悉舉。」〔註 93〕揣摹其意，亦當主要是此類之作而言的。

作爲一位一生窮愁不達、勞碌困頓、沉鬱下僚的詩人，江湜詩歌還具有相當明顯的平民化傾向。這種傾向不僅突出表現在其詩歌的內容方面，而且在詩歌藝術上也表現得相當明顯。他的許多詩歌經常表現得清新流利、平易曉暢、粗豪慷爽、愷切動人，給人獨特的藝術感受。這也是江湜詩歌值得特別予以重視的一個方面。這固與詩人經常生活在社會下層、得以接近民間的特殊經歷有關，也得益於他狷介兀傲、隨俗自適的性情氣質，但是更爲重要的，還是與他追求俚俗與眞情的詩歌觀念和力圖創新、語必驚人的創作態度密切相關。

江湜極擅長七言絕句，以至於有論者謂七絕爲其諸體之冠。通俗平易、空靈幽遠的特點在其許多七絕中也表現得最爲突出。這自與七絕輕巧流利的詩體特點相關，但更爲重要的，還是與詩人的平民情懷和本色生活有關。《由江山至浦城雪後度越諸嶺輿中得絕句九首》之九寫道：「嶺外行雲如走馬，晴色下曬山家瓦。殘雪忽墮適打頭，我自看雪立松下。」〔註 94〕平白如話，通俗平易，幾無任何雕飾。《臨行羈事不果得歸》云：「結伴還鄉計已成，今朝卻自送人行。歸心付與囦溪水，爲我西流向浦城。」〔註 95〕以曉暢之筆傳達本擬與朋友一道歸鄉自己卻不得成行，反送友人歸鄉的複雜情緒，將並不複雜的送別思鄉之情表現得婉曲深沉，詩人的愁腸百結、無奈萬端卻是以如此清新平易的語言來表現，可見詩人舉重若輕之功。《歸過高淳作兩絕句》之二云：「我坐高淳船，還過高淳湖。卻恨高淳水，西流不向吳。」〔註 96〕平白如話，樸素自然，以簡約之筆盡表思鄉深情。

不難發現，江湜集中思鄉念親之作數量眾多，情感眞摯，令人動容。其所以產生如許魅力，均與內容的情眞意切和風格的透達顯豁密切相關。如《小湖許觀近詩即有詩見貽答其意奉呈四首》之三云：「一輪明月喻君心，知我思歸惜別深。但得老親常健飯，未妨吳客不吳吟。」之四云：「吳吟雖只是思鄉，

〔註 93〕錢仲聯《夢苕庵詩話》，濟南：齊魯書社 1986 年版，第 288 頁。

〔註 94〕江湜著，左鵬軍校點《伏敔堂詩錄》卷三，上海：上海古籍出版社 2008 年版，第 50 頁。

〔註 95〕江湜著，左鵬軍校點《伏敔堂詩錄》卷五，上海：上海古籍出版社 2008 年版，第 81 頁。

〔註 96〕江湜著，左鵬軍校點《伏敔堂詩錄》卷八，上海：上海古籍出版社 2008 年版，第 157 頁。

亦頗憂時動熱腸。眼底望君君自任，從來勳業勝文章。」〔註97〕《到家六首》之一云：「舟到蘇州了，偏從郊外盤。近家心事迫，催棹水程寬。落日棲遑嶺（棲遑嶺在浦城縣境，俗名西陽嶺，蓋土音之誤），秋陰黯淡灘。老親愁客路，急去報平安。」〔註98〕《送子長歸里》云：「送君歸蘇州，淚落送行處。非為君去悲，自悲不能去。」〔註99〕凡此都是口語化程度頗高的語句，清新自然的詩歌特點由此得到充分的展現。

江湜的一些山水景物詩也採用通俗清快的語言和表達方式，將美妙的自然風光貼切自然、不假雕飾地展現在人們目前。《雨中兩絕句》其一云：「雨餘山剩一分青，山外山尤看不明。卻是前溪號急瀨，意中辨得隔山聲。」其二云：「天昏有雨更無風，漠漠深山去路通。屋上炊煙飛不散，人家疑在白雲中。」〔註100〕一寫青山湍溪，一寫黃昏炊煙，詩意均極顯豁。《湖樓早起二首》其一云：「面湖樓好納朝光，夜夢分明起輒忘。但記曉鐘來兩寺，一聲鐘短一聲長。」其二云：「湖上朝來水氣昇，南高峰色自崚嶒。小船看爾投西岸，載得三人兩是僧。」〔註101〕一摹佛寺曉鐘，一繪湖上小船；一以聽覺為主，一以視覺為先，均寫得空靈幽遠，自然傳神。

人生苦難的感慨，世道動蕩的傷懷，念家思歸的深情，是江湜詩歌的重要內容之一。此類作品也最能體現其詩的個性與風格。詩人有時候也可以將這種深沉凝重的內容寫得頗為曉暢輕鬆，可見其性格中豁然達觀與風趣幽默的側面。如《海風》云：「海風吹得頭都痛，不見鹽船報稅來。僻壤更無籌餉法，卑官空有作詩才。半歆佛屋支吟枕，漸熟農家乞爨材。此況應為我友笑，故鄉何事不歸哉？」〔註102〕特別是首尾兩聯，非常口語化，頗顯頑劣誚皮之氣。《偶題一絕句》云：「有人目我作書癡，或是君癡未可知。癡與不癡奚足

〔註97〕江湜著，左鵬軍校點《伏敔堂詩錄》卷十，上海：上海古籍出版社2008年版，第211頁。

〔註98〕江湜著，左鵬軍校點《伏敔堂詩錄》卷十二，上海：上海古籍出版社2008年版，第247頁。

〔註99〕江湜《伏敔堂詩續錄》卷二，江湜著，左鵬軍校點《伏敔堂詩錄》，上海：上海古籍出版社2008年版，第367頁。

〔註100〕江湜著，左鵬軍校點《伏敔堂詩錄》卷十二，上海：上海古籍出版社2008年版，第245頁。

〔註101〕江湜著，左鵬軍校點《伏敔堂詩錄》卷十四，上海：上海古籍出版社2008年版，第284頁。

〔註102〕江湜《伏敔堂詩續錄》卷二，江湜著，左鵬軍校點《伏敔堂詩錄》，上海：上海古籍出版社2008年版，第377頁。

校，古人多有見誣時。」〔註 103〕也是明白曉暢，口語化程度很高之作，然其中頗含深刻義理，在平易淺近中顯示出宋詩派重理趣的風格特徵。

江湜詩歌創作的這種風格特色不僅表現在絕句等短小詩體上，在較爲長篇的詩體中同樣有著充分的展現。實際上這更能表明江湜詩歌的通俗化、平民化特點。夏承燾《天風閣學詞日記》有云：「若其《龍巖除夕》一首，《卸敝裘》一首，則以手寫口，無須古今畦町，白石所謂與古人不得不同，不得不異矣。」〔註 104〕前者係指七言古風體《龍巖州除夕醉後賦長句三首時將赴漳泉諸郡》，如其二有句云：「家有楡樹藏烏鴉，烏鴉之鳴聲呀呀。音書此時不到家，老親聽之思天涯。擲珓問卜愁轉加，又況今日除夕明日元辰四時佳節更番新？天機自動諸弟妹，膝前頗解思行人。牽衣挽問兄在閩，屈指六年南北他鄉春。吁嗟我生七尺身，不如牛醫之兒能奉親！」〔註 105〕後者爲七古《福州冬候不寒因卸敝裘有作》，茲亦錄前半部分以見其特色：「我生軀幹頗嫌短，僅可周尺七尺強。深衣長不滿六尺，向來手製勞阿娘。因遊京師度寒歲，寄衣不到風其涼。從人小市買衣去（小市，京中地名，估衣之所集也），賤値姑取花羔羊。遂客齊魯歷海疆，此裘遠道勞攜將。不願人之貂鼠貴，冬日在體夏在箱。歸家有弟如兄長，既非童子宜裘裳。解裘衣弟今幾歲，敝又改紉重裁量。由來羊裘非盛服，被我寒士聊增光。更將餘暖逮我弟，一物既久情難忘。」〔註 106〕論者高度評價江湜詩之通俗平易，大有黃遵憲提出並實踐的「我手寫我口，古豈能拘牽」〔註 107〕之氣象，由此類之詩頗可領略之。

從文學史的意義上說，詩體傳統規範逐漸被愈來愈深入地突破解放，詩歌語言走向通俗化、平民化，這實際上反映了古典詩歌到晚清以降已然發生的一種根本性的變革。不能不說，在中國古典詩歌這種具有革命性意義的歷史變革中，江湜確與有功焉，儘管他本人未必清晰地認識到這一點。

〔註 103〕江湜《伏敔堂詩續錄》卷三，江湜著，左鵬軍校點《伏敔堂詩錄》，上海：上海古籍出版社 2008 年版，第 398 頁。

〔註 104〕錢仲聯主編《清詩紀事》第十五冊《道光朝卷》，南京：江蘇古籍出版社 1989 年版，第 10662 頁。

〔註 105〕江湜著，左鵬軍校點《伏敔堂詩錄》卷六，上海：上海古籍出版社 2008 年版，第 107 頁。

〔註 106〕江湜著，左鵬軍校點《伏敔堂詩錄》卷九，上海：上海古籍出版社 2008 年版，第 173～174 頁。

〔註 107〕黃遵憲《雜感》，錢仲聯《人境廬詩草箋注》卷一，上海：上海古籍出版社 1981 年版，第 42 頁。

四、霸才健筆

江湜生不逢時，一生多難，歷盡窮困，雖終得微官，沉鬱下僚，亦每多與官場格格不入、不合時宜之感。由是之故，隨著年華的老大和時勢的變遷，作詩在其生命中的地位就顯得愈來愈重要；這也是江湜本人在中年以後也愈來愈清醒地認識到的。江湜詩集的主要部分於其在世時親自編定，然由於經濟拮据和社會動蕩等因素的影響，其保存、刊行與流傳卻頗費周折，最終幸獲出版。幸好江湜生前還是看到了自己詩集的面世，這對於一個最後只能以詩歌爲生命寄託和價值體現的窮困詩人來說，當然是一件令他覺得安慰與溫暖的事情，當然這也是文學史的幸運。

關於江湜的詩歌成就與詩壇地位，嘗頗受關注並獲高度評價。自視甚高的林庚白在《麗白樓詩話》中云：「詩有三要，要深入淺出，要舉重若輕，要大處能細。三者備，可以爲詩聖矣。深入淺出者，意欲其深，而語欲其淺；舉重若輕者，句欲其重，而字欲其輕；大處能細者，格欲其大，而律欲其細。此等處要能以技巧運用其才思與功力於句意中。古今詩人臻此者，李、杜詩中，十居其六七，樂天其庶幾。前乎此者，則有陶潛；後乎此者，則有歐陽修、陸游。而清代之江湜，直與李、杜埒。」〔註 108〕竟認爲江湜在清代詩壇足以與李白、杜甫在唐詩中的地位相提並論。對此不論認同與否，都不可不注意，江湜足以與李白、杜甫相媲美之論實有改變習慣見解的振聾發聵的顛覆性力量。又云：「珍、湜詩能用古人而不爲古人所用，……即以珍、湜論，《伏敔堂集》且突過《巢經巢》。」〔註 109〕將晚清的兩位傑出詩人江湜與鄭珍相比，指出《伏敔堂詩錄》已超越《巢經巢詩集》而上之。林庚白對江湜其人其詩之推重盡皆可見。

錢鍾書《談藝錄（補訂本）》亦云：「余於晚清詩家，推江弢叔與公度如使君與操。弢叔或失之剽野，公度或失之甜俗，皆無妨二人之爲霸才健筆。乾嘉以後，隨園、甌北、仲則、船山、頻伽、鐵雲之體，匯合成風；流利輕巧，不矜格調，用書卷而勿事僻澀，寫性靈而無忌纖佻。如公度鄉獻《楚庭耆舊遺詩》中篇什，多屬此體。公度所刪少作，輯入《人境廬集外詩》者，正是此體。江弢叔力矯之，同光體作者力矯之，王壬秋、鄧彌之亦力矯之；均抗志希古，欲回波斷流。公度獨不絕俗違時而竟超群出類，斯尤難能罕覯矣。

〔註 108〕林庚白《麗白樓遺集》，北京：中國人民大學出版社 1996 年版，第 979 頁。
〔註 109〕林庚白《麗白樓遺集》，北京：中國人民大學出版社 1996 年版，第 978 頁。

其《自序》有曰：『其煉格也，自曹、鮑、陶、謝、李、杜、韓、蘇訖於晚近小家』，豈非明示愛古人而不薄近人哉。道廣用宏，與弢叔之昌言：『不喜有明至今五百年之作』（符兆綸《卓峰堂詩鈔》弁首弢叔序，參觀謝章鋌《賭棋山莊文集》卷二《與梁禮堂書》），區以別矣。」〔註 110〕錢鍾書用曹操「天下英雄，唯使君與操耳」之言，表達對江湜與黃遵憲的評價，且稱二人為「霸才健筆」，雖指出各有「剽野」或「甜俗」之失，然總體上對二人之推重顯而易見。此論蓋亦發前人所未發，然迄未引起應有關注。錢鍾書學養之卓犖不群，見識之超凡出類，由此可見一斑；學界長期以來對江、黃二氏評價與關注之畸輕畸重，判若冰炭，亦可由此約略可感。

當然，江湜其人其詩固難免不足與局限，此亦嘗有多人從不同角度予以指出。陳曾壽《書江弢叔詩後》一詩云：「蘇堪苦說江弢叔，能表幽潛意自長。教外師傳空倚著，卷中天地太悲涼。仲車狷介有深性，無己賡酬稀抗行。成就若為身世定，獨行此士信堂堂。」後有自注云：「後山自蘇黃後所與遊者，多悉平流。故其酬唱，不能如蘇黃之勝。弢叔所交，亦未能無所憾也。」〔註 111〕這主要是從詩人生活經歷、人際交往角度指出其詩歌創作品位上的局限性。江湜一生困頓未達，所可經常結交唱酬者當然不會是上層高官或文壇名流，反多是與他命運相似、同病相憐的下層官吏與落拓士人。這種人際關係對其詩歌創作的影響當然非常明顯。這是一個明顯的無可奈何的缺點，從另一角度來看，也是一個突出的特點。這實際上是造就江湜其人其詩的重要條件之一。

夏敬觀《無恙續稿序》云：「江弢叔、金亞匏之二子者，非無當於吾意之詩，然弢叔酸寒，亞匏粗獷，病在空疏不學。」〔註 112〕夏敬觀通常被歸入繼宋詩派後頗為盛行、極有影響的「同光體」詩人中，作為一位非常重視詩歌創作中學問根柢和修養功力，追求溫潤雅正、矜煉高古風格的評論家和詩詞家，也自然從這一角度評說江湜之詩。因此「酸寒」之論，恰恰道出了江湜詩歌創作中一個非常重要的特徵。因為「酸寒」正是江湜生命歷程的基本狀態，其詩也正是這種苦難歷程的眞實記錄和藝術表現。至於對此是否認同喜

〔註 110〕錢鍾書《談藝錄（補訂本）》，北京：中華書局 1984 年版，第 347 頁。

〔註 111〕陳曾壽《蒼虬閣詩集》卷十，民國十年（1921）刊本。見江湜著，左鵬軍校點《伏敔堂詩錄》卷六，上海：上海古籍出版社 2008 年版，第 475 頁。

〔註 112〕錢仲聯主編《清詩紀事》第十五冊《道光朝卷》，南京：江蘇古籍出版社 1989 年版，第 10660 頁。

歡，肯定或是否定，則大可見仁見智。至於「空疏不學」之誚，亦可從兩面觀。從學問功力的角度來看，江湜不免有遜色他人之處，與當時最優秀的學問家式文人和學者化詩人相比，甚至有根本性的缺陷。一個明顯的例子就是，江湜所以在科舉功名、為官出仕道路上走得歷盡坎坷、飽嘗失敗，遂大有百無一用之感，時現格格不入的邊緣化之態，固與當時遴選人才、考試取仕方式、官員任用與評價制度的種種弊端密切相關，但同時也不能排除他個人性情、學問、才華的局限性或缺點這一主觀因素的影響。另外，是否有「學」，這本身就是一個難以準確量化、難以得出一個具有普遍性的客觀標準的判斷。因此，應當認為，夏敬觀對江湜的批評，既從當時詩壇整體水平的高度指出了江湜詩歌的確存在的不足或局限，又從具體評論對象的角度表現了夏敬觀本人詩歌理論觀念、興趣好惡的一些側面。由此表現出來的評價態度與標準、思考問題的方法和對事物的識見均有當可重視之處。

譚獻《復堂日記》補錄卷一有云，江湜之詩「終是村里迓鼓，可以動人，不登賓筵者也」。〔註 113〕相當明顯，譚獻所論的主旨是指出江湜詩之俚俗化、民間化特點，並認為此種風貌不可登大雅之堂。雖是出於批評角度，但這也確是深知江湜詩歌特點之論。實際上，從一般的意義上來看，江湜詩之特色與價值恰恰集中表現在其通俗平易之風與直抒眞情、不假雕飾方面。從大一點的範圍來看，可以認為這種風尚也反映了古典詩歌發展到後期經常出現的一種主導性的趨勢，具有昭示詩歌發展傾向的意義。假如完全以含蓄蘊藉、雅正古奧的標準來品評江湜之詩，則會產生方枘圓鑿、兩相不合的情形。另一方面，從具體語境來判斷，譚獻所說的「村里迓鼓」、「不登賓筵者」，明顯是指江湜的一部分作品而言的，並非是對江湜全部詩歌的認識與批評。除此類之詩而外，江湜還曾寫過為數並不少的頗具功力、頗為古雅、堪與上層文人雅士之作相媲美的詩篇。因此，對譚獻所論當明而辨之，以便準確把握其意並準確認識江湜之詩。

夏承燾《天風閣學詞日記》有云：「弢叔論詩，似有意求異於古人，欲自立宗派，此亦一蔽。」〔註 114〕江湜論詩與作詩著意創新，欲自立宗派，表現了他的不凡氣度和自負心態，未必是一個缺點。其所以如此，當與江湜的個性氣質有關，與他對此前和當時詩壇狀況的基本認識與判斷相聯繫；但是更

〔註 113〕譚獻《復堂日記》，石家莊：河北教育出版社 2001 年版，第 242 頁。
〔註 114〕錢仲聯主編《清詩紀事》第十五冊《道光朝卷》，南京：江蘇古籍出版社 1989 年版，第 10662 頁。

重要的，恐與他一生終不發達、永遠處於社會與文壇的邊緣有關。這樣處境與地位中的詩人，不能不有意無意地發出自己的不平之鳴，著意反撥與背離當時盛行的文壇風氣，甚至不排除有時故作驚人之語、以求引起他人關注的因素。當然，江湜汲汲於此，必然對他堅持的自然眞實、俚俗平易的詩歌風格造成一定的影響。事實也是如此，江湜論詩與作詩，有時會出現這種影響的痕迹和這種心態的折光。

無論如何，諸家對江湜其人其詩的高度評價具有重要的參考價值，有助於更準確地感受江湜和他的時代的詩壇狀況與文壇風氣，在廣闊的文學史背景下認識他的文學史地位；而一些以批評爲主的評論從另一角度表達對江湜的認識，也同樣具有重要的學術價值，亦可供認識江湜其人其詩時之思考。

可以認爲，江湜是中國近代最爲傑出、最具代表性、最有個性的詩人之一。他的詩歌創作既反映了那個時代的社會狀況與時代風雲，有的部分具有一定的「詩史」價值，又表現了個人坎坷苦難的經歷和深摯豐富的內心世界，堪稱詩人情感狀態與心靈歷程的「心史」。他富於探索精神和創新意識的詩歌理論觀念與創作實踐，從一個重要方面反映了清代中葉至道光、咸豐、同治、光緒及民國年間的詩壇風氣，同樣具有昭示中國古典詩歌最後階段變革傾向與發展趨勢的價值。總之，江湜是中國古典詩歌發生重大變革、發生歷史性轉換時期的標誌性詩人之一，他和他同時代的一批詩人一道，對中國古代詩歌的總結和近代詩歌的發展，作出了獨特而重要的貢獻。

在文學與政治之間：維新派文學家的兩難

在久遠的中國文學發展歷程中，文學與政治結下了極其深刻的因緣。這種因緣在不同的歷史時期、在不同的文學發展階段，又具有複雜而多樣的表現形式，爲中國文學史留下了豐富的經驗，也留下了值得記取的深刻教訓。從這一角度考察中國近代文學史，可以發現，這一時期的文學發展與政治變遷同樣具有極其深刻的關聯，而且，由於中國近代特殊的政治局勢、國際環境和文化遭遇，使中國近代文學與政治的關係表現得更加突出，更加具有代表性，因而留下了值得認眞反思和總結的經驗教訓。

處於中國近代文學歷程的中間階段、發生於急劇的政治變革過程中的維新派文學家，在文學與政治的關係處理、文學的思想品質與藝術追求的權衡選擇方面，進行了具有時代價値和文學史意義的探尋，對近代以來的中國文學產生了深遠的影響。因而可以將維新派的文學觀念、理論主張和創作實踐作爲考察中國近代文學與政治之關係的一個重要方面。本文擬對此進行考察並對相關問題提出一些思考。

一、時代的困惑

劉鶚在《老殘遊記》中曾把當時的中國比做一隻在驚濤駭浪中顛簸沉浮的帆船。近代中國的命運也的確這樣風雨飄搖、危在旦夕。儘管近代中國歷史的序幕是在屈辱的炮火中拉開的，以儒學爲主體的中國傳統文化從近代起受到了前所未有的生死存亡的考驗，面臨著何去何從的艱難選擇，但在十九世紀八、九十年代以前，除了極少數人外，絕大部分文人學士、官僚大夫的注意力還只是集中在西方列強的船堅炮利、聲光電化上。正如錢鍾書所說的：「不論是否詩人文人，他們勤勉地採訪了西洋的政治、軍事、工業、教育、法制、宗教，欣奮地觀看了西洋的古迹、美術、雜耍、戲劇、動物園裏的奇禽怪獸。他們對西洋科技的欽佩不用說，雖然不免講一通撐門面的大話，表示中國古代也早有這類學問。只有西洋文學——作家和作品、新聞或掌故——似乎未引起他們的飄瞥的注意和淡漠的興趣。」〔註 1〕在國外的官僚、文人、知識分子是這樣，而國內的文人士夫不僅沒有注意到西洋的文學，中國的文學也還沒有引起他們的極大注意。

從總體上看，戊戌變法運動開始之前，中國文學的發展高潮還沒有到來，尙處於波谷之中。對此，有的學者指出：「中國人有意識地向西方學習，是從鴉片戰爭開始的。但從學『船堅炮利』到學政治、經濟、法律，再到學習文學藝術，經過了漫長的歷程。一八四〇年到一八九八年這半個世紀中，業已衰頽的古典中國文學沒有受到根本的觸動，也未注入多少新鮮的生氣。」〔註 2〕雖然戊戌變法之前維新派文學家們曾有一段時間把絕大部分精力花在了變法的準備和實踐上，激烈地反對從事文學活動，但是變法失敗後政治上無路可走的他們卻又回過頭來重新用文學宣傳改良和變法了。從「詩界革命」、「文界革命」到「小說界革命」、戲曲改良，這數峰疊起的文學變革，把當時的文學推到了從未有過的至高無上的位置，彷彿文學可以挽救中國的危亡局勢，可以拯救中國文化的危急命運。因而可以更進一步，造就一個國力強大、國民開化的新中國。

曾以「我手寫我口，古豈能拘牽」〔註 3〕爲人稱道的黃遵憲說過：「弟之以著述自娛，亦無聊之極。詩雖小道，然歐洲詩人出其鼓吹文明之筆，竟有左右世界之力。」〔註 4〕黃遵楷在《人境廬詩草跋》中評價其兄說：「其於詩

〔註 1〕 錢鍾書《漢譯第一首英語詩〈人生頌〉及有關二三事》，《七綴集》，上海：上海古籍出版社 1985 年版，第 132～133 頁。

〔註 2〕 黃子平、陳平原、錢理群《論「二十世紀中國文學」》，《文學評論》1985 年，第 5 期；《二十世紀中國文學三人談》，北京：人民文學出版社 1988 年版，第 4～5 頁。

〔註 3〕 黃遵憲《雜感》，《人境廬詩草》卷一，上海：商務印書館中華民國二十年版，第 6 頁。

〔註 4〕 黃遵憲《與丘菽園書》，錢仲聯輯《人境廬雜文鈔》（下），《文獻》第八輯，北京：書目文獻出版社 1981 年版，第 83 頁。

也，雖以餘事及之，然亦欲求於古人之外，自樹一幟。……故其詩散見於宇內者，輒爲人所稱頌。以非詩人之先兄，而使天下後世僅稱爲詩界革命之一人，是豈獨先兄之人悲戚而已哉？」〔註5〕實際上，黃遵憲是不自矜其詩歌創作成就的，正如他自己詩中所說的：「窮途竟何世，餘事且詩人。」〔註6〕而且他的理論指向是要以詩歌這種「小道」來「左右世界」，因爲他看到了歐洲國家的詩人和詩作在國家變革、走向富強過程中發生的作用，彷彿歐洲的富強，是詩人作家們的文學創作造成的。而頗知其兄的黃遵楷也以爲黃遵憲「非詩人」，不當把他僅僅看作是一位詩人。

黃遵憲本人也曾有這樣的主張：「自物競天擇、優勝劣敗之說行，種族之存亡，關係益大。凡亞細亞洲古所稱聲明文物之邦，均爲他族所逼處。微特蒙古族、鮮卑族、突厥族茶然不振，即轟轟然以文化著於亞洲，如吾輩華夏之族亦歎式微矣！文章小技，於道未尊，是不足以爭勝。凡我客人，誠念我祖若宗，悉出於神明之冑，當益鶩其遠者大者，以恢我先緒，以保我邦族，此則願與吾黨共勉之者也。」〔註7〕從主要身份來看，黃遵憲首先應該是一個革命家，一個外交家，然後才是一個詩人。他的文學觀從屬於他改革現狀的政治理想，他的文學創作也是爲此理想服務的。這不僅與黃遵憲本人的理論指向相符，也與他的文學創作和當時的歷史狀況相應。

維新派的主將康有爲很欣賞黃遵憲的《日本雜事詩》，也試圖以此引導人們向日本學習，指出：「方今日本新強，爭我於東方，考東國之故者，其事至急。誦是詩也，不出戶牖，不泛海槎，有若臧旻之畫、張騫之鑿矣。」〔註8〕他也曾稱讚小說反八股、救國運的重要作用，在詩中說：「經史不如八股盛，八股無如小說何。鄭聲不倦雅聲睡，人情所好聖不呵。……方今大地此學盛，欲爭六藝爲七岑。」〔註9〕康氏如此爲小說張揚，目的在於移挽是非顛倒、人心大變的世風，在於拯救神州陸沉、國將不國的危機。康有爲爲黃公度詩作

〔註5〕見錢仲聯《人境廬詩草箋注》，上海古籍出版社，1981年，第1093頁。

〔註6〕黃遵憲《支離》，《人境廬詩草》卷八，上海：商務印書館中華民國二十年版，第17頁。

〔註7〕黃遵憲《梅水詩傳序》，鄭海麟、張偉雄編校《黃遵憲文集》，京都：中文出版社1991年版，第142頁。

〔註8〕康有爲《日本雜事詩序》，《康有爲詩文選》，北京：人民文學出版社1959年版，第4頁。

〔註9〕康有爲《聞菽園居士欲爲政變說部詩以速之》，《康有爲詩文選》，北京：人民文學出版社1959年版，第232頁。

序時更集中地表達了對詩歌的認識：「自是（引者按，指戊戌變法失敗後）久廢，無所用，益肆其力於詩：上感國變，中傷種族，下哀生民，博以環球之遊歷，浩渺肆恣，感激豪宕，情深而意遠，益動於自然，而華嚴隨現矣。公度豈詩人哉！而家父、凡伯、蘇武、李陵及李、杜、韓、蘇諸巨子，孰非以磊砢英絕之才，鬱積勃發，而為詩人者耶！公度之詩乎，蔭岩竦壑，千歲不死，上蔭白雲，下聽流泉，而為人所瞻仰徘徊者也。」〔註 10〕康有為也認為「公度豈詩人哉！」而且把黃遵憲與「諸巨子」相提並論，更見出康氏論詩非文學的、政治化的價值取向。

維新派人物當中最具有宣傳鼓動才能且產生了最廣泛影響的梁啓超，則把文學作為維繫「國民性」的「樞機」，提出：「國民性以何道而嗣續？以何道而傳播？以何道而發揚？則文學實結其薪火而管其樞機。明乎此義，然後知古人所謂文章為經國大業、不朽盛事者，殊非誇也。」〔註 11〕梁氏也把文藝當成國民教育工具之一種。他曾說：「去年聞學生某君入東京音樂學校，專研究樂學，余喜無量。蓋欲改造國民之品質，則詩歌音樂為精神教育之一要件，此稍有識者所能知也。」〔註 12〕梁啓超還曾把黃遵憲、夏曾佑、蔣智由稱為「詩家三傑」，指出：「吾嘗推公度、穗卿、觀云為近世詩家三傑，此言其理想之深邃閎遠也。若以詩人之詩論，則丘倉海（逢甲）其亦天下健者矣。」〔註 13〕又說：「古今之詩有兩大種：一曰詩人之詩，一曰非詩人之詩。之二種者，其境界有反比例，其人或相非或不相非，而要之未有能相兼者也。人境廬主人者，其詩人耶？彼其劬心營目憔形，以斟酌損益於古今中外之治法，以憂天下，其言用不用，而國之存亡，種之主奴，教之絕續，視此焉。吾未見古之詩人能如是也。其非詩人耶？彼其胎冥冥而息淵淵，而神味沉醲，而音節入微，友視騷、漢而奴畜唐、宋。吾未見古之非詩人能如是也。主人語余，庚辛之交，憤天下之不可救，誓將自逃於詩忘天下。然而天卒不許主人為詩人也。余語主人，即自逃於詩忘天下，然而子固不得為詩人。並世憂天

〔註 10〕康有為《人境廬詩草序》,《康有為詩文選》，北京：人民文學出版社 1959 年版，第 101 頁。

〔註 11〕梁啓超《麗韓十家文鈔序》，郭紹虞主編《中國歷代文論選》第四冊，上海：上海古籍出版社 1980 年版，第 224 頁。

〔註 12〕梁啓超著，舒蕪校點《飲冰室詩話》，北京：人民文學出版社 1959 年版，第 48 頁。

〔註 13〕梁啓超著，舒蕪校點《飲冰室詩話》，北京：人民文學出版社 1959 年版，第 30 頁。

下之士，必將有用子之詩，以存吾國，主吾神，續吾教者，殆乃無可逃哉？雖然，主人固朝夕爲詩不少衰，故吾卒無以名其爲詩人之詩與非詩人之詩歟？」〔註 14〕這裡，梁啓超爲什麼盛稱黃遵憲、夏曾佑、蔣智由三人爲「詩家三傑」，爲什麼盛讚公度和人境廬詩，已經十分清楚。他主要不是依據文學的、美學的標準，而是根據社會變革的需要，考慮是否有益於救亡圖存。他最爲欣賞的不是「詩人之詩」，他最推崇的也不是「詩人」。在他那裡，「非詩人之詩」，「非詩人」有著更高的價值和更顯赫的地位。這也是儘管他推崇丘逢甲，而更爲擡高「詩家三傑」的地位的奧秘所在了。

而以梁啓超《論小說與群治之關係》爲代表的一批小說論的出現，則又把長久以來稱爲「稗官野史」的小說家和小說作品提到了無以復加的高度。他們這樣做的出發點，亦不是出於文學的原因，而是把小說作爲一種救亡圖存、驅除外侮的得力工具來看待的。梁啓超寫道：「欲新一國之民，不可不先新一國之小說。……何以故？小說有不可思議之力支配人道故。……故曰，小說爲文學之最上乘也。……有此四力（引者按：指熏、浸、刺、提）而用之於善，則可以福億兆人；有此四力而用之於惡，則可以毒千萬載。而此四力所最易寄者，惟小說。可愛哉小說！可畏哉小說！……故今日欲改良群治，必自小說界革命始；欲新民，必自新小說始。」〔註 15〕

在此之前，梁氏曾不惜筆墨對政治小說大加褒揚：「蓋夫南海先生之言也，曰：僅識字之人，有不讀經，無有不讀小說者。故《六經》不能教，當以小說教之；正史不能入，當以小說入之；語錄不能諭，當以小說諭之；律例不能治，當以小說治之。……在昔歐洲各國變革之始，其魁儒碩學，仁人志士，往往以其身之所經歷，及胸中所懷，政治之議論，一寄之於小說。於是彼中綴學之子，黌塾之暇，手之口之，下而兵丁、而市儈、而農氓、而工匠、而車夫馬卒、而婦女、而童孺，靡不手之口之。往往每一書出，而全國之議論爲之一變。彼美、英、德、法、奧、意、日本各國政界之日進，則政治小說爲功最高焉。英名士某君曰：『小說爲國民之魂。』豈不然哉！豈不然哉！」〔註 16〕

〔註 14〕《人境廬詩草》原稿本梁啓超跋，見錢仲聯《人境廬詩草箋注》，上海：上海古籍出版社 1981 年版，第 1086 頁。

〔註 15〕梁啓超《論小說與群治之關係》，舒蕪、陳邇冬、周紹良、王利器編選《中國近代文論選》，北京：人民文學出版社 1981 年版，第 157～161 頁。

〔註 16〕梁啓超《譯印政治小說序》，郭紹虞主編《中國歷代文論選》第四冊，上海：

在寫於 1916 年的《告小說家》中，梁氏仍在大聲呼喊小說的作用：「故其薰染化力之偉大，舉凡一切聖經賢傳詩古文辭皆莫能擬之。然則小說在社會教育界所佔之位置，略可識矣。……故今日小說之勢力，視十年前增加倍蓰什百，此事實之無能爲諱者也。然則今後社會之命脈，操於小說家之手者泰半，抑章章明甚也。」〔註 17〕顯然，梁氏如此推崇小說，乃是出於政治上的要求，他要小說（乃至整個文學）擔負起政治、道德、法律、軍事、外交等應承擔的使命。

另一位重視小說、主張改革小說的重要人物王無生則寫道：「嗚乎！吾國有翟鏗士、托爾斯太其人出現，欲以新小說爲國民倡者乎，不可不自撰小說，不可不擇事實之能適合於社會之情狀者爲之，不可不擇體裁之適宜於國民之腦性者爲之。天僇生生平無他長，惟少知文學。苟幸而一日不死者，必殫精極思，著爲小說，借手以救國民，爲小說界中馬前卒。」〔註 18〕作者欲「爲小說界中馬前卒」，以文學救國救民之神情清晰可見。他又說：「夫小說者，不特爲改良社會、演進群治之基礎，抑亦輔德育之所不逭者也。吾國民所最缺乏者，公德心耳。惟小說則能使極無公德之人，而有愛國心，有合群心，有保種心，有嚴師令所不能力，而觀一彈詞，讀一演義，則感激涕流者。……吾以爲吾儕今日，不欲救國也則已；今日誠欲救國，不可不自小說始，不可不自改良小說始。……夫欲救亡圖存，非僅恃一二才士所能爲也；必使愛國思想，普及於最大多數之國民而後可。求其能普及而收速效者，莫小說若。」〔註 19〕在這裡，改良小說成了救亡圖存、救國救民的前提條件了。

小說界革命的另一要員陶曾祐寫道：「蓋文學之關係於國家，至重大且至密切，故得之則存，捨之則亡，注意則興，捐棄則廢，猗歟魔力，絕後空前，光怪陸離，亦良可畏已。……俯視千春，橫眺六極，無文學不足以立國，無文學不足以新民，此吾敢斷言者也。」〔註 20〕陶氏此論與梁啓超的文學觀是

上海古籍出版社 1980 年版，第 206 頁。

〔註 17〕郭紹虞主編《中國歷代文論選》第四冊，上海：上海古籍出版社 1980 年版，第 207～211 頁。

〔註 18〕王無生《中國歷代小說史論》，舒蕪、陳邇冬、周紹良、王利器編選《中國近代文論選》，北京：人民文學出版社 1981 年版，第 229 頁。

〔註 19〕王無生《論小說與改良派社會之關係》，舒蕪、陳邇冬、周紹良、王利器編選《中國近代文論選》，北京：人民文學出版社 1981 年版，第 224～225 頁。

〔註 20〕陶曾祐《論文學之勢力及其關係》，舒蕪、陳邇冬、周紹良、王利器編選《中國近代文論選》，北京：人民文學出版社 1981 年版，第 248～249 頁。

相通的。夏曾佑則從另一角度強調小說在人們日常生活中的重要地位：「故畫有所窮者也；史平直者也；科學頗新奇，而非盡人所解者也；經文皆憂患之言，謀樂更無取焉者也；而小說之為人所樂，遂可與飲食、男女鼎足而三。」〔註21〕

在近代以前，李卓吾、金聖歎曾把小說與經史相併列，這在明代和清中葉以前可謂驚人之論。而到了近代中期，許多為小說界革命呼喊的文學家政治家們進一步把小說置於經史之上，幾乎形成了一種輿論思潮。嚴復、夏曾佑寫道：「夫說部之興，其入人之深，行世之遠，幾幾出於經史上。而天下之人心風俗，遂不免為說部之所持。……則小說者，又為正史之根矣。若因其虛而薄之，則古之號為經史者，豈盡實哉！豈盡實哉！」〔註22〕狄平子亦認為小說家高於史家、戲曲家高於詩人：「小說者，實文學之最上乘也。世界而無文學則已耳，國民而無文學思想則已耳，苟其有之，則小說家之位置，顧可等閒視哉？……小說者，社會之X光線也。……吾以為今日中國之文界，得百司馬子長、班孟堅，不如得一施耐庵、金聖歎，得百李太白、杜少陵，不如得一湯臨川、孔雲亭。」〔註23〕

中國近代文學史上非常高產的小說大家吳沃堯的小說創作，也是不無深意的。他說：「吾人丁此道德淪亡之時會，亦思所以挽此澆風耶？則當自小說始。……吾既欲持此小說以分教員之一席，則不敢不審慎以出之。歷史小說而外，如社會小說，家庭小說，及科學、冒險等，或奇言之，或正言之，務使導之以入於道德範圍之內。即豔情小說一種，亦必軌於正道乃入選焉（後之投稿本社者其注意之）。庶幾借小說之趣味之感情，為德育之一助云爾。」〔註24〕又說：「余向以滑稽自喜，年來更從事小說，蓋改良社會之心，無一息敢自已焉。」〔註25〕這裡不擬討論吳沃堯要恢復的「道德」的內容如何，也

〔註21〕夏曾佑《小說原理》，舒蕪、陳邇冬、周紹良、王利器編選《中國近代文論選》，北京：人民文學出版社1981年版，第203頁。

〔註22〕嚴復、夏曾佑《國聞報館附印說部緣起》，舒蕪、陳邇冬、周紹良、王利器編選《中國近代文論選》，北京：人民文學出版社1981年版，第200頁。

〔註23〕狄平子《論文學上小說之位置》，舒蕪、陳邇冬、周紹良、王利器編選《中國近代文論選》，北京：人民文學出版社1981年版，第234～237頁。

〔註24〕吳沃堯《月月小說序》，郭紹虞主編《中國歷代文論選》第四冊，上海：上海古籍出版社1980年版，第252頁。

〔註25〕吳沃堯《兩晉演義自序》，郭紹虞主編《中國歷代文論選》第四冊，上海：上海古籍出版社1980年版，第256～257頁。

不想探討其「改良社會」之理想是否有出路，僅就這種理論的取向而論，吳氏與梁啓超等的主張是相通的。他們給文學委以的重任使文學發生了非文學化的轉變，文學在很大程度上遠離了它自身。在他們那裡，文學的地位被擡得很高，小說成了「文學之最上乘」，這自然是對傳統的一種反動，但同時文學也出現了最大的失落。

值得注意的是，當時並非沒有人注意到這種文學觀念走向。徐念慈和黃人注意到了這種狀況並且力圖糾正之。他們理論觀念的可貴之處在於，擺脫了實用性功利性的文學觀，放棄了觀照文學的非文學視角，而能從美學的高度，把文學作爲一種藝術來審視。徐念慈說：「所謂小說者，殆合理想美學、感情美學而居其上乘者乎？試以美學最發達之德意志徵之，黑搿爾氏（Hegel，1770～1831）於美學，持絕對觀念論者也。其言曰：『藝術之圓滿者，其第一義，爲醇化於自然。』簡言之，即滿足吾人之美的欲望，而使無憾也。」〔註 26〕徐氏又言：「小說者，文學中之以娛樂的，促進社會之發展，深性情之刺戟者也。昔冬烘頭腦，恒以鴆毒黴菌視小說，而不許讀書子弟一嘗其鼎，是不免失之過嚴；近今譯籍稗販，所謂風俗改良，國民進化，咸推小說是賴，又不免譽之失當。余爲平心論之，則小說固不足生社會，而惟有社會始成小說者也。」〔註 27〕黃人也頗有同感地指出：「昔之視小說也太輕，而今之視小說又太重也。……出一小說，必自尸國民進化之功；譯一小說，必大倡謠俗改良之旨。吠聲四應，學步載途。……小說者，文學之傾向於美的方嚮之一種也。……蓋謂小說林之所以爲《小說林》，亦猶小說之所以爲小說耳。若夫立誠止善，則吾宏文館之事，而非吾《小說林》之事矣。此事所見，不與時賢大異哉！」〔註 28〕這樣的主張在當時可以說是異響，有利於糾正改良派文學家們理論上之失，補償他們來不及充分注意到的方面。

然而，近代文學的主旋律即是救亡圖存，維新派作家、理論家們的首要任務是改良政治、改良社會，徐念慈、黃人這樣的文學主張儘管可能使文學在一定程度上回歸自身，使傾斜的文壇漸趨平衡，但這聲音在救國保種的時

〔註 26〕 徐念慈《小說林緣起》，，郭紹虞主編《中國歷代文論選》第四冊，上海：上海古籍出版社 1980 年版，第 248 頁。

〔註 27〕 徐念慈《余之小說觀》，《小說林》第九期，上海：上海書店 1980 年影印本，第 2 頁。

〔註 28〕 黃人《小說林發刊詞》，《小說林》第一期，上海：上海書店 1980 年影印本，第 2～5 頁。

代主旋律中未免得過於微弱，不會引起人們的重視，未能產生強有力的影響。因爲那時的人們實在來不及熱心於文學的藝術價值、審美趣味的要求。國民危難淹沒了一切。文學理論走向的眞正改變，文學眞正回覆到它自身，這些重要的任務則留給了後來者，尤其是等待著五四一代思想家和文學家們。

二、選擇的艱難

古往今來，中國的文學一直與政治、法律、道德等意識形態系統有著密切的關聯。這並不能一概視爲中國文學的不幸，文學從來就無法孤立地存在，各國文學蓋莫能外。但是，如果文學僅僅成了這些非文學制度或觀念的承載工具，成了它們的忠實附庸，喪失了自己的獨立品格，完全變成了這些既定觀念的傳聲筒，那麼文學的不幸就降臨了。

中國近代文學中維新派文學家們文學觀的形成，有著深遠的歷史原因。從「詩言志，歌永言，聲依永，律和聲」，〔註 29〕到詩的「經夫婦，成孝敬，厚人倫，美教化，移風俗」、「上以風化下，下以風刺上，主文而譎諫」的道德要求；〔註 30〕從孔子的「詩可以興，可以觀，可以群，可以怨，邇之事父，遠之事君，多識於鳥獸草木之名」，〔註 31〕「《詩》三百，一言以蔽之，曰思無邪」，〔註 32〕到「蓋文章，經國之大業，不朽之盛事」；〔註 33〕從「文章合爲時而著，歌詩合爲事而作」，〔註 34〕到「文者，禮教治政云爾」，「所謂文者，務爲有補於世而已矣」，〔註 35〕如此等等，都把文學作爲治國治民的一種有力工具，把文學從藝術的天國中拉到實用的塵世裏，以政治的、道德的標準規範它、要求它。

〔註 29〕《尚書・堯典》，郭紹虞主編《中國歷代文論選》第一冊，上海：上海古籍出版社 1979 年版，第 1 頁。
〔註 30〕《毛詩序》，郭紹虞主編《中國歷代文論選》第一冊，上海：上海古籍出版社 1979 年版，第 63 頁。
〔註 31〕孔子著，劉寶楠正義《論語正義》，上海：上海書店 1986 年影印本，第 374 頁。
〔註 32〕孔子著，劉寶楠正義《論語正義》，上海：上海書店 1986 年影印本，第 21 頁。
〔註 33〕曹丕《典論・論文》，郭紹虞主編《中國歷代文論選》第一冊，上海：上海古籍出版社 1979 年版，第 159 頁。
〔註 34〕白居易《與元九書》，郭紹虞主編《中國歷代文論選》第二冊，上海：上海古籍出版社 1979 年版，第 98 頁。
〔註 35〕王安石《上人書》，郭紹虞主編《中國歷代文論選》第二冊，上海：上海古籍出版社 1979 年版，第 293 頁。

這種思考和表述方式在中國古代文學觀念中已經形成了一種傳統。這種傳統是如此的強大，如此的源遠流長，以至於使許多文學家形成了這樣的一種心理定勢。正如劉再復指出的：「我們的文學批評從三十年代開始到現在，形成了一種思維定式，這種思維定式大體上是庸俗的階級鬥爭論和直觀反映論的線式思維慣性。觀察事物的參照系統主要是政治背景。我們不能排斥政治的參照系統，也要充分尊重反映論，但思維的基礎僅僅有這兩者是不夠的。而要超越這種思維慣性是很難的，因為這種慣性的思維是長期形成的，在很大程度上已經形成集體無意識。」〔註 36〕雖然中國文學思想史上也不乏側重於文學的美學追求和藝術探索的文學家、理論家，但他們最多只是興起於一時，如曇花一現，其勢力和影響終敵不住「言志」與「載道」的一方。終於未能成為中國的「正宗」。在中國文化傳統中成長起來的維新派政治家、文學家，當然也無法走出這種強大的傳統。這種把文學歸附於政治理想、道德原則等的非文學化的文學觀念，已經成為維新派人士文學觀念形成的一種前結構。

中國文化傳統造就了無數的政治家、文學家，與維新派文學家的文化心理結構相似的官僚大夫、文學家也並非數目很小，而且其中也不乏有識之士，改革之才。那麼為什麼此前的文學不曾出現如此嚴重的非文學化傾向，而偏偏在十九世紀末初出現呢？我們必須注意到維新派文學家們生活的環境——近代歷史文化背景。眾所周知，中國近代史是在外國侵略者的炮火中，在中國人民的屈辱中，在清王朝日甚一日的岌岌危難中展開和延續的。江河日下的國家命運，日趨嚴重的民族災難，使改良派政治家們想到改革中國的專制統治以建立君主立憲制，試圖以改革中國的政治法律制度來拯救祖國於危亡。

雖然長期以來中國歷史上的各種「危機」局面時有出現，但是，中華文化面臨著如此嚴重的全面危機，中國人民忍受著如此令人難堪的奇恥大辱，還不曾有過。西方列強的強勢侵入，使中國傳統文化系統也面臨著前所未有的衝擊。一種新的文化體系伴隨著武力逐漸輸入中國，中國傳統文化必須作出生死存亡的抉擇，不得不面臨如此令人尷尬的考驗。

在如此強烈的民族危機和如此艱難的文化抉擇關頭，中國為世界之中心，華夏為人間之聖地，唯我皇帝是尊，唯我天朝為大的做了太久的夜郎之

〔註36〕劉再復《文學的反思和自我的超越（代前言）》，《文學的反思》卷首，北京：人民文學出版社 1986 年版，第 4～5 頁。

夢被打破了。有識之士的憂患意識和危機感急劇膨脹，他們長久以來保持著的心理平衡再也無法按照從前的狀態維持下去了，他們的文化心理出現了嚴重的傾斜和震顫。改良派政治家、文學家又必然地處於這種大變遷的前沿地帶。他們中的許多人如康有爲、梁啓超、黃遵憲等，都並非「專業作家」、「專業理論批評家」，恰恰相反，他們首先是政治家、宣傳家、活動家，然後才是作家、理論家、批評家。他們自己也不以文學家自任，不以純粹的文學家而自豪，他們的文學革新都是以政治理想爲前提和基礎的。這不能不規定他們文學觀的理論指向。而且，維新派文學家們所接觸的西學，直接促成了他們文學觀的生成，促成了文學革新運動的逢勃興起。在維新派文學家們看來，西方國家（包括明治維新後的日本）的變革、走向富強很得力於它們的文學，便由此想到欲使中國富強起來，必須首先振興中國的文學。

此外，與維新派文學家同時代的其他流派、不同傾向的文學家們的文學主張、文學觀念，也影響著維新派文學家們文學觀的形成，影響了他們文學理論主張的面貌，如桐城派、宋詩派、同光體、南社文學家等。雖然維新派文學家的文學觀念與這些流派的文學主張有著明顯的不同，存在著諸多的相反之處，表面看來，它們之間似乎風馬牛不相及、水火不相容，但是，從大一點的範圍來看，正是這些流派之間的碰撞和矛盾，成就了對方，也造就了自己。

如果說，中國傳統文學觀念是維新派文學觀念形成的基因、前結構，而近代的歷史文化背景又爲這種文學觀提供了適宜的生存環境的話，那麼，外國文學的影響，則成了他們文學觀爆發式地震顫與傾斜的導火線。正如有學者指出的，梁啓超「小說界革命」的倡導，明顯地受到了日本明治時期「小說改良」的影響〔註 37〕。黃遵憲、嚴復、夏曾佑等視野比較開闊的文學家們也在他們的論著裏提及外國文學的影響，尤其是外國小說的影響。在這裡，外國文學的影響喚醒了文學家們意識深處的傳統文學觀，而中國長久以來流行的文學觀念又成爲接受外國文學影響的內驅力。

總之，種種內部因素的交互作用，決定了維新派文學家們文學觀的取向必然是政治法律制度的改革，必然是救國於危難，救民於水火。與此相一致，

〔註 37〕參閱夏曉虹《梁啓超與日本明治小說》，《北京大學學報（社會科學版）》1987 年，第 5 期。又夏曉虹《覺世與傳世——梁啓超的文學道路》之第八章《「以稗官之異才，寫政界之大勢」——梁啓超與日本明治小說》，上海：上海人民出版社 1991 年版；北京：中華書局 2006 年版。

他們的文學觀就呈現出非文學化的狀態。我們覺得，維新派文學家們在政治與文學之間陷入的難以擺脫的困境，或者說他們是心甘情願地作出這樣的選擇，並非偶然，而有其歷史的必然性。這是中國文學在近代必然付出的沉重代價。但是，因爲文學家們還不曾完全忘記了文學只能是文學，還不曾完全忘記了藝術上的追求、美學上的探索和人道主義的吶喊，他們文學觀的內部還保持著一種維繫其存在的適當的張力，還不曾出現文學完全被非文學吞噬的慘劇。

維新派文學家們的文學理論主張，與他們具有同樣傾向的文學創作相呼應，有力地推動著政治改良運動，起到了很好的宣傳鼓動作用，成爲政治改良運動的一個部分。尤其在戊戌變法失敗、六君子喋血菜市口、康梁亡命海外之後，政治上無計可施的維新派政治家、文學家們不得不加強了他們在文學理論和文學創作方面的努力，繼續爲他們的事業而奔走，繼續爲他們的理想而吶喊。他們的理論和創作對其同時及其後的政治家、文學家產生了顯著的影響。他們的文學思想也曾影響到隨後出現的五四一代新文學作家，如魯迅等〔註 38〕。

總之，作爲政治家兼文學家的維新派知識分子們，完成了在中國近代文藝思想史上的使命。他們承前啓後，有力地促進了中國古代文學向現代文學的轉變，而他們的文學實績，則反映了轉型期中國文學的典型的、基本的動向。

同時，我們也不可不看到維新派文學家這種非文學化的觀念造成的文學失落。長期以來，我們的文學研究者們在評論維新派文學時，對其成就談論較多，而對其與成就同時存在、不可忽視的缺陷卻很少分析。我們認爲，沒有後者也同樣沒有前者。只有同時看到同一問題的這兩個方面，才可能得出較公正的評價，得出較有價值的結論。這樣的文學研究也才可能不僅僅是歷史的，也可能有益於今日的文學發展。

如果把維新派文學家們放到整個文學史的大系統中考察，把他們的文學觀念用「文學是人學」的尺度衡量，不可否認，在他們那裡，文學被賦予了太多的本不應由它來獨立完成的非文學使命，文學擔負了沉重的它本來擔負不起的改革政治的重擔，文學承受了本來不該由它來承受的救國救民的任務。與此相呼應的是，作爲人學的文學，蒙受了必然的損失，文學失落了它

〔註 38〕參閱劉再復《魯迅美學思想論稿》，北京：中國社會科學出版社 1983 年版。

應該擁有的靈性，文學上的藝術追求和美學探索被過分地忽視了。僅以輿論宣傳而論，他們也只是在爲君主立憲主張而呼喊，文學在這裡成爲他們的一件鼓動的工具。雖然他們也曾進行過改造國民性之類的宣揚，但這是服務於他們改革政治的需要，他們的宣傳只限於政治的、實用的，而其他方面的啓蒙則又來不及去做。

從總體上看，維新派文學家們的文學觀過於急功近利，他們爲自己確立的文學的目標過於狹隘了。統觀中國文學發展史，雖然也不乏爲文學吶喊，爲小說地位的提高而努力的文學家，但像維新派文學家們這樣，把文學的作用如此的誇大，把小說的地位如此大幅度的擡高，以至於成了「文學之最上乘」，還從來不曾有過。這既是對中國傳統文學觀的一種反動，同時也是向傳統的一種復歸；這既是中國文學在近代的不可比擬的可觀收穫，同時也是它不容忽視的巨大失落。

將維新派文學家在政治與文學之間表現出來的深刻困境與他們在戊戌變法之前曾否定傳統文學的傾向聯繫起來考察，把它與梁啓超、嚴復、康有爲、黃遵憲等人思想意識系統中存在的諸多矛盾現象及他們多變的行動軌迹聯繫起來觀照，我們便會對這種現象得出更清晰更深刻的認識。如上所說，雖然這樣的理論走向在近代中國的歷史文化背景下是必然的，但應當認識到，在建設新文學的時候，不可不充分地認識到他們的不足甚至失誤。中國近代文學史上只有大作家和出色作品，而無世界性的偉大作家和偉大作品，其原因固然多種多樣、極其複雜，這種非文學性的文學觀念及其帶來的影響，恐怕也不能不算是原因之一吧？

如果從建設新的文學理論和新的文學創作格局的角度看維新派文學家的文學觀，應當從中吸取的教訓則有很多。黃子平、陳平原、錢理群曾指出，在二十世紀的中國，「政治壓倒了一切，掩蓋了一切，沖淡了一切。文學始終是圍繞著這中心環節而展開的，經常服務於它，服從於它，自身的個性並未得到很好的實現。」〔註 39〕這種狀況在維新派文學家這裡，得到了很充分而且集中的表現。不僅如此，維新派文學觀念上的這些弱點，除了在五四時期曾一度得到了較大幅度的克服之外，很大程度上留在了中國現代文學以至於當代文學當中。

〔註 39〕黃子平、陳平原、錢理群《論「二十世紀中國文學」》，《文學評論》1985 年，第 5 期；《二十世紀中國文學三人談》，北京：人民文學出版社 1988 年版，第 9 頁。

劉再復曾說過：「作爲人學的文學不必去追求給具體的社會問題以具體的回答，不必把某種具體任務作爲自己創作的出發點，但應當有自己的長久性使命和時代性使命，應當對帶有時代意義和長遠意義的社會人生問題加以認眞地思考，並給人們的心靈指出方向，使文學成爲引導人們前進的精神的燈火。」〔註 40〕我們引用這段論述，當然不是想以此來苛責維新派文學家們沒有建設完備的理論形態，沒有創作出偉大的作品，而是想讓今人沿著這樣的線索思考下去，以便從維新派文學家們取得的成就中，從他們留下的缺憾中，吸取我們應當得到的啓示和應當記取的教訓。

就維新派文學家們來說，充分地認識他們所取得的成就，估價他們在文學理論和創作方面的建樹固然重要，但在當今這樣的歷史狀況中，清楚地看到他們的偏頗與失誤，眞切地辨明他們給文學帶來的不足與失落也許更有價値，也許會給今天的文學發展以更多的啓發。因爲，聯繫現實文學發展的文學史思考應當是既具有學術意義又具有實踐價值的，而通過理論與實踐、既往與當下、經驗與教訓的交互思考，從中得到的收穫也應當是意味深長的。

〔註 40〕劉再復：《關於「文學任務」的思考》，《文學的反思》，北京：人民文學出版社 1986 年版，第 229 頁。

康有爲的詩題、詩序和詩註

關於康有爲的詩，梁啓超嘗評價說：「南海先生不以詩名，然其詩固有非尋常作家所能及者，蓋發於眞性情者，故詩外常有人也。」〔註1〕後來他又將康有爲與金和、黃遵憲一道看作是改變清初以來詩歌「靡曼」、「脆薄」、「臭腐」、「拙劣」、「粗獷淺薄」、「生硬」、每況愈下、「衰落已極」局面的重要人物，認爲他們「元氣淋漓，卓然稱大家」〔註2〕。康有爲雖稱自己是「餘事爲詩」〔註3〕，但一如他的行事與思想，其詩在近代詩壇確可以說是卓犖不群，個性鮮明。

康有爲的詩歌創作特點表現在思想與藝術、取徑與風格、繼承與創新等許多方面，時代風雲和個人秉賦的交互作用造就了這位傑出人物的詩歌特徵。本文擬考察康有爲詩題、詩序和詩註的特點，認識其詩的文體特徵、思想特點和史料價値，希望由此認識近代詩歌發展變化的一個重要方面。

一、詩　題

一些古代詩人和詩評家頗爲重視詩題的製作，如王士禛就從詩之時代、雅俗角度評論詩題的演變說：「予嘗謂古人詩，且未論時代，但開卷看其題目，即可望而知之；今人詩且未論雅俗，但開卷看其題目，即可望而辨之。如魏晉人製詩，題是一樣，宋、齊、梁、陳人是一樣，初、盛唐人是一樣，

〔註1〕梁啓超著，舒蕪校點《飲冰室詩話》，北京：人民文學出版社 1959 年版，第 19 頁。

〔註2〕梁啓超《清代學術概論》，上海：上海古籍出版社 1998 年版，第 101～102 頁。

〔註3〕康有爲《自序》，康保延編《康南海先生詩集》，臺北：中國丘海學會 1995 年版，第 23 頁。

元和以後又是一樣，北宋人是一樣，蘇黃又是一樣；明人製題泛濫，漸失古意；近則年伯、年丈、公祖、父母，俚俗之談盡竄入矣，詩之雅俗又何論乎？」〔註 4〕明確對詩與詩題的日趨俚俗和隨意化提出了批評。當代有學者進一步從文體發展和文學批評角度研究詩題製作的有關問題，吳承學先生對這一問題做了專題研究並指出：「中國古代詩歌經過從無題到有題，詩題由簡單到複雜、由質樸到講求藝術性的演變過程，總之，詩題製作有一定的時代風格。」〔註 5〕顯然更重視詩題製作過程中的時代特點和其中反映出的文學觀念與文學變革。他還進一步指出：「當詩題成爲詩人的自覺製作，便與詩歌內容產生了一種必然的聯繫。制題的自覺是詩歌藝術發展的必然結果，也是詩歌創作進入自覺與成熟時代的標誌之一，這意味著詩人對於詩歌藝術形態開始有了規則與法度的觀念。於是詩題的功能，也就從單純的稱引符號，轉化而成詩歌的有機部分。它不但成爲詩歌的眉目，而且起了一種對於詩歌內容加以說明、制約和規定的特有的重要作用。」〔註 6〕這樣的研究思路和論斷可以作爲我們考察康有爲詩題製作的一個重要參考。

康有爲是一位頗爲高產的詩人，今存詩超過一千六百題。處於中國古典詩歌總結期的康有爲，除了廣泛地沿用以往的詩題製作方式之外，一個最突出的特點就是喜歡長題，這似乎已經成爲他的一種創作習慣。這種習慣與中國古典詩歌詩題製作變化的總體趨勢是相應的。吳承學先生指出：「古代詩題初爲短題，後遂衍爲長題。……六朝開始出現長題的風氣。」〔註 7〕這種喜歡長題的創作風氣經過唐宋諸大家的運用和發展，影響逐漸加強，比如杜甫詩中已可時見長題，韓愈集中長題更多；而至蘇軾、黃庭堅等宋代諸家，長題已經成爲他們的一種喜好了〔註 8〕。康有爲使用長題，較之以往詩人的創作又

〔註 4〕王士禛著，張宗柟纂集，戴鴻森校點《帶經堂詩話》，北京：人民文學出版社 1961 年版，第 761 頁。

〔註 5〕吳承學《中國古代文體形態研究（增訂本）》，廣州：中山大學出版社 2002 年版，第 109 頁。

〔註 6〕吳承學《中國古代文體形態研究（增訂本）》，廣州：中山大學出版社 2002 年版，第 128 頁。

〔註 7〕吳承學《中國古代文體形態研究（增訂本）》，廣州：中山大學出版社 2002 年版，第 113 頁。

〔註 8〕吳承學先生指出：「蘇黃的確喜歡長題，在他們的詩歌中，長題佔了很大的比重，有時長題之外還另加小序。」見所著《中國古代文體形態研究（增訂本）》，廣州：中山大學出版社 2002 年版，第 119 頁。

有所變化發展，一是使用比例增加，二是詩題字數更多。康有爲的長題詩主要集中於兩個方面：一是關於他的政治活動特別是戊戌變法的詩作；一是關於他的海外遊歷特別是外國社會風物的詩作。這實際上也是康有爲一生詩歌創作的兩個核心內容。

康有爲非常有意地以詩歌記述自己和同道者在戊戌變法時期的經歷與感受，幾乎構成了一部形象的戊戌變法「詩史」。在這部分詩歌中，長詩題對這些詩歌「詩史」特徵的形成發揮了重要作用。如《東事戰敗，聯十八省舉人三千人上書，次日美使田貝索稿，爲人傳鈔，該遍天下，題曰「公車上書記」。是時，主和者爲軍機大臣孫毓汶，公車多人力阻之，眾怒甚。孫畏不朝，遂辭位》、《割臺行成後，與陳次亮郎中熾、沈乙庵刑部曾植、丁叔衡編修立鈞、王幼霞侍御鵬運、袁慰庭觀察世凱、沈子封編修曾桐、徐菊人編修世昌、張君立刑部權、楊叔嶠中書銳，同開強學會於京師，以爲政黨嚆矢，士夫雲從。御史褚成博與大學士徐桐惡而議劾，有夜走告勸遁出京者。是時，袁、徐先出天津練兵，同志夜餞觀劇，適演十二金牌召還岳武穆事，咸欷歔，李玉坡理卿至淚下。即席賦此，呈諸公，未幾，余亦告歸，留門人梁啓超任之》：「山河已割國搶攘，憂國諸公欲自強。復社東林開大會，甘陵北部預飛章。鴻飛冥冥天將黑，龍戰沉沉血又黃。一曲欷歔揮涕別，金牌召岳最堪傷。」詩後復有自註云：「南還與張香濤督部、黃漱蘭侍郎及其子仲弢編修、梁星海太常、黃公度觀察再開強學會，海內士夫若屠梅君侍御、陳伯潛閣學、顧漁溪通政等先生咸應焉，卒被御史楊崇伊所劾而封禁。附記於此。」〔註9〕還有《丁酉以膠驚，上書不達，十一月十八日，束裝歸，行李皆登車矣，常熟相國特來走留，遂不行。越日相國薦於上，遂有政變事。今國破君出，不知天意何如也》、《哭前翰林院侍讀學士湖北提學使黃君仲弢，戊戌出奔，賴公告難，勸吾微服爲僧，北走蒙遼，夜宴浙紹會館，把酒泣訣。今幸更生，皆君起死人而肉白骨也。爲服緦哀，東望奠祭，不知其哭之慟也》等長題，都是有代表性的例子。

還有地一部分長題是交代地方風物、寫作情境的，豐富詩歌內容並使之更加充分細緻，對詩歌起到很好的說明、補充作用。如《行居庸關五十里，兩岸聳翠，疊障飛青，老柳巨石，雜沓澗中。時方深秋，岩花崖樹，盤曲彌

〔註9〕上海市文物保管委員會文獻研究部編《萬木草堂詩集——康有爲遺稿》，上海：上海人民出版社 1996 年版，第 63 頁。

望，蒼翠無盡。至月出，乃重策騎還，雜書所見，得律二首，絕二首》、《漫遊蘇州，名園多廢，只餘宋蘇子美滄浪亭、元倪雲林獅子林。其虎丘、靈巖莫不零落，惟拙政園尚無恙耳。不勝閱劫之感》、《遊廬山宿海會寺，贈老僧至善。蓋廬山經亂，九十九寺盡毀，至善苦行結茅於此，遂成大叢林，今年八十矣》等都是。而《西湖經亂後，前賢祠館多廢，中興諸將祠宇如雲，左、蔣二公，故應俎豆，吾家中丞公平浙之功不少，不得配享其間，劉典冒功，儼然崇祠矣》這六十二字是一首七絕的標題，詩云：「浙水當年平寇盜，中興諸將占湖山。吾家不少兜鍪力，但覺劉公頗厚顏。」〔註 10〕《十二月二十七日抵陽朔。山城斗大，石峰環其三面，一面臨江，城中亦有石峰峭立者。其市廛皆在山腰，林木蔚如。有鑒光寺者，倚石壁臨江，敲門不得入，光景幽絕》詩云：「山峰擁出萬蓮華，紅葉山城倚翠霞。拄笏看山到陽朔，不須句漏訪丹砂。」〔註 11〕

《薇、璧二女久別，以母張氏夫人逝世來滬奔喪，送葬於茅山，事訖分散。以七月十八日同行，會少離多，又有家國存亡之感，老夫雖有天遊之學，亦復淒黯，不可爲懷。同遊半淞園拓影，得詩四章送之》是四首七律的標題，其四云：「戊戌當年逮捕拿，天乎姊妹幸生逃。覆巢破卵原同難，持節環球聊自娛。世亂帝王亦難免，人生憂患本來俱。婆伽婆爲破煩惱，長記天遊天作徒。」〔註 12〕《壬子三月九日，與旃理行，覓得須磨湖前宅。僻地幽徑，忽豁大園，備林池山石澗泉花木之勝，老夫得此，俯仰山海，飽飫煙霞，足以遺世忘憂矣。園舊名長懶別莊，吾因其舊，即名長懶園，賦十五章，既以自怡，後之論世者或有感焉》云：「我本餐霞人，憂國捨神仙。臨睨我舊鄉，去之十五年。人民皆非故，渺莽齊洲煙。吾生本無住，樂土尤所便。」〔註 13〕從另一個角度表明康有爲詩歌的長題化傾向。

戊戌變法失敗後，康有爲遠走海外，懷著非常複雜的心情遊歷歐美多個國家，他的海外詩成爲他全部詩歌創作的一個非常重要的方面。由於近代海

〔註 10〕上海市文物保管委員會文獻研究部編《萬木草堂詩集——康有爲遺稿》，上海：上海人民出版社 1996 年版，第 53 頁。

〔註 11〕上海市文物保管委員會文獻研究部編《萬木草堂詩集——康有爲遺稿》，上海：上海人民出版社 1996 年版，第 76 頁。

〔註 12〕上海市文物保管委員會文獻研究部編《萬木草堂詩集——康有爲遺稿》，上海：上海人民出版社 1996 年版，第 369 頁。

〔註 13〕上海市文物保管委員會文獻研究部編《萬木草堂詩集——康有爲遺稿》，上海：上海人民出版社 1996 年版，第 408 頁。

外新世界的新奇內容與以抒情性爲主的傳統詩歌表達習慣有時存在明顯的距離，因此長題可以涵納的充分記述描寫特點就被彰顯出來，長題在這類詩中再一次發揮了特別重要的作用。

如《己亥六月十三日，與義士李福基、馮秀石及子俊卿、徐爲經、駱月湖、劉康恒等創立保皇會。於二十八日至域多利中華會館，率邦人恭祝聖壽，龍旗飄揚，觀者如雲。灣高華與二埠同日舉行。海外祝嘏自此始也》，詩云：「海外初瞻壽域開，龍旗披拂白樓臺。白人碰盞掎裳至，黃種然燈夾巷來。上帝與齡憐下土，小臣泣拜倒蒿萊。遙從文島瞻瓊島，波繞瀛臺夢幾回。」〔註 14〕《九月二十四夜至馬關，泊船二日，即李相國鴻章議和立約被傷地也，有指文忠所住地者。昔戊戌變法，文忠相助，及蒙難掘墳，文忠抗旨不得，密令吾家移骨。既感故知，又傷故國，過此黯然神傷》，云：「碧海沉沉島嶼環，萬家燈火夾青山。有人遙指旌旗處，千古傷心過馬關。」〔註 15〕

《庚子七月十五日泊丹將敦，泛輪來庇，今日又辛丑七月十五，已經年矣。追思壬寅七月望在印度，癸卯七望在爪哇，甲辰七月望在那威，乙巳在紐約，丙午在意之美蘭那，丁未在瑞典，戊申在瑞士，己酉復歸檳嶼，庚戌過丹將敦到星坡。再讀之，俯仰陳迹，益興懷也》、《訪中印度戹忌喇故京，十一月十五遊蒙古沙之韓帝故宮陵。是夜月色如銀，遊人甚多。宮陵臨恒河，純以白石爲塔，殿高插天半，倒影恒河中。費十二萬萬盧卑，地球巨工少有過此，其精麗亦與羅馬彼得廟同冠大地。今英人以爲公園，西女曼歌於林間，可感愴矣》，詩云：「遺廟尚存摩訶末，故宮同說沙之韓。玉樓瓊殿參天影，長照恒河月色寒。」〔註 16〕

《遊中印度舍衛城，訪佛迹，舍衛爲印度京，印言曰爹例。十一月廿日，於舍衛城外三十八里得佛舊祇樹林須菩提布金地遺址，殿基猶存，三角樓尚完，遺柱三百四，其西南則半圮矣。環廊尚有三面，純石，半完半坍，西門五石龕最完好。其西南一堂，崇牆三重巋然，餘爲回教所毀。登塔四望，群岡自鷲嶺走來，數重環裹，其氣象爲印度所無，宜佛產其間也。頹垣斷礎，

〔註 14〕上海市文物保管委員會文獻研究部編《萬木草堂詩集——康有爲遺稿》，上海：上海人民出版社 1996 年版，第 107 頁。

〔註 15〕上海市文物保管委員會文獻研究部編《萬木草堂詩集——康有爲遺稿》，上海：上海人民出版社 1996 年版，第 109 頁。

〔註 16〕上海市文物保管委員會文獻研究部編《萬木草堂詩集——康有爲遺稿》，上海：上海人民出版社 1996 年版，第 148 頁。

無佛無僧，大教如斯，浩劫難免，其他國土，一切可推。攜次女同璧來遊，感愴無限，車中得九詩記之。支那人之來此者，法顯、惠雲、三藏而後，千年而至吾矣》，這一不含標點長達一百九十九字的標題是康有為全部詩歌中最長的詩題，此題下有七絕九首，其第一首云：「印度萬里無一山，舍衛大城鷲嶺環。粗石怒奔走平阜，抱回佛窟營中間。」此首又有註云：「印中無一山，惟舍衛城中鷲嶺獨起，雖高數十丈，而石氣莽蒼，為印所無。餘山皆土平，亦異境也，宜佛產於是矣。實為印度之中。故一成佛土，四營帝都，人居百里，氣象萬千，過於金陵及燕京焉。」〔註 17〕

《光緒三十二年丙午七月十七日，詔行立憲，乃以保皇會改帝國憲政會。丁未春，再自歐入美，舉行典禮。昔歲逢吾生日，數百埠同志皆稱祝。二月初五日到紐約，適鄙人五十初度日，已忘之矣。未抵岸，已接無線電無數訊問，登岸暨入會所，迎者千百，多有自異邦千里外至者。旗樂香花，百筵盛設，數百電頌祝。亡人戮辱奔走，驟承大禮，感愧厚意，如夢如寐》、《多鐃河北為羅馬尼亞境，河南為布加利亞境，有關以譏行人，皆索視護照，羅馬索五金焉，以護照但遊突而無羅馬也。小輪舟徐渡，夕陽下時，光景至佳。追念布立國時，俄艦隊自此破江而下，羅人阻之不得，突人阻江為戰。今三十年間，但見微風作漪，鳧雁唼喋，羅布之旗相映於隔江中。大地今古事，皆可以是觀也。口占一詩》：「多鐃河流回碧漪，隔江風颭布羅旗。追思三十年前事，俄突樓船金鐵飛。」〔註 18〕

《戊申秋七月，遊君士但丁那部，逢突厥立憲慶典，見蘇丹於宮門，乘六馬車，一后九嬪從，萬民免冠，歡呼萬歲。及冬十月，開國會而民嘩。今夏四月，吾在英烈住問茶館閱報，則幽廢矣。突國人皆讀法文，去歲早知有變，不意若是其速也，亦足為專制者之殷鑒矣》，題下七絕三首，其三云：「歡呼萬歲未經年，流彘驚聞自電傳。江河不廢憲法立，履轍鑒此壓制專。」〔註 19〕《秋九月，再遊印度，昔聞密遮拉士有寺數十，僧萬數，吾至問居人，皆不識僧寺者。近縣有支那智利，有古佛城七重，金塔十餘，最莊嚴，

〔註 17〕上海市文物保管委員會文獻研究部編《萬木草堂詩集——康有為遺稿》，上海：上海人民出版社 1996 年版，第 150 頁。

〔註 18〕上海市文物保管委員會文獻研究部編《萬木草堂詩集——康有為遺稿》，上海：上海人民出版社 1996 年版，第 254 頁。

〔註 19〕上海市文物保管委員會文獻研究部編《萬木草堂詩集——康有為遺稿》，上海：上海人民出版社 1996 年版，第 282 頁。

皆改爲婆羅門廟。至丹租古印王國，河橋環島，風景甚佳。故佛堂且有改爲濕婆教廟者，於舊日佛龕遍供焉。藏環廊數十，婦人入廟膜拜摩挲。由至潔不妻之佛道，一變而以奇淫爲教，以此悟正負陰陽反動力之自然例耶！大劫沉沉，於是全印僧寺皆滅，吾亦可超脫於人間世之形相矣》云：「踏遍閻浮何所之，莊嚴佛土盡披離。是時爲帝相非矣，大轉回輪翻反而。淨穢早知無揀擇，教宗如此太離奇。人天非想非非想，萬法冥冥萬劫悲。」此首有人作眉批云：「此首極佳，包羅一部十七史。」〔註20〕雖是隨感之筆，卻頗可見詩人的創作主旨。這部分詩作最典型地反映了康有爲喜歡長題的創作習慣。

就一般情況而論，古代詩人通常是更重視詩本身而不那麼重視詩題的。詩題被重視並被認眞地設計製作，經歷了一個比較長期的過程。這種趨勢發展到近代，情況發生了更明顯的變化。就康有爲詩與詩題的關係來說，他基本上是既重視詩又重視詩題的；而在他的一部分長題詩作中，甚至可以看到他更重視詩題而詩本身則顯得有些薄弱的情況，至少從創作的結果來看是如此。這種特別重視詩題、甚至出現「題勝於詩」的現象反映了近代詩人創作觀念的顯著變化，應當是中國古典詩歌發展歷程的最後階段出現的一個值得注意的現象。

二、詩　序

康有爲曾爲自己的詩集作序兩篇，主要記述自己選詩與編集的經過，表達對詩歌創作的看法。他還爲自己詩集的前十二集的每一集寫過一篇小序，也是自述這些詩作的創作和編集經過與用意。於此可見康有爲對自己詩歌的重視，特別是對其紀實述事功能的重視。本文對此不擬專門討論，下面主要考察康有爲在詩歌篇章之首留下的小序。

吳承學先生指出：「有些古詩在詩題之外，還有詩人自述寫作緣起、主旨和闡釋創作背景的小序，詩序是對於詩題的補充，是讀者瞭解作品的重要依據。」〔註21〕他還指出：「蘇黃的確喜歡長題，在他們的詩歌中，長題佔了很大的比重，有時長題之外還另加小序。他們的詩題也反映出宋代以文爲詩的傾向，它們不僅是簡單敘述作詩緣起，而是詳細介紹創作的來龍去脈，這種

〔註20〕上海市文物保管委員會文獻研究部編《萬木草堂詩集——康有爲遺稿》，上海：上海人民出版社1996年版，第290頁。

〔註21〕吳承學《中國古代文體形態研究（增訂本）》，廣州：中山大學出版社2002年版，第121頁。

詩題已經小序化或者小品文化了。」〔註 22〕從這一角度考察康有爲的詩，也可以看到一些相當突出的特點。除經常使用長詩題外，康有爲還喜歡使用詩序，而且經常使用較長的詩序來記述描寫。這些詩序既是詩題的補充和延伸，又是詩歌內容的拓展式說明。

康有爲經常在涉及重要的時人時事、政治事件等的詩作中加小序，表明他對此類作品的重視程度極高。《十二歲侍先祖連州公登城北畫不如樓》有序云：「先祖諱贊修，以舉人官連州訓導，贈教授，祀昭忠祠。吾少孤，攜於官舍，教之聖哲大義高行，暇則從遊山水。此樓爲唐劉夢得遺迹，俯視郭外，山石松泉至佳勝。時始學爲詩，有觀競渡二十韻，失矣。僅存此，以記祖訓。」詩云：「萬松亂石著仙居，絕好青山畫不如。我愛登樓最高處，日看雲氣夜讀書。」〔註 23〕《題七檜園唱和集》七絕三首有序云：「吾銀塘鄉居園臨三塘，有澹如樓、紅蝠樓、二萬卷書樓，有七檜，不知幾百年，歷吾祖幾代矣。園爲先中丞公築，先君與從父天民知府公、彝仲竹蓀廣文公、尙朝知州公、少岳觀察公居此唱和，吾少與群從沛然、季輯廣文、劍坡主簿、偉奇上舍讀書其中，酬唱成集，惜多逸去，然以見祖德忠厚式好風流焉。」〔註 24〕《懷翁常熟去國》有序云：「膠變上書不達，思萬木草堂學者，於十一月十九曉束裝決歸。是日朝常熟力薦於上，淩晨來南海館，吾臥未起，排闥入汗漫舫，留行，遂不獲歸。及常熟斥，吾又決行，公謂上意拳拳，萬不可行。感遇變法，且累知己，未知天意何如也。」詩曰：「膠州警近聖人居，伏闕憂危數上書。已格九關空痛哭，但思吾黨賦歸歟。早攜書劍將行馬，忽枉軒裳特執裾。深惜追亡蕭相國，天心存漢果何如？」〔註 25〕

《六哀詩》是悼念戊戌政變中殉難六君子的六首五言古詩，這組作品對於康有爲的重要性不言而喻。首有序曰：「戊戌之秋，維新啓難，堯臺幽囚，鈎黨起獄。四新參譚嗣同復生、楊銳叔嶠、劉光第裴村、林旭暾谷、御史楊深秀漪川及季弟廣仁幼博，不讞遂戮，天下冤之。海外志士，至歲爲設祭停

〔註 22〕吳承學《中國古代文體形態研究（增訂本）》，廣州：中山大學出版社 2002 年版，第 119 頁。

〔註 23〕上海市文物保管委員會文獻研究部編《萬木草堂詩集——康有爲遺稿》，上海：上海人民出版社 1996 年版，第 11 頁。

〔註 24〕上海市文物保管委員會文獻研究部編《萬木草堂詩集——康有爲遺稿》，上海：上海人民出版社 1996 年版，第 32 頁。

〔註 25〕上海市文物保管委員會文獻研究部編《萬木草堂詩集——康有爲遺稿》，上海：上海人民出版社 1996 年版，第 90 頁。

工持服，蓋中國新舊存亡所關也。六烈士者，非亡人之友生弟子，則亡人之肺俯骨肉。流離絕域，嘔血痛心，兩年執筆，哀不成文。辛丑八月十三日，奠酒於檳榔嶼絕頂，成五烈士詩。海波沸起，愁風颷來，哀紀亡弟，卒不成聲，蓋三年矣，後補成之。」〔註26〕《哭亡友烈俠梁鐵君百韻》序云：「君名爾煦，南海佛山人。故鴻臚寺少卿梁僧寶從子，死節於光緒三十二年七月十四日，年四十九歲。」〔註27〕

《述德詩五十首》有序云：「侍母太夫人於南蘭堂，談先德，母命爲詩紀之，適正月，先府君忌日，祭余念祖，緝次成篇。士衡之陳士德，向平之賦思舊，古人有之。況吾宗譜，幾類史乘，世有名德，亦多畸人。王劉名家，人人有集；文武才用，世世蜚聲；代載達人，暨予小子。雖述先德，無一字之愧詞；旁及恩私，乏千金之報德。」〔註28〕每首之後均有小注，如述父母雙親的二首及注云：「五孤呱泣弟半歲，劬劬吾母最辛勤。彌留末命疼辜負，撫弟傷心燕市雲。」注：「府君以同治戊辰正月十九夜彌留，年三十八。吾男女兄弟五人，長姊十三歲，幼博弟生僅六月，末命爲撫弱弟事母善視諸姊妹，而幼博弟竟以無罪株戮柴市，辜負先命，永痛無極。」「兒疾懷抱十八日，母老龍鍾八十春。寸草春暉不能報，侈談國事負生身。」注：「爲生數月，大病十八日，母抱持不臥亦十八日。及先君背，持家教子，聖善劬勞，今年八十，不得常侍，每念痛心。」〔註29〕

《挽鄧筱赤宮保丈》序曰：「卒年九十，丈與我言國事，話及先朝即淚下，吾歸國來只公一人耳。又戊戌吾家產被沒，丈自出首名，爲請於政府給還。感丈厚德，惟以文章報之。」詩云：「國老誰如伏生壽，靈光驚近泰山頹。似聞威惠流旌節，誰識孤忠淚劫灰。避地耆期猶作晝，補天色石愧非才。償還沒產勞公請，報以文章寫我哀。」〔註30〕《丙辰九月二十九夕，題麥孺博、

〔註26〕上海市文物保管委員會文獻研究部編《萬木草堂詩集——康有爲遺稿》，上海：上海人民出版社1996年版，第142頁。
〔註27〕上海市文物保管委員會文獻研究部編《萬木草堂詩集——康有爲遺稿》，上海：上海人民出版社1996年版，第243頁。
〔註28〕上海市文物保管委員會文獻研究部編《萬木草堂詩集——康有爲遺稿》，上海：上海人民出版社1996年版，第265頁。筆者對原標點有所調整。
〔註29〕上海市文物保管委員會文獻研究部編《萬木草堂詩集——康有爲遺稿》，上海：上海人民出版社1996年版，第268頁。
〔註30〕上海市文物保管委員會文獻研究部編《萬木草堂詩集——康有爲遺稿》，上海：上海人民出版社1996年版，第342頁。

潘若海為盧毅安寫扇圖》序云：「毅安弟以孺博、若海合寫詩詞請題。蓋自甲寅來滬，日與二子共事。而乙卯孺喪，丙辰若殂，誰與共天下事者？每念心痛，欲賦不能下筆。今乃攬筆哀之，成詞老淚猶濕也。」詩云：「吾門房杜有奇才，次第沉埋委草萊。本是同心人合璧，痛看遺墨劫餘灰。掣鯨碧海詞猶壯，賦鵩長沙命可哀。吾道窮乎天喪咒，灑將老淚濕青苔。」〔註31〕

另一類詩序經常出現於描寫海外風物、外國社會狀況和歷史事件的詩作中。《遊法蘭西詩》之《遊滑鐵盧，觀擒拿破侖處。及遊巴黎，觀拿帝坊陵，巍然旌旗，尚匝其紅文石櫬。及觀蠟人院，拿帝殗殜帳中，一子侍疾淒然。於英雄末路也，慨然感賦》有序云：「余遊拿破侖紀功坊，見拿翁將死蠟像臥帳中，屬纊垂絕，其子愁眉側坐而侍疾，一桌二几一榻，奄奄英雄末路。我心惻之。雄心屈於短圖，遠志抑於近慮。幽於荒島，斜對夕陽，海波渺瀰，追懷夙昔，金戈鐵馬，已為昨日之山河；殘喘離魂，將為蓐食於螻蟻。奮飛難再，斷腸奈何？斯亦拔山蓋世之雄所悽楚哽咽者已，苟非知道，能不痛心？知來者之無常，本縱浪於大化；喜歡則乘願而來，緣盡則絕塵而去。假以黃金鋪地，終有崩決之時；成住寰空，何戀何愛？藉非為救世度人而來者，雖有英傑，西山日薄，漏盡鐘鳴，能不悲乎？」詩云：「滑鐵盧中龍血黃，囚龍絕島太蒼涼。萬里戰雲收大陸，百年霸業對斜陽。旌旗慘淡扶歸櫬，觀闕嵯峨表石坊。最痛繐帷殗殜日，奈何低唱月微茫？」〔註32〕

《遊墨西哥》七律二首有序云：「貫其南北，母山為背，左右斜落為平原，地瘠苦，二千里不生草木。稅重民貧，天寒皆無衣褐，以氈貫頸，汽車中人備五色，亦詭奇之觀矣，風化雜沓皆守舊也。」〔註33〕《攜同璧遊那威北冰海那岌島顛，夜半觀日將下沒而忽昇》序云：「時五月二十四日夜半十一時，泊舟登山，十二時至頂，如日正午。頂有亭，飲三邊酒，視日稍低如暮，旋即上昇，實不夜也，光景奇絕。德主威廉作華表象於巔，德公卿名士刻石甚夥，行舟時亦適遇德王弟軒利來，足見德人之好事。」〔註34〕五

〔註31〕上海市文物保管委員會文獻研究部編《萬木草堂詩集——康有為遺稿》，上海：上海人民出版社1996年版，第343頁。筆者對原標點有所調整。

〔註32〕上海市文物保管委員會文獻研究部編《萬木草堂詩集——康有為遺稿》，上海：上海人民出版社1996年版，第190～191頁。筆者對原標點有所調整。

〔註33〕上海市文物保管委員會文獻研究部編《萬木草堂詩集——康有為遺稿》，上海：上海人民出版社1996年版，第221頁。

〔註34〕上海市文物保管委員會文獻研究部編《萬木草堂詩集——康有為遺稿》，上海：上海人民出版社1996年版，第249頁。筆者對原標點略有調整。

古《戊申六月廿九日泛黑海》有序云：「自羅馬尼亞乘船。戊申六月廿九曉起，自船中望黑海，澄波萬里，紫瀾微回，漸見岡巒，惟多剝皮。東坡詩曰：有山禿如赭。蓋地有運會，苟非其時則氣不澤潤。行數時，漸近突京，平岡迤遞，頗有古壘及村落，然山色枯而力弱，與歐西迥異，足覘突厥之衰矣。」〔註 35〕

可見，康有爲海外詩中的詩序，對說明新奇的新世界風光、介紹外國的歷史人文景觀、表達作者的內心觀感等都發揮著特別重要的作用，古已有之的詩序的作用在康氏筆下得到了充分的運用；而且，隨著近代以來中國詩歌題材的日益廣闊的拓展，當詩序這種傳統文體樣式和表現手法被運用於海外詩的創作中的時候，就自然具有了豐富和發展中國傳統詩歌體式、特別是詩序體式的作用。從這一點來看，康有爲與他的同時代詩人對中國傳統詩歌的變革與發展作出的貢獻是顯著的，無論是創作觀念、詩歌內容還是詩歌體式都如此。

吳承學先生指出：「中國古代的詩序有其獨特的藝術功能，詩序可以彌補抒情短詩的某種缺陷，它擴大詩歌的背景，增大其藝術涵量，增加了詩歌的歷史感。優秀的詩序與詩歌宛如珠聯璧合，不可或缺。」〔註 36〕康有爲的一部分重要作品在詩與詩序關係的處理上，表現出明顯的二者兼顧兼擅的意識，在這些詩作中，詩與詩序具有同等重要的價值，實現了二者相成、共生雙美的創作用意和藝術效果。特別值得注意的是，還有一部分詩作之前的長詩序，表現出明顯的文章化傾向，也就是說，作者基本上是將這些詩序作爲獨立的文章來寫的。這些詩序在內容涵量、色彩風格、地位作用等方面是明顯地高於詩歌本身的，這種情況較之詩題與詩序合一的追求又向前邁進了一步。康有爲詩中出現的「序勝於詩」現象也應當看作是傳統詩歌在其最後時代出現的一個新變化。

三、詩　註

詩中夾有作者自註也是中國古典詩歌一種值得注意的創作方式和表現手法。與詩題、詩序與詩歌的關係一樣，詩註也經歷了從無到有、從短到長、

〔註 35〕上海市文物保管委員會文獻研究部編《萬木草堂詩集——康有爲遺稿》，上海：上海人民出版社 1996 年版，第 255 頁。

〔註 36〕吳承學《中國古代文體形態研究（增訂本）》，廣州：中山大學出版社 2002 年版，第 125～126 頁。

從隨意爲之到有意交代的發展變化過程。這既是中國古典詩歌不斷演進成熟的一種表現，又是中國古典詩歌不斷尋求突破的一種方式。就康有爲的詩歌創作而言，與長詩題和長詩序同樣值得注意的是，康有爲的相當一部分詩作中，有意運用了爲數不少的自註文字，用以對詩歌內容做必要的補充性說明，或者是對相關情況有所交代。這些詩註，有的非常簡短，只有幾個字；有的則相當長，可以多達百字或者更多。

《論書絕句十五首》每首之後均繫以學術化的小註，概括表達了作爲近代傑出書法家與書法理論家的康有爲對於書法的藝術見解，宛如一部簡要的書法理論觀念史。《戊戌八月紀變八首》首有小序云：「今佚其三，乃懷徐東海及哀諸新參也。」其第一首云：「緹騎蒼黃遍九關，飛鷹追逐浪如山。我橫滄海天不死，猶在芝罘拾石還。」後有註曰：「吾乘英船名重慶者往上海，道出芝罘泊船，吾登岸徜徉，拾石而返。登青萊道彭某奉追電時，登輿往膠，到膠省電急返煙臺，而吾船已行矣。乃命驅逐水雷艦、飛鷹鐵艦來追，以乏煤中道返。梁任公曰：先生以八月初二日奉朱諭命出京，初四日復由林暾谷京卿傳口詔促行，初五日遂行。初六日而難作，閉城大索，而先生猶在天津也。初六日午乘重慶船發大沽，其後芝罘、上海兩處名捕，意脫於難，若或使之焉。」〔註 37〕除康有爲所作詩註外，還有弟子梁啓超所作的詩註，師徒二人共同記載和說明了變法運動中一些重要事件的經過和具體情況。《訪四霸遺迹四首》五律有小序，前三首之後均有簡明小註對詩意進行說明。《聞前禮部左侍郎徐公子靖之喪，哭祭而慟》長篇五古之後有註云：「此詩作於戊申，瑞典誤傳凶耗，設祭而作。後乃知侍郎尚生，三度西湖泛舟話舊，告以此詩，爲之索笑。今丁巳八月二十二日，侍郎乃逝，哀惻心脾，又設祭爲文以哭之，書此以爲記。」〔註 38〕

《壬戌年正月十四夜，自滬來杭，道過戲園，有告以今夕演光緒皇帝痛史者，下車觀之。甫入場，即見扮現老夫冠帶在臺上，觀客指而議論歎息，不知老夫之在場也。感歎傷心，口占得十八章記之，後之讀者應有感也》這一長詩題下的十八首詩，均爲七絕，其中第十一首云：「詔書竟引紅丸案，謂毒今皇已大行。英領登舟先問我，可因謀弒去京城。」註云：「吾由英重

〔註 37〕上海市文物保管委員會文獻研究部編《萬木草堂詩集——康有爲遺稿》，上海：上海人民出版社 1996 年版，第 91 頁。原標點多處未當，筆者已修正之。

〔註 38〕上海市文物保管委員會文獻研究部編《萬木草堂詩集——康有爲遺稿》，上海：上海人民出版社 1996 年版，第 353 頁。

慶船至滬，英總領事璧利南遣濮蘭德登舟，持吾像見吾，入房曰：『汝弒皇上乎？』吾曰：『安得有此怪問？吾憂特達之知變法，天下皆知，感激知遇，至愚亦無弒理。』乃出上諭相示曰：『已革某官康有爲進丸毒弒大皇帝，著即就地正法，欽此。』吾閱畢流涕曰：『上已大行乎？』即投海。濮蘭德抱吾曰：『消息不確，聞皇上猶在，汝宜少待。』乃以兵輪渡吾還港。蓋證明紅丸案以進丸毒弒，歸罪於我，若吾一殺，即在北弒上。特印吾像，遍發全國，舟車皆有搜，持像對照，遍電郡縣拿辦我，實爲弒上也。及詭謀不行，吾不能戮，無從行弒，乃更備圍頤和園。十日中僞旨數變，吾之蒙天幸者，以上天命也。」〔註 39〕詩註中通過相當詳細的具體情節、人物對話的紀實性描述，記載了戊戌政變過程中與康氏有關的重要事件，具有補充說明詩歌內容的重要作用，與長詩題一道，構成了對歷史事件的詳細記載，作者的創作用意也由此得以充分地實現。

康有爲在海外寫下的大量記遊記事詩中，經常使用詩註，這與這些詩歌的內容新穎、需要特別交代有關，也與康氏對自己所見所歷的事物懷有濃厚的興趣有關。如《免恨京三詠》之二云：「啤酒尤傳免恨名，創於湃認路易傾。吾曾入飲王酒店，三千人醉飲如鯨。」註云：「吾性不飲酒，德食店不飲者多出一譬。故吾飲啤酒，尤愛免恨啤，免恨英音讀爲貓惹。此酒創於湃認王路易，德音呼王爲傾。有王酒店，吾飲焉，大容三千人，沉湎常滿飲者，琉璃杯大如斗。然德人之肥澤由啤酒，醉不害事，亦飲中之佳品也。」〔註 40〕《薩遜四詠》之三云：「薩遜雕牆最妙精，舊宮新院夾河城。王宮雜寶値八兆，小國窮奢亦可驚。」註云：「薩遜土木之精，名於歐洲。舊宮今作博物院，尤偉麗，幾冠歐土。王宮藏雜寶値八百兆金，玉珠鑽牙漆寶石銅鐵各異寶，光怪瑰異，吾一一摩挲之。小國窮奢如此。昔者歐民之苦甚矣，然今民乃甚富。可見立國有方，又不在區區奢儉之間也。」〔註 41〕《刊士丹士三詠》之三云：「約翰呼斯焚石處，鐵圍碧草尚淒淒。師徒守死難徇教，地獄天宮應爾齊。」註云：「波問人約翰呼斯先馬丁路德拒舊教，有遺宅居此，即囚於寺下，與其

〔註 39〕上海市文物保管委員會文獻研究部編《萬木草堂詩集——康有爲遺稿》，上海：上海人民出版社 1996 年版，第 418～419 頁。筆者對原標點有所調整。

〔註 40〕上海市文物保管委員會文獻研究部編《萬木草堂詩集——康有爲遺稿》，上海：上海人民出版社 1996 年版，第 237 頁。筆者對詩注原標點有所調整。

〔註 41〕上海市文物保管委員會文獻研究部編《萬木草堂詩集——康有爲遺稿》，上海：上海人民出版社 1996 年版，第 237 頁。筆者對詩注原標點有所調整。

徒氣羅尼謨士同焚於此，今以鐵闌圍石刻碑焉。碧草淒淒，堅苦守死，以善道，遂爲此地名迹。」〔註 42〕與此相似，《遊墨西哥》、《波顛湖》、《巴登京卡魯士雷》、《遊揩魯壁壘及大學》、《波緬京拉煎岡晚望二首》等詩之後，均有或繁或簡的小註。

這些詩註，使用了大量的近代以來才出現的新名詞術語，還有大量的譯音詞，對詩歌難以展示的外國奇異風光、史事、人物作了細緻說明，對瞭解詩歌內容和作者感受具有直接的作用，對認識這些的詩歌的內容來說，這些詩註的重要性並不亞於詩作本身，甚至顯得比詩句還要重要些。不難想像，假如缺少了這些註文，對於詩歌內容的瞭解或詩人創作情境的瞭解就會大受影響。詩註的重要作用從這些寫新奇的異邦事物的詩作中得到了特別充分的體現。從詩歌體式的角度來看，這些詩人有意爲之、精心結撰的詩註對於增強詩歌的敘述性與紀實性特徵、更加充分地完成詩人的創作主旨發揮了不可或缺的作用。這實際上已經在改變著傳統詩歌的文體習慣，具有明顯的創新意義。

還有一種詩註並非作者自加，而是康有爲的弟子所加。這些註在作意和做法上與康有爲所作有明顯的相關性和一致性，只是角度、口吻有所區別而已。因此，這些詩註也同樣值得注意。《八月九日，在上海英艦爲英人救出時，僞旨嚴捕，稱吾進丸弒上，上已大行，聞之一痛欲絕，決投海，寫詩繫衣帶。後英人勸阻，謂消息未確，請待之，派兵船保護至香港》云：「忽灑龍髯翳太陰，紫薇移座帝星沉。孤臣辜負傳衣帶，碧海波濤夜夜心。」前有序云：「時英總領事璧利南謂在廣州，久慕我講學，故力請教，甚感其意。」〔註 43〕後有梁啓超長註云：「梁任公曰：戊戌之變，群賊自始欲甘心於先帝，故六七月間，日興訛言，謂帝疾大漸相驚，以內務府已查大行典禮，又摭愚民仇教之邪說，謂南海先生曾以一丸進帝，服之，遂爲所迷惘。此等謠諑，遍佈輦轂，並爲一譚，牢不可破。其處心積慮則在逮南海先生後，旋即弒帝，因歸罪於先生而誅之。故逮捕時，僞旨稱帝已大行。其時上海道蔡鈞以此僞旨遍示各國領事，各領事無不見之，故各國報紙咸恨我國恤。英領事往救先生，即挾此僞旨，行文中有八月初五日大行皇帝遇毒上賓之語，先生親見之，

〔註 42〕上海市文物保管委員會文獻研究部編《萬木草堂詩集——康有爲遺稿》，上海：上海人民出版社 1996 年版，第 238 頁。

〔註 43〕上海市文物保管委員會文獻研究部編《萬木草堂詩集——康有爲遺稿》，上海：上海人民出版社 1996 年版，第 90 頁。

一痛幾絕。此詩所以有帝星沉之句也。而先生爲英人所救，事出群賊意外，憚西鄰責言，未敢遽行弒逆，而收捕黨人又苦無名，乃一變而爲謀圍頤和園之說。此說起於八月初十日以後，初發難時無有也。此詩根於英領事所持僞旨，實爲本案鐵證。今者先帝已矣，而憑几末命，猶未免杯弓蛇影。微聞今修實錄，無一人敢存直筆，先帝之冤，將永不能白於天下後世矣！謹記所見聞，以告良史。」〔註 44〕梁啓超作爲康有爲弟子，爲先生之詩所作詩註有其明顯的特殊性，一方面要體會康氏創作的主旨，瞭解有關的歷史事實，一方面要表達自己對詩中所表現的事件的看法與認識。從以詩存史的角度來看，這樣的詩註明顯擴大了詩歌的內容含量，有利於更好地實現以詩紀實的創作目標；從詩歌文體與藝術的角度來看，這種文體樣式既不同於傳統文學創作中的評點與批註，又不同於現代意義上的詩歌批評，而是對傳統詩註習慣的一種變革，有其探索與創新價值。

值得注意的是，康有爲最多地在絕句尤其是七絕中採用詩註，在五七言律詩中也偶而採用，而在古體、歌行等其他詩體中則絕少甚至不採用詩註。這種情況當與近體律絕尤其是七絕的短小靈活、自由隨意、含量不大等特點有關，也與中國古典詩歌中詩註的運用傳統習慣及其與詩本身的關係相一致。

四、結　語

可見，在文人政治家康有爲的詩歌創作中，詩題、詩序和詩註的頻繁使用和表現出來的明顯的長篇化、文章化、紀實化的傾向，反映了一些共同的創作指向。這些特徵既反映了康有爲個人的文學觀念、創作用意和創作特點，也反映了在經過長時期的歷史準備和形式演進之後，近代舊體詩歌發生種種重要變革的趨勢，具有一定的時代文學和文化內涵。這突出地表現在如下幾方面。

其一，以傳統士人入世情懷爲基礎的強烈的政治意識，特別是戊戌變法失敗、遠走海外之後更加明明晰並迅速加強的「詩史」精神。梁啓超曾評價其師說：「先生最嗜杜詩，能誦全杜集，一字不遺，故其詩雖非刻意有所學，然一見殆與杜集亂楮葉。」〔註 45〕康有爲深受杜甫的影響，其實不僅僅是詩

〔註 44〕上海市文物保管委員會文獻研究部編《萬木草堂詩集——康有爲遺稿》，上海：上海人民出版社 1996 年版，第 90～91 頁。筆者對原標點有所調整。末一字原作「吏」，誤。

〔註 45〕梁啓超著，舒蕪校點《飲冰室詩話》，北京：人民文學出版社 1959 年版，第 19 頁。

歌形式方面的，更應當包括入世的人生態度和致君堯舜、悲憫生民的情懷。這種創作精神和人生態度必然也反映在許多詩題、詩序和詩註之中，從而構成康有爲詩歌創作一的個突出特點。當然，給予康有爲詩歌創作深刻影響的遠非只有杜甫一人。

其二，卓犖超群、自我期許的文士才情和大膽探索、不受羈靡的創新精神。從總體上看，康有爲是一個思維敏捷、才情過人、文人氣質極強、敢思敢想、敢作敢爲、極其自信的人，對於政治、學術如此，對於文學創作及書法理論也如此。他曾寫下這樣的詩句：「新世瑰奇異境生，更搜歐亞造新聲」；「意境幾於無李杜，眼中何處著元明。……掃除近代新詩話，冥契簫韶聞樂聲」〔註 46〕。如此淋漓暢快的詩性表達很能夠體現康有爲的詩歌創作個性，他在詩題、詩序和詩註製作與運用方面表現出來的特點當然是其中一個值得重視的方面。

其三，從傳統詩歌繼承與創新的角度來看，康有爲這些作品在詩體解放與新變方面的探索和嘗試，具有一定的文學史特別是文體史價值。生活和創作於中國古典詩歌最後興盛、迅速變革階段的康有爲，對傳統文化的迅速變革、西方文化的強烈衝擊感受極爲深刻，因此他對詩題、詩序和詩註的運用，雖對以往的詩歌創作習慣有所繼承，但仍以創新與變革爲主要特徵。這種基於傳統大膽創新的詩歌特徵不僅表明康有爲個人詩歌創作的特點，也透露出中國古典詩歌創造與變革的重要聲息。

其四，從中國近代史特別是近代政治史、戊戌變法史的角度來看，康有爲反映近代歷史事件特別是重要歷史細節的詩歌作包括詩題、詩序和詩註，也具有獨特的史料價值。餘事爲詩的康有爲對於政治的熱衷是非常突出的，這種情愫即便在經歷了種種銼折打擊之後依然如初。而作爲一系列重大歷史事件的經歷者和當事人，康有爲詩歌中留下這些形象載記的史料價值是無可替代的，具有特殊的文獻價值。當然，作爲文學創作的詩歌有其詩性特徵，這些記錄和表現也有康氏自己的方式，因此康有爲詩歌的眞實性與準確性、史料價值還需要與其他方面的材料共同參證，這是不言而喻的。

〔註 46〕康有爲《論詩示菽園，兼寄任公、孺博弟》，上海市文物保管委員會文獻研究部編：萬木草堂詩集——康有爲遺稿》，上海：上海人民出版社 1996 年版，第 288 頁。此詩又題《與菽園論詩兼寄任公孺博曼宣》，末句作：「惝恍諸天聞樂聲」。見康保延編《康南海先生詩集》，臺北：中國丘海學會 1995 年版，第 455～456 頁。

梁啓超小說戲曲中的粵語現象及其文體意義

梁啓超在作於1902年至1905年之間的小說《新中國未來記》、傳奇《新羅馬》、《俠情記》和《劫灰夢》、廣東地方戲曲班本《班定遠平西域》等作品中，大量運用粵語方言字、詞彙、語法及其他表達方式，形成了一種獨特的語言現象，也可以視爲梁啓超文學創作中一種值得關注的重要的文體現象和文學現象。梁啓超小說戲曲創作中運用粵語現象的出現，不論是對於其個人的文學創作來說，還對於中國近代文學的發展變革來說，都具有多方面的價值和意義。

一、小說傳奇中的粵語現象

《新中國未來記》計劃寫六十回，僅發表五回。儘管未能全部完成，但創作意圖相當明確。梁啓超曾在《新中國未來記》卷首《敘言》中說：「余欲著此書，五年於茲矣，顧卒不能成一字。況年來身兼數役，日無寸暇，更安能以餘力及此？確信此類之書，於中國前途，大有裨助，夙夜志此不衰。」又說：「茲編之作，專欲發表區區政見，以就正於愛國達識之君子。編中寓言，頗費覃思，不敢草草。……但提出種種問題一研究之，廣徵海內達人意見，未始無小補，區區之意，實在於是。」〔註1〕又說：「此編今初成兩三回，一覆讀之，似說部非說部，似稗史非稗史，似論著非論著，不知成何種文體，

〔註1〕阿英編《晚清文學叢鈔・小說一卷》，北京：中華書局1960年版，第1頁。筆者對原標點稍有調整。

自顧良自失笑。雖然，既欲發表政見，商榷國計，則其體自不能不與尋常說部稍殊。編中往往多載法律、章程、演說、論文等，連編累牘，毫無趣味，知無以厭讀者之望矣。顧以報中他種之有滋味者償之。其有不喜政談者，則以茲覆瓶可也。」〔註 2〕

梁啓超所作傳奇三種均未完成，《新羅馬》原計劃四十齣，僅成七齣即止，《劫灰夢》與《俠情記》均只完成一齣，剛剛開頭便無下文。儘管如此，仍然能夠清楚地瞭解作者的創作意圖。《新羅馬》開頭《楔子一齣》中，作者借但丁之口述說寫作緣由云：「老夫生當數百年前，抱此一腔熱血，楚囚對泣，感事欷噓。念及立國根本，在振國民精神，因此著了幾部小說傳奇，佐以許多詩詞歌曲，庶幾市衢傳誦，婦孺知聞，將來民氣漸伸，或者國恥可雪。……我想這位青年，飄流異域，臨睨舊鄉，憂國如焚，迴天無術，借雕蟲之小技，寓遒鐸之微言，不過與老夫當日同病相憐罷了。」〔註 3〕在《劫灰夢》中，作者也借主人公杜撰之口表白道：「我想歌也無益，哭也無益，笑也無益，罵也無益。你看從前法國路易十四的時候，那人心風俗不是和中國今日一樣嗎？幸虧有一個文人叫做福祿特爾，做了許多小說戲本，竟把一國的人從睡夢中喚起來了。想俺一介書生，無權無勇，又無學問可以著書傳世，不如把俺眼中所看著那幾樁事情，俺心中所想著那幾片道理，編成一部小小傳奇，等那大人先生、兒童走卒，茶前酒後，作一消遣，總比讀那《西廂記》、《牡丹亭》強得些些，這就算我盡我自己面分的國民責任罷了。」〔註 4〕

由於在故鄉廣東新會度過童年時光留下了深刻的原初語言記憶以及後來多年間語言習慣的直接觸發，加之上述文學觀念和創作意圖的巨大影響，梁啓超在其小說、傳奇作品中大量使用粵語，形成了一種值得重視的語言現象、文體現象和文學現象。

根據梁啓超小說、傳奇創作中粵語運用情況，可將其劃分為以下幾種類型：

1、名詞運用

梁啓超在小說、傳奇中使用的一些名詞，是粵語中特有的或是能夠鮮明

〔註 2〕 阿英編《晚清文學叢鈔・小說一卷》，北京：中華書局 1960 年版，第 2 頁。筆者對原標點稍有調整。

〔註 3〕 梁啓超《新羅馬・楔子一出》，張庚，黃菊盛主編《中國近代文學大系・戲劇集一》，上海：上海書店 1996 年版，第 325～326 頁。

〔註 4〕 阿英編《晚清文學叢鈔・傳奇雜劇卷》，北京：中華書局 1962 年版，第 688 頁。

體現粵方言特色的，其中有一些今天的粵語中仍在使用。如：

《新中國未來記》第一回：「卻說這位老博士，今回所講的甚麼歷史呢？……據舊年統計表，全國學校共有外國學生三萬餘名，……」〔註5〕「今回」即這回、這次之意；「舊年」即去年、上年之意。又如第四回：「我就講一件給你們聽聽罷：舊年八月裏頭，那大連灣的巡捕頭，忽然傳下一令，……還記得舊年十月裏頭，有山東人夫婦兩口子，因爲有急事，夜裏頭冒雪從金州去旅順，……」〔註6〕「舊年」亦爲古漢語詞彙，仍然保留在粵方言之中。這種說法在今天的粵語中仍然常見。

第三回：「只是他們的眼光看不到五寸遠，雖然利在國家，怎奈害到我的荷包，雖然利在國民，怎柰害到我這頂紗帽，你叫他如何肯棄彼取此呢？你若說道，瓜分之後，恐怕連尊駕的荷包紗帽都沒有，……」〔註7〕又可作「荷包兒」，如第四回：「……不過是巡捕的荷包兒癟了，要想個新法兒弄幾文罷了，這有甚麼人敢去和他算賬麼？這講的是官場哩，再講到那兵丁，更是和強盜一個樣兒。」〔註8〕「荷包」即錢包，今天的粵語中仍然在使用。

第五回：「舉頭看時，只見當中掛著一面橫額，乃是用生花砌成的，上面寫著『品花會』三個大字。」〔註9〕「生花」即「鮮花」、「新花」，粵語中三者語音較接近。「生花」今天粵語中已不常用。

2、動詞運用

梁啓超在小說、傳奇中使用的一些動詞，是粵語中特有或常用的，也集中體現了粵語動詞的特點。梁啓超使用的一些動詞今天的粵語中仍然常用。

聯繫動詞「係」是梁啓超運用得最多的一個動詞，也是最能體現其粵語特點的一個動詞。粵語中繫動詞均作「係」，基本上不用「是」，這種語言習慣直到今天仍在延續。在梁啓超的小說和傳奇中，爲了語氣或語意的連貫自然，有時單用「係」，有時則用「正係」、「乃係」、「算係」等。這樣的用例特別多，此僅舉數例以爲說明。《新中國未來記》第一回：「話表孔子降生後二千五百一十年，即西曆二千零六十二年，歲次壬寅，正月初一日，正係我中

〔註5〕阿英編《晚清文學叢鈔・小說一卷》，北京：中華書局1960年版，第3～4頁。
〔註6〕阿英編《晚清文學叢鈔・小說一卷》，北京：中華書局1960年版，第51頁。
〔註7〕阿英編《晚清文學叢鈔・小說一卷》，北京：中華書局1960年版，第31頁。
〔註8〕阿英編《晚清文學叢鈔・小說一卷》，北京：中華書局1960年版，第51頁。
〔註9〕阿英編《晚清文學叢鈔・小說一卷》，北京：中華書局1960年版，第77頁。

國全國人民舉行維新五十年大祝典之日。……卻說這位老博士，今回所講的甚麼歷史呢？非是他書，乃係我們所最喜歡聽的，叫做『中國近六十年史』。……看官，這位孔老先生在中國講中國史，一定係用中國話了，外國人如何會聽呢？〔註 10〕第三回：「如今要說黃克強君的人物了。黃君原是廣東瓊州府瓊山縣人，他的父親本係積學老儒，單諱個群字，……」〔註 11〕

《新羅馬傳奇》第一齣：「自由憲法，係與我們專制國體最妨害的，如此辦法非但於奧、普兩國有損，亦俄皇陛下之不利也。」〔註 12〕又：「尚有撒的尼亞王國，算係意大利一個正統，就把志挪亞舊壤都歸與他罷。」〔註 13〕第四齣：「今日乃係來復休學之期，母親約定攜俺前往海濱遊耍，以遣情懷，只得收拾奇愁，強爲歡笑，預備陪侍則個。」〔註 14〕「係」作爲聯繫動詞，在古漢語中是常見的。梁啓超在作品中如此經常地使用「係」，一方面是古代漢語習慣的遺留，但這應當是比較遠的源頭性原因；更值得注意者，這應當是粵語語言習慣的直接運用，也是梁啓超以粵語爲母語進行思考與創作的一種反映形式。粵語中保留著較充分的古漢語成分，聯繫動詞多用「係」而少用「是」即爲其中之一。今天的粵語中仍然保留著這種語言習慣。

梁啓超還使用了多個其他動詞，這些動詞或是古漢語用法在粵語中的遺留甚至是其所特有，或爲非常明顯的粵語表達習慣，因而頗能體現粵語動詞的特點。

《新中國未來記》第三回：「且說毅伯先生在德國留學一年半，又已卒業，還和李去病君一齊遊歷歐洲幾國，直到光緒壬寅年年底，便從俄羅斯聖彼得堡搭火車返國。」〔註 15〕動詞「搭」常常與賓語「車」搭配，成爲粵語延續至今的乘車、船、飛機等其他交通工具的習慣表達方式。「返」爲返回之意，當爲古漢語表達方式的遺留。

《新中國未來記》第三回：「現在他們嘴裏頭講甚麼維新，甚麼改革，你問他們知維新改革這兩個字是恁麼一句話麼？……倘若叫他們多在一天，中國便多受一天的累，不到十年，我們國民便想做奴隸也彀不上，還不知要打

〔註 10〕阿英編《晚清文學叢鈔・小說一卷》，北京：中華書局 1960 年版，第 3～4 頁。
〔註 11〕阿英編《晚清文學叢鈔・小說一卷》，北京：中華書局 1960 年版，第 15 頁。
〔註 12〕阿英編《晚清文學叢鈔・傳奇雜劇卷》，北京：中華書局 1962 年版，第 523 頁。
〔註 13〕阿英編《晚清文學叢鈔・傳奇雜劇卷》，北京：中華書局 1962 年版，第 524 頁。
〔註 14〕阿英編《晚清文學叢鈔・傳奇雜劇卷》，北京：中華書局 1962 年版，第 535 頁。
〔註 15〕阿英編《晚清文學叢鈔・小說一卷》，北京：中華書局 1960 年版，第 18 頁。

落幾層地獄，要學那輿臣儓，儓臣皀的樣子，替那做奴才的奴才做奴才了！」〔註 16〕「知」即知道，但粵語中多用單音節動詞「知」而不用「知道」；表示否定則用「不知」而不用「不知道」。又如《俠情記》：「可恨我祖國久沉苦海，長在樊籠，志士銷磨，人心腐敗，正不知何時始得復見天日哩！」〔註 17〕「知」與「不知」對舉，最能體現粵語的語言特點。粵語中比較多地保留了古漢語（特別是上古和中古漢語）單音節詞語較發達的特點，許多動詞仍然保持著單音節狀態，並沒有隨著近古漢語的演進而進入以雙音節詞語爲主的階段。動詞即爲其中一個表現得非常充分的詞類。這樣的語言習慣也一直延續在今天的粵語之中。

《新中國未來記》第三回：「但凡一個人，若是張三壓制他，他受得住的，便是換過李四，換過黃五來壓制他，他也是甘心忍受了。」〔註 18〕「換過」即「換成」，也是今天粵語中仍在使用的一種表達習慣。在這一例子中還可以看到，按照普通話的習慣，「黃五」應該是「王五」，從上文出現的「李四」更可以印證這一點。但由於粵語中「王」、「黃」讀音完全相同，於是出現了「黃五」的寫法。從中甚至可以推測，在梁啓超的語言習慣中，「王」和「黃」是不分或者是分不清楚的。

《新中國未來記》第三回：「外患既已恁般兇横，內力又是這樣腐敗，我中國前途，豈不是打落十八層阿鼻地獄，永遠沒有出頭日子嗎？」〔註 19〕「打落」即打下，粵語中「落」經常表示下的含義。又如第四回：「有一次，我從營口坐車到附近地方，路上碰見一個哥薩克，走來不管好歹，竟自叫我落車，想將這車奪了自己去坐。」〔註 20〕「落車」即下車。今天粵語中仍然這樣說，如下雨爲「落雨」，廣東著名的兒童合唱歌曲「落雨大」，具有鮮明的粵方言和廣東文化色彩，標準普通話的表達應當是「下大雨」。

3、數量詞運用

梁啓超小說、傳奇中使用了相當多的具有顯著粵語特點的數詞和量詞，特別是有的數詞與量詞的搭配非常特殊，很可能是粵語中獨有的表達方式，

〔註 16〕阿英編《晚清文學叢鈔・小說一卷》，北京：中華書局 1960 年版，第 20 頁。
〔註 17〕阿英編《晚清文學叢鈔・傳奇雜劇卷》，北京：中華書局 1962 年版，第 549 頁。
〔註 18〕阿英編《晚清文學叢鈔・小說一卷》，北京：中華書局 1960 年版，第 39 頁。
〔註 19〕阿英編《晚清文學叢鈔・小說一卷》，北京：中華書局 1960 年版，第 40 頁。
〔註 20〕阿英編《晚清文學叢鈔・小說一卷》，北京：中華書局 1960 年版，第 58 頁。

經常能引起特別注意。這些數量詞的使用從另一個重要方面體現了梁啓超小說、傳奇創作中的粵語現象和語言特點。

《新中國未來記》第三回：「只要使得著幾斤力，磨得利幾張刀，將這百姓像斬草一樣殺得個狗血淋漓，自己一屁股蹲在那張黃色的獨夫椅上頭，便算是應天行運聖德神功太祖高皇帝了。」〔註 21〕「幾斤力」、「幾張刀」都是粵語表達習慣，特別是後者，今天的粵語中仍然常用。

《新中國未來記》第三回：「尋常小孩子生幾片牙，尚且要頭痛身熱幾天，何況一國恁麼大，他的文明進步竟可以安然得來，天下那有這般便宜的事麼？」〔註 22〕又如《劫灰夢》：「想俺一介書生，無權無勇，又無學問可以著書傳世，不如把俺眼中所看著那幾樁事情，俺心中所想著那幾片道理，編成一部小小傳奇，……」〔註 23〕與「幾片」搭配的名詞是「牙」、「道理」，顯然是粵語的表達習慣，而不是標準普通話的表達方式。

《新中國未來記》第三回：「兄弟，各國議院的旁聽席，諒來你也聽得不少，你看英國六百幾個議員，法國五百幾個議員，日本三百幾個議員，他在議院裏頭站起來說話的有幾個呢？這多數政治四個字，也不過是一句話罷了。」〔註 24〕此處「六百幾個」、「五百幾個」和「三百幾個」中的「幾個」，意爲多個，今天粵語中仍然延續著這種表達方式。

《新中國未來記》第五回：「那滿洲賊，滿洲奴，總是要殺的，要殺得個乾乾淨淨，半隻不留的，這就是支那的民意，就是我們民意公會的綱領。」〔註 25〕此處的「半隻」所指對象爲「滿洲賊」、「滿洲奴」，也就是指人。指人時量詞用「隻」也顯然是粵語習慣，今天仍然這樣使用，而標準的普通話表達中，是不可以用「隻」來稱呼人的。

《新中國未來記》第三回：「你看這一年裏頭，中國亂過幾多次呢？」〔註 26〕又如第三回：「你說日本嗎，日本維新三十多年，他的人民自治力還不知比歐洲人低下幾多級呢！可見這些事便性急也急不來的。」〔註 27〕第

〔註 21〕阿英編《晚清文學叢鈔・小說一卷》，北京：中華書局 1960 年版，第 21 頁。
〔註 22〕阿英編《晚清文學叢鈔・小說一卷》，北京：中華書局 1960 年版，第 33 頁。
〔註 23〕阿英編《晚清文學叢鈔・傳奇雜劇卷》，北京：中華書局 1962 年版，第 688 頁。
〔註 24〕阿英編《晚清文學叢鈔・小說一卷》，北京：中華書局 1960 年版，第 26 頁。
〔註 25〕阿英編《晚清文學叢鈔・小說一卷》，北京：中華書局 1960 年版，第 63 頁。
〔註 26〕阿英編《晚清文學叢鈔・小說一卷》，北京：中華書局 1960 年版，第 32 頁。
〔註 27〕阿英編《晚清文學叢鈔・小說一卷》，北京：中華書局 1960 年版，第 35 頁。

四回：「雖然如此，別樣租稅，種種色色，還不知有幾多。」〔註 28〕粵語中表示疑問時經常使用「幾多」，相當於多少，這在梁啓超的小說傳奇中也比較常見，反映了他根深蒂固的粵語語言習慣。這種用法也是古漢語表達習慣的遺留，而在粵語口語中使用並以粵語語音讀之，則充分表現了粵方言的特點。今天粵語中仍然延續著這樣的語言習慣，從中可以認識粵方言與古漢語的密切關係。

《新中國未來記》第三回：「你看自秦始皇一統天下，直到今日二千多年，稱皇帝的不知幾十姓，那裡有經過五百年不革一趟命的呢？」〔註 29〕值得注意的是量詞「趟」的使用頻繁較高，搭配的名詞也相當特別。又如第四回：「他便好借著平亂的名兒，越發調些兵來駐箚，平得幾趟亂，索性就連中國所設的木偶官兒都不要了。」〔註 30〕第五回：「鄭伯才一面下壇，一面只見那頭一趟演說那位穿西裝的人，正要搖鈴布告散會，……」〔註 31〕《新羅馬傳奇》第一齣：「……再將那撒遜王國割了一半，讓與普王，也是抵過這趟吃虧了。」〔註 32〕「趟」是現代漢語中經常使用的一個表示走動次數的量詞。但是在梁啓超的作品中，「革命」、「平亂」、「演說」、「吃虧」都可以與「趟」搭配，使用範圍顯然比現代漢語要寬泛得多，應當是當時粵語表達習慣和語言特點的反映。這種說法在今天的粵語中似已不常見。

《新羅馬傳奇》第六齣：「前輩既已凋零，後起不能爲繼，而且智識卑陋，道德衰頹。這樣看來，我意大利靠著這班人是不中用了。」〔註 33〕以「班」爲表示人群的量詞，在現代漢語中仍然使用。但是，梁啓超使用「班」明顯不限於指稱人群，可以搭配的名詞較多。如《新羅馬傳奇》第一齣：「尤可惡者，那拿破侖任意妄爲，編了大大一部法典，竟把盧梭、孟德斯鳩那一班荒謬學說，攙入許多在裏面。」〔註 34〕「那一班」意爲那一幫、那一些、那一類，類似的說法還有「那班」、「這班」等，相當於那幫、那些、那類，或這幫、這些、這類。這種表達方式今天粵語中仍然比較常見。

〔註 28〕阿英編《晚清文學叢鈔·小說一卷》，北京：中華書局 1960 年版，第 51 頁。
〔註 29〕阿英編《晚清文學叢鈔·小說一卷》，北京：中華書局 1960 年版，第 21 頁。
〔註 30〕阿英編《晚清文學叢鈔·小說一卷》，北京：中華書局 1960 年版，第 58 頁。
〔註 31〕阿英編《晚清文學叢鈔·小說一卷》，北京：中華書局 1960 年版，第 73 頁。
〔註 32〕阿英編《晚清文學叢鈔·傳奇雜劇卷》，北京：中華書局 1962 年版，第 523 頁。
〔註 33〕阿英編《晚清文學叢鈔·傳奇雜劇卷》，北京：中華書局 1962 年版，第 541 頁。
〔註 34〕阿英編《晚清文學叢鈔·傳奇雜劇卷》，北京：中華書局 1962 年版，第 521 頁。

《劫灰夢》中寫道：「擔多少童號婦嗟，受多少魂驚夢怕，到如今欲變作風流話。過得些些，樂得些些，不管他堂前燕子入誰家，只顧我流水落花春去也。」〔註 35〕「些些」意為一些、不少，當為舊時新會一帶的粵語習慣，今天粵語中這種說法幾乎已不可見。又如：「編成一部小小傳奇，等那大人先生、兒童走卒，茶前酒後，作一消遣，總比讀那《西廂記》、《牡丹亭》強得些些，這就算我盡我自己面分的國民責任罷了。」〔註 36〕

4、連詞運用

梁啓超小說、傳奇中使用的具有明顯粵語特點的連詞不多，最重要的只有表示轉折的連詞「但係」一個。此詞明顯與普通話中的「但是」相對應，如同粵語中的判斷動詞「係」與普通話中的「是」相對應一樣。

梁啓超使用「但係」的例子較多，茲僅舉幾個以概其餘。《新中國未來記》第三回：「但是我中國現在的民智、民德，那裡彀得上做一個新黨，看來非在民間大做一番預備工夫，這前途是站不穩的。但係我們要替一國人做預備工夫，必須把自己的預備工夫做到圓滿。」〔註 37〕此例的特別之處在於，在緊接著的兩句話中，「但係」與「但是」接連使用。《新羅馬傳奇》第一齣：「自由憲法，係與我們專制國體最妨害的，如此辦法非但於奧、普兩國有損，亦俄皇陛下之不利也。但係今日會議，須要和衷共濟，……再將那撒遜王國割了一半，讓與普王，也是抵過這趟吃虧了。但係咱奧大利卻要那愛里利亞及打麻梯亞這幾個地方抵償抵償。」〔註 38〕

5、粵語語法結構和特殊表達方式

梁啓超的小說和傳奇中，還有一些粵語現象，不是關於詞性、詞序、語法、語義或其他某一方面，而是涉及多個方面或具有多種語言因素。這種情況可視為以粵語語法結構為基礎而形成的具有顯著粵語特徵的特殊表達方式。這方面的粵語現象相當複雜，比較多樣，也最能反映梁啓超小說、傳奇創作過程中深受粵語影響的語言氛圍和創作狀態，從而對其小說、戲曲作品的文體構成、形態特徵都產生了明顯的影響，使這些通俗文體帶有相當鮮明的梁啓超個人及其所處地域、所在時代的色彩。

〔註 35〕阿英編《晚清文學叢鈔·傳奇雜劇卷》，北京：中華書局 1962 年版，第 688 頁。
〔註 36〕阿英編《晚清文學叢鈔·傳奇雜劇卷》，北京：中華書局 1962 年版，第 688 頁。
〔註 37〕阿英編《晚清文學叢鈔·小說一卷》，北京：中華書局 1960 年版，第 17 頁。
〔註 38〕阿英編《晚清文學叢鈔·傳奇雜劇卷》，北京：中華書局 1962 年版，第 523 頁。

《新中國未來記》第三回：「哥哥，你白想想，這樣的政府，這樣的朝廷，還有甚麼指望呢？」〔註39〕又：「我說的平和的自由、秩序的平等，就是這麼著，兄弟你白想想。」〔註40〕「你白想想」今天部分地區（如新會、茂名等地）的粵語中仍在使用，當爲「你仔細想想」之意。

《新中國未來記》第三回：「兄弟，你說的話誰說不是呢？但我們想做中國的大事業，比不同小孩兒們耍泥沙造假房子，做得不合式可以單另做過，莊子說得好『其作始也簡，其將畢也必巨』，若錯了起手一著，往後就滿盤都散亂，不可收拾了。」〔註41〕「比不同」當爲粵語方式，或許是梁啓超家鄉新會一帶的表達習慣，普通話表達爲「比……不同」，賓語置於介詞「比」之後。「耍泥沙」即玩泥沙，「單另做過」意爲重新做、另外做，也是粵語表達習慣。「起手一著」即開頭一次、開頭一回之意，與「末末了一著」或「末了一著」即最後一次、最後一回相對。

《新中國未來記》第三回：「這還不算。卻是那國王靠著外國的兵馬，將勢力恢復轉來，少不免是要酬謝的了，外國的勢力範圍少不免是要侵入的了，豈不是把個歷史上轟轟有名的法國，弄成個波蘭的樣子嗎？」〔註42〕「少不免」即免不了、少不了之意，今天部分地區的粵語中仍在使用。又如第三回：「將來民智大開，這些事自然是少不免的，難道還怕這專制政體永遠存在中國不成？」〔註43〕《新羅馬傳奇》第三齣：「你更使慣那兩條火腿，少不免賊多從賊兵多從兵。」〔註44〕又：「少不免昧著良心，將他們定個死罪，回覆老公相罷了。」〔註45〕

《新中國未來記》第三回：「這還不算。卻是那國王靠著外國的兵馬，將勢力恢復轉來，少不免是要酬謝的了，外國的勢力範圍少不免是要侵入的了，豈不是把個歷史上轟轟有名的法國，弄成個波蘭的樣子嗎？」〔註46〕「轉來」即過來之意，也可以說「轉進來」、「轉過來」等。這種相當典型的粵語表達習慣今天仍在粵語方言區中使用。又第三回：「若是仁人君子去做那破壞事

〔註39〕阿英編《晚清文學叢鈔·小說一卷》，北京：中華書局1960年版，第20頁。
〔註40〕阿英編《晚清文學叢鈔·小說一卷》，北京：中華書局1960年版，第29頁。
〔註41〕阿英編《晚清文學叢鈔·小說一卷》，北京：中華書局1960年版，第20～21頁。
〔註42〕阿英編《晚清文學叢鈔·小說一卷》，北京：中華書局1960年版，第23頁。
〔註43〕阿英編《晚清文學叢鈔·小說一卷》，北京：中華書局1960年版，第41頁。
〔註44〕阿英編《晚清文學叢鈔·傳奇雜劇卷》，北京：中華書局1962年版，第532頁。
〔註45〕阿英編《晚清文學叢鈔·傳奇雜劇卷》，北京：中華書局1962年版，第532頁。
〔註46〕阿英編《晚清文學叢鈔·小說一卷》，北京：中華書局1960年版，第23頁。

業，倒還可以一面破壞，一面建設，或者把中國回轉過來。」〔註47〕第五回：「卻說黃君克強，才合眼睡了一會，又從夢中哭醒轉來，睜眼一看，天已不早，連忙披衣起身，胡亂梳洗，已到早飯時候。」〔註48〕第五回：「第一件，因爲中國將來到底要走哪麼一條路方才可以救得轉來，這時任憑誰也不能斷定。」〔註49〕

《新中國未來記》第五回：「去病聽了，點頭道『是』。兩人一面談，一面齊著腳走，在那裡運動好一會，覺得有點口渴，便到了當中大洋樓揀個座兒坐下吃茶。」〔註50〕「齊著腳走」即一起走、同時走之意，今天粵語中仍在使用。又如第五回：「兩人齊著腳步，不消一刻工夫，就走到張園。」〔註51〕

《劫灰夢》寫道：「想俺一介書生，無權無勇，又無學問可以著書傳世，不如把俺眼中所看著那幾樁事情，俺心中所想著那幾片道理，編成一部小小傳奇，等那大人先生、兒童走卒，茶前酒後，作一消遣，總比讀那《西廂記》、《牡丹亭》強得些些，這就算我盡我自己面分的國民責任罷了。」〔註52〕此處的「自己面分」多不能理解，甚至有以爲文字誤植並徑改之者。此語實爲舊時新會粵語中的一種表達習慣，爲自己一分、自己本分之意，今天已基本不用，只有說新會話的個別老人尚可理解。《新中國未來記》第三回：「我想一國的事業，原是一國人公同擔荷的責任，若使四萬萬人各各把自己應分的擔荷起來，這責任自然是不甚吃力的，但係一國的人，多半還在睡夢裏頭，他還不知道有這個責任，叫他怎麼能彀擔荷他呢？」〔註53〕此處出現的「自己應分」正可以作爲「自己面分」的準確解釋。

從作品提供的材料來看，梁啓超對粵語的使用及其特色是有一定認識的，甚至直接寫到運用方言、外語的情況。《新中國未來記》第五回：「主意已定，便打著英語同兩人攀談。這兩人卻是他問一句才答一句，再沒多的話，且都是拿中國話答的。楊子蘆沒法，只好還說著廣東腔，便道：……」〔註54〕

〔註47〕阿英編《晚清文學叢鈔・小說一卷》，北京：中華書局1960年版，第32頁。
〔註48〕阿英編《晚清文學叢鈔・小說一卷》，北京：中華書局1960年版，第66頁。
〔註49〕阿英編《晚清文學叢鈔・小說一卷》，北京：中華書局1960年版，第75頁。
〔註50〕阿英編《晚清文學叢鈔・小說一卷》，北京：中華書局1960年版，第67頁。
〔註51〕阿英編《晚清文學叢鈔・小說一卷》，北京：中華書局1960年版，第70頁。
〔註52〕阿英編《晚清文學叢鈔・傳奇雜劇卷》，北京：中華書局1962年版，第688頁。
〔註53〕阿英編《晚清文學叢鈔・小說一卷》，北京：中華書局1960年版，第19～20頁。
〔註54〕阿英編《晚清文學叢鈔・小說一卷》，北京：中華書局1960年版，第78頁。

其中提及的不僅有說廣東話，還有說英語的情形。此外，梁啓超還在作品中運用上海話。如《新中國未來記》第五回：「剛說到這裡，只見他帶來的那個娘姨氣吁吁的跑進來便嚷道：『花榜開哉！倪格素蘭點了頭名狀元哉！』」〔註55〕又：「李去病拉著黃克強，沒精打彩的上了馬車。馬夫問道：『要到啥場花去呀？』」〔註56〕「場花」即場合，上海方言。

二、《班定遠平西域》的粵語運用

梁啓超還曾創作廣東地方戲曲粵劇班本《班定遠平西域》，劇名前有「通俗精神教育新劇本」九字。關於此劇之作，後來梁啓超回憶說：「客歲橫濱大同學校生徒開音樂會，欲演俗劇一本以爲餘興，請諸余，余爲撰《班定遠平西域》六幕，自謂在俗劇中開一新天地。中有《從軍樂》十二章，乃用俗調《十杯酒》（又名《梳粧檯》）所譜，雖屬遊戲，亦殊自喜。」〔註57〕此劇雖爲應大同學校之邀所作，但是從中仍可見梁啓超對地方戲曲的喜好和重視。

梁啓超在《班定遠平西域》的《例言》中嘗專列一條談寫作動機云：「此劇主意在提倡尙武精神，而所尤重者在對外之名譽。」〔註58〕又云：「此劇科白儀式等項，全仿俗劇，實則俗劇有許多可厭之處，本亟宜改良。今乃沿襲之者，因欲使登場可以實演，不得不仍舊社會之所習，否則教授殊不易易。且欲全出新軸，則舞臺樂器畫圖等無一不須別製，實非力之所逮也。閱者諒之。」〔註59〕

因爲是應邀爲日本橫濱大同學校音樂會所作的粵劇班本，且是在日本演出，觀眾多爲廣東籍的日本留學生，因而《班定遠平西域》中大量運用粵語，並根據劇情和演出的需要夾雜部分日語、英語詞彙或語句，營造特定的戲劇環境、形成特殊的語言形態，就是題中應有之意，甚至可以說是一種必然。這種情況不僅影響和決定了梁啓超這部粵劇的語言特點、地方色彩，而且深刻地影響了粵劇班本的文體形態，形成了一種既不同於傳統粵劇劇本，又不同於新式粵劇劇本的相當奇異、極爲特殊的劇本形態。《班定遠平西域》的粵

〔註55〕阿英編《晚清文學叢鈔·小說一卷》，北京：中華書局1960年版，第79頁。
〔註56〕阿英編《晚清文學叢鈔·小說一卷》，北京：中華書局1960年版，第66頁。
〔註57〕梁啓超《飲冰室詩話》卷五，臺北：廣文書局1982年版，第8頁。
〔註58〕《新小說》第二年，第七號（原第十九號），上海：上海書店1980年複印本，第135頁。
〔註59〕《新小說》第二年，第七號（原第十九號），上海：上海書店1980年複印本，第137頁。

語運用有以下幾種情況：

第一，用粵語表達的舞臺指示與說明。此劇的舞臺說明雖然比較簡略，但基本上都是用粵語寫成，不僅使這些舞臺說明盡可能適應以廣東籍學生爲主的大同學校學生的演出需要，而且使劇作帶有相當明顯的粵方言特色和廣東文化特徵。

這樣的例子在劇中幾乎隨處可見。如第一幕《言志》:「(武生黑鬚扮班超上，引唱) 萬里封侯未足多，天教重整漢山河。何當雪恥酬千古，高山崑崙奏國歌。(埋位白) 某班超，表字仲升，扶風人氏。」〔註60〕又:「(固行臺唱) 羅胸萬卷爐天地，下筆千言泣鬼神。畢竟空文難報國，(埋位唱) 輸他營裏一軍人。(埋位，班固白) 老夫班固。(班惠白) 小生班惠。」〔註61〕「行臺」就是在舞臺上行走;「埋位」即就位之意。都是粵語表達習慣。此劇中關於行動和演唱的舞臺說明大抵不出「行臺」、「埋位」兩種，只是有時候行走，有時候坐定，有時候演唱，有時候道白，於是形成比較豐富多變的舞臺演出形式。又如第四幕:「(起板，班惠常服上，老家人隨上，行臺唱) 戰士軍前半死生，鶺原延竚涕縱橫。天河洗甲應難定，(埋位唱) 擬作將軍入塞行。……小生班惠，自從送二哥出征，轉瞬已經三十多年。在哥哥軍國事大，寧辭馬革裹屍;在小生骨肉情深，能勿鴒原生感。今欲上書天子，乞賜凱旋。不免將表文寫將出來，預備呈奏則可。(埋位坐，起慢板，作寫表狀，唱) ……」〔註62〕

第二，粵語與英語、日語混合相雜糅使用，在一定戲劇片段中處於核心地位，構成這一戲劇片段的主體部分，形成特殊的語言形態，也形成了具有鮮明時代、地域特點的特殊文體形態，營造奇特怪異、滑稽可笑的戲劇場景。

這種情況集中表現在第三幕《平虜》中。在這一幕中，作者根據劇情進展和塑造戲劇人物性格的需要，主要是爲了突出匈奴欽差及其隨員奇異怪誕、驕横滑稽的性格，營造強烈的喜劇氣氛，索性讓這兩位外國人以非常奇特的語句來說白、來演唱。這一幕劇形成了極爲特殊的語言形態和文體形態，

〔註60〕《新小說》第二年，第七號（原第十九號），上海：上海書店1980年複印本，第138頁。

〔註61〕《新小說》第二年，第七號（原第十九號），上海：上海書店1980年複印本，第139頁。

〔註62〕《新小說》第二年，第八號（原第二十號），上海：上海書店1980年複印本，第141～142頁。

也造成了非常特殊的語言效果和戲劇效果。這是梁啓超出於推進戲劇情節、塑造戲劇人物需要的一種有意爲之，反映了他戲劇與文學創作觀念的某些方面。比如：「(欽差唱雜句）我個種名叫做 Turkey，我個國名叫做 Hungary，天上玉皇係我 Family，地下國王都係我嘅 Baby。今日來到呢個 Country，堂堂欽差實在 Proudly。可笑老班 Clazy，想在老虎頭上 To play。(作怒狀）叫我聽來好生 Angry，呸，難道我怕你 Chinese？難道我怕你 Chinese？（隨員唱雜句）ォレ係匈奴嘅副欽差，(作以手指欽差狀）除了ァノ就到我ヱヲイ。(作頓足昂頭狀）哈哈好笑シナ也鬧是講出ヘタィ，叫老班個嘅ャッッ來ウルサィ，佢都唔聞得オレ嘅聲名咁タッカィ，眞係オ—バカ咯オマヘ。」〔註 63〕又如：「(欽差白）未士打摩摩（Mr.モモ），你滿口嘰嘰咕嚕，呷的乜野傢伙呀喂？（隨員白）未士打烏，我講的係 Jabanese Lanquage 咧唏。你唔知道咯，近日日本話都唔知幾時興，唔噲講幾句唔算闊佬。好彩我做横濱領事個陣，就學噲了。只怕將來中國皇后都要請我去傳話哩。(欽差白）喂喂喂，咪講咁多閒話咯。個嘅老班嚟到，點樣作置佢好呢？（隨員白）唏，你硬係孱嘅，個嘅老班，帶三十六個病貓嚟。你打理佢做乜野啫？今晚冇乜事，不如開樽威士忌，滴幾杯昏覺罷咯。(欽差白）未士打摩摩，果然爽快。嚟嚟嚟，飲杯，飲杯。」〔註 64〕

這是英語、日語和粵語三者的奇異混合體，是梁啓超戲曲中混合運用粵方言和外來語最具有典型性的例子。從中可以推測梁啓超創作時的情感狀態和思想用意，也可以推測這種獨特語言形態可能造成的特殊表演效果。可見梁啓超創作《班定遠平西域》時對於語言形式、演唱特點、觀眾反應、劇場效果等的重視和設計，也就形成了這種前無古人、極具時代和地域特點的獨特文體形態。梁啓超文學創作一向重視社會反響、宣傳效果的特點從中也可以窺見一斑。

第三，純粹使用粵語表達方式的較長片段，而且在戲劇情節片段中處於中心位置，形成明顯的廣東方言與文化特色，顯著增強了戲曲的地方語言色彩，當可引起遠在異國他鄉的廣東籍戲曲觀眾的興趣和共鳴。

這是梁啓超小說和戲曲創作中運用粵語最爲集中、最爲充分的表現，也

〔註 63〕《新小說》第二年，第八號（原第二十號），上海：上海書店 1980 年複印本，第 141～142 頁。

〔註 64〕《新小說》第二年，第八號（原第二十號），上海：上海書店 1980 年複印本，第 137 頁。

是梁啓超本人最原初的粵語能力、原始方言水平的充分體現。這種語言運用情況和粵語特點主要體現在第五幕《軍談》中。這幕劇的主體部分就是由大量的粵語對話和說唱構成的，最集中、最充分地體現了此劇作爲廣東地方戲曲的特點。如：「（幕內設野營景，二軍士席地隨意坐飲酒食麵包。開幕，二軍士對談。甲）今晚眞好月色呀咧。（乙）眞好，眞好。我哋在呢處，眞係快活咧。（甲）我哋做軍人嘅，就有呢種咁好處。你想佢哋茅起屋唥，開廳叫局，三弦二索，酒氣醺醺，煙油滿面，有我哋咁逍遙自在嚒？（乙）我哋中國人，都話好鐵唔打釘，好仔唔當兵，眞係紕謬。呢種咁嘅狗屁話，個個聽慣了，怪不得冇人肯替國家當兵咯。（甲）我哋元帥眞係好漢。你睇佢當初唔係一個讀書仔嗎？一擗擗落個枝筆，立心要在軍營建功立業。呢陣平定西域三十六國，整得我哋中國咁架勢。你睇有邊個讀書佬學得到佢呢？（乙）就係我哋跟著元帥，你睇得了幾多好處？我每每聽見要打仗，我就眉飛色舞。打完仗，睇見我哋嘅國旗，高高的插起。我就好似白鼻哥睇見女人，飲成埕都唔醉咧。（甲）係咧，係咧。越發係自己拚命打出來嘅地方，睇見越發爽心，好比睇花嚒，有咁靚嘅花自然邊個都話好睇。但係個的自己親手種出來嘅，越睇越愛，個種歡喜，眞係講都講唔出咧。（乙）係咧，係咧。今晚咁好月，我哋又冇事，何不唱幾枝野，助吓酒興呢？（甲）啱，啱。前幾日我得閒，做得一隻《龍舟歌》，等我唱你聽吓呀。（乙）好極，好極。你唱咯，我打板。」〔註 65〕

在這段很長的粵語道白之後，接著就唱起了廣東地方民歌《龍舟歌》，其中出現了多個粵方言詞語，同樣帶有明顯的地方特色。一曲《龍舟歌》唱完之後，又是二人的長篇粵語對話。這幕戲的最後寫道：「（又另一人白）我睇見近來有好多文人學士，都想提倡尙武精神，或做些詩，或做些詞。但係冇腔冇調，又唔唱得，要嚟何用啫？又有的依著洋樂，譜出歌來。好呢冇錯係好，但洋樂嘅腔曲，唔學過就唔噲唱。點得個個咁得閒去學佢呀？獨有你呢幾首《梳粧檯》，通國裏頭，無論大人細蚊，男人女人，個個都記得呢個調，就個個都會唱你呢只歌。據我睇來，比大同學音樂會個的野，重好得多哩。（乙）好話咯。咪俾咁多高帽我戴咯。夜深咯，睇冷親我。（眾大笑）」〔註 66〕從班

〔註 65〕《新小說》第二年，第九號（原第二十一號），上海：上海書店 1980 年複印本，第 139～140 頁。

〔註 66〕《新小說》第二年，第九號（原第二十一號），上海：上海書店 1980 年複印本，第 146 頁。

超平定西域的故事本身來看，到第五幕結束的時候，此劇的全部情節就已經結束，最能夠體現此劇粵語特點的部分也至此爲止。

劇中如此充分準確地運用粵語表現二人對話，並以粵曲小調進行穿插，營造了非常濃重的廣東語言和文化氛圍。不難想見，粵語在如此長篇的戲曲片段中連續使用，對於懂得廣東話的讀者或觀眾來說，定能收到良好的效果。但是正如所有方言都同時具備的優長和劣勢一樣，這樣的粵方言表達方式對於不通粵語的人們來說，則無法領會到其中蘊含的韻味，甚至連準確地理解其含義都會產生明顯的困難。

在最後一幕即第六幕《凱旋》中，作者還別出心裁地設計了一個具有明顯宣傳鼓動色彩的結尾，讓大同學校的師生們迎接凱旋歸來的班超。作品寫道：「（大同學校教師上，生徒若干人各持國旗上。兩生別持兩大旗，一寫歡迎班大將軍凱旋字樣，一寫橫濱中國大同學校字樣。教師用兵式禮操喝號行三匝，教師白）諸君，今日做戲做到班定遠凱旋，我帶埋諸君，亦嚟做一個戲中人，去行歡迎禮。諸君，你咪單係當作頑耍啊。你哋留心讀吓國史，將我祖國從前愛國的軍人，常常放在心中，拿來做自己的模範，咁就個一點尚武眞精神，自然發達。人人都係咁樣，將來我哋總有日眞個學番今晚咁高興哩。現在凱旋軍就要出臺，大家跟著我企埋一邊等罷。（教師生徒排立一邊，棚口先懸一匾額，寫歡迎凱旋字樣，旁繞生花，內藏電燈，用國旗遮住，至此揭開。內先吹喇叭一通，稍停頓，奏軍樂。班超武裝盛服上，徐幹寶星盛服上，十六軍士上。合唱旋軍歌，繞場三匝，學校學生揮國旗大呼）軍人萬歲！中國萬歲！」〔註 67〕此劇最後以大同學校師生及眾人齊唱黃遵憲所作的《旋軍歌》結束。

三、粵語現象的價值和意義

梁啓超是廣東新會縣（今江門市新會區）人，當地居民的用語屬於粵方言的次方言。新會話儘管在口音上與廣州話、香港話有著明顯的區別，但仍然是文化傳統深厚的典型粵語形態。梁啓超生長於斯，在不知不覺之中潛移默化地受到家鄉文化的薰陶影響，留下了極其深刻的童年記憶。從這個意義上說，梁啓超最初對於粵語的感知和運用是自然而然、不由自主的。後來梁啓超雖然離開家鄉，但是對家鄉的語言、習俗、文化一直懷有深厚的情感，

〔註 67〕《新小說》第二年，第九號（原第二十一號），上海：上海書店 1980 年複印本，第 149 頁。

對廣東文化的認識也愈來愈深切，感情也愈來愈深摯。

在小說和傳奇中，粵語語言表達方式的經常出現、運用粵語現象的持續發生，並不是梁啓超文學創作中的有意爲之，而主要是他最原始的語言能力、思考方式、表達習慣的一種無意流露。也就是說，梁啓超在小說、傳奇中運用粵語主要是一種無意流露，而不是有意爲之，這一點對於評價梁啓超運用粵語現象是非常重要的。這種不自覺或無意識的語言狀態和由此形成的語言現象，恰恰反映了梁啓超小說和傳奇創作時非常細微也極有深度的一種思維狀態和語言狀態。

這一點，與梁啓超創作的廣東班本《班定遠平西域》稍作聯繫對比，就可以看得更加清楚。從運用粵語篇幅比重、充分程度、連貫性、重要性的角度來看，《班定遠平西域》要遠勝於小說《新中國未來記》、傳奇《新羅馬》、《俠情記》和《劫灰夢》。在一部廣東地方戲曲劇本中，梁啓超有意識地、大量地使用粵語，還有粵語與英語、日語混雜的非常奇怪的語言形式，是爲完成創作意圖、實現演出目標的一種自覺的創作手段。這種有著明確創作目的的有意爲之，形成了一種極爲特殊、具有地方色彩、民族色彩和近代色彩的戲曲語言形態和文體形態。這與梁啓超小說和傳奇中出現的粵語現象有著顯著的不同，甚至可以說存在著本質性差異。

非常明顯，《班定遠平西域》中的粵語運用最爲充分也最爲突出，所形成的特殊語言現象或形態也最爲充分，必定給讀者或觀眾造成奇異的感受，引起受眾的極大興趣並留下深刻印象。這種粵語運用現象中蘊含著強烈的語言信息、文體信息和文學信息，特別是其中透露出來的語言運用方式、文學創作觀念、戲劇文體建構、戲劇演出意識等方面的創新與變革趨勢，加之劇本在梁啓超本人創辦並主持的《新小說》這樣具有廣泛影響的文學刊物上發表，對於當時的戲劇創作與演出、文學創作與傳播都必然產生明顯的影響。

梁啓超小說、傳奇中運用粵語基本上是在不自覺、無意識情況下發生的，而主要是作者原初語言習慣、母語記憶的一種自然流露。不論是作者還是讀者、觀眾，對其中的粵語運用和相關語言現象所具有的功能和價值、所可能產生的效果和作用，基本上沒有自覺的追求和積極的期待。但這並不意味著梁啓超小說、傳奇中的粵語現象不那麼有價值。恰恰相反，正是在這種自然而然、不假裝飾狀態之下創作的文學作品、產生的語言現象，才更加眞實準確、生動傳神地傳達出梁啓超小說、傳奇創作中的話語情境和語言運用狀態，從中可以窺測和推想梁啓超的創作狀態、思維方式和文化心態。

從幼年至少年時期的主要經歷中可以瞭解梁啓超語言習得和運用情況及特點。梁啓超幼年在家鄉新會師從多位老師受學，使用的當然是屬於粵方言的新會話。其後多年梁啓超也主要在廣州等粵方言區內學習和生活。也就是說，梁啓超二十四歲以前所使用的語言，基本上是新會話，只有應試、離開廣東等特殊情況下才可能使用官話（普通話）。如此長時期、如此固定的粵語語言環境對於梁啓超的思維方式、語言運用、文學創作及其他著述都必定產生根本性的影響，甚至產生決定性的作用。

作爲一名地地道道的廣東新會人，梁啓超並不僅僅在小說戲曲創作中使用粵語，在《少年中國說》、《中國積弱溯源論》、《新民說》等文章中也可以看出一些粵語痕迹。但需要分辨的是，由於文體形式的不同，接受對象的差異，在傳統觀念中屬於雅正文學的詩文類作品中使用粵語的情況並不突出，學術類著述也大致如此。只有在最具有俚俗色彩、民間性質的小說和戲曲中，梁啓超才如此充分地運用粵語，並形成了奇異獨特的語言風格，也造就了新異特殊的文體形態。這反映了梁啓超清晰的文體意識、文學觀念、準確的語言把握能力和出色的語言運用水平。

這種現象實際上反映了梁啓超相當明確的粵方言和廣東文學地理學、地域文化學意識。他在作於 1902 年的長篇論文《中國地理大勢論》中指出：「粵人者，中國民族中最有特性者也。其言語異，其習尚異。其握大江之下流而吸其菁華也，與北部之燕京，中部之金陵，同一形勝，而支流之紛錯過之。其兩面環海，海岸線與幅員比較，其長卒爲各省之冠。其與海外各國交通，爲歐羅巴、阿美利加、澳大利亞三洲之孔道。五嶺亙其北，以界於中原。故廣東包廣西而以自捍，亦政治上一獨立區域也。」〔註 68〕又指出：「廣東自秦、漢以來，即號稱一大都會，而其民族與他地絕異，言語異，風習異，性質異，故其人頗有獨立之想，有進取之志；兩面瀕海，爲五洲交通孔道，故稍習於外事。雖然，其以私人資格與外人交涉太多，其黠劣者，或不免媚外倚賴之性。」〔註 69〕梁啓超在小說戲曲中運用粵語，就是這種鄉邦情愫和近代文化意識的一種具體反映或表現形式。正是通過小說戲曲中有時有意爲之、有時

〔註 68〕梁啓超《飲冰室文集》之十，第 84 頁，《飲冰室外合集》第二冊，北京：中華書局 1989 年影印本。
〔註 69〕梁啓超《飲冰室文集》之十，第 90 頁，《飲冰室外合集》第二冊，北京：中華書局 1989 年影印本。

無意流露的粵語現象，可以窺見梁啓超當時思想與創作的某些隱秘而重要的側面。他對於當時方興未艾的俗語文學語言的嘗試與突破、對於創新文體形態所進行的探索與建構以及其中包含的地域文化意識和文學理論觀念，通過這些小說戲曲作品也得到了相當充分的表現。

從文體構成因素和文體形態特徵的角度來看，梁啓超的小說戲曲創作是以變革求異、破體創新爲主要特徵的。這種文體意識和創作追求不僅符合梁啓超戊戌變法失敗後流亡海外到二十世紀初十年左右的主導思想傾向，而且反映了近代以來包括小說戲曲在內的眾多文體的總體變革和發展趨勢。他對於小說戲曲文體的探索嘗試、創新變革，最集中地體現在小說《新中國未來記》和廣東班本《班定遠平西域》中。

梁啓超在《新中國未來記》卷首《敘言》中說過：「此編今初成兩三回，一覆讀之，似說部非說部，似稗史非稗史，似論著非論著，不知成何種文體，自顧良自失笑。雖然，既欲發表政見，商榷國計，則其體自不能不與尋常說部稍殊。編中往往多載法律、章程、演說、論文等，連編累牘，毫無趣味，知無以厭讀者之望矣。願以報中他種之有滋味者償之。其有不喜政談者，則以茲覆瓶可也。」〔註 70〕這雖然是許多傳統小說中並不鮮見的客氣話，但還是道出了有意識地對於傳統小說文體的明顯突破，而且其中未始沒有自矜的味道。假如從敘事策略、情節設計、人物形象、語言風格、審美情趣等角度看待或要求這部小說，那一定是完全令人失望的，或者說作品的實際情況與這些標準完全是枘鑿不合的。從另一角度看，則可以認爲是梁啓超爲了表達政治見解、傳達思想觀念、啓蒙宣傳鼓動而主動放棄了對一般意義上的小說文體的經營，而將主要精力花費在了小說之外。這也可以說是梁啓超有意識地突破小說的文體規範或習慣，而別出心裁地經營著另一種更接近政論文、論辯體的「小說」文體。當然也可以視之爲近代小說創作觀念顯著變化、文體形態發生重大突破的一個有代表性的例子，反映了相當一部分近代小說文體形態發生的趨勢性變化。

廣東班本《班定遠平西域》同樣具有求異創新、嘗試突破的形式特徵。如上文所述，第三幕《平虜》中出現的粵語、日語和英語雜糅的奇異的語言片段和文本片段，第五幕《軍談》中出現的長段純粹粵語對白所形成的鮮明

〔註 70〕阿英編《晚清文學叢鈔・小說一卷》，北京：中華書局 1960 年版，第 2 頁。筆者對原標點稍有調整。

的方言色彩，從文體形態來看，已經可以認爲是個人創造、地域意識、時代特徵、外國語境等因素共同促發而形成的近代文體觀念、戲曲文體形態的新變與突破。不僅如此，《班定遠平西域》的文體創新與趨時還突出表現在民間俗曲的運用、特別是時人創作新詩的運用上。第五幕《軍談》中，班超軍中兩名軍士說道：「（甲）啱，啱。前幾日我得閒，做得一隻《龍舟歌》，等我唱你聽吓呀。（乙）好極，好極。你唱咯，我打板。」〔註 71〕接著一個唱了一曲極具廣東地方特色的《龍舟歌》，另一個唱了同樣具有鮮明粵語特點的《從軍樂》十二首。二人所唱，構成了這一幕戲的主體內容，主旨在於歌頌班超的功業，誇讚當兵的好處，顯然增添了作品的民間性和通俗性。

假如說在戲曲中插入民間說唱形式還是傳統戲曲的常見做法，特別是花部戲曲以此作爲地方通俗戲曲的一種重要表現形式的話，那麼梁啓超將其忘年摯友黃遵憲創作的通俗新詩故意運用於劇本之中，則不僅集中表現了作品的思想主題，而且形成了一種極具時代特點和個人色彩的文體形式。《班定遠平西域》第二幕《出師》末尾即提示以「合唱《出軍歌》，繞場三匝」〔註 72〕作結，並將黃遵憲新近創作的《出軍歌》八首完整錄出。第六幕《凱旋》中，在年已七十的班超接聖旨班師還朝後，又合唱黃遵憲的新詩《旋軍歌》八首，並特別作舞臺提示云：「合唱《旋軍歌》，繞場三匝」〔註 73〕，且將《旋軍歌》八首完整錄出以方便表演，最後眾人高呼極具近代色彩的口號「軍人萬歲，中國萬歲」〔註 74〕結束。

需要說明的是，劇中運用且已成爲其內容構成、文體形態重要部分的《出軍歌》八首、《旋軍歌》八首，都是當時謫居於家鄉廣東嘉應州（今梅州市）的黃遵憲的新詩，其中《出軍歌》前四首曾發表於梁啓超主編、光緒二十八年十月十五日（1902 年 11 月 14 日）出版於日本橫濱的《新小說》第一號。作爲黃遵憲政治上、文學上的同道，梁啓超及時主動地將此詩採入自己的戲曲作品之中，一方面說明他對政治上已經走到盡頭但仍懷憂國憂時之情的黃

〔註 71〕《新小說》第二年，第九號（原第二十一號），上海：上海書店 1980 年複印本，第 139～140 頁。

〔註 72〕《新小說》第二年，第七號（原第十九號），上海：上海書店 1980 年複印本，第 145 頁。

〔註 73〕《新小說》第二年，第八號（原第二十號），上海：上海書店 1980 年複印本，第 149 頁。

〔註 74〕《新小說》第二年，第九號（原第二十一號），上海：上海書店 1980 年複印本，第 149 頁。

遵憲的欽敬，對這些「新派詩」的喜愛以及二人思想的相通性；另一方面也表現了他活躍敏銳的思想和迅速捕捉創作材料大膽進行文體嘗試和創新的能力。同時黃遵憲尚作有《軍中歌》八首，三者總稱《軍歌》，共二十四首，每首詩之末一字聯綴起來，就是富於時代性、鼓動性和戰鬥性的宣傳口號：「鼓勇同行，敢戰必勝，死戰向前，縱橫莫抗，旋師定約，張我國權。」梁啓超還在《飲冰室詩話》中盛讚道：「讀此詩而不起舞者必非男子。」〔註 75〕梁啓超將此詩採入《班定遠平西域》中，確有深意存焉。從戲曲文體的角度來看，這種處理方式和表現方法造成了一種具有鮮明近代色彩和梁啓超個人色彩的文體形式，對於傳統的戲曲體制構成了大幅度突破和兼具思想性與藝術性的文體創新。對此，梁啓超不僅已經清晰地意識到，而且是有感於當時國家民族政治危急局勢而盡力拯救挽回的有意爲之。因此無論這種嘗試和努力的結果如何評價，其中包含的思想意義和文體價值都是值得深切體會並尊重欽敬的。

從更廣闊的背景上看，梁啓超這種思想追求與文體創新也是具有廣泛價值和深刻啓發意義的。隨著明清以降地方文化的發達和地域文化意識的興起，在長期以來形成的語言習慣、創作傳統的基礎上，小說戲曲創作中使用方言的趨勢持續發展並達到新的水平。時至晚清，伴隨著具有鮮明時代特徵、近代色彩的多種地域文化形態的形成和發展，作爲通俗文學代表的小說戲曲中愈來愈充分地表現出強烈的地域文化色彩，而運用方言就是其中最明顯、也是最重要的表現形式。一些報刊發表的小說戲曲、詩文、政論、通訊報導等也時常帶有明顯的方言特徵。吳語、粵語、閩南語、北京話等都是被較多使用的方言，在不同文本中發揮明顯的作用。這可以說是近代以來中國文學語言發展變革過程中的一種重要現象，反映了中國文學近代進程的總體趨勢。

梁啓超在小說戲曲中大量使用粵語，也透露出明清以後特別是近代以來，隨著整個中國文化格局發生的重大變化和地方文化的迅速興起，使嶺南文化在西學東漸、中外文化接觸交流中處於非常重要的地位，而且這種倡導力和影響力一直延續到民初至現代時期。在近代以來空前紛繁莫測、動蕩多變的社會政治背景下，嶺南文化更加充分、空前深入地彙入中華文化的整體格局之中，並在某些重要方面引導或啓迪了中國文化的總體趨勢和基本選

〔註 75〕梁啓超著，舒蕪校點《飲冰室詩話》，北京：人民文學出版社 1959 年版，第 43 頁。

擇。從這一角度認識梁啓超小說戲曲中的粵語現象及其意義價値，可以認爲其在有意無意、自覺不自覺之間反映了嶺南文學與文化出現興盛並影響及於全國許多地區的總體趨勢，也反映了中國文學空前豐富的地域化、多樣化形態時代的到來。

附　粵語釋文〔註76〕

粵語詞	釋　義	粵語詞	釋　義	粵語詞	釋　義
嘅	的	呢	此，這。呢處即此處。呢個即這個。餘仿此	佢	他
唔	不	咁	如此，恁麼	估	思量
睇	看	吓	助辭	呷	亂講
乜	甚麼	野	東西	傢夥	東西
噲	曉得	闊佬	闊人，猶言有體面的人	好彩	幸虧
個陣	彼時	呢陣	此時	咪	不可
嚟	來	點樣	如何	作置	擺佈
硬係	必然之辭，猶純然	⿰口舜	愚蠢	打理	留心
冇	無	咩	？	新華	廣東現在名角名
我哋	我們	你哋	你們	佢哋	他們
⿰口茅	蹲	屋唫	家裏	擗	擲
架勢	體面	邊個	那個	讀書佬	讀書人
⿰口齋	譬辭	靚	標致	啱啱	剛剛
正咯	正才	好話咧	好說了	木魚書	婦女所唱俗調
外江佬	外省人	擸	拿	喎	荒唐，謬妄
唔該	對不住，見諒之辭	⿰口細	遍之意	嘈	喧嘩
包	保管	嚟傢夥	動手	細蚊	小孩子
重	還	親	著，冷親猶言冷著	番	有回覆之意，學番猶言再學到

〔註76〕按：梁啓超在《班定遠平西域》卷首《例言》最後一條中說：「此劇多用粵語，粵省以外之人讀之，或不能解。今特爲釋文一篇。」劇末附有主要粵語詞語之解釋，原題《附粵語釋文》，見《新小說》第二年，第九號（原第二十一號），新小說報社光緒三十一年（1905）出版，上海：上海書店1980年複印本，第153～154頁。此表爲筆者據梁氏原作整理。

丘逢甲的臺灣情結與廣東認同

丘逢甲從來就不是一個對自己的功名利祿孜孜以求的人，光緒十五年（1889）他二十六歲中進士時所作的詩中所表達的「每飯未曾忘竹帛，敢將科第當功名」〔註1〕的氣度，實際上透露出他性情氣質的深刻內涵。丘逢甲雖然並不想僅僅成爲一名詩人，但是詩卻成爲他述說心迹、抒發情感、記載行事、表達理想的最重要憑藉。「世逢運會將大同，天教此起文明度。我是渡海尋詩人，行吟欲遍南天春。完全主權不曾失，詩世界裏先維新。五色日華筆端起，墨瀋淋漓四海水。太平山上歌太平，遙祝萬年聖天子。」〔註2〕這是丘逢甲愛國忠君思想的表白；「如君早解共和義，五百年來國尚存。萬世從今眞一系，炎黃華冑主中原。」〔註3〕這是他對民主共和的期待；而「夜來忽憶兒時事，海沸天翻四十年。心緒如潮眠不得，曉星殘角五更天。」〔註4〕則是對時事動蕩和平生經歷的描摹；「勞送天河使客槎，華妝圍坐燦雲霞。英雄兒女平生願，要看維多利亞花。」〔註5〕則表現了對俠骨柔情、自由理想的體認和

〔註1〕丘逢甲《送何孝廉朝章北上何故門下士且嘗佐予軍今亦回籍於潮感昔勉今輒有斯作》二首之二自注，《嶺雲海日樓詩抄》，合肥：安徽人民出版社1984年版，第359頁。

〔註2〕丘逢甲《海中觀日出歌由汕頭抵香港作》，《嶺雲海日樓詩抄》，合肥：安徽人民出版社1984年版，第409頁。

〔註3〕丘逢甲《謁明孝陵》四首之二，廣東丘逢甲研究會編《丘逢甲集》，長沙：嶽麓書社2001年版，第679頁。

〔註4〕丘逢甲《五月二十八夜不寐》，廣東丘逢甲研究會編《丘逢甲集》，長沙：嶽麓書社2001年版，第595頁。

〔註5〕丘逢甲《飲香江酒樓》四首之四，《嶺雲海日樓詩抄》，合肥：安徽人民出版社1984年版，第391頁。

追求。

丘逢甲對臺灣的無限熱愛和刻骨思念，以至於形成了一種剴切動人的臺灣情結；乙未內渡後又迅速生發出對原籍廣東的一種深度認同之感，使愛國摯情得到了眞切的依託；這種廣東認同既與久已有之的臺灣情結相通相成，又與更加廣闊深遠的國家認同與民族意識密切相關。這一切，成爲丘逢甲一生經歷變化與思想演進中的一個核心內容；不僅反映了丘逢甲個人與時代的關係，而且成爲近代詩人、愛國人士思想與行事的典範性反映，因而具有特殊的時代意義和歷史價值。

一、本土記憶與文化變遷

丘逢甲對故土臺灣的熱愛之情是與生俱來的，而且，這種天然般的故鄉情感和本土記憶隨著臺灣局勢乃至整個中國局勢的動蕩變化不斷增添歷史文化內涵，從而變得日益深切凝重。鄒魯在《嶺雲海日樓詩鈔序》中說：「與臺灣相始終者，吾得兩人焉。其一鄭成功，其一吾師丘倉海先生。兩人者，所處之時與地不同，而其爲英雄則一也。光緒中中日之戰，臺灣見割，先生合臺灣紳民力爭不可免，奮然謀自立。立臺灣爲民主國，以唐景崧爲大總統、劉永福幫辦，自署義軍大將軍，謀保有臺灣。當是時，義聲震天下，事雖不濟，儼然開今日中華民國之始基矣。先生歸自臺灣，一意發爲聲詩，多哀涼悲壯之作。」〔註 6〕主要論及丘逢甲一生的主要活動和重要貢獻，也包含著對丘逢甲本土記憶與近代中國政治局勢、文化變遷密切關係的認識，洵爲知言。

丘逢甲的本土記憶首先表現在對臺灣時事世局的深刻憂患方面。這種憂患意識貫穿了他居臺的整個時期，也是後來思想變化與發展的重要基礎。光緒十年（1884），「中法戰爭，臺灣首當其衝，法軍陷基隆，據澎湖，逢甲尤感國家民族之患，由是，『益留心中外事故，西方文化，慨然有維新之志。』」〔註 7〕從此，反對侵略、保衛臺灣的民族意識就成爲丘逢甲思想中的一項非常重要的內容，這在他的大量詩歌中有著集中的體現。《次韻仙官詩》云：「一謫人間久未歸，茫茫世界鐵山圍。神州剖裂齊煙小，古井荒涼漢火微。萬歲

〔註 6〕 鄒魯《嶺雲海日樓詩鈔序》，《嶺雲海日樓詩抄》附錄，合肥：安徽人民出版社 1984 年版，第 511 頁。

〔註 7〕 丘晨波、黃志平編《丘逢甲年譜簡編》，廣東丘逢甲研究會編《丘逢甲集》，長沙：嶽麓書社 2001 年版，第 975 頁。

鼇翻饑可釣，五更熊夢老猶飛。何當整頓乾坤了，金闕重朝原未違。」〔註 8〕又《次陳頤山見贈韻答之》云：「讀罷新詩淚滿巾，乾坤蒼莽正風塵。五洲消息紛傳線，萬里梯航競駕輪。朝議朱崖傷棄地，邊烽遼海厄歸人。相逢莫話流離感，未死終留報國身。」〔註 9〕都是以保臺愛國作爲詩歌的核心內容，詩人慷慨淋漓的詩風從中也得到比較充分的表現。

既然臺灣是自己的故鄉，那麼在臺灣面臨巨大侵略危機甚至難以保全的危急時刻，丘逢甲詩中保衛臺灣、承續祖先之志的情緒就表現得更加堅定。他在《仙屏中丞見和前詩感事述懷疊韻奉答》三首之一中寫道：「黃塵遮斷海天春，劫外餘生倍愴神。國豈尚文方積弱，士爭橫議欲維新。陸沉應咎王夷甫，道隱思爲賀季眞。鹿走鴻哀嗟滿目，更誰抗疏恤遺民？」之二又寫道：「涼波渺渺粵江清，去國懷鄉此日情。簾下君平宜賣卜，酒邊同父尚論兵。上書曾隕孤臣淚，懷刺新投釣客名。一事告公同歎息，不如蠡種是行成。」〔註 10〕非常明顯，「遺民」之志、「孤臣」之淚都成爲詩中的突出內容。《再疊前韻奉答仙屏中丞》三首之一：「無計消愁且買春，戴山鼇竟失三神。中原正統終存漢，絕代雄文豈美新？黃石別來書未熟，朱崖棄後夢難眞。連天烽火秋風急，怕憶穿胸貫耳民。」之二：「徑欲箋愁上紫清，可能太上竟忘情。傷心災異劉中壘，冷眼英雄阮步兵。三古以來此奇變，九州之外莫逃名。千秋碧血依然熱，萇叔違天志倘成。」之三：「沉鬱雄心公已知，胥濤聲急撼秋幃。哀思故國蘭成賦，喪亂中年杜老詩。遜擬神方尋許邁，漫將文筆賞丘遲。西風獨灑傷時淚，淪落天涯愧縶維。」〔註 11〕詩中「正統」、「奇變」、「故國」、「傷時」等詞語的凸顯，也可看出丘逢甲對臺灣記憶、本土意識的著意強調。

光緒二十年（1894）中日甲午戰爭的爆發和日軍的野蠻侵略，不僅使臺灣乃至整個中國陷入了更加危險的局勢之中，而且更加直接地考驗著清政府的應對外患的能力以及清軍的實際作戰能力。其間出現的種種怪異現象，令包括丘逢甲在內的許多人士大吃一驚且大失所望。丘逢甲《海軍衙門歌同溫慕柳同年作》中有句云：「大東溝中炮聲死，旅順口外逃舟駛。劉公島上降幡起，中人痛哭東人喜。旁有西人競嗷訾，中國海軍竟如此！……戰守無能地

〔註 8〕丘逢甲《嶺雲海日樓詩抄》，合肥：安徽人民出版社 1984 年版，第 344 頁。
〔註 9〕丘逢甲《嶺雲海日樓詩抄》，合肥：安徽人民出版社 1984 年版，第 346 頁。
〔註 10〕丘逢甲《嶺雲海日樓詩抄》，合肥：安徽人民出版社 1984 年版，第 348 頁。
〔註 11〕丘逢甲《嶺雲海日樓詩抄》，合肥：安徽人民出版社 1984 年版，第 348 頁。

能讓，百萬冤魂海中葬。購船購炮仍紛紛，再拚一擲振海軍。故將逃降出新將，得相從者皆風雲。風雲黯淡海無色，大有他人鼾吾側。樓船又屬今將軍，會須重鑄六州鐵。……天吳海若群飛奔，陰符秘授鬼莫測，何取書生紙上之空言？噫吁乎！書生結舌慎勿言，衙門主者方市權。」〔註 12〕《聞膠州事書感》云：「漢家長策重和親，重譯傳經許大秦。祆廟屢聞生憤火，蓬山又見起邊塵。青州酒斷愁難遣，黃海舟遲信未真。慷慨出門思弔古，田橫島上更何人？」〔註 13〕這樣的詩作，可謂與黃遵憲描寫甲午戰爭的《東溝行》、《哀旅順》和《哭威海》等詩篇有異曲同工之妙。

丘逢甲對臺灣的眷戀關切之情，還在與臺灣友朋的交往唱和中得到充分的表現。《答臺中友人》四首之一云：「極目風濤愴夢思，故山迢遞雁書遲。渡江文士成傖父，歸國降人謗義師。老淚縱橫同甫策，雄心消耗稼軒詞。月明海上勞相憶，淒絕天涯共此時。」之三云：「聞君猶採首陽薇，欲話中原淚滿衣。四海共推天子聖，百年難復大朝威。玩刑民託祆神教，避稅商懸異國旗。一樣已無乾淨土，可憐扶義說西歸。」之四云：「歸來誰與話酸辛？滿目茫茫劫後塵。末俗囂淩欺客戶，長官尊重薄流民。本無曠土容安插，難持高文濟困貧。冷守平生心迹在，朝衫零落泣孤臣。」〔註 14〕都是將包括臺灣在內的殘破中國局勢和詩人的深切憂患聯繫在一起而著力表現的。他還在《次韻答馬生》中寫道：「八翼天門舊夢違，新亭回首淚空揮。江山滿目愁戎索，蘭茝離憂怨秭歸。別後詩篇渾漫與，重來城郭恐全非。關河落日征人急，雨雪猶勞四牡騑。」〔註 15〕《飲香江酒樓》四首之一云：「惘惘尊前喚奈何，春風楊柳客聞歌。誰知絲竹中年感，更比新亭涕淚多。」〔註 16〕「新亭涕淚」的意象已將國破家亡、故土淪陷的家國不幸如此分明地表現出來，可見詩人極其沉痛的心情和無可奈何的窘境。

像無數古代詩人一樣，關心民生疾苦、悲天憫人也是丘逢甲詩歌中經常表現的內容；但也有所不同者，這種不同主要既在於時代的更加不幸使這種情懷變得更加深摯，又在於丘逢甲是從一個臺灣詩人的角度真切地描摹民生的境況並寄予深切的同情。《老番行》序云：「中路岸里等社歸化最早，於諸

〔註 12〕丘逢甲《嶺雲海日樓詩抄》，合肥：安徽人民出版社 1984 年版，第 349～350 頁。
〔註 13〕丘逢甲《嶺雲海日樓詩抄》，合肥：安徽人民出版社 1984 年版，第 353～354 頁。
〔註 14〕廣東丘逢甲研究會編《丘逢甲集》，長沙：嶽麓書社 2001 年版，第 247～248 頁。
〔註 15〕丘逢甲《嶺雲海日樓詩抄》，合肥：安徽人民出版社 1984 年版，第 384 頁。
〔註 16〕丘逢甲《嶺雲海日樓詩抄》，合肥：安徽人民出版社 1984 年版，第 390 頁。

屯中亦最有勞績。後以侵削地垂盡，多流移入埔里社，安故居者僅矣。今聞設廳，來番業又日蹙，流移將無地，是可哀也。作此以告當道之言撫番者。」〔註17〕詩中有句云：「我聞此語爲興嗟，臺民今亦傷無家。開山聊藉五丁力，豈皆薦食爲長蛇？山田弓丈則下沙，賦重應比山前差。長官終有廉來日，故業可復安桑麻。此歌聊向春山詠，東風開遍番樣花。」〔註18〕《苗栗縣》云：「田制奇零畝，溪流淺急聲。亂山多近市，新縣未圍城。土瘠遲官稅，民食長盜萌。眼前無限感，過客此孤征。」〔註19〕詩人對自己的出生地苗栗縣的民生狀況進行了眞實的描繪，他的本土記憶也由此得到了細緻的傳達。

作爲一位具有極其深切的現實感的詩人，丘逢甲的歷史滄桑感也較時人深刻許多。這種思想素質和情感特點也表現在他對臺灣歷史的追懷中，他經常通過撫今追昔的感慨，表現懷古傷今的強烈情感。《讀史書感》云：「袞袞群公翊廟謨，匡時偉略未全無。珠崖地棄完籌海，玉壘天回罷遷都。萬國冠裳嗟倒置，九州貨貝慨中枯。空山獨抱遺書哭，牢落乾坤一腐儒。」〔註20〕將歷史事件和現實感受深刻地聯繫在一起，而生發出如此沉痛的感慨。《聯仙蘅觀察元和懷古詩韻次答》二首之一云：「義旗風卷海東頭，浪迹來爲汗漫遊。亡宋地難存島國，瞻韓人喜到潮州。論交文字三生業，憑弔江山萬古愁。滿眼狂瀾嗟已倒，待公重障百川流。」〔註21〕是將自己在臺灣的抗日經歷與嶺南的歷史事件、人物相聯繫，從而產生今昔之感的。

《頤山農部爲作朝臺弔古圖於箑並題一律次韻答之》也寫道：「嶺南雄直氣，老筆未曾頹。臺榭冷秋色，江山沉弱才。樹從秦代古，花是漢時栽。落日此舒寫，蕭蕭風雨來。」〔註22〕可見詩人對歷史的關注和眞切感受。《虞笙寄和予和平里詩次韻答之》云：「燕山客歸航海舟，小朝廷動書生愁。虜馬窺江訪陳迹，振策更向臨安留（虞生去年由燕入吳，過淮揚，遊杭州，再航海返粵）。斷碑時見南宋字，太息英雄半齎志。白雁還送臯亭聲，朱鳥誰揮釣臺淚？錢唐形勝誇上皇，湖樓且飲明月光。明朝打鼓掛帆去，歸舟往弔崖山陽。海天茫茫哭龍死，七百年來悲未已。……相公長腳工割地，此禍竟種中興朝。

〔註17〕丘逢甲《嶺雲海日樓詩抄》，合肥：安徽人民出版社1984年版，第327頁。
〔註18〕丘逢甲《嶺雲海日樓詩抄》，合肥：安徽人民出版社1984年版，第430頁。
〔註19〕丘逢甲《嶺雲海日樓詩抄》，合肥：安徽人民出版社1984年版，第439頁。
〔註20〕丘逢甲《嶺雲海日樓詩抄》，合肥：安徽人民出版社1984年版，第336頁。
〔註21〕丘逢甲《嶺雲海日樓詩抄》，合肥：安徽人民出版社1984年版，第345頁。
〔註22〕丘逢甲《嶺雲海日樓詩抄》，合肥：安徽人民出版社1984年版，第347頁。

讀史心傷入南宋，誰知躬作孤臣慟。」〔註 23〕詩人將當時中國多個地區的危急局勢與宋朝滅亡的歷史事件相結合，表達懷古傷今的沉痛心情。《贈姚生》有句云：「東山山氣奇而雄，其陰有祠曰大忠。時危欲藉作士氣，釃酒昨祝信國公。期生不來意惆悵，滿天風雨江流漲。只今世運行大同，安得君家救時相！」〔註 24〕表達的是在危急局勢之下對傑出人才的期待與呼喚，通過鮮明的今昔對比，可以看出對於古今興衰經驗教訓的深入思索。

與中國許多地區一樣，臺灣也深受西方文化的多方面影響，其中不乏在丘逢甲看來值得注意甚至警惕的現象。針對信奉基督教、仰慕西方人的現象，丘逢甲在《臺灣竹枝詞》中寫道：「門闌慘綠蜃樓新，道左耶穌最誘民。七十七堂宣跪拜，癡頑齊禮泰西人。」對於鴉片毒害而渾然不覺的現狀，詩人在同一詩題下寫道：「罌粟花開別樣鮮，阿芙蓉毒滿臺天。可憐駔儈皆詩格，聳起一雙山字肩。」〔註25〕還有，《臺北秋感三首》之一云：「壓城海氣晝成陰，洋船時量港淺深。蛇足談功諸將略，牛皮借地狡夷心。開荒有客誇投策，感舊無番議採金。我正悲秋同宋玉，登臨聊學楚人吟。」〔註 26〕表現出對臺北港有大量洋船、洋人出入、經商貿易、掠奪資源這一重大現實狀況的擔憂。可見丘逢甲對於臺灣局勢與命運的憂患和警覺，也可見他清醒深刻的洞察力。

當然，對於當時中國許多地區都盛行的世風鬻敗與官場腐敗，丘逢甲也有著相當深刻的認識並予以有力的諷刺批判。他的《蟲豸詩五十首》多有寓意，表面上是寫各種蟲豸的特點與品性，實際上是指向世風與官場，揭露了人心世相、官員齷齪的某些方面。如寫蜣螂：「亦有向上心，其如糞壤陋。縱學十分圓，不脫一身臭！」寫蠅：「善爲驥尾附，解使雞聲亂。鑽營不到處，賴有冰在案。」寫蠹：「經史容身鑿，群書飽爾身。誰知誤天下，乃出咬文人！」寫蝗：「所過無完田，千里成赤地。農夫不敢傷，額間有王字。」〔註27〕此類之詩，無一不是有深意存焉、讀之頗能令人會心一笑的諷世之作。丘逢甲對於現實社會、官僚政治的清醒認識，也反映了深刻眞摯的現世情懷，他的本土記憶和鄉邦情懷也可以由此感受到。也是在《臺灣竹枝詞》中，丘逢甲還

〔註23〕丘逢甲《嶺雲海日樓詩抄》，合肥：安徽人民出版社 1984 年版，第 382～383 頁。

〔註24〕丘逢甲《嶺雲海日樓詩抄》，合肥：安徽人民出版社 1984 年版，第 387 頁。

〔註25〕丘逢甲《嶺雲海日樓詩抄》，合肥：安徽人民出版社 1984 年版，第 424 頁。

〔註26〕丘逢甲《嶺雲海日樓詩抄》，合肥：安徽人民出版社 1984 年版，第 439 頁。

〔註27〕丘逢甲《嶺雲海日樓詩抄》，合肥：安徽人民出版社 1984 年版，第 436 頁。

將臺灣居民與廣東、福建等地區聯繫起來，揭示這種血脈相連的關係：「唐山流寓話巢痕，潮惠漳泉齒最繁。二百年來藩衍後，寄生小草已深根。」〔註28〕這既是丘逢甲個人本土意識、鄉邦情懷的詩性表現，也是臺灣與包括閩粵在內的廣闊大陸地區文化同根同源這一歷史事實的眞切表達。

可見，丘逢甲對於臺灣與生俱來、自然而然的本土記憶是如此的分明眞摯，代表著廣大臺灣居民的共同文化記憶和鄉土意識；而且，這種文化記憶隨著臺灣乃至整個中國政治局勢的急劇變化、每況愈下，特別是對外關係方面的日趨不利，反而愈來愈清晰而強大。這種基於對臺灣局勢的清醒認識而逐漸加強的臺灣意識和鄉邦情懷，成爲一種珍貴的精神財富和文化基礎，在後來的歷史發展過程中得到了更加充分的彰顯，顯現出更加強大的精神力量。

二、乙未之變：臺灣情結的生成與持續

光緒二十一年三月二十三日（1895 年 4 月 17 日）中日《馬關條約》的簽訂，不僅徹底改變了臺灣的命運，而且徹底改變了整個中國的命運，對後來長時期的中日關係也產生了至今猶在的深刻影響。與全體臺灣民眾一樣，丘逢甲的個人命運隨著這種無法逆轉的殘酷現實而發生了根本性的變化。此前就已經根深蒂固的本土記憶和茁長成熟的臺灣鄉土意識，在如此危急的局勢下迅速轉變爲一種異常堅定的臺灣情結，從而成爲丘逢甲後期政治思想和詩歌創作的中心內容。

江山淵撰《丘逢甲傳》有云：「臺灣者，逢甲父母之鄉也。休戚與共，較他人爲尤甚。朝廷於土地之割棄，雖不足介意，所難堪者，臺灣之遺民耳。方兵事之初起也，逢甲已竊竊憂之。太息曰：『天下自此多事矣！日人野心勃勃，久垂涎此地，彼詎能恝然置之乎？』於是，日集鄉民而訓練之，以備戰守。復以大義相鼓勵，涕泣而語之曰：『吾臺孤懸海外，去朝廷遠，不啻甌脫。朝廷之愛吾臺，曷若吾臺民之自愛！官兵又不盡足恃，脫一旦變生不測，朝廷遑復能顧吾臺？惟吾臺人自爲戰、家自爲守耳。否則禍至無日，祖宗廬墓之地，擲諸無何有之鄉，吾儕其何以爲家耶？』逢甲斯語，一字一淚，言未已，已哽咽不能成聲。聽者咸痛哭，願惟命是聽。」〔註29〕又云：「割地之議既起，舉國大嘩，群詈李鴻章爲賣國。憂國之士數千人，上書力爭之，

〔註28〕丘逢甲《嶺雲海日樓詩抄》，合肥：安徽人民出版社 1984 年版，第 423 頁。
〔註29〕江山淵《丘逢甲傳》，《嶺雲海日樓詩抄》附錄，合肥：安徽人民出版社 1984 年版，第 463 頁。

詞頗激昂。中外諸臣奏章凡百十上，臺灣臣民爭尤力。……清廷不顧，特命景崧率軍民內渡，又命李經方為交割臺灣使，舉數千里之土地，數千萬之人民，草草交割於日艦中。逢甲哭曰：『余早知有今日矣！雖然，臺灣者，吾臺人之所自有，何得任人之私相授受？清廷雖棄我，我豈可復自棄耶？』乃首倡臺灣自主之說，呼號於國中。登高一呼，全臺皆應。」〔註 30〕

這些情況在丘逢甲當時的正式文書中也有比較充分的反映。光緒二十一年乙未三月二十三日（1895 年 4 月 17 日）他在寫給臺灣巡撫唐景崧的《上中丞》中說：「和局不成，臺地必有大戰，自在意中。但使諸將協心，能與防地共存亡，倭寇雖兇，未必即能全占臺省。」〔註 31〕明確提出抗戰的主張。丘逢甲又在《乙未保臺血淚上書四件》之《第一次上書》（光緒二十一年乙未三月二十四日，1895 年 4 月 18 日）中說：「和議割臺，全臺震駭！自聞警以來，臺民慨輸餉械，不顧身家，無負朝廷。列聖深仁厚澤，二百餘年來所以養人心，正士氣，為我皇上今日之用，何忍棄之？全臺非澎湖之比，何至不能一戰？臣等桑梓之地，義與存亡，願與撫臣誓死守禦。設戰而不勝，請俟臣等死後，再言割地，皇上亦可上對祖宗，下對百姓。」〔註 32〕在《第二次上書》（光緒二十一年乙未四月初四日，1895 年 4 月 28 日）又說：「茲據紳民血書呈稱，萬民誓不服倭，割亦死，拒亦死，寧先死於亂民手，不願死於日人手。現聞各國阻緩換約，皇太后、皇上及眾廷臣，倘不乘此時將割地一條刪除，則是安心棄我臺民。臺民已矣！朝廷失人心，何以治天下？」〔註 33〕《第三次上書》（光緒二十一年五月初一日，1895 年 5 月 24 日）還說過：「臺灣屬倭，萬眾不服。疊請唐撫院代奏臺民下情，而事難挽回。如赤子之失父母，悲慘曷極！伏查臺灣已為朝廷棄地，百姓無依，惟有暫行自主，死守不去，遙戴皇靈，為南洋屏蔽。……臺民此舉，無非戀戴皇清，圖固守以待轉機。」〔註 34〕丘逢甲擲地有聲的錚錚話語，飽含血淚的剴切陳

〔註 30〕江山淵《丘逢甲傳》，《嶺雲海日樓詩抄》附錄，合肥：安徽人民出版社 1984 年版，第 464 頁。

〔註 31〕廣東丘逢甲研究會編《丘逢甲集》，長沙：嶽麓書社 2001 年版，第 737 頁。

〔註 32〕廣東丘逢甲研究會編《丘逢甲集》，長沙：嶽麓書社 2001 年版，第 749～750 頁。筆者對原標點有所調整。

〔註 33〕廣東丘逢甲研究會編《丘逢甲集》，長沙：嶽麓書社 2001 年版，第 750 頁。筆者對原標點有所調整。

〔註 34〕廣東丘逢甲研究會編《丘逢甲集》，長沙：嶽麓書社 2001 年版，第 751～752 頁。筆者對原標點有所調整。

詞，不僅表達了他個人對於臺灣命運乃至整個中國命運的深刻洞察，誓死保衛臺灣和祖國領土完整、主權獨立的信念，而且代表了臺灣人民乃至全中國所有愛國民眾的共同心聲。

在臺灣即將淪爲日本侵略者統治的關鍵時刻，丘逢甲對於臺灣的本土記憶迅速被激發起來，並轉變爲一種深摯眞切、不可動搖的臺灣情結。這種具有重要標誌性意義的轉變和情結在內渡前後的大量詩歌中得到了非常充分的表現。這首先表現在丘逢甲這一時期所作相當多的唱和詩中。《伯惠以其先人禹勤刺史柳陰刺史洗馬圖索題爲賦四絕》之四云：「攀條還共感遺芬，難挽天河洗戰雲。汗馬無功桑海變，題詩人是故將軍。」〔註 35〕英雄失路、報國無門的無可奈何之感充滿了詩人的心中。《聞海客談澎湖事》二首之一有云：「故帥拜泉留井記，孤臣掀案哭雷聲。不堪重話平臺事，西嶼殘霞愴客情。」之二有云：「尚書墓道蠻雲暗，大令文章劫火燒。我爲遺民重痛哭，東風吹淚溢春潮。」〔註 36〕臺灣及澎湖列島被迫割讓的往事不堪回首，異常深切的「遺民」悲愴眞逼心中，詩人對臺灣的刻骨思念溢於言表。《寄懷維卿師桂林》八首之一云：「百疏哀陳阻九閶，東南形勢係鯤洋。留黔臣敢希莊蹻，守絳民思磔聶昌。計竭拒秦全上黨，力圖戴晉等前涼。千秋成敗憑誰論？回首臺山淚萬行。」〔註 37〕不管是回顧當時日軍侵佔臺灣的現實，還是瞻望臺灣和東南沿海的未來，都不能不讓詩人傷心落淚，因爲幾乎看不到什麼出路，對其中的利弊得失、興亡成敗也還無人有意識、有能力去深入總結。

丘逢甲這種刻骨銘心的臺灣情結貫穿於他內渡之後的整個生命之中，成爲他內渡之後最突出、最集中的思想內容；當然，這種臺灣情結最充分、最眞切地表現在此期的詩作中。離臺內渡之後，無論是唱和還是獨思，無論是景物還是人物，也無論是讀史還是察今，幾乎一切都能勾起丘逢甲思念臺灣、志圖恢復的強烈願望，都不能不讓他產生強烈的思想動蕩和反侵略激情。因此這樣的詩句幾乎隨處可見。《涼夕》云：「曲院涼生秋氣陰，客懷蕭瑟倦宵吟。中天月色棲禽起，滿地霜華落葉深。故國殘燈千里夢，孤城寒柝五更心。不須更作神州感，曼倩年來也陸沉。」〔註 38〕《病中贈王桂山》四首之一：「海

〔註 35〕丘逢甲《嶺雲海日樓詩抄》，合肥：安徽人民出版社 1984 年版，第 351 頁。
〔註 36〕廣東丘逢甲研究會編《丘逢甲集》，長沙：嶽麓書社 2001 年版，第 268 頁。
〔註 37〕丘逢甲《嶺雲海日樓詩抄》，合肥：安徽人民出版社 1984 年版，第 361 頁。
〔註 38〕丘逢甲《嶺雲海日樓詩抄》，合肥：安徽人民出版社 1984 年版，第 366 頁。

山斜日鬱蒼蒼，回首神州意黯傷。熱血滿腔涼不得，苦教枰藥累眞長。」之三：「所須藥物是當歸，有客天南歎式微。未報國仇心未了，枕戈重與賦無衣。」〔註 39〕如此強烈的神州今昔之感，如此堅定不移的報仇雪恥之志，成爲丘逢甲臺灣情結的核心內容。

丘逢甲的名作《離臺詩》六首更是這種臺灣情結的集中表現。之一云：「宰相有權能割地，孤臣無力可迴天。扁舟去作鴟夷子，回首河山意黯然。」之三云：「捲土重來未可知，江山亦要偉人持。成名豎子知多少，海上誰來建義旗？」之四云：「從此中原恐陸沉，東周積弱又於今。入山冷眼觀時局，荊棘銅駝感慨深。」之五云：「英雄退步即神仙，火氣消除道德編。我不神仙聊劍俠，仇頭斬盡再昇天。」〔註 40〕假如說這一組詩寫得慷慨淋漓、大氣包舉、志圖恢復的信心猶在的話，那麼《客愁》就更多地表現失去故土的傷感和愁怨的難遣難耐：「烽火天涯夢，琴尊劫外身。新亭空灑淚，故國莽懷人。文字窮愁賤，交情患難眞。客愁無遣處，滄海尙揚塵。」〔註 41〕

離開故土內渡之後的丘逢甲，由於強烈的政治刺激和深刻的民族憂患，對自己的文化身份和政治身份都進行了重新認識，產生了一種強烈的遺民情緒。這種遺民情懷也是他臺灣情結的一項重要內容和表現形式。他不僅自署「滄海遺民」，榜自己所居曰「念臺精舍」，而且將剛剛一歲的兒子丘琮取字「念臺」，無一不表現出至死不移的思念臺灣、愛鄉愛國的深摯情懷。不僅如此，他在一些詩作中也經常表達這種揮之不去、剪不斷理還亂的遺民情緒。《讀史書感》云：「袞袞群公翊廟謨，匡時偉略未全無。珠崖地棄完籌海，玉壘天回罷徙都。萬國冠裳嗟倒置，九州貨貝慨中枯。空山獨抱遺書哭，牢落乾坤一腐儒。」〔註 42〕《傅紹和淦用寄懷翰儔韻寄贈依韻答之》云：「潦倒遺民況，殷勤拙吏書。空嗟鷗鷺舍，已屬犬羊居。竊號將軍鄭，流殃博士徐。平生孔北海，憂漢愧才疏（來書自署拙吏）。」〔註 43〕

《答紹和用題楊子仙宮韻寫懷見寄》四首也是這樣的詩作。其一云：「落

〔註 39〕丘逢甲《嶺雲海日樓詩抄》，合肥：安徽人民出版社 1984 年版，第 414 頁。

〔註 40〕丘逢甲《嶺雲海日樓詩抄》，合肥：安徽人民出版社 1984 年版，第 421 頁。

〔註 41〕廣東丘逢甲研究會編《丘逢甲集》，長沙：嶽麓書社 2001 年版，第 148 頁。筆者對原標點有所調整。

〔註 42〕廣東丘逢甲研究會編《丘逢甲集》，長沙：嶽麓書社 2001 年版，第 162 頁。

〔註 43〕丘逢甲《嶺雲海日樓詩抄》，合肥：安徽人民出版社 1984 年版，第 445～446 頁。

葉蕭蕭晝掩關，哦詩聲出古松間。風雷已定青天闊，萬里歸雲戀故山。」其三云：「盡有軍謀待借資，誰知入局是殘棋？修期露布才雄甚，恨不相逢殺賊時。」〔註 44〕《萬里夢》云：「到此翻增故國思，孤臣萬里走南維。東風吹起皇都夢，春盡瀛臺又一時。」〔註 45〕《天涯》更是念臺復臺情懷的直接抒發：「天涯雁斷少書還，夢入虛無縹渺間。兵火餘生心易碎，愁人未老鬢先斑。沒蕃親故淪滄海，歸漢郎官遁故山。已分生離同死別，不堪揮涕說臺灣！」〔註 46〕《山居詩》五首之一有句云：「末世何皇皇，寸心勉自持。故國何迢迢，右手難將移。臨風託遠意，自與雲相怡。」〔註 47〕都是一再將故國之思與孤臣之淚交織在一起來表現的，分明可見失卻臺灣之後對丘逢甲思想產生的極其重大的影響。

《春愁》云：「春愁難遣強看山，往事驚心淚欲潸。四百萬人同一哭，去年今日割臺灣！」〔註 48〕這是回到廣東鎮平（今蕉嶺）原籍後第一個春天的感受。《往事》云：「往事何堪說，征衫血淚斑。龍歸天外雨，鼇沒海中山。銀燭鏖詩罷，牙旗校獵懷。不知成異域，夜夜夢臺灣。」〔註 49〕《元夕無月》五首之一：「滿城燈市蕩春煙，寶月沉沉隔海天。看到六鼇仙有淚，神山淪沒已三年。」之二：「三年此夕月無光，明月多應在故鄉。欲向海天尋月去，五更飛夢渡鯤洋。」〔註 50〕都是在表達無法割捨的戀故土、思故家之情。離開臺灣已經三年，這種情緒不僅未曾減弱，反而因爲國勢的衰頽而表現得益發強烈。

在與臺灣友朋的唱和之作中，遙想物是人非的故土，面對自己難堪的處境，丘逢甲的臺灣情結又一次得到了集中而充分的展現，這些詩作也因此獲得了特殊的時代詩史與詩人心史的雙重價值。《除夕次頌臣韻》寫道：「明日又新年，愁心隔海天。空山寒雨裏，相對不成眠。」〔註 51〕《次頌丞感懷韻》二首之二云：「何勞珍藥寄當歸，養志萱堂願已違。回首樓臺沉蜃氣，故山雖

〔註 44〕丘逢甲《嶺雲海日樓詩抄》，合肥：安徽人民出版社 1984 年版，第 446 頁。
〔註 45〕丘逢甲《嶺雲海日樓詩抄》，合肥：安徽人民出版社 1984 年版，第 449 頁。
〔註 46〕廣東丘逢甲研究會編《丘逢甲集》，長沙：嶽麓書社 2001 年版，第 166 頁。
〔註 47〕廣東丘逢甲研究會編《丘逢甲集》，長沙：嶽麓書社 2001 年版，第 181 頁。筆者對原標點稍有調整。
〔註 48〕廣東丘逢甲研究會編《丘逢甲集》，長沙：嶽麓書社 2001 年版，第 199 頁。
〔註 49〕廣東丘逢甲研究會編《丘逢甲集》，長沙：嶽麓書社 2001 年版，第 207 頁。
〔註 50〕廣東丘逢甲研究會編《丘逢甲集》，長沙：嶽麓書社 2001 年版，第 252 頁。
〔註 51〕廣東丘逢甲研究會編《丘逢甲集》，長沙：嶽麓書社 2001 年版，第 180 頁。

好事全非。」〔註52〕《送頌臣之臺灣》八首之一云：「涕淚看離棹，河山息戰塵。故鄉成異域，歸客作行人。鯤海三更夢，鷗天萬里春。分明來路近，未信遽迷津」。之八云：「親友如相問，吾廬榜念臺。全輸非定局，已溺有燃灰。棄地原非策，呼天倘見哀。十年如未死，捲土定重來。」〔註53〕對於丘逢甲來說，這種志圖恢復、捲土重來的信念雖然沒有成爲現實，但是，從當時環境、歷史事實與詩人的思想境界和精神氣質的關係上看，愈是如此，丘逢甲的這種義無反顧、知其不可而爲之的臺灣情結就愈顯得難能可貴。

《重送頌臣》有句云：「海氛忽東來，義憤不可抑。出君篋中符，時艱共戮力。書生忽戎裝，誓保臺南北。當時好意氣，滅虜期可刻。何期漢公卿，師古多讓德。忽行割地議，志士氣爲塞。刺血三上書，呼天不得直。」〔註54〕這是對當時在主和派干擾下抗戰未能取得勝利的追憶與感慨。《得頌臣臺灣書卻寄》二首之一：「同洲況復是同文，太息鴻溝地竟分。尺籍已成新國土，短衣誰憶故將軍？刀環空約天邊月，尊酒愁吟日暮雲。猶喜強亞近開會，不須異域悵離群。」之二：「故人消息隔鄉關，花發春城客思閒。一紙平安天外信，三年夢寐海中山。波濤道險魚難寄，城郭人非鶴未還。去日兒童今漸長，燈前都解問臺灣。」〔註55〕像許多善良的中國人一樣，丘逢甲也懷著與日本同洲同文甚至同種的願望，但是這種善良的願望和美好的期待卻被血淋淋的殘酷現實一再粉碎。而且，從後來的許多事實來看，所謂同文同種的說法最多只能說是中國人的一廂情願，丘逢甲當然還認識不到這一點。《寄懷謝四頌丞臺灣》四首之一：「獨聽荒雞夜，天涯憶故人。煙霞仍痼疾，雷雨負經綸。夢寐孤燈影，文章斷髮身。相思隔滄海，極目歎揚塵。」〔註56〕即使自己重回臺灣願望的實現還遙遙無期，但是通過對在臺灣的朋友的思念，丘逢甲所著重表達的卻是還我河山的猛志豪情。

丘逢甲還有一些詩作，是通過對自己在臺灣組織義軍積極抗戰、抵抗侵略者入侵過程中某些人物和事件的回憶，反映對臺灣乃至整個中國前途與命運的憂患，也成爲他濃重的臺灣情結中的重要內容之一。《有感書贈義軍舊書

〔註52〕廣東丘逢甲研究會編《丘逢甲集》，長沙：嶽麓書社2001年版，第192頁。
〔註53〕廣東丘逢甲研究會編《丘逢甲集》，長沙：嶽麓書社2001年版，第195～196頁。
〔註54〕廣東丘逢甲研究會編《丘逢甲集》，長沙：嶽麓書社2001年版，第198頁。
〔註55〕廣東丘逢甲研究會編《丘逢甲集》，長沙：嶽麓書社2001年版，第271頁。
〔註56〕廣東丘逢甲研究會編《丘逢甲集》，長沙：嶽麓書社2001年版，第401頁。

記》四首云：「拜將壇高卓義旗，五洲睽目屬雄師。當時力保危臺急，只有軍前壯士知。」「宰相有權能割地，孤臣無力可迴天。（別臺舊句）啼鵑喚起東都夢，沉鬱風雲已五年。」「鳳凰臺上望鄉關，地老天荒故將閒。自寫鄂王詞在壁，從頭整頓舊河山。」「誰能赤手斬長鯨，不愧英雄傳裏名。撐起東南天半壁，人間還有鄭延平。」〔註 57〕在抒發強烈的愛國情感的同時，也反映了當時的部分重要史實。《林鶖雲郎中鶴年寄題蠔墩忠迹詩冊追憶舊事次韻遙答》八首之三云：「當時痛哭割臺灣，未肯金牌奉詔還。倉葛哀呼竟何補？全軍難保武巒山。（方君參謀太僕團防軍事時，予總統全臺各路義軍。割臺之役，太僕倉卒內渡。予獨抗議保臺，卒乃轉戰支離，無成而去。武巒山，在臺中。）」之四云：「英雄愧說鄭延平，目斷殘山一角青。何日天戈竟東指，誓師海上更留銘！（保臺之舉，日人平山氏比予爲鄭成功，可愧也。『海上誓師』，朱子磨崖字。或以爲鄭有臺讖云。）」〔註 58〕都是通過在詩中加以小註的方式，有意記述清政府不顧臺灣人民的憤怒與反對、執意割讓臺灣，臺灣人民堅決抵制、奮起抗日的人物和事件，以親歷者的身份反映了當時的歷史事實。

《四月十六夜東山與臺客話月》云：「萬事應教付酒杯，眼看雲合又雲開。中天月色雨餘好，大海潮聲風送來。人物只今思故國，江山從古屬雄才。飄零剩有鄉心在，夜半騎鯨夢渡臺。」〔註 59〕時刻夢回臺灣的情緒在這樣的詩篇中又一次得到了充分的表現。《題淩孟徵天空海闊簃詩鈔並答所問臺灣事》三首之二云：「多君欲問臺灣事，曾作大將軍現身。滿目劫塵無法說，青天碧海哭詩人。」之三云：「牙旗獵獵卷東風，舊事眞成一夢中。自有千秋詩史在，任人成敗論英雄。」〔註 60〕也都是對當時人物事件的回憶和抒寫。

《海上逢故識伎》云：「兒女英雄海上緣，東風吹散化春煙。相逢更灑青衫淚，已割臺灣十二年！」〔註 61〕《席上作》又寫道：「兒女英雄海上緣，東風吹散化春煙。相逢欲灑青衫淚，已割蓬萊十四年。」〔註 62〕這是臺灣

〔註 57〕廣東丘逢甲研究會編《丘逢甲集》，長沙：嶽麓書社 2001 年版，第 428～429 頁。筆者對原標點有所調整。
〔註 58〕廣東丘逢甲研究會編《丘逢甲集》，長沙：嶽麓書社 2001 年版，第 434 頁。
〔註 59〕廣東丘逢甲研究會編《丘逢甲集》，長沙：嶽麓書社 2001 年版，第 512 頁。
〔註 60〕廣東丘逢甲研究會編《丘逢甲集》，長沙：嶽麓書社 2001 年版，第 578 頁。
〔註 61〕廣東丘逢甲研究會編《丘逢甲集》，長沙：嶽麓書社 2001 年版，第 538 頁。筆者對原標點稍有調整。
〔註 62〕廣東丘逢甲研究會編《丘逢甲集》，長沙：嶽麓書社 2001 年版，第 575 頁。

被割讓十二年、十四年後丘逢甲沉痛心情的直接告白。《題滄海遺民臺陽詩話》云:「如此江山竟付人,干戈留得苦吟身。亂雲殘島開詩境,落日荒原泣鬼磷。埋碧可憐黃帝裔,殺青誰作素王臣?請將風雅傳忠義,斑管重回故國春。」〔註 63〕通過對臺灣詩人、詩論家王松所撰《臺陽詩話》的評論,表現了思念故土、重回臺灣的深情。

江山淵撰《丘逢甲傳》云:「日軍復以臺灣自主事爲逢甲所首倡,嫉之甚,嚴索之。逢甲竄身深菁窮谷間,幸脫於禍,而恢復之志不稍替。未幾,永福力不支,臺南亦失守。逢甲知大勢去,無可挽回,乃亦痛哭辭故國而行,臺灣遂亡矣。」〔註 64〕臺灣既已割讓,丘逢甲等人組織義軍積極抗戰又寡不敵眾,不得不踏上內渡之路。在丘逢甲離開臺灣的時候,在長期的本土意識的基礎之上,他的心中就生成了一種無法阻厄、迅速茁長的臺灣情結。而且,這種以復我臺灣、還我主權、愛我國家民族爲核心的臺灣情結,隨著時間的推移和丘逢甲人生經歷的變化,隨著臺灣乃至整個國家境況與命運的變化,不僅沒有絲毫的減弱,反而不斷增強。這種臺灣情結的內容更加豐富質實,強度更加突出,影響力也日漸擴大,並成爲丘逢甲內渡之後思想意識、愛國情感、詩歌創作中最爲珍貴、最爲獨特的部分。這種具有深切現實感和長久歷史感的臺灣情結伴隨了丘逢甲一生,根深蒂固,至死不移。

三、離臺內渡:廣東認同的發生與深化

丘瑞甲《先兄倉海行狀》云:「甲午中日事起,捐家資編全臺壯民爲義軍,計成幕者三十五營。乙未春,滿廷割臺於日。先兄電爭,繼以電罵,卒不得挽。遂集臺人倡獨立爲民主國,舉清撫唐景崧爲大總統守臺北,劉永福爲幫辦守臺南,先兄爲大將軍守臺中。防守嚴,日人不得登陸。……先兄知事無可爲,乃回臺中,與先妣倉卒內渡。時已六月初旬矣。」〔註 65〕江山淵《丘逢甲傳》亦云:「逢甲既內渡,遂入廣東,家於嘉應州,買屋居焉。杜門不出,謝絕親友,自署爲『臺灣之遺民』。日以賦詩爲事,而故國之思

〔註 63〕廣東丘逢甲研究會編《丘逢甲集》,長沙:嶽麓書社 2001 年版,第 546 頁。筆者對原標點稍有調整。

〔註 64〕江山淵《丘逢甲傳》,《嶺雲海日樓詩抄》附錄,合肥:安徽人民出版社 1984 年版,第 466 頁。

〔註 65〕丘瑞甲《先兄倉海行狀》,《嶺雲海日樓詩抄》附錄,合肥:安徽人民出版社 1984 年版,第 469 頁。

以及鬱伊無聊之氣，盡託於詩。」〔註 66〕

丘逢甲內渡之後，選擇祖籍地廣東鎭平（今蕉嶺）而居，既是危急情況下的不得已，又是多種有利因素所促成。丘琮《岵懷錄》中說：「臺灣島國受外夷侵淩甚早，先父生長是邦，故幼即知懷念國族。及乙未事變內渡，則尤忠義耿耿，視國家民族爲己任。」〔註 67〕與在臺灣時所不同者，丘逢甲內渡之後以國家民族爲己任的入世精神、愛國熱情相當迅速地轉變爲一種具有文化尋根、文化信仰意味的廣東認同。這是丘逢甲內渡之後思想與行事的一次重大變化，反映了他性情氣質中某些深刻的內容，也反映了許多相類似的臺灣民眾的共同心願。

丘逢甲的廣東認同自然是以其祖先原籍廣東爲重要基礎的，這是一種血脈相連的家族傳承和文化根源的延續，也是在新的局勢下丘逢甲少已有之的廣東記憶的一次激發與復活，更是他根深蒂固的臺灣意識、本土記憶、國家觀念、民族觀念的一次豐富化和具體化。在臺灣已經被迫割讓給日本的情況下，這種對於廣東、福建及大陸其他地區的認同與嚮往，表現了臺灣民眾對於國家強大、民族復興的期盼，從而使之具有了比回歸廣東、回歸大陸這一事實本身更加重大、更加深遠的文化意義。丘逢甲就是這種國家民族願望的傑出代表。

丘逢甲內渡後所作的許多詩歌，非常充分地表現了這種既具有個人和家族意義，又具有國家和民族意義的廣東認同，從而使這一時期的詩作獲得了更加豐富的內涵和更加現實的思想意義。首先値得注意的是，廣東的某些山川風物、家族遺迹經常能夠引起丘逢甲對於廣東的文化認同，從而相當順利地獲得文化心理上的親近感和歸屬感。顯而易見，這對初回內地的丘逢甲的思想與情感來說，是非常重要的。

《送何孝廉朝章北上何故門下士且嘗佐予軍今亦回籍於潮感昔勉今輒有斯作》二首之一云：「十萬雄師散島中，天南歸棹喜君同。斬蛟未得愁看劍，射狗欣聞夢引弓。故部淒涼滄海碧，上林消息杏花紅。鈐韜便是治安策，終爲君王略遠東。」〔註 68〕詩歌標題與內容的相互結合呼應，已經將「感昔勉

〔註 66〕江山淵《丘逢甲傳》，《嶺雲海日樓詩抄》附錄，合肥：安徽人民出版社 1984 年版，第 466 頁。

〔註 67〕丘琮《岵懷錄》，《嶺雲海日樓詩抄》附錄，合肥：安徽人民出版社 1984 年版，第 510 頁。

〔註 68〕丘逢甲《嶺雲海日樓詩抄》，合肥：安徽人民出版社 1984 年版，第 358 頁。

今」的立意分明道出。《謁饒平始遷祖樞密公祠墓作示族人》寫道：「光緒朝距成化朝，轉眼滄桑幾己亥（遷祠時爲成化己亥，今則光緒己亥）。寶蓮寺畔神道碑，風雨剝蝕贔屭移。簷瓦苔青作古色，城北更拜金山祠。豈必山前勝山後，但貴宗祊能世守。孫枝萬葉遍東南，自幸能歸奠尊酒。山城遺俗樸不華，惟耕與讀眞生涯。勉哉兄弟各努力，勿愧先邑稱名家。」〔註 69〕通過明代以來對自己家族繁衍變遷歷史的回顧，表現出明確的念祖尋根意識。從當時的實際情況來看，這樣的詩作與其說是丘逢甲在告知自己的族人後代，不如說他是在通過這種家族尋根、文化尋根的方式，自覺地獲取文化心理上的更大支持。

《歸粵十四年矣愛其風土人物將長爲鄉人詩以誌之十五十六十七疊韻》三首之一：「嶺雲海日署吾樓，（山中築樓，顏曰嶺雲海日，並以名吾集。）潦倒平生萬念收。孔雀文章慚越客，鷓鴣言語愛南州。賁隅桂樹名他郡，大庾梅花姓故侯。但解此心安處好，此間原樂未應愁。」之三：「濛濛海氣幾重樓？閩海孤帆粵海收。絕島流離歸故國，本朝豪傑數炎州。萬家楚蜀生呼佛，百戰蘇常死未侯。我愛文忠（駱）更忠武（張），九原難起話鄉愁。」〔註 70〕此詩中所表現的，已經不是暫時回歸廣東居住，而是有了長時期居留下去的打算；其中雖然透露出不得還臺的無可奈何之狀，但是丘逢甲對於廣東、對於家鄉的認同也顯然加深了。

通過對廣東歷史人物、事件的歌詠來表達對於廣東更加廣闊的文化認同，特別是對廣東文化中某些精神氣質、傳統因素的深度認同，是丘逢甲廣東認同的另一個重要方面。《越王臺》二首之一云：「尉佗已死我登臺，番舶淩空鼓浪來。世事於今棋局易，邊城向晚角聲哀。照人肝膽酬知己，相士皮毛屈異才。立馬山巔頻顧盼，一聲長嘯亂雲開。」之二云：「昔年曾上定王臺，官迹飄萍百感來。文字有靈江鱷格，關山無恙峽猿哀。驚心歲月人將老，滿目瘡痍我不才。守土一官憂樂共，長年幾日笑顏開？」〔註 71〕由登臨越王臺而生發出對自漢代以來廣東歷史變遷的思索，對重要人物和事件的追憶，從深沉的歷史縱深感中透露出作者對廣東歷史文化的認識。

《饒平雜詩》十六首之二云：「戰裙化蝶野雲香，百丈埔前廢廟涼。碧繡

〔註 69〕丘逢甲《嶺雲海日樓詩抄》，合肥：安徽人民出版社 1984 年版，第 396 頁。
〔註 70〕廣東丘逢甲研究會編《丘逢甲集》，長沙：嶽麓書社 2001 年版，第 585 頁。
〔註 71〕丘逢甲《嶺雲海日樓詩抄》，合肥：安徽人民出版社 1984 年版，第 454～455 頁。筆者對原標點略有改動。

苔花殘瓦盡，更無人拜許娘娘。(百丈埔在潘段，爲張公士傑夫人許氏大戰元兵殉節處。舊有廟，土人稱曰娘娘廟，今廢久矣。)」〔註72〕《百丈埔爲宋張丞相士傑夫人許氏大戰元兵殉節處舊有祠廢久矣子惠署縣爲商復舊迹》云：「靈旗半夜偃胡風，百丈埔前戰血紅。異代雙忠更張許，男兒千古遜英雄。麻沙故乘訛遺迹，(舊志訛夫人爲尖人，見明邑令丘金聲辨誤文。)禾黍秋原失寢宮。重表幽芳關廟貌，浮山南望夕陽中。」〔註73〕百丈埔引起丘逢甲的強烈關注，就在於這裡曾經是南宋抗元名相張士傑夫人許氏大戰元兵殉節之處，睹物思人，懷古傷今，作者對反抗異族侵略的民族英雄的崇敬之情呼之欲出。

《題張生所編東莞英雄遺集（熊飛、袁崇煥、蘇觀生、張家玉、家珍，皆東莞人)》句：「東莞山水天下奇，英雄屢見生於斯。天生英雄付劫運，尤傷心者袁督師。……我愛英雄尤愛鄉，英雄況並能文章。手持鄉土英雄史，倚劍長歌南斗旁。」〔註74〕如詩題所揭示的，《東莞英雄遺集》爲熊飛、袁崇煥、蘇觀生、張家玉、張家珍的遺作合集，五人俱爲南宋抗元名將，俱爲廣東東莞人，丘逢甲對反抗異族侵略的英雄人物一向懷有高度的崇敬之情，此詩是一個典型的例子。可以認爲，這種歷史人物事件的追憶與文化傳統認同，與其對廣東現實狀況、山川風物的認同一道，構成了丘逢甲廣東文化認同的重要內容。

從丘逢甲的思想狀況與發展變遷及其與臺灣、廣東乃至整個中國的關係來看，一般意義上的廣東認同還不是他大陸文化認同的全部內容或思想終點。値得特別重視的是，丘逢甲由廣東認同而體現出來的國家認同，包括對於臺灣、廣東、福建還有中國的其他地區的關注與認同。許多詩作充分地反映了這種重要的思想動向和文化傾向。《說潮》二十首之八有句云：「莫大於恢復，莫讎於金虜。莫急於用人，莫難於用武。」對形勢之險惡、應對之艱難提出了清醒的認識。之十有句云：「東山氣清肅，中乃祠三忠。我懷文文山，夙昔夢寐通。攜我煙霄間，俯瞰青濛濛。乾坤正傾倒，玉簡寧爲功。夢覺謹誌之，浩然思無窮。」〔註75〕對文天祥的崇敬中傳達出反抗復漢的民

〔註72〕廣東丘逢甲研究會編《丘逢甲集》，長沙：嶽麓書社 2001 年版，第 394 頁。
〔註73〕廣東丘逢甲研究會編《丘逢甲集》，長沙：嶽麓書社 2001 年版，第 397 頁。
〔註74〕廣東丘逢甲研究會編《丘逢甲集》，長沙：嶽麓書社 2001 年版，第 626 頁。
〔註75〕廣東丘逢甲研究會編《丘逢甲集》，長沙：嶽麓書社 2001 年版，第 261～262 頁。

族意識。

《喜雨詞》句云：「我家舊住粳稻鄉，春田水足難爲荒。自從棄置南走越，占晴卜雨同農忙。粵中人滿土復瘠，稻舟轉海蠻雲碧。安得王師時雨若，復收暹交隸尺籍。年來無地能埋憂，戰雲黯黯東半球。暫教一雨百憂失，已似洗甲天河流。」〔註 76〕已將故鄉臺灣與廣東的節令、風物聯繫在一起抒寫，當然憂時之感、澄清之志仍然如此分明地表現在詩中。《端陽日與季平飲東山酒樓》二首：「客中蒲酒醉人香，山半高樓飲海光。君是還鄉我歸國，一尊風雨共端陽。」「江上千帆打鼓聲，人間畢竟慕忠名。勸君且盡尊中酒，看鬥龍舟弔屈平。」〔註 77〕對於鄉國之別的考究與分辨，可見丘逢甲志圖恢復、重返臺灣的內心世界；而對於屈原忠誠故國人格風範的讚譽表彰，則可見丘逢甲對屈原人格的追慕。

《題蘭史獨立圖》云：「舉國睡中呼不起，先生高處畫能傳。黃人尚昧合群理，詩界差存自主權。胸有千秋哀古月，眼窮九點哭齊煙。與君同此蒼茫況，隔海相望更惘然（予亦有獨立圖）。」〔註 78〕將國家民族的獨立與詩歌的創新自主聯繫起來，表達的是具有現代意義的社會文化理念。《與林谷宜比部夜話》云：「萬里星洲遇故人，逍遙梅鶴寄閒身。白雲簪筆留詩夢，黃海回帆話劫塵。鬼宿中宵光更大，神州何日運方新？舉頭明月懷京國，同是天涯草莽臣。」〔註 79〕即便是遠在數千里之外的新加坡，最爲思念的仍然是京國的狀況與神州的未來，對國家未來、民族命運的整體性關注得到了如此分明的表現。

《述哀答伯瑤》有句云：「四千年中中國史，咄咄怪事寧有此？與君不見一年耳，去年此時事方始。謂之曰戰仍互市，曰和而既攻其使。同一國民民教異，昨日義民今日匪。同一國臣南北異，或而矯旨或抗旨。……此時中國論人才，但得秦檜亦可喜。拒割地議反賴商，定保皇罪乃殺士。紛紛構黨互生死，言新言舊徒爲爾。」〔註 80〕此詩爲「哀八國聯軍入京、德宗西巡事」〔註 81〕，除了對當時國家危急政治局勢的關切，更值得注意的是作者將此次

〔註 76〕丘逢甲《嶺雲海日樓詩抄》，合肥：安徽人民出版社 1984 年版，第 361 頁。
〔註 77〕丘逢甲《嶺雲海日樓詩抄》，合肥：安徽人民出版社 1984 年版，第 387 頁。
〔註 78〕丘逢甲《嶺雲海日樓詩抄》，合肥：安徽人民出版社 1984 年版，第 392 頁。
〔註 79〕丘逢甲《嶺雲海日樓詩抄》，合肥：安徽人民出版社 1984 年版，第 415 頁。
〔註 80〕丘逢甲《嶺雲海日樓詩抄》，合肥：安徽人民出版社 1984 年版，第 417 頁。
〔註 81〕丘逢甲《嶺雲海日樓詩抄》，合肥：安徽人民出版社 1984 年版，第 418 頁。

事變視爲四千之久的中國歷史上前所未有的咄咄怪事，當時國運的衰敗、人才的匱乏已經到了無以復加的程度，甚至連秦檜這樣的「人才」也難得一見了。犀利深刻的諷刺批判中，蘊含著濃烈的愛國深情。這樣的諷刺憤激之詞在丘逢甲的詩歌中極爲罕見。《題王伯嵩看鏡圖》二首之一寫道：「不甘剪辮作洋奴，還是中朝士大夫。萬隊倭刀難我斫，鏡中自看好頭顱。」〔註 82〕至死不移的民族尊嚴、國家意志、中國情結是丘逢甲詩歌中一再表達的重要主題，而此詩則寫得曉暢直白，淋漓盡致，帶給人強烈的思想衝擊和情感震撼。

廣東的一些文化遺迹、歷史人物和故事也經常引發丘逢甲強烈的思緒，他時常通過對這些內容的吟詠記述，表達具有時代精神和現實意義的懷古思今之情，通過這種感慨反映心中的廣東認同與國家認同。《鐵漢樓懷古》云：「瘴雲飛不到城頭，畲圮樓荒客獨遊。並世已無眞鐵漢，群山猶繞古梅州。封章故國迴天恨，夢寐中原割地愁。欲倚危欄酹杯酒，程江嗚咽正東流。」〔註 83〕蘇軾以北宋名臣劉安世（元城）爲鐵漢，鐵漢樓爲紀念劉安世之氣節而建，丘逢甲藉此表達的，是中原割地、世無鐵漢、無力迴天的感慨，其中當然包含著對臺灣的思念。

《淩風樓懷古》云：「依舊危城隱霧中，麗譙殘榜署淩風。逃亡君相成行國，破碎河山失故宮。地似西臺宜痛哭，客歸南嶠愴孤忠。欲移卦竹栽千本，遍灑天涯血淚紅。」〔註 84〕廣東嘉應州（今梅州）淩風樓爲明代士民爲紀念南宋文天祥而建，丘逢甲在詩中不僅表達了對這位民族英雄的崇敬之情，更重要的是將當時的國家命運、個人遭遇與南宋末年、與文天祥的事迹聯繫起來，收借古諷今之效。《爲友人書屛》云：「鄉鄉都拜相公祠，猶見遺民故國思。欲向梅畲尋卦竹，滿山紅處立詩碑（東石梅子畲有相公卦竹，又稱滿山紅，相傳文天祥兄弟指血，以竹葉作卦，卜幼主帝昺所在）。」〔註 85〕東石在廣東省平遠縣，此詩又是藉此地以追懷文天祥，特別是詩中赫然出現的「遺民故國」之思，可以視爲丘逢甲內渡後最爲重要、最爲經常的一種情感狀態。

《汕頭海關歌寄伯瑤》有句云：「商誇洋籍民洋教，時事年來多怪異。先生在關雖見慣，思之應下哀時淚。閩粵中間此片土，商務蒸蒸歲逾歲。瓜分之圖日見報，定有旁人思攘臂。關前關後十萬家，利窟沉酣如夢寐。先王古

〔註 82〕丘逢甲《嶺雲海日樓詩抄》，合肥：安徽人民出版社 1984 年版，第 452 頁。
〔註 83〕廣東丘逢甲研究會編《丘逢甲集》，長沙：嶽麓書社 2001 年版，第 205 頁。
〔註 84〕廣東丘逢甲研究會編《丘逢甲集》，長沙：嶽麓書社 2001 年版，第 205 頁。
〔註 85〕丘逢甲《嶺雲海日樓詩抄》，合肥：安徽人民出版社 1984 年版，451 頁。

訓言先醒，可能呼起通國睡？出門莽莽多風塵，無奈天公亦沉醉！」〔註 86〕通過對汕頭海關種種狀況的描繪，表現瓜分之險已近、國人睡如夢寐、哀時憂世卻不能有所作爲的窘境的感慨；丘逢甲對於廣東沿海特別是汕頭一帶眞實情況的瞭解和認識也宛在眼前。

可以看到，丘逢甲內渡之後不久，就在原有的廣東文化記憶的基礎上產生了清晰的廣東文化認同感。這種廣東認同既與他祖籍就是廣東鎮平（今蕉嶺）密切相關，又與他在臺灣時對廣東的瞭解有關；而更加重要的，是丘逢甲一直以來的以民族精神、國家立場爲核心的愛國主義思想的哺育和激發。因此，丘逢甲的廣東認同，就沒有僅僅停留在家族觀念和鄉邦意識的水平上，而是交織著對廣東歷史與現實多種文化因素的理解、認識和吸納，並由此生發爲對廣東、臺灣乃至整個國家民族命運的關注和憂患。從而使這種廣東文化認同具有了相當突出的時代意義和現代價値。

四、結語：臺灣情結與廣東認同的相生相成

江山淵所作《丘逢甲傳》中說：「逢甲以臺灣孤臣，首倡自主，崎嶇艱苦，卒以無成。寄意於詩，以自哀其志，死之日猶不忘故國。其心之苦，奚讓宋、明末祚諸遺民？世徒以詩人目之，奚足以知逢甲之志耶？」〔註 87〕丘復《倉海先生墓誌銘》也說：「君之詩文，久雄視海內。然君不欲以詩文人傳。故所爲文，皆不繕稿，詩則舊歲始輯內渡後所作，編爲《嶺雲海日樓詩稿》，而《庚戌羅浮游草》，則已付印單行矣。」〔註 88〕都指出丘逢甲不欲以詩人名世。然而丘逢甲所面臨的時代和命運的經常性弔詭就在於，他後來只能做一個詩人並以之名世。丘琮《滄海先生丘公逢甲年譜》有云：「己酉、庚戌、辛亥三年，以職位時勢關係，多事描寫山川，少寫情感；而有所寫，則判華夷、倡忠義，多揭民族國家精神之作。」〔註 89〕這也是對丘逢甲最後幾年詩歌創作主導精神的概括。

〔註 86〕廣東丘逢甲研究會編《丘逢甲集》，長沙：嶽麓書社 2001 年版，第 511 頁。筆者對原標點稍有調整。

〔註 87〕江山淵《丘逢甲傳》，《嶺雲海日樓詩抄》附錄，合肥：安徽人民出版社 1984 年版，第 467 頁。筆者對原標點略有調整。

〔註 88〕丘復《倉海先生墓誌銘》，《嶺雲海日樓詩抄》附錄，合肥：安徽人民出版社 1984 年版，第 472 頁。

〔註 89〕丘琮《滄海先生丘公逢甲年譜》，《嶺雲海日樓詩抄》附錄，合肥：安徽人民出版社 1984 年版，第 493 頁。

丘逢甲在《與李百之太守》中說：「家父向喜教人看《人譜》，內渡後擬額所居曰『念臺精舍』，固寓宗仰蕺山之意，亦因先代墳墓皆在臺，用示子孫不忘之意也。」〔註 90〕可見他臺灣記憶的根深蒂固，離臺之後念之彌深。在如此深摯的臺灣情結產生、茁長的同時，丘逢甲對於廣東的認同又是如此的深切執著。綜合考察丘逢甲的臺灣情結與廣東認同及其關係，可以看到，二者不唯不矛盾、不對立，而且形成了相應相成、彼此激發、共同發展深化的密切關係，二者共同成爲其以民族精神、國家情懷爲核心的愛國主義思想的核心內容。

丘逢甲的一些詩作中，經常將臺灣、廣東以及其他地區聯繫起來記述、歌詠，表現出清晰的國家觀念、民族意識，可見他是有意識地將這些內容融爲一體來進行反映的。《珠江書感》云：「窄袖輕衫裝束新，珠江風月漾胡塵。誰知寵柳嬌花地，別有聞歌感慨人？」〔註 91〕借珠江上人物裝束發生的新變化表現時勢的變遷。《寄家菽園孝廉煒萲新加坡》三首之二：「中原有客正悲歌，事去曾揮指日戈。誰解聞鼙思將帥，誓將傾簣障江河。詩篇涕淚唐天寶，夢寐賢良漢特科。遙寄尺書滄海曲，古來義士島人多。」〔註 92〕表達對海外「義士」的期待，當然包含著恢復臺灣的信念。《題地球畫扇》云：「墨澳歐非尺幅收，就中亞部有神州。普天終見大一統，縮地眞成小五洲。畏日遮餘占攝力，仁風揚處遍全球。如何世俗丹青手，只寫名山當臥遊。」〔註 93〕從世界局勢的高度考察中國的局勢與可能面臨的困境，憂患意識成爲此詩的重要內容。

《去歲秋初抵鮀江今仍客遊至此思之憮然》二首之二云：「淪落天涯氣自豪，故山東望海雲高。西風一掬哀時淚，流向秋江作怒濤。」〔註 94〕在廣東汕頭鮀江遙望故土臺灣，將對廣東時局的擔憂和收復臺灣的心願聯繫在一起表現，臺灣情結與廣東認同融爲一體，抒發了濃重的思鄉愛國之情。《次陳頤山見贈韻答之》云：「讀罷新詩淚滿巾，乾坤蒼莽正風塵。五洲消息紛傳箋，

〔註 90〕廣東丘逢甲研究會編《丘逢甲集》，長沙：嶽麓書社 2001 年版，第 805 頁。
〔註 91〕廣東丘逢甲研究會編《丘逢甲集》，長沙：嶽麓書社 2001 年版，第 216 頁。筆者對原標點稍有調整。
〔註 92〕廣東丘逢甲研究會編《丘逢甲集》，長沙：嶽麓書社 2001 年版，第 235 頁。
〔註 93〕丘逢甲《嶺雲海日樓詩抄》，合肥：安徽人民出版社 1984 年版，第 381～382 頁。
〔註 94〕廣東丘逢甲研究會編《丘逢甲集》，長沙：嶽麓書社 2001 年版，第 210 頁。

萬里梯航競駕輪。朝議朱崖傷棄地，邊烽遼海厄歸人。相逢莫話流離感，未死終留報國身。」〔註 95〕《感事》二十首之二：「莫向帝鄉問，南陽多近親。未能成革政，相厄有尸臣。廟算歸權戚，宮符付椓人。空教天下士，痛哭念維新。」之八：「萬里堯城望，天涯憶聖君。皇綱先紐解，國勢近瓜分。當道嚴鈎黨，無人議合群。臣民四萬萬，王在更誰勤？」之十五：「空益朱車衛，難回鐵路權。蠻雲遮楚粵，漢月冷幽燕。願請修宮價，先添橫海船。已無夷夏界，何處說防邊？」之二十：「長白無能守，何顏對祖宗？和戎仍宰相，仰屋自司農。道路嗟群虎，風雲待蟄龍。願呼忠義士，傳檄保堯封。」〔註 96〕都是有感於光緒二十四年戊戌（1898）維新變法前後的國家局勢而作。非常明顯，作者不僅將臺灣、廣東聯繫在一起，而且有意識地將整個中國的局勢統而觀之，可見相當明確的國家觀念。《北望》二首云：「北望胡塵淚眼枯，六龍西幸未還都。可憐門外白袍客，但問科場今有無。」「中原不信無豪傑，養士九朝恩已深。豆粥素衣哀痛詔，可能呼起國民心？」〔註 97〕既反映了庚子事變對於清王朝的沉重打擊，也諷刺了某些不知世事、只問自身功名的讀書人。

一些唱和、題贈詩作，也反映了丘逢甲對於包括臺灣、廣東在內的當時整個國家局勢與命運的關注和認識；由此也可以認識丘逢甲臺灣情結與廣東認同的相通相成。《送張別駕之官黔中》云：「遺民若見張公子，應話中原淚滿衣。爲道山河應無恙，正陽門外六龍歸。(時回鑾期日已見上諭。)」〔註 98〕表現出對最新的國家局勢的關注。《月夜與季平飲蕭氏臺》云：「碧空雲散月華清，梅雨瀟瀟已放晴。水國荷花新世界，前身金粟大光明。千觴鱷海登臺燕，萬里獅山作客情。我亦思鄉更憂國，倚闌同看夜潮生。」〔註 99〕如此分明、如此強烈的「思鄉更憂國」情懷，恰是丘逢甲臺灣情結與廣東認同、國家觀念的詩性表現，從中可以準確地理解丘逢甲內渡以後的思想動向和心態特徵。

《陳伯潛學士以路事來粵相晤感賦》二首之一：「三十年來萬事非，天涯

〔註 95〕廣東丘逢甲研究會編《丘逢甲集》，長沙：嶽麓書社 2001 年版，第 215 頁。
〔註 96〕廣東丘逢甲研究會編《丘逢甲集》，長沙：嶽麓書社 2001 年版，第 304～308 頁。
〔註 97〕丘逢甲《嶺雲海日樓詩抄》，合肥：安徽人民出版社 1984 年版，第 450 頁。
〔註 98〕廣東丘逢甲研究會編《丘逢甲集》，長沙：嶽麓書社 2001 年版，第 508 頁。
〔註 99〕廣東丘逢甲研究會編《丘逢甲集》，長沙：嶽麓書社 2001 年版，第 371 頁。

淪落識公遲。橫流滄海無安處，故國青山有夢思。鐵鑄屢聞成錯字，造車此是出門時。他鄉同縱登高目，斜日黃龍上大旗。」〔註 100〕表達的仍然是對臺灣的不盡思念、對國家強大的殷切期待。《題仲遲月中課讀圖》云：「一年幾度見明月？況值紅羊換劫年。萬里河山方破碎，一家兒女共團圓。群龍無首今何世？雌鳳清聲夜滿天。我正憂時不成寐，將詩題寄彩雲邊。」〔註 101〕像許多中國古代詩人一樣，明月與思鄉也是丘逢甲內渡之後經常運用、再三表現的主題；此詩將對國家局勢的關注與個人的深刻憂患融會於一，反映出丘逢甲對時勢有著相當清醒、相當深刻的認識。

光緒二十六年庚子四月二十九日（1900 年 5 月 27 日）《在南洋大吡叻的演說》中，丘逢甲指出：「我中國今日瓜分之禍，正在眉睫矣！我國人之奴僕、爲牛馬之期不遠矣！……中國之弱，患在無才。若南洋有此數千有用人才，將以之救中國不難，況內地各省學堂日起有功，人才又濟濟而出乎？故今日欲救瓜分之禍，必尊教以一人心，必興學以育人才。今日應爲之事雖多，而此事乃其根本。諸君！諸君！須知此身與國，禍福與共；從前中國只是易姓，猶一家私禍也，若今日瓜分，則國民公禍矣！」〔註 102〕清醒地認識到人才對於當時中國振興所具有的關鍵性意義，提出重視教育以培養優秀人才的主張。這種見識，與近代以來許多有見識的士人一樣，反映了歷史和時代對人才的普遍性要求，也可以說這種認識反映了歷史的必然性。

二十世紀初，當民主革命思潮迅速興起之後，在是暴力革命還是維新變法、是民主共和還是君主立憲、是漸變漸進還是急變激進等問題上，曾引起巨大爭議論辯，許多人在這一相當艱難的選擇中變得進退維谷、左右爲難，由此造成的對立與分化也產生了極大的影響。但是，這一問題對丘逢甲的衝擊和影響似乎並不很大，也沒有對他造成什麼明顯的思想困惑與矛盾。《戊申廣州五月五日作》有句云：「東南已無乾淨土，半壁江山半腥血。民言官苛迫民變，官言革命黨爲孽。彼哉革命黨曷言，下言政酷上種別，假大復仇作虆楬。橫縱海外灌海內，已似洪流不可絕。」〔註 103〕在這首作於光緒三

〔註 100〕廣東丘逢甲研究會編《丘逢甲集》，長沙：嶽麓書社 2001 年版，第 544 頁。

〔註 101〕廣東丘逢甲研究會編《丘逢甲集》，長沙：嶽麓書社 2001 年版，第 569 頁。筆者對原標點稍有調整。

〔註 102〕廣東丘逢甲研究會編《丘逢甲集》，長沙：嶽麓書社 2001 年版，第 826～827 頁。

〔註 103〕廣東丘逢甲研究會編《丘逢甲集》，長沙：嶽麓書社 2001 年版，第 589 頁。

十四年戊申五月五日（1908 年 6 月 3 日）的詩中，表達了對革命思潮的特別關注。作於宣統三年（1911）冬天的《謁明孝陵》四首，則藉以表達對民族復興的信心、對民主共和制度的嚮往，特別是對即將成立的中華民國的期盼：「郁郁鍾山紫氣騰，中華民族此重興。江山一統都新定，大纛鳴笳謁孝陵。」「如君早解共和義，五百年來國尚存。萬世從今眞一系，炎黃華冑主中原。」「將軍北伐逐胡雛，並告徐常地下知。破帽殘衫遺老在，喜教重見漢威儀。」「漢兵到處虜如崩，萬馬黃河曉蹴冰。直掃幽燕搗遼瀋，昌平再告十三陵。」〔註 104〕從原來的衷心擁護清朝到如此深切地懷念明朝，從原來的盼望黃龍上大旗到如此深情地憑弔明孝陵，這在丘逢甲的思想和行事中似乎沒有產生什麼艱難的選擇或不可調和的矛盾；或者說，丘逢甲似乎相當有效、相當自覺地消解了其中可能產生的矛盾。

從臺灣情結、廣東認同相聯繫，國家觀念、民族意識相融通的角度來看，這種情況正可以說明丘逢甲思想中具有現代價值的民主精神、進步意識所產生的巨大作用。丘琮《滄海先生丘公逢甲年譜》中云：「公在臺為提倡民主之首領，內渡後則專以興學作育革新人才，並以政治地位暗護海內志士。至是，聲望益隆，忌者益甚。至有公然以革命黨魁名目列之公牘、登諸報章者。公處之自若。」〔註 105〕正是因為具有超越了傳統的黨派、政見、朝廷、地域意識的局限性，比較準確地認識了近現代意義上的國家觀念和民族意識，才使丘逢甲能夠在生命的最後幾年完成思想上的又一次重大變革，而處於時代思潮的前列。應當認為，在這一深刻的思想轉變過程中，臺灣情結、廣東認同以及二者的交融彙通實際上發生了重要作用。

江山淵《丘逢甲傳》云：「是時，種族革命之說騰播於全國，逢甲喜曰：『是吾志也！吾欲行民主於臺灣，不幸而不成。今倘能成於中國，余能及身而見之，九死所無恨也。』逢甲斯言，竟成讖語。革命之功方成，逢甲果憂勞成病矣。……卒之日，遺言葬須南向，曰：『吾不忘臺灣也！』〔註 106〕丘琮《滄海先生丘公逢甲年譜》記曰：「是年正月八日（新曆二月二十五日）丑時，公在家薨逝，享年四十有九耳。民國未固，臺灣未復，天不假年，齎志而歿。

〔註 104〕廣東丘逢甲研究會編《丘逢甲集》，長沙：嶽麓書社 2001 年版，第 679 頁。

〔註 105〕丘琮《滄海先生丘公逢甲年譜》，《嶺雲海日樓詩抄》附錄，合肥：安徽人民出版社 1984 年版，第 495 頁。

〔註 106〕江山淵《丘逢甲傳》，《嶺雲海日樓詩抄》附錄，合肥：安徽人民出版社 1984 年版，第 467 頁。

嗚呼！痛哉！」〔註 107〕均可見丘逢甲在生命的最後時刻的情操與意志。丘琮在《滄海公詩選跋》中指出：「公立志興漢、強華，驅胡、復土，未能達志，故表之以詩。其詩之傳也，實不在詞藻之豐美，而在意志之偉大。縱多讀公詩，不能繼公志，不足以言知公本意。所選雖區區三百篇，而皆啓發忠義，警惕興亡之作。有心人亦足以知公而繼其志矣。」〔註 108〕這也是堪可認眞品味的深知丘逢甲之論。

丘瑞甲在爲民國二年刊《嶺雲海日樓詩鈔》所作《跋》中還說過：「原先兄之詩，世多知之。而先兄之志，則或知、或不盡知。蓋詩所以言志者也。先兄既以才學見知於當世，而少抱改革之志。因時未遇，不得志之事常八九。每藉詩以言其志，故集中多激宕不平之氣。海內人士或稱爲詩界革命鉅子者，蓋專論先兄之詩者也。……今先兄已矣。其才學雖不能盡發抒表襮於當世，而民國既成，所抱之志已遂，在先兄亦可以無憾矣！而世之君子不識先兄者，讀其詩即可見其爲人，知其志之所在。」〔註 109〕丘逢甲逝世已經一百週年，中國和世界都發生了翻天覆地的變化，此刻，確是到了應當深知丘逢甲其人其詩、其志其業、並有所發揚光大、繼承創新的時候了。

〔註 107〕丘琮《滄海先生丘公逢甲年譜》，《嶺雲海日樓詩抄》附錄，合肥：安徽人民出版社 1984 年版，第 496 頁。

〔註 108〕丘琮《滄海公詩選跋》，《嶺雲海日樓詩抄》附錄，合肥：安徽人民出版社 1984 年版，第 511 頁。

〔註 109〕丘瑞甲《倉跋》，《嶺雲海日樓詩抄》附錄，合肥：安徽人民出版社 1984 年版，第 473 頁。

論詩絕句的集成與絕唱
——陳融《讀嶺南人詩絕句》的批評史和文體史意義

陳融在完成《讀嶺南人詩絕句》之後，曾寫下七絕四首，以誌當時的心境，其一云：「蠻方輕誚古來今，風力堅遒後起任。不染嶽雲湖綠色，江衣嶺帶鬱蟠深。」其四云：「搜索遺文冊載來，光陰偏待惜殘灰。獨留一管枯餘筆，等到無書讀處開。」〔註 1〕從中可見作者在經過四十年的斷續寫作、反覆修改之後，終於將這部三十多萬言的《讀嶺南人詩絕句》寫定之後的複雜心情和深切感受，而作者對於嶺南詩人詩作的熟稔程度、紮實的文獻根底，特別是對嶺南詩人詩作的充分肯定和深厚感情也從中可見；其中也流露出作者對幾十年間經歷的勢變化、世事滄桑的多重感慨。

一、陳融及其論詩絕句

陳融（1876～1956），字協之，號顒菴，別署松齋、顒園、秋山。廣東番禺（今廣州）人。早年肄業於菊坡精舍，攻詞章之學。光緒三十年（1904）入日本東京法政大學速成科。翌年加入同盟會。1911 年 4 月參加辛亥廣州起義。廣東光復後，任軍政府樞密處處員。1913 年後，歷任廣東省司法籌備處處長，廣東法政學校監督，廣東警察學校校長，廣東審判廳廳長、司法廳廳長、高等法院院長、大本營法制委員會委員、廣東省長公署秘書長兼政務廳

〔註 1〕陳融《〈讀嶺南人詩絕句〉成書此》，《讀嶺南人詩絕句》卷首圖版，香港 1965 年謄印本。

廳長、行政院政務處處長。1931 年任廣州國民政府秘書長，旋任西南政務委員會政務委員兼秘書長。1948 年受聘國民黨總統府國策顧問。1949 年赴澳門，1956 年病逝。詩詞、書法、篆刻、藏書俱負時譽。著有《讀嶺南人詩絕句》、《黃梅花屋詩稿》、《竹長春館詩》、《顒園詩話》、《秋夢廬詩話》、《黃梅花屋印譜》等，編選有《越秀集》等。

《讀嶺南人詩絕句》是陳融一生用心最勤、用力最久、最爲重要的一部著作，凡三十多萬言，從草創至完成前後歷四十年。在如此漫長多變的歲月裏，六易其稿，方始寫定，可見作者對此書的執著用心、一往情深。全書分十八帙，以七言絕句並繫小註方式，記載、歌詠、評論、考辨從漢代至民國年間一千三、四百年間的嶺南詩人凡二千〇九十四家，寫下絕句二千六百八十一首；其中有小部分散佚，如第十四帙論民國詩人部分即佚其前半，含詩人五十三家，詩一百〇二首；是書今存者，論列嶺南詩人二千〇四十一家，絕句二千五百七十七首〔註 2〕。值得特別注意的是，此書還專闢三帙，用以記載與品評嶺南婦女詩人、方外釋家詩人和道家詩人。這雖然是一些詩歌紀事著作和史學著作的常見做法，並非其首創，但是陳融《讀嶺南人詩絕句》的處理方式，既表現了重視女性詩人、方外詩人的文學觀念和文化眼光，又反映了嶺南詩歌史上女性詩人、方外詩人做出的傑出貢獻和應有的文學批評史與文學史地位，這種判斷也符合嶺南詩壇的具體情況〔註 3〕。可以認爲，在古今眾多的研究者中，對嶺南文學與文獻如此執著、如此深情者，除《廣東新語》、《廣東文選》的作者屈大均之外，另一重要人物則當推《讀嶺南人詩絕句》

〔註 2〕 冒廣生《〈讀嶺南人詩絕句〉序》有云：「平生所遭順逆之境，如夢幻然，若羊胛之乍熟，使人俯仰，有不能喻諸於懷者。獨其於詩，愈老而嗜好愈篤。乃以暇日，成此四千餘首，凡六易稿始寫定。」見《讀嶺南人詩絕句》卷末，香港 1965 年謄印本。按：筆者據該書目錄所列詩篇數統計，全書原論及嶺南詩人二千〇九十四家，有詩二千六百八十一首，除去散佚者，今尚存詩人二千〇四十一家，詩二千五百七十七首。據此可知冒氏所說「四千餘首」之數不確。另，何氏至樂樓叢書第三十二種本《黃梅花屋詩稿》後附有《讀嶺南人詩絕句拾遺》（又名《讀嶺南人詩絕句補編》），增補詩人六十二家，詩一百二十五首，即《讀嶺南人詩絕句》所佚之第十四帙論民國詩人部分，係由陳融弟子余祖明多方搜求所得，並於 1972 年編定，何氏至樂樓 1989 年冬月刊行。若將此部分計算在內，則《讀嶺南人詩絕句》共存詩人二千一百〇三家，詩二千七百〇二首。

〔註 3〕 張伯偉曾將「論閨秀」視爲清代論詩詩內容方面值得重視的開拓之一，見所著《中國古代文學批評方法研究》第四章《論詩詩論》，北京：中華書局 2002 年版，第 428～432 頁。

的作者陳融。

《讀嶺南人詩絕句》全部爲七言絕句，從多個角度品評每位詩人，少則一首，多則四、五首，大抵依其重要程度而定，影響較大、材料豐富或爭議較多的詩人則品評文字較多；除絕句之外，還以少則幾字，多則上千字的小註形式對所品評的每位詩人進行具體的說明闡發；詩與註之間形成了非常明顯的彼此映襯、相互發明的密切關係。而且，就保存嶺南人物與史事的文學價值和文獻價值方面來看，這些詩註有時候甚至比詩本身還要顯得重要，至少不亞於詩本身的價值。應當認爲，陳融的《讀嶺南人詩絕句》是論詩絕句這種特色鮮明的文學批評形式和詩歌創作方式進入總結時期以後取得的一項標誌性成就，具有獨特的批評史、文體史和文學史價值。

二、《讀嶺南人詩絕句》的文獻價值

《讀嶺南人詩絕句》具有獨特而重要的文獻價值。就陳融的創作動機和主要目標來說，與其說這是一種詩歌批評形式，不如說是系統研究嶺南詩歌的學術意圖的詩體表達〔註4〕。郭紹虞、錢仲聯、王蘧常所編《萬首論詩絕句》嘗選錄《讀嶺南人詩絕句》三百一十一首〔註5〕，以爲殿後，且爲全書選錄數量最多的一家，可見推重。從嶺南文學史與文學批評史的角度來看，《讀嶺南人詩絕句》展現了空前詳贍的嶺南詩歌史歷程，提供了豐富的嶺南文學與文獻資料，許多是一般研究者未曾注意的材料，其價值足當引起重視。

《讀嶺南人詩絕句》根據清晰準確的文獻史實，相當全面地清理和記載嶺南詩人詩事及有關史實，表現出明確系統的載記鄉邦文獻、傳承地方文化的意識。全書開篇第一首詩即鮮明地表現了這一點，詩云：「海風漸漸掃南氛，八代焉能不闕文。嶺表詩源議郎首，有人說過漫重申。」註云：「楊孚，

〔註4〕關於此問題，可參考程中山《清詩紀事成猶未，誰識兵塵在眼前——陳融〈清詩紀事〉初探》，《漢學研究》，臺北：漢學研究中心2008年版，第263～289頁。

〔註5〕郭紹虞、錢仲聯、王蘧常編《萬首論詩絕句》，北京：人民文學出版社1991年版。張伯偉《中國古代文學批評方法研究》第四章《論詩詩論》嘗提及陳融《讀嶺南人詩絕句》，云：「此據《萬首論詩絕句》所收，編者題下註云：『錄三百十一首。』可知原稿更多。」見所著《中國古代文學批評方法研究》，北京：中華書局2002年版，第423頁腳註。周益中在爲所編《論詩絕句》撰寫的《導讀》中云：「陳顒的《讀嶺南人論詩絕句》更多至四千多首，可謂前所未有。」臺北：金楓出版社1999年版，第31頁。所說數字同樣不確，且所述書名亦不確。可見二書對《讀嶺南人詩絕句》一書均語焉不詳。

孝元，南海，屈翁山云：『廣東之詩，始於楊孚。』梁崇一云：『漢和帝時，南海楊孚爲《南裔異物贊》，詩餘也。』」〔註 6〕將楊孚作爲嶺南詩歌興起的標誌，這一觀點雖非陳融首創，而是在沿用屈大均〔註 7〕、梁崇一提出的見解，但是從中依然可見陳融對嶺南詩歌起源問題的重視和追索嶺南詩歌淵源的興趣。詠王邦畿詩四首，第一首云：「王如美玉孟如珠，珠小偏能與玉俱。篇幅不多《耳鳴集》，浩然猶是此區區。」註有云：「其感時傷事，一託於詩，自名曰《耳鳴集》。澹歸序略云：『雷峰雖提持主道，然不廢詩，皆推說作第一手。余亦時爲詩，性既粗直，詩亦憤悱抗激。每見說作詩輒自失，以爲有愧於風人也。說作詩諸體皆工，至其五七言律，眞足奪王孟之席。余雖不知詩，天下後世見說作之詩，又將以余爲知詩也。王孟並稱，當時無異詞，千載而下，亦未有敢易置者。譬之置珠於左，置玉於右也。』（此序見《徧行堂集》鈔本）又錢牧齋序略云：『諸君子生於嶺南，而同室視余，余誠有愧。然若吾里之叛而咻者，所謂蜀日越雪也。王君之詩，學殖而富，意匠深，雲浮朏流，殆將別出諸君子之間。名其集曰《耳鳴》，而序之曰自鳴也、自驗也。願以是正於余，余之愧且喜，亦余之耳鳴云爾。』（此序爲《有學集》所無，於《楚庭稗珠》見之）。」〔註 8〕除對王邦畿其人其詩予以高度評價外，特別值得注意的是，引用澹歸和尙、錢謙益所作兩篇《耳鳴集》序言以爲證明，而且這兩篇文獻或見於鈔本《徧行堂集》，或不見於通行本《有學集》，可見其珍貴程度和特殊價值，作者藉以保存鄉邦文獻的清晰意識和細緻用心由此也清晰可見。

詠譚瑩的三首詩也皆側重表彰譚氏在嶺南文獻彙輯、刊刻與傳播方面作出的重要貢獻，第一首云：「風詩典雅略波瀾，持較駢儷季孟間。審定叢書及詩話，是渠歸宿九疑山。」第二首云：「檢得畫墁三四律，晚晴果得頷中珠（晚晴簃所選畫墁堂數首，皆佳構）。世情推勘皆癥結，坐月支琴總自如。」註云：「譚瑩，玉生。南海。道光舉人，化州訓導，學海堂學長。工駢體文。南海

〔註 6〕陳融《讀嶺南人詩絕句》，香港 1965 年謄印本，第 1 頁。

〔註 7〕屈大均嘗云：「漢和帝時，南海楊孚字孝先，其爲《南裔異物贊》，亦詩之流也。然則廣東之詩，其始於孚乎！」見《廣東新語》卷十二《詩語》「詩始楊孚」條，北京：中華書局 1985 年版，第 345 頁。

〔註 8〕陳融《讀嶺南人詩絕句》，香港 1965 年謄印本，第 174～175 頁。按：此段文字與《楚庭稗珠錄》所錄頗有異同，見清・檀萃編、楊偉群校點《楚庭稗珠錄》，廣州：廣東人民出版社 1982 年版，第 122 頁。

伍氏所刻《嶺南遺書》、《楚庭耆舊遺詩》、《粵雅堂叢書》皆其手校，跋尾詩話皆其手筆。生平精力略盡於此。有《樂志堂詩文集》。」〔註 9〕可見譚瑩一生主要精力之所在，在伍崇曜出資刊刻的幾種重要總集與叢書過程中，發揮了至關重要的作用，陳融對譚瑩的充分肯定也寄予其中。詠吳道鎔詩一首云：「樂府連環前代事，尚疑遊戲見清裁。茫茫文獻鄉園淚，後死誰當著作才？」註云：「吳道鎔，玉臣，澹庵。番禺。光緒進士，官編修。國變隱居。有《明史樂府》，所任編選《廣東文徵》，自漢迄清，凡六百餘家，人係一傳，遺稿未及寫完；經張學華接董其事，續得一百數十人，以次編入，合七百一十二家。《作者考》十二冊先成，全書稿本複寫十餘份，分藏各圖書館，刊佈有待。」〔註 10〕對吳道鎔主要是從其發起編輯《廣東文徵》並率先完成《廣東文徵作者考》，對嶺南文獻作出重大貢獻的角度進行評價的，可見陳融對嶺南文獻搜集、整理和傳播的重視與期待。當時《廣東文徵》尚未出版，因此陳融有「後死誰當著作才」之歎，復有「刊佈有待」之語。可以補充的是，時隔多年之後，吳道鎔纂輯、張學華增補、葉恭綽傳錄的《廣東文徵》第一冊（即卷一至卷十四）影印本於 1973 年 10 月由香港珠海書院出版委員會出版；《廣東文徵》全書鉛印本六冊也以「香港中文大學圖書館叢書第一集」的名義，作爲「香港中文大學建立十週年紀念」，於 1973 年 10 月出版〔註 11〕。吳道鎔纂輯廣東歷代文獻以表彰嶺南文化傳統的願望終於結成了豐碩的果實，陳融的期待也得到了部分的實現。

又如，第十七帙《婦女》所列女性詩人，除少數如王瑤湘、黃之淑、葉璧華、范詔、黃芝臺、黃璿、鄧秋雫、汪鞠生等之外，大多並不爲人所知，有的甚至連眞實姓名也未曾留下，但是這種對於嶺南女性詩人的關注本身，就足以證明陳融周詳全面的文獻意識和比較先進的文化觀念。如詠鄧秋雫詩云：「逃禪不遂竟沉淵，恨事當年道路傳。一卷天荒讀遺句，秋風秋雨奈何天。」註云：「鄧秋雫，慕芬，順德。父業農，精拳術。雫幼亦諳習，能隻手舉鐵機百斤，有女英雄之目。稍長就讀港滬女校，與校友黃秋心素稱莫逆。早存厭世之想，嘗欲削髮爲尼。民國三年冬，與秋心同返粵，詣肇慶投鼎湖

〔註 9〕陳融《讀嶺南人詩絕句》，香港 1965 年謄印本，第 506 頁。

〔註 10〕陳融《讀嶺南人詩絕句》，香港 1965 年謄印本，第 693～694 頁。

〔註 11〕許衍董任總編纂、汪宗衍、吳天任參閱之《廣東文徵續編》鉛印本四冊，後來亦由廣東文徵編印委員會於 1986 年 9 月至 1988 年 9 月在香港出版，顯係《廣東文徵》之延續發展。

慶雲寺禮佛，夜並沉於飛水潭。事詳《天荒雜誌》，並載秋零《題雨中芙蓉》一絕云：『秋風秋雨奈何天，斷粉零脂只自憐。何事畫師工寫怨，染將紅淚入毫端。』又《自題披髮小照・調寄點絳唇》一詞，亦多解脫。」〔註 12〕可見陳融對嶺南傑出女性的重視與評價。

《讀嶺南人詩絕句》對一些珍稀文獻與重要史實進行準確的記錄和中肯的評述，或留下重要的文獻線索，或澄清重要的歷史事實，彌補了以往載記之不足，有助於相關問題的研究和評價。該書品評的第二位詩人是劉珊，有詩二首，其一云：「江南有客賦悲哀，送得知音海外來。畢竟當朝重文翰，故教嶺左拔清才。」其二云：「記室翩翩數輩儔，五言詩最擅風流（張正見，清河東武城人，善五言詩）。宮庭湖水司空妓，未許清河勝一籌。」註云：「劉珊，正簡，南海，篤學有志操，州郡舉爲諮議侯。景文之亂，徐伯揚浮海至廣州，見其文，歎爲嶺左奇才。及爲司空侯安都記室，亟薦之。太建初，除臨海王長史，與記室張正見輩爲文翰之友。見《陳書》。」〔註 13〕以《陳書》爲主要根據，記述劉珊詩歌創作與爲官經歷、生平交遊的重要情況，以正史材料參證詩史人物之用意非常明顯。詠陳邦彥詩四首，第一首云：「眞氣彌綸書卷多，詩心純在舊山河。老成方略胸中有，時露精沉出詠歌。」第四首云：「廣大師門擷眾英，三家四子各崢嶸。錦岩蕭索風煙後，僅有斐然嶺學聲。」註有云：「丙戌清師入粵，擁兵拒戰，退保清遠，力竭被執，不屈死。永曆贈兵部尚書，諡忠愍。著有《雪聲堂集》，《南上草》未見。溫汝能輯《岩野集》四卷，存。又著有《易韻數法》、《阮志注》，存。其子恭尹，淵源家學，屈大均久遊其門，梁佩蘭或云同出其門，或云私淑弟子。同時薛始亨、何絳、羅大賓、程可則皆先後鈞陶，雲淙開社。岩野曾未參與，蓋抱負不在此也。而岩野之詩卒開三家四子面目，世稱『錦岩詩派』，二百餘年，僅得詩以鳴其故國之思而已。」〔註 14〕這段文字除高度讚譽陳邦彥抗清不降、英勇就義的烈士精神，對其僅以詩歌鳴世的際遇多有同情外，考辨的史實也頗爲重要：一是陳邦彥著作的流傳與版本問題，因其書在清代屢遭禁燬，流傳不易；二是包括一般所說三家四子在內的岩野門人弟子問題，特別是對在反清與仕清之間搖擺不定的梁佩蘭是否爲岩野及門弟子的考究，可以見出作者對此類重要

〔註 12〕陳融《讀嶺南人詩絕句》，香港 1965 年謄印本，第 747 頁。
〔註 13〕陳融《讀嶺南人詩絕句》，香港 1965 年謄印本，第 1 頁。
〔註 14〕陳融《讀嶺南人詩絕句》，香港 1965 年謄印本，第 152～153 頁。

歷史細節的重視，保存嶺南珍稀文獻之用心亦清晰可見。

詠黎簡詩四首，第一首云：「不出其鄉黎二樵（近人論粵詩有此句），似譽似毀太無聊。須知河嶽江湖客，界限森嚴見未消。」第四首云：「風雅升沉一代愁，蕭條冷月望羅浮。屈陳一百餘年後，應有樵夫在上頭。」註有云：「黎簡，簡民，石鼎，未裁，二樵，順德，乾隆拔貢生，有《五百四峰堂詩鈔》。汪氏續刻《詩鈔》。評其詩者，除近人有『不出其鄉黎二樵，江山文藻太蕭寥』句爲貶辭外，譽者多小異而大同。余嘗訪不匱室主人，見其手《五百四峰堂》一卷，因問對二樵詩有何品評，主人曰：『亦跬步二李，而上追杜韓。』他日主人復惠書云：『二樵詩前謂其亦是二李，頃誦其《答同學問詩》云云，自道甘苦，似勝他人之評量；闊步清爽，則非二李所能囿矣。』續又來書云：『讀二樵詩臆說，承獎高興，更申瞽見。詩卷十五《與升父論詩》，尤見作者胸臆與本領。』」〔註 15〕特別重要的是，此處引用胡漢民與陳融個人交往的言論與書信中對黎簡的評價，可見胡漢民論詩的見解和特點。這樣的材料不僅極爲難得，反映了胡漢民與陳融二人同門交往的片段，而且益發可見作者留存嶺南詩壇材料、以論詩詩傳人記史的深遠用意。陳融詠乃師黎維樅詩三首云：「碧腴少日結吟窩，白牡丹花藻譽多。八首磨礲矜一字，內心當駕易秋河。」「面壁無功不易臻，精純原得義山眞。一樵略比二樵意，老杜終爲眾妙津。」「神韻當如偶遇仙，輕清易入野狐禪。簡嚴師訓無多語，七十年來在耳邊。」註有云：「黎維樅，籛廷。南海，原籍新會。貢生，候選訓導，學海堂學長，越華書院監院。能賦，善畫，工駢體文，於詩尤戛戛獨造。遺著甚多，身後余所搜得，只有《碧腴樓吟稿》甲編一冊、《蓮根館叢稿》庚集一冊，暨其少作《思源吟草》一冊，殆不及什之二三。思欲刊行，爲師存其一鱗半爪而已。展堂甚有同情，爲之序曰：『余十八九歲時從籛廷師學詩，師設帳於里中讀月山房，湘勤、協之實先受業。師頗賞兩人所作，而謂余好馳騁，少含蓄，勖以枕葄唐賢，改其故步，心竊儀之。未幾師歸道山，余遂未能卒業。師早歲即以詠白牡丹烏桕詩著名於嶺南，迄爲學海堂學長，掌文科，同時作者皆避席。此數卷爲協之今年得之於舊好蟫蠹中，師所手訂，識其歲月，則已六十七年矣。卷中皆少作，雖不足以盡師之生平，而雋永綿麗之作，已足以卓然名家。或曰嶺南詩人悉好昌谷而師義山，師晚年自號一樵，蓋竊比二樵山人之意。二樵亦近昌谷，義山之裔也。協之先曾得師之遺稿若干篇，因併合付

〔註 15〕陳融《讀嶺南人詩絕句》，香港 1965 年謄印本，第 311～312 頁。

梓。聞其他稿多散佚，不可復得』云云。後因欲再事搜索，歲月忽忽，蹉跎至今，余等之罪也！」〔註 16〕這段文字，從弟子這一獨特角度回憶老師的文學創作與成就，引同門胡漢民之序以為補充說明，並對老師的詩歌取徑、教導學生有所發揮評價，表達弟子們對老師的深厚感情和深切回憶，情眞意切，令人動容；對黎維樅的著述創作、存佚流傳情況及其門弟子的教育經歷、文學創作進行了獨特的揭示，對瞭解嶺南近代的文學創作與教育傳承也具有特殊的價值。這樣的文字只能出於陳融筆下，他人斷無法寫出，可以說非常珍貴。

《讀嶺南人詩絕句》運用相當充分的文學批評史、文學史材料及正史、方志、筆記等其他文獻資料，對某些尚未弄清或存有分歧的文獻與史實進行簡要的考證辨析，或豐富了以往載記之不足，或辨明存有歧見的史實，使是書不僅獲得了重要的文學批評史和文學價值，而且具有一定的地方史、社會文化史價值。品評孫蕡之詩共四首，可見陳融對孫蕡的重視，第一首云：「南園先後五先生，首數西菴氣象橫。閩十才人吳四傑，同時風雅動神京。」第四首云：「身畔蔣陵秋夢多，蕭聲涼夜逼天河。騷壇有礙人如玉，劍及儒冠果為何？」註云：「孫蕡，仲衍，西菴，南海平步，即今順德。洪武舉鄉，官至翰林典籍。何眞歸附，求蕡作書，與王、李、趙、黃開抗風軒於南園，世稱南園五先生。以題畫坐藍玉黨，竟置之法，門人黎貞收葬於安西之陽（葉遐庵云：『西當係山之誤。西菴葬瀋陽之安山，又名鞍山，即日本設重工業處。余曾訪孫墓，已無人知矣』）。有《和陶》、《集古》、《西菴集》、《通鑒前編綱目》、《理學訓蒙》等著。」〔註 17〕除對南園五子之首孫蕡因為藍玉題畫而被目為藍玉同黨、竟至被殺的遭遇深表同情外，值得注意的還有所引葉恭綽語，對孫蕡所葬之地進行了考辨，表現出明確的以人物係重要史事的用意。詠區大相詩四首，第一首云：「南園消息久銷沉，嶺海鍾靈此國琛。畢竟虞山大司馬，有無他故棄球琳？」註有云：「前後七子稱詩號翰林，為館閣體，大相始力祛浮靡，還之風雅。……朱錫鬯云：『海目詩持律既嚴，鑄詞必煉，其五言近體，上自初唐四傑，下至大曆十子，無所不仿，亦無所不合。嶺南山川之秀，鍾比國琛，非特白金水銀、丹砂石英已也。』又云：『海目五言律詩，如

〔註 16〕陳融《讀嶺南人詩絕句》，香港 1965 年謄印本，第 642～643 頁。按：「庚集」當為「庚集」之誤。

〔註 17〕陳融《讀嶺南人詩絕句》，香港 1965 年謄印本，第 35 頁。

鈍鈎初出，拂鍾無聲，切玉如泥；又如鐃吹平江，秋空清響。虞山錢氏置而不錄，予特爲表出之。』」〔註 18〕嘗在明代詩風轉變過程中發揮重要作用的區大相，並未引起錢謙益的應有重視，陳融引朱彜尊對區大相的高度評價，重新表而出之，顯然有糾正未當、彌補闕失之意。

詠屈士燝、屈士煌兄弟詩四首，後二首云：「題素思歸戛玉聲，昭關字字築金城。定知老到難爲弟，也許飛揚勝乃兄。」「玉友金昆世共傷，彬彬風雅一門強。韶年幼弟先秋氣，剩有哀辭哭華姜。」註有云：「屈士煌，泰士，鐵井，諸生。與兄士燝往來陳子壯軍中。同產五人先後卒，獨士煌奉母匿迹山村。事迹詳於翁山所著墓表。往歲吾友隋齋胡子得其遺詩鈔本，輯入《南華雜誌》，曾語余曰：『鐵井先生集未見前人著錄，遺詩八十五首，友人陳君善伯錄自沙亭屈氏鈔本。細玩諸篇，本事前後錯雜，似未經先生手定。而《粵東詩海》所錄三首及《鼎湖外集》一首，均未見收，更可證明全集斷不止此。』以滿清一代文網之密，爲從古所無，雖有孝子賢孫不知冒幾許危難，始克保存先人遺著以迄今日，如此編是已。若先生伯氏白園所著《食薇草》，余固求之十年而未能得，即訪之屈氏族人，亦無知之者，爲可慨耳。」〔註 19〕通過對屈士燝、屈士煌兄弟著作存佚情況的分析評論，反映清代文網之嚴密、思想之專制、文獻之禁燬等重要的歷史事實。以友朋間談論內容爲材料品評論說，堪稱獨家所有，其珍貴程度顯而易見。

《讀嶺南人詩絕句》注意記載和考辨與嶺南詩壇相關的非嶺南人物或事件，根據可靠史料和著述對一些重要史實進行考證辨析，由嶺南指向其他重要的地方文化區域，使史實的敘述、詩人的品評獲得了更加廣闊的文學與文化空間，表現出明晰的整體的中國文學與文化意識。詠丁日昌詩三首，第二首云：「百蘭花盛冶春天，不算銷魂不杜鵑。欲學無端寫哀樂，時時借著芷灣鞭。」第三首云：「波瀾忽自何蝯叟，強起荒疏十五年。連歲荔枝香色好，不甘無字作枯禪。」〔註 20〕由於丁日昌的特殊政治地位和廣泛影響，陳融對之予以特別的重視，三首七絕之下的詩註長達千字。値得注意的是，陳融品評丁日昌詩，一方面將其置於嶺南詩歌、客家詩歌的層面上進行考量，指出丁日昌有意學習宋湘的創作路向；另一方面，又特別指出丁日昌與當時嶺

〔註 18〕陳融《讀嶺南人詩絕句》，香港 1965 年謄印本，第 121～122 頁。
〔註 19〕陳融《讀嶺南人詩絕句》，香港 1965 年謄印本，第 165～166 頁。
〔註 20〕陳融《讀嶺南人詩絕句》，香港 1965 年謄印本，第 555 頁。

南內外的許多重要人物皆有交往，詩作亦頗受這些人的啓發，還特意引用丁日昌與湖南道州詩人、書法家何紹基的酬唱，以示丁日昌詩歌的廣泛影響。從嶺南、嶺北兩個維度上考量評價丁日昌詩，使品評獲得了嶺南以內與嶺南以外的雙重價值，表現出明顯的中國詩歌批評的整體意識。詠朱啓連詩三首云：「誰識中強部勒奇，桐城文法及於詩。盆山竹與碔砆玉，那是謙辭是傲辭。」「閉門遠俗陳無己，掩淚空山元裕之。都有寥天弦外意，茫茫相許在心脾。」「元陳姜合是平生，切切頤巢死友評。一曲河梁愁萬古，爲君寸斷玉弦聲。」註有云：「朱啓連，棣垞，跂惠。本浙江蕭山人，父仕粵不歸，遂託籍於粵。遊汪穀庵之門，且爲館甥。一試不第，即棄去。性敏介，與世落落寡合，憤時嫉俗，輒出以詼諧。嘗刻小印曰『隘與不恭』。工詩古文，善章草隸書。晚好琴，妙達音律。陶子政爲作家傳，頗能揭其學行，有曰：『性行似元結，文學似陳師道，藝術似姜夔。非今之士所有也。』陳寶箴云：『志行鄣乎古人，文學超乎儕類。闇然不以其中之所有希世之知，世亦卒鮮知之。』楊銳云：『詩無一語不經醞釀而成，一洗近時淺易粗獷之習。』其自評詩曰：『清而薄，如僧櫥之粥也；挺而弱，如盆山之竹也；黝而削，如羸夫之肉也；瑩而確，如碔砆之玉也。』雖自謙抑，然堅挺秀健，此正良喻。」〔註 21〕嶺北各省人士入粵並著籍嶺南，是嶺南文學與文化發展過程中的一個重要現象，這些圖南人士爲對嶺表文學和文化的發展作出了重大貢獻。對朱啓連的品評就反映了陳融對歷代入粵人士的重視，而且引用多人評價揭示朱啓連的多方面成就，在廣闊的中華文化背景下、特別是在嶺南文化與嶺北文化的交流融合中認識朱啓連這一類型的入粵名人的重要地位。

此外，對嶺南僧人詩作與世變之際僧俗變化、處世態度的關注也是《讀嶺南人詩絕句》的突出特點之一。詠函可詩四首，前三首云：「關門有夢哭揮毫，雪滿千山詩興高。幾曲浩歌存變雅，一生禪語帶《離騷》。」「瘦驢背子雪霜欺，鞭策長鳴振蠶時。得罪以詩詩更好，油然忠孝念吾師。」「風沙黯黯衲衣寒，萬里書來忍淚看。痛定哦詩詩是淚，以詩和淚寫闌干。」註有云：「函可，祖心，剩人。博羅。本姓韓，名宗騋，文恪公日纘長子。少負才名，既喪父母，一意學佛，與曾起莘同參道，獨於華首。崇禎己卯，年二十九，入匡山爲僧。旋上金輪峰，入古松堂，禮壽昌博山塔。乙酉至南都請經，值國

〔註 21〕陳融《讀嶺南人詩絕句》，香港 1965 年謄印本，第 621～622 頁。

變，詠歌憑弔，致亡國之痛。及將南還，爲門者所持，逮京師下獄。洪承疇爲文恪門下士，頗左右之，乃以此登彈事獄，具戍瀋陽。初至，入普濟寺讀經。既歷主廣慈、大寧、永安、慈航諸大剎，苦行精修，暇輒爲詩。自謂『繞塔高歌，正如風吹鈴鳴，塔又何曾經意？』戍瀋陽後，叔兄弟、姊妹、子婦咸死於難。每得家書，流涕被面。痛定而哦，或歌或哭，每以澳忍苟全、不得死於國家爲憾。」〔註 22〕雖是品評函可其人其詩，卻從一個重要側面展現了世變之際嶺南與嶺北的重要史事。詠大汕詩三首，第一首、第三首云：「百家絕技一身勝，天界威光萬里騰。豪俠逼人離六集，爲離爲六對心燈。」「一書多趣屈介子，平等不甘潘稼堂。生命區區一回事，志書文闕亦荒唐。」註有云：「大汕，厂翁，石蓮，長壽寺僧，自稱覺浪盛嗣，未知是否。所著有《離六堂集》、《證僞錄》、《不敢不言源流就正》等，攻《五燈全書》，兼攻《五燈嚴統》。潘耒稼堂嘗作《天王碑考》以反駁之，見《遂初堂別集》四，非袒全書，實惡大汕也。……大汕本詩《五燈全書》，而反爲潘耒所諍，以致於死，固夢想不及也。然大汕與翁山交惡後，曾欲首其《軍中草》，陷之死地，說見潘耒《救狂書》。果爾，則潘耒亦效汕所爲耳。漁洋《南海集》下有《詠長壽寺英石贈石公》詩，而《分甘餘話》四極詆之，殆受潘之影響。《道古堂集外詩》《遊長壽寺傷石濂大師》云：『離六堂深坐具空，低回前事笑交訌。紛紛志乘無公道，締造緣何削此翁。』註：『省府縣志皆不言師建寺，深惜之也。』余季豫言《援鶉堂筆記》四六論潘向汕索賕事頗詳，可參證。大汕《離六堂集》序者十五人，梁藥亭、屈翁山外，江浙爲多，中有徐電發釚，亦己未鴻博，與耒同邑，而盛稱大汕，豈亦念同鄉之誼耶？何毀譽之懸殊也？以上錄《國粹學報》第七十八期，及陳垣先生《清初僧淨記》。」〔註 23〕此處徵引多種文獻資料，通過大汕、潘耒、屈大均個人際遇和相互關係前後變化、複雜糾結的考訂分析，不僅呈現了重要歷史細節、複雜多變人性的某些側面，而且從具體人物和事件的角度反映了嶺南人物與江蘇、浙江文化某些方面的重要關聯，呈現出更加具體的文學史和文化史景觀。

《讀嶺南人詩絕句》中除頻繁引用豐富的嶺南文獻外，還多次引用朱彝尊、錢謙益、趙翼、洪亮吉、徐世昌、陳衍、王逸唐等非嶺南人物的著作或言論，以與嶺南人物的有關品評相比較參證，也表現出同樣重要的價值。這

〔註 22〕陳融《讀嶺南人詩絕句》，香港 1965 年謄印本，第 769～770 頁。
〔註 23〕陳融《讀嶺南人詩絕句》，香港 1965 年謄印本，第 801～804 頁。

種思考和寫作方式一方面使對於嶺南詩人詩作的評騭認識獲得了更加可靠的參照比較對象和評價角度，另一方面也有效地拓展了對嶺南詩歌的認識空間，從而使《讀嶺南人詩絕句》獲得了超越嶺南地域文化範圍以外的文學批評史和文學史價值。

三、《讀嶺南人詩絕句》的批評觀念

陳融一生如此鍾情於《讀嶺南人詩絕句》的創作，除了搜求、保留、傳承嶺南歷代詩歌文獻的深遠用意外，還表現出相當明確的批評觀念。假如說《讀嶺南人詩絕句》的文獻價值從其外在形式上即已得到相當充分的表現，那麼，它的批評觀念則主要通過其內在理路同樣集中地表現出來。與以往的論詩絕句相比，《讀嶺南人詩絕句》表現出通達而深刻的批評觀念，其中表現出來的批評意識和詩學主張多有堪可總結、值得汲取之處。

《讀嶺南人詩絕句》以愛古人而不薄近人的評判態度，以既突出大家又適當關注小家的記述原則，非常注重探求嶺南詩歌的古老源起，又注重探究其流變壯大的歷史過程，也不忽視記錄和品評時人與時事，在論詩詩的抒情性與史料的可靠性之間尋求中和穩妥的尺度，力圖全面詳盡地展現嶺南人詩歌創作的風貌。全書從東漢楊孚、南北朝時期陳朝劉珊起，至作者同時代人物爲止，著錄品評一千四、五百年間的二千多家嶺南人物的詩作，確可以說是蔚爲大觀，空前絕後。書中所錄，除爲人們所熟知的大家名家外，尚有大量的不爲一般人所知但又確有其價值的小家；被採入是書者，除一般意義上的「詩人」外，還有一些並不以詩名世的各種類型的嶺南人物。這也許是該書以「讀嶺南人詩絕句」爲名，而不用「讀嶺南詩人絕句」、「論嶺南詩人絕句」或其他名稱的原因之所在，亦可見作者的寬闊眼光和深遠用意。與眾多論詩之作推重古人、窮究古事的習慣相比，《讀嶺南人詩絕句》既推重古人又不鄙薄近人的態度和處理方式，不僅表現得更加通達開闊，而且符合嶺南人物、文學乃至文化發展變化的實際情況，更能準確地反映嶺南人物與詩歌興起、流傳、發展壯大的歷程。

一個明顯的事實是，嶺南文學雖然起源很早，可以上溯至漢唐時代，宋代也是嶺南文學一個關鍵性的積蓄、過渡時期，但不能不承認，只有到了明清以後，中國文學最爲活躍的區域、產生廣泛影響的中心區域才從中原地區、江南地區逐漸再度南移而至於五嶺以南，嶺南文學方眞正迎來了全面發展的時期，嶺南詩歌的氣象面貌才逐漸形成，並逐漸爲其他文化區域的人士所認可。而到了晚清民國時期，由於嶺南獨特的地理環境、文化生態特點，嶺南詩歌乃至多個文學領域才出現了繁榮興盛、盛況空前的局面，嶺南文學與文化也迎來了輝煌的黃金時代。因此，《讀嶺南人詩絕句》採取的重古人而不薄近人、重詩人而不棄其他人士的方式，是符合嶺南詩歌、文學和文化的實際情況的；或者說，這樣的處理方式，更能有效體現嶺南詩歌、文學與文化發展變化的特點。

詠屈大均詩凡四首，第一首云：「儒素緇藍託意深，詩人氣骨自森森。從來燕趙稱豪傑，捨卻沙亭何處尋？」第四首云：「九世深仇雖可復，千年正統未能存。詩亡義有春秋在，可讀先生宋武篇。」表達了對屈大均道德文章、人品詩作的由衷欽敬，作者的深摯感情溢於言表。在詩註中，陳融首先引用胡漢民（展堂）關於梁佩蘭、屈大均、陳恭尹這「嶺南三家」詩之聯繫與區別、取徑與高下的論述：「竊謂翁山之詩，以氣骨勝；元孝之詩，以情韻勝；藥亭之詩，以格律勝。翁山如燕趙豪傑，元孝爲湘沅才人，藥亭乃館閣名士也。」之後提出自己的見解道：「展堂之說如是，可以序翁山之詩矣。翁山詩學太白，曾自言之，見於《覆大汕和尚書》。第是書言之有物，非總括自評其生平所學也。翁山詩何止專學太白？讀者當知如展堂所云云，知其得於杜者尤深。竹垞所評，似未盡允當。」〔註 24〕認爲屈大均詩歌創作風格取徑多受李白影響，自有其道理；但是從整體創作風格的角度來看，陳融所強調的屈大均在深受李白啓發的同時，也頗受杜甫詩風的影響，無疑更爲通達顯豁。詠黃遵憲詩四首，第一首云：「定庵濡染從何說？晞髮觀摩亦偶然。左列濤箋右端硯，古人何事位拘牽？」註云：「人境廬詩，或以爲濡染定庵，陳石遺則以爲宗仰《晞髮集》。而詩中《雜感》有句云：『即今忽已古，斷自何代前？明窗敞琉璃，高爐爇香煙。左陳端溪硯，右列薛濤箋。我手寫我口，古豈能拘牽？』」第二首云：「松陰寰海盡工夫，並力方成人境廬。想像平生知己語，我詩亦許霸才無？」註云：「人境廬《李肅毅侯挽詩》句：『人哭感恩我知己，廿年已慨霸才難。』自註云：『光緒丙午，余初謁公，公語鄭玉軒星使，許以霸才。』」〔註 25〕清末以降，論人境廬詩並予以高度評價者不計其數。通觀陳

〔註 24〕陳融《讀嶺南人詩絕句》，香港 1965 年謄印本，第 166～169 頁。按：胡漢民論嶺南三家之語，又見於陳融《顒園詩話》。

〔註 25〕陳融《讀嶺南人詩絕句》，香港 1965 年謄印本，第 609 頁。

融所論，仍有其獨到之處：一是注重黃遵憲博采眾長、追求獨創的創作觀念與實踐經驗，並非只受一家一派之影響，這也恰與黃遵憲的創作主張相合；一是將李鴻章稱黃遵憲爲「霸才」之事引入對人境廬詩歌的評價，揭示了認識黃遵憲及其人境廬詩的一個重要角度，可見推重，這也恰與錢鍾書評價人境詩的思路略有相通之處〔註 26〕。

《讀嶺南人詩絕句》具有相當明確的價值判斷標準和詩學評騭尺度，表現出對道德正義、烈士情懷、眞情實感、自然澂明、曉暢平易等思想觀念或風格特徵的尊重甚至崇敬，對嶺南詩人詩作體現出來的某些核心價值的深度認可或期待。評黎遂球詩四首，其第一首云：「偶爲名花寫妙詞，金罍錦服渡橋時。才人落魄揚州夢，聊慰邯鄲午後饑。」第二首云：「筆爲砥柱墨翻波，磨劍從軍花下歌。此是英雄眞本色，任教長慶又元和。」第四首云：「閣上鬚眉萬古尊，詩人魂亦畫人魂。輿圖只有林巒補，字字應思碧血痕。」註有云：「《廣東詩語》：美周五古最佳，如《古俠士磨劍歌》、《結客少年場》諸作，與困守虔州，臨危時擊劍扣弦，高吟絕命有云：『壯夫血如漆，氣熱吞九邊。大地吹黃沙，白骨爲塵煙。鬼伯舐復厭，心苦肉不甜。』一時將士聞之，皆袒裼爭先，淋漓飲血，壯氣騰湧，視死如歸。以視李都尉兵盡矢窮，委身降敵，韋韝椎結對子卿，泣下沾襟，相去何啻天壤？又有《花下口號》，皆不失去英雄本色。」〔註 27〕通過對黎遂球在世變之際、臨危之時不失「英雄本色」之行爲與詩作的記載與表彰，表現了對英雄人格與烈士情懷的敬仰之情。詠鄺露及其子鄺鴻詩四首，第一首云：「五色肝腸絕世姿，一生不重取師資。自然晚有驚人筆，更益崟嵜海雪詩。」第二首云：「桃葉端陽放浪吟，荒原廣武發悲音。是眞豪士縱橫筆，酒熱窮途涕淚深。」註云：「鄺露，湛若，南海，工篆隸諸體。爲諸生時，學使校士，露以眞、行、篆、隸、八分五體書於試卷，爲學使所黜，大笑棄去。遊吳楚燕趙間，賦詩數百章，才名大起；又遊廣西，尋鬼門銅柱舊迹，遂入岑藍胡侯槃五土司境，歸撰《赤雅》一書，紀其山川風土。旋以薦擢中書舍人還廣州。清兵至，與諸將戮力死守，凡十閱月。辛卯城陷，幅巾抱琴出，騎白刃擬之，湛若笑曰：『此何物，可相戲耶？』

〔註 26〕錢鍾書云：「余於晚清詩家，推江弢叔與公度如使君與操。弢叔或失之剽野，公度或失之甜俗，皆無妨二人之爲霸才健筆。」見所著《談藝錄（補訂本）》，北京：中華書局 1984 年版，第 347 頁。

〔註 27〕陳融《讀嶺南人詩絕句》，香港 1965 年謄印本，第 138～139 頁。

騎亦失笑。徐還所居海雪堂，列古器圖書於左右，抱所寶古琴，不食死（或曰爲清兵所殺）。所著有《赤雅》三卷，《嶠雅》四卷。」〔註 28〕這段文字雖不多，活畫出鄺露極其剛烈鮮明的性格，特別值得注意的是他在清順治八年辛卯（1651）清軍攻破廣州城時鎮定自若、誓死如歸的英雄氣概。非常明顯，字裏行間，也表現了作者對鄺露人格操守的欽敬之情。

《讀嶺南人詩絕句》以通達的眼光和明確的詩史意識，對各派詩人與各種人物採取兼收並蓄的態度，注意兼顧突出重點與照顧全面的關係，尤其是對某些下層人士、有爭議人物或負面人物也採取了寬容的態度，以存人事與史事之眞實，表現出明晰的歷史感。詠招子庸詩三首，第一首云：「書生戎馬萍蓬客，畫壁旗亭遠上詞。試問風流賢令尹，可能深結上峰知？」第三首云：「薄命天涯啼淚多，酒闌燈灺一枝歌。新聲合授琵琶和，人說江湖薄倖何。」註有云：「招子庸，原名爲功，字銘山，又號明珊居士。南海。嘉慶舉人，性跅弛不羈，善騎射，能挽強弓，善畫蘭竹及蟹，復精琵琶，與徐鐵孫榮同遊張南山之門。……銘山精曉精律，尋常邪許，入於耳即會於心，蹋地能知其節拍。故所輯《粵謳》，雖巴人下里之曲，而饒有情韻，擬之子夜讀曲之遺，儷以詩餘殘月曉風之裔，一時平康北里，譜以聲歌，雖羌笛春風，渭城朝雨，未能或先也。銘山有《九松山房詩鈔》，不可見，詩選見《海嶽詩群》。」〔註 29〕值得注意的是，陳融對招子庸的多方面才華和他編輯整理的《粵謳》給予高度評價，並介紹有關情況，特別對廣東的民歌俗曲表現出極大的熱情，爲全面瞭解招子庸及其文學成就提供了重要的文獻線索。詠周子祥詩二首云：「不知浮世復何物，高詠風花敲唾壺。流水高山幾時近，余懷渺渺問樵夫。」「不自然中非易學，二樵生硬卻能神。功成刻意軋新響，未易心香屬九眞。」註有云：「周子祥，九眞，南海布衣。詩學黎二樵。……

〔註 28〕陳融《讀嶺南人詩絕句》，香港 1965 年謄印本，第 150～151 頁。按：屈大均《廣東新語》卷十二《詩語》「鄺湛若詩」條云：「湛若南海人，名露，少工諸體書。督學使者以恭寬信敏惠題校士。湛若五比爲文，以眞、行、篆、隸、八分五體書之。使者黜置五等，湛若大笑棄去。縱遊吳楚燕趙之間，賦詩數百章，才名大起。歲戊子，以薦得擢中書舍人。庚寅，奉使還廣州，會敵兵至，與諸將戮心死守。凡十閱月城陷。幅巾抱琴將出，騎以白刃擬之，湛若笑曰：『此何物可相戲耶？』騎亦失笑。徐還所居海雪堂，環列古奇器圖書於左右，嘯歌以待騎入，竟爲所害。」見所著《廣東新語》，北京：中華書局 1985 年版，第 350～351 頁。

〔註 29〕陳融《讀嶺南人詩絕句》，香港 1965 年謄印本，第 444～446 頁。

李子虎云：『二樵學山谷多不自然，九眞學二樵卻能自然。』此證明恐於兩方均有未到處。胡展堂有云：『山谷力求生新，以砭東坡之熟巧。二樵句云「谷拙實競巧」，非薄山谷，但笑不善學山谷者耳。故二樵生峭處亦時近山谷也。九眞適得自然，多於近體得老熟之境界而遂止，學二樵尙未能生峭也。此處可參看第六帙黎二樵絕句詩註所錄胡展堂論二樵、與升父論詩及二樵飲酒詩第五首。』」〔註30〕由陳融對布衣詩人周子祥的重視和高度評價，可見他論詩並非僅僅是以仕宦通達者爲標準，對於平民詩人的關注頗能體現《讀嶺南人詩絕句》以詩歌創作成就爲去取標準的文學批評意識。而將周子祥與黎簡聯繫比較，則既有助於認識周子祥的詩歌取徑與創作水平，又有助於認識其獨創之處，彰顯其詩的思想藝術價值。而詩註中的「參看」云云，則體現了陳融撰寫《讀嶺南人詩絕句》的嚴謹的學術態度與實證精神。詠梁士詒詩二首云：「驪歌殘淚滴離觴，落月蕭蕭繞屋梁。晚歲小詩隨意得，不消臺閣有文章。」「前席如何借箸謀，南歸無語入詩謳。簪裾知己龍門感，交道殊非居下流。」註云：「梁士詒，燕孫。三水。光緒進士，授編修。雖出身翰苑，而不尙文藝。晚歲間爲小詩。民國十一年因膠濟路案，去職赴日，魚琦送友歸國有詩云：『壯懷伏劍說非難，綠水青山俯仰間。又唱驪歌索殘淚，驛亭忍使酒杯乾。』二十年得張學良電，知國府取消通緝，有詩云：『閉門學易尋常事，雪滿寒江一草廬。起視屋梁繞落月，五更清夢入莎車。』二十二年卒於上海。葉裕甫爲作神道碑云：『籌安議起，已出公府；洪憲事敗，某方聒當局以之負其責，而南歸侍親，終不一辯，素性然也。』」〔註31〕對於並不擅長文學的政治人物梁士詒的評論，雖於文學上價值不大，但對其在幾次重大事變中的立場和處境進行描述介紹，有助於更加全面地認識梁士詒其人及相關事件，自有其文學批評史、文學史以外的政治史、文化史價值。

《讀嶺南人詩絕句》將濃鬱的鄉邦情懷與通達的文化觀念結合起來，將嶺南詩人詩作置於中國詩歌發展的歷史過程中考察，既表現出對鄉邦人物與文學的理解之同情，又有意識地避免鄉曲聲氣和偏狹之見。品評陳獻章之詩凡五首，以五首詩論一人的情況在《讀嶺南人詩絕句》中並不多見，可見推重。其第一首云：「詩亦端倪出靜中，儒宗畢竟異禪宗。桴亭自有平生論，狂

〔註30〕陳融《讀嶺南人詩絕句》，香港1965年謄印本，第583～584頁。按：陳融此處所云「第六帙」不確，查原書，論黎簡絕句在第七帙中。

〔註31〕陳融《讀嶺南人詩絕句》，香港1965年謄印本，第691～692頁。

者天機到處逢。」第二首云：「得意柴桑栗里間，籬花日夕鳥飛還。先生尚有撝謙語，千煉不如莊定山。」註有曰：「朱錫鬯云：『白沙詩與定山齊稱，號陳莊體。然白沙雖宗擊壤，源出柴桑。其言曰：「論詩當論性情，當論風韻；無性情風韻，則無詩矣。」故所作猶未墮惡道，非定山比也。其云「百鍊不如」，蓋謙詞耳。』」〔註 32〕概括陳獻章詩歌特點並與江蘇江浦詩人莊昶（1473～1499）之詩聯繫比較，且引朱彝尊之語以爲證明，既使持論更顯通達，益發可靠可信，又避免了單純鄉曲之論的局限性。詠黃佐詩二首云：「春宵大醉有深懷，信筆扶搏韻絕佳。天下知音惟有酒，歸山心事已安排。」「不居陸賈終軍下，功在章縫變粵風。等是彌綸天壤事，江南差讓嶺南雄。」〔註 33〕對黃佐在嶺南詩風振衰起弱的歷史轉變過程中所發揮的關鍵性作用、所當擁有的在嶺南詩派中之「領袖」地位、所發生的廣泛影響予以高度評價。詩註中更徵引屠文升、張崇象、陳師孔、王世禎、顧玄言、陳子龍、朱彝尊、錢謙益、屈大均諸人之品評以爲證明，其中不僅有嶺南人，而且有非嶺南人，且均具有相當強的權威性，遂使立論更加質實可信。論順德梁有譽詩三首，第一首云：「唐律齊驅謝茂秦，古風平揖李于麟。紫英石畔奇花好，未盡英華迹已陳。」註有云：「諸人多少年，才高氣銳，互相標榜，視當世若無人，於是七子才名播天下，後擯先芳，維岳不與。……時嚴嵩柄國，子世蕃欲親有譽，有譽恥爲褻狎，謝病歸，築拙清樓，杜門讀書，學者稱蘭汀先生，爲南園後五子之一。朱錫鬯云：『蘭汀學詩於泰泉，又與同人結社，所得於師友者深。雖入王、李之林，習染未甚。誦其古詩，猶循選體，七五律亦無叫囂之狀。四溟以下，庶幾此人；度越徐、吳，何啻十倍！』」〔註 34〕將梁有譽置於前後七子、南園後五子兩個具體語境中進行聯繫比較，置於全國詩壇和嶺南詩壇兩個維度上進行評價，特別是將梁有譽與當時的詩壇領袖人物謝榛、李攀龍相參照，徵引朱彝尊的言論，既展現了梁有譽的文學貢獻，突出其詩歌特點與處世態度，又反映了當時的詩壇風尚，增強了品評的針對性和可靠性。詠溫汝能詩三首，第二首云：「張吳洪趙（船山、穀人、稚存、味新）道相親，一點何曾撲俗塵。聊付閒評北江語，高峰終望嶺頭雲。」註有云：「溫汝能，希禹，謙山。順德。乾隆順天舉人，官內閣中書。有《謙山詩文鈔》。謙山輯

〔註 32〕陳融《讀嶺南人詩絕句》，香港 1965 年謄印本，第 48～49 頁。
〔註 33〕陳融《讀嶺南人詩絕句》，香港 1965 年謄印本，第 64～65 頁。
〔註 34〕陳融《讀嶺南人詩絕句》，香港 1965 年謄印本，第 85～86 頁。

粵東詩文爲《詩文海》，自漢迄清凡千有餘家，爲書近二百卷，蔚然巨觀。平生以詩才最捷稱於時。洪稚存稱其：『一見如舊相識，每劇談終日，脫略形骸，論古今天下事，娓娓不倦。予並奇其人，遂與之訂交焉。因盡覽其詩古文詞，無體不備，蓋出入於唐宋諸大家，而深臻其奧者。其所與遊，則吳穀人侍講、陳古華太守、張船山檢討、趙味新中翰諸子，皆予宿契，退食之暇，詩酒招邀，互相酬唱，世俗貴遊之習，聲氣趨競之場，概不能染。然後知謙山之詩與其人所以高出流品者，固別有在也。』」〔註 35〕引洪亮吉之語，述溫汝適所交往的詩壇人物，將其置於具體的詩壇風氣之中，以見其文學地位與影響，對當時全國的詩壇風氣和文學狀況也有所反映，充分體現了陳融持論允當恰切的特點和豐富的學術內涵。

四、《讀嶺南人詩絕句》的集成與生新

論詩詩是中國文學批評的一種重要形式，也是中國古典詩歌中值得重視的創作體式之一。歷代論詩詩不僅數量眾多，而且體式多樣，古近體皆有，比較常見的有五言古體、七言律詩等，而最多者當推七言絕句，其中特別值得注意的是組詩式的七絕，這種體式反映了中國文學批評和詩歌創作中論詩絕句的主導形態。這種情形當與七絕短小靈活、便於運用的體式特點密切相關，特別是與這種體式便於組織連綴而形成具有總體性、多功能、便於繫以小注、充分發揮論人品詩的文體功能相關。

錢仲聯嘗在《萬首論詩絕句・前言》中說過：「用詩來說詩，是我國古代詩歌理論常見形式之一。在大量的論詩詩中，論詩絕句，佔有較多的比重。這一體裁，濫觴於杜甫的《戲爲六絕句》，後人踵事增華，作者不下七、八百家。」〔註 36〕又指出：「評論作家作品的大型組詩，涉及面廣，自成系統，可以作爲詩學批評史讀。……論某一個地區的，如論湖北詩，論四川詩，論廣東詩，都可以作爲地方文學史的重要參考資料」〔註 37〕。可見對論詩絕句的重視，特別是對其中的大型組詩、地域性詩歌專論的推重。郭紹虞也曾在《元遺山論詩絕句》一文中指出：「自從杜少陵的《戲爲六絕句》，開了論

〔註 35〕陳融《讀嶺南人詩絕句》，香港 1965 年謄印本，第 359～360 頁。

〔註 36〕郭紹虞、錢仲聯、王蘧常編《萬首論詩絕句》卷首，北京：人民文學出版社 1991 年版，第 1 頁。

〔註 37〕郭紹虞、錢仲聯、王蘧常編《萬首論詩絕句》卷首，北京：人民文學出版社 1991 年版，第 4～5 頁。

詩絕句之端，於是作者紛起。其最早者，在南宋有戴石屏的《論詩十絕》，在金有元遺山的《論詩三十首》。此二者都是源本少陵，但是各得其一體，戴氏所作，重在闡說原理；元氏所作，重在衡量作家。這卻開了後來論詩絕句的兩大支派。到清代，王漁洋規仿元氏之作，於是論詩絕句，遂多偏於論量方面，或就一時代的作家論之，或就一地方的作家論之；其甚者，摭拾瑣事以資點綴，闡說本事以為考據，而論詩絕句之作，遂亦不易看出作者的疏鑿微旨了。」〔註 38〕概括了論詩絕句或重在闡說詩歌創作原理、或重在品評衡量作家的兩種不同寫法，也指出自清代王世禛之後，論詩絕句有偏於數量的增加、或重於某一時代的詩人、或重於某一地域的詩人的趨勢，特別是對「摭拾瑣事以資點綴，闡說本事以為考據」，以至於「不易看出作者的疏鑿微旨」的現象提出了針砭。其實，從文學批評方法與觀念、詩歌體式與做法的角度來看，論詩絕句的這種變化趨勢，反映了清代以降論詩絕句尋求內容拓展和形式更新的願望，豐富了論詩絕句的數量，強化了論詩絕句的地域特色，也未始不是一種有益的探索和嘗試。

從論詩絕句發展歷程的角度來看，陳融歷前後四十年終於完成的《讀嶺南人詩絕句》對於論詩絕句這種古老論詩形式、作詩體制進行了集成式的發展與生新，具有明顯的綜合、總結、終結論詩詩的意味，這是它特殊價值的核心之所在。這種價值至少從以下諸方面得到了充分的彰顯，從而體現出其獨特的批評史、文體史和文學地位。

第一，清晰的地域文化意識。地域文化意識的興起並逐漸明晰，特別是相對於中原地區而言的偏遠地區自我文化意識的漸盛，是明清以降中國文學創作與批評的重要趨勢之一。這種趨勢在論詩絕句這種詩歌批評形式和詩歌創作體式方面的體現，就是具有明晰的地域文化意識的論詩絕句的出現。從嶺南文學批評史的角度來看，嶺南人還是第一次像《讀嶺南人詩絕句》這樣表現出如此明確的嶺南文化意識與文化自信。周益忠曾指出：「有清一代，論詩絕句可謂鬱鬱乎盛矣哉！詞客方家非但用以闡說詩理，品騭作家，進而以之論詞，論曲，論畫、論印等等，不一而足。錢大昕《養新錄》曰：『元遺山論詩絕句：王貽上仿其體，一時爭傚之。厥後宋牧仲、朱錫鬯之論畫，厲太

〔註 38〕郭紹虞《照隅室古典文學論集》上編，上海：上海古籍出版社 1983 年版，第 243～244 頁。

鴻之論詞、論印遞相祖述，而七絕中又別啓一戶牖矣！』」〔註39〕這段文字中涉及的其他方面姑置之不論，僅就清代論詩絕句的興盛一點而言，可以認爲，陳融《讀嶺南人詩絕句》的出現，不僅印證了清初以降論詩絕句漸興並延續到民國初年的事實，而且充分地表現出嶺南地域性論詩絕句的非凡成績；同時也終結了嶺南乃至全國論詩絕句的流風餘韻，從而獲得了總結性的價值。假如說屈大均《廣東新語》的出現標誌著明清鼎革之際嶺南人自我文化意識和民族意識的一次全面覺醒，是嶺南文化精神的一次著力張揚和集中表現；那麼，就可認爲，當三百年後的又一次世變之際，陳融《讀嶺南人詩絕句》的出現，則是嶺南人自我文化意識的又一次弘揚，表明嶺南論詩絕句創作達到了最高水平，具有空前絕後的標誌性意義。

第二，明確的紀史存人意識。郭紹虞嘗將「重在闡說原理」和「重在衡量作家」視爲「論詩絕句的兩大支派」〔註40〕。假如以此爲參照進行具體考察，則可以發現陳融的《讀嶺南人詩絕句》的重點並不在於闡說詩歌創作原理，而在於衡量歷代詩歌作者，而且對以往的論詩絕句的成法和內容進行了大幅度的開拓，從而顯示出明顯的創新價值。在此需要特別注意並辨析的是，陳融所論並非歷代「嶺南詩人」，而是古今「嶺南人詩」，後者的指稱範圍顯然大於前者，而且這種處理方式也應當是作者的有意爲之。《讀嶺南人詩絕句》的創作，並非出自作者的一時之興，而是以系統研究清詩並計劃編撰《清詩紀事》的學術基礎與多方準備爲基礎的〔註41〕。這一點，從《讀嶺南人詩絕句》中引用的大量文獻史料、涉及的眾多人物事件、披露的多種珍貴故實中均可以深切地感受得到；而全書由嶺南古今人物和事件構成的相當完整的詩歌史序列，則從整體上顯示了普通論詩絕句所無法具備的文獻價值和史料價值。因此，就陳融《讀嶺南人詩絕句》的創作動機和主旨而論，與其說這是一部專論嶺南詩道詩藝、顯示自己詩歌才華的著作，不如說這是一部具有明確的學術意識和詩史意識、以論詩絕句的形式傳達嶺南人物與歷史的學術性著作更爲恰切。這種情形與有清一代詩學大盛、傳統學術進入總結階段的總

〔註39〕周益中《論詩絕句的餘流衍派》，周益中編《論詩絕句》附錄三，臺北：金楓出版社1999年版，第280頁。

〔註40〕郭紹虞《元遺山論詩絕句》，《照隅室古典文學論集》上編，上海：上海古籍出版社1983年版，第243～244頁。

〔註41〕參考程中山《清詩紀事成猶未，誰識兵塵在眼前——陳融〈清詩紀事〉初探》，《漢學研究》，臺北：漢學研究中心2008年版，第263～289頁。

體文化環境也是密切相關的；或者說，這是清代以降詩歌創作觀念、詩歌批評觀念變遷的一種堪可注意的表現方式。

第三，細密的詩註相成意識。論詩絕句之下加以註文，當與論詩者詩史意識和詩歌敘事功能的強化密切相關，或者說就是這種創作觀念逐漸加強的結果，當然也與中國詩歌創作觀念與詩歌體式的演變、詩註的出現和漸盛密切相關。張伯偉嘗將「詩加註文」視爲「清人對論詩詩的形式」所作的「兩項補充」和形成的「兩項頗爲突出的特點」之一〔註 42〕，可見對這種創作現象的關注。周益忠也說過：「論詩絕句雖然爲詩人及譚家所喜愛，但也因爲受到絕句這一詩體自身的限制，而形成了諸多特色，如組詩的形成、詩中的自註等等，此即是以絕句論詩者的補救之道。」〔註 43〕又說：「論詩絕句之發展，至有清可謂登峰造極矣。詞、曲、畫、印、古泉、藏書等等支流衍派，莫不可以絕句論之也。或緣有清乃『文藝復興時代』所致。學術發達，史實考據興，爲詩者因得旁徵博引、分派漫衍、無所不至，是以於議論之外，大量夾註，詳其本末、無虞困窘。一則用以存眞，再則表章才學，好之者既樂此不疲，所爲所論，乃至不可勝數也。」〔註 44〕陳融《讀嶺南人詩絕句》不僅集中反映了這種創作趨勢和演變軌迹，而且有意識地將詩與註的功能有所區分，詩主要司抒情、品鑒之責，註主要盡敘史、紀事之用，二者相互補充，彼此發明，從而構成一個頗爲完整、相當自然的整體，共同實現作者的創作目標。從論詩絕句的發展過程來看，詩註從無到有，從短到長，經歷了複雜的發展過程，總體趨勢是作者的思考日益細密周詳，詩註的作用逐漸被強化。論詩絕句文體形態的演進，作者創作習慣的變遷，反映了論詩絕句創作觀念和詩歌批評觀念的變化。從這一點來看，可以認爲，陳融的《讀嶺南人詩絕句》具有代表論詩絕句最終形態的典型意義。

第四，執著的巨型組詩意識。杜甫《戲爲六絕句》作爲論詩絕句的開創之作，實際上已具有組詩的性質。其後的論絕句也經常以組詩的形式出現，如元好問《論詩三十首》、王士禛《戲仿元遺山論詩絕句三十二首》、舒位《論

〔註 42〕見張伯偉《中國古代文學批評方法研究》第四章《論詩詩論》，北京：中華書局 2002 年版，第 434～436 頁。

〔註 43〕周益中爲所編《論詩絕句》撰寫的《導讀》「六、論詩絕句的缺點」，臺北：金楓出版社 1999 年版，第 30 頁。

〔註 44〕周益中《論詩絕句的餘流衍派》，周益中編《論詩絕句》附錄三，臺北：金楓出版社 1999 年版，第 298 頁。

詩絕句》二十八首、姚瑩《論詩絕句六十首》、李希聖《論詩絕句四十首》、陳衍《戲用上下平韻作論詩絕句三十首》等等，均堪稱代表。論詩絕句的總體演變趨勢是作者的組詩意識逐漸加強，組詩的規模逐漸擴大。但是，如《讀嶺南人詩絕句》這樣以二千七百多首七絕構成的組詩，無論在嶺南文學批評史、詩歌史和文學史上，還是在整個中國文學批評史、詩歌史和文學史上，都可以說是「前不見古人，後不見來者」。冒廣生曾在《〈讀嶺南人詩絕句〉序》中評價說：「若專爲一都一邑網羅文獻，託之長言，蔚成巨製，以吾淺陋，今始得於番禺陳君協之《讀嶺南人詩絕句》見之。夫嶺南固詩國也，世之溯嶺南詩者，至張曲江而止矣。協之此作，乃從《漢書》託始楊孚，下逮平生交遊，若胡展堂、熊皭然，咸有論列，楚庭耆舊，於是乎因詩以存。美矣富矣，蔑以加矣！」〔註 45〕其中雖含有出於師友之誼的褒揚之詞，但從論詩絕句的創作過程和學術價值的角度來看，此論還是道出了陳融《讀嶺南人詩絕句》的獨特貢獻。蘇文擢也在《籌印陳顒菴先生〈讀嶺南人詩絕句〉募捐啓事》中說：「自漢迄清，延綿並世；旁搜遠紹，瞑唱晨書。時閱卌年，稿經數易；著錄者二千餘氏，品題者三十萬言。屬辭比事，載以好音；望古可儔，於今獨步。」〔註 46〕也是從內容之廣博、創作之勤勉、內容之豐贍的角度高度評價《讀嶺南人詩絕句》的獨特價值。從論詩詩創作的角度來看，在如此廣闊的時空背景下，用二千七百多首七絕歌詠嶺南二千一百多位古今詩人，並一一繫以小註以爲進一步說明闡發，可以想見，假如不是具有過人的詩歌才華和深厚的學術根底，特別是對嶺南古今詩壇的熟稔、加之執著堅韌的精神，斷難完成這樣的鴻篇巨著。這表明陳融在四十年的創作與研究過程中，具有非常明晰的將數量如此眾多的論詩絕句構造爲巨型組詩的意識和能力。

可以認爲，杜甫《戲爲六絕句》開創的論詩絕句傳統雖代有傳人，但是在論詩絕句這種傳統體制走向終結的近現代時期，陳融《讀嶺南人詩絕句》的橫空出世式的出現，確可謂超邁前賢，後無來者。因此可以將《讀嶺南人詩絕句》視爲中國文學批評史上論詩絕句傳統的一個精彩有力的總結，同時也是中國詩歌史、文學史上論詩詩創作成就的最後一次充分全面的體現，也是對中國文學批評文獻的一項重要貢獻。

綜上所述，陳融的《讀嶺南人詩絕句》不僅表現出明晰的鄉邦情懷、過

〔註 45〕陳融《讀嶺南人詩絕句》卷末，香港 1965 年謄印本。

〔註 46〕陳融《讀嶺南人詩絕句》卷末，香港 1965 年謄印本。

人的詩性精神，而且具有鮮明的學術意識和歷史意識，作者自覺將這些因素結合起來，從而形成了獨特的創作風貌，取得了傑出的創作成就。無論是從嶺南文學批評史、文體史與文學史的角度來看，還是從中國文學批評史、文體史和文學史的角度來看，都可以認爲《讀嶺南人詩絕句》是具有獨特價值的詩歌批評文獻，是論詩詩、論詩絕句的傑構，是陳融以半生精力爲嶺南文學乃至整個中國文學作出的一項重要貢獻。因此，可以認爲，《讀嶺南人詩絕句》不僅是嶺南文學批評史和文學史上的標誌性成就，而且是整個中國文學批評史和文學史上的標誌性成就，是中國歷代論詩絕句的一個集成式的總結，也是一曲悠遠的絕唱。

最後還需說明，《讀嶺南人詩絕句》雖然是陳融最重要的嶺南詩論著作，但尚非其論詩之作的全部。陳融的《顒園詩話》、《秋夢廬詩話》中也多有關於嶺南詩人詩作的記錄與品評，其詩集《黃梅花屋詩稿》、《竹長春館詩》中也有若干關於嶺南時人時事的詩篇，所編選的《越秀集》中也體現了陳融文學觀念與文化觀念的某些重要側面。凡此皆可與《讀嶺南人詩絕句》相參證，亦可由此更加全面深入地認識和評價陳融的詩論與詩作。不過那已經是另外一個論題，或可俟諸他日再進行討論。

詹安泰的詩學觀念與創作趣味

詹安泰不僅是一位成就卓著的學者、優秀的詞學家，而且是一位傑出的詩人。饒宗頤嘗在《詹無庵詞集題辭》中說：「憶君自去瀓江而後，雖以倚聲設帳上庠，有《宋詞研究》講義之作。然循覽鷦鷯巢全集，惟卷三至卷五爲詞，詩則有六七卷之多。蓋是時方刻意爲詩，故坪石諸五古，極逋峭冷雋之能事；倚聲之業，反不如詩致力之專焉。」〔註1〕從總體上看，詹安泰於詩所下功夫、所取得成就，並不下於其詞。

詹安泰在詩歌方面既注重理論闡發，又注重創作實踐，具有出比較完整的詩學理論觀念，表現出繼承傳統與尋求創新兼容的品格，形成了自然中和的詩學主張；這對於中國古典詩歌在新的文學與文化背景下的生存和發展具有重要意義。詹安泰在詩歌創作趣味方面也體現出在綜合百家的基礎上努力創造、彰顯個性的思想與藝術特色，注重學問與性情兼顧、理性與情感融通；這對於最後時代的古典詩人和詩歌來說，也具有深刻而久遠的啓發意義。

一、自然中和的詩學觀念

詹安泰論詩，頗重聲韻，將聲韻之美視爲詩美之不可或缺的重要組成部分，並從創作實踐、入手取徑的角度對之進行了比較充分的闡發，示學詩者以門徑。其《無庵說詩》（1963 年 4 月）有云：「詩有聲韻美，學詩者自當兼講聲韻。近體之聲韻易循，古體之聲韻難知，故學詩者當先學近體，次學古體。」除著重強調詩歌聲韻美之重要、學詩者當注重聲韻的學習之外，還從

〔註1〕吳承學、彭玉平編《詹安泰文集》，廣州：中山大學出版社 2004 年版，第 383～384 頁。

古體詩與近體詩聲韻差異的角度進一步指出，初學者當先由近體入手，而不宜從古體入手，因爲近體詩的聲韻較易掌握，而古體詩的聲韻則較難；由易到難，可獲循序漸進之效；從難到易，則可能受徒勞無功之累。就此問題，他還進一步指出：「初學爲詩，每苦聲韻束縛，便思從古體入手，以爲古體可不拘聲韻，較易有成，斯實大謬。古體之聲容調度，變化無方，知且不易，遑言創作？以不知之物而冥行妄索，必無悟入處。淺學之士，每用此說以自欺欺人，至切不可爲其所誤。『欲速則不達』，並近體詩之聲韻亦望而卻步，更於學乎何有？將見其終無所就而已。」〔註2〕可以看到，詹安泰立論的基礎，一是從初學詩者獲得正確路徑、由易漸難的考慮，一是從古體詩與近體詩的聲韻難度、詩歌的整體音律美感出發，並結合以往的創作經驗而得出了上述認識。

在中國傳統詩歌文體觀念中，古體詩的地位一般是高於近體詩的。在學習和創作實踐中，許多人也是頗重古體而較輕近體，往往從古體入手，似有所謂取法乎上的含意。從詩歌發生學的角度來看，這種觀念自有其道理與合理性。但是，從學詩者特別是初學者的角度來看，則不妨說，從聲韻較易掌握的近體入手循序漸進，爲較難把握的古體聲韻奠定基礎、積累經驗，並最終把握古體之妙處，也自是一種可能取得最佳學習效果的方式。從思想方式來看，這種運思方式和理論觀念也體現了詹安泰作爲一位畢生從事教育工作的詩人學者從實際出發、從詩歌創作一般規律出發的教育觀念，也與他在詞學方面對於聲韻的熟稔與重視有相通相合之處，反映了詹安泰詩詞兼擅、圓融完整的文學理論觀念。

在上述核心觀念的基礎上，詹安泰還結合詩之章法句法、音律節奏，從創作積累與詩體建構的角度進行了具體闡述。他指出：「古體詩之聲韻，不應於一字一句之間求之，當統觀全篇氣局以謀配合。大抵來路鬆者以緊接，來路緊者以鬆承；緊句多用仄聲字，鬆句多用平聲字。布置須極妥貼，然不可以勻稱爲盡妥貼之能事。未成格調求勻稱；既成格調，當求變化。勻稱易患平鈍；平鈍亦非詩病，平鈍而無生氣，乃真詩家大病。能變化則氣局自覺空靈動蕩。但非老於此道者未易爲也。」〔註3〕強調從總體篇章結構之變化配合

〔註2〕吳承學、彭玉平編《詹安泰文集》，廣州：中山大學出版社2004年版，第347頁。筆者對原標點略有調整。

〔註3〕吳承學、彭玉平編《詹安泰文集》，廣州：中山大學出版社2004年版，第347

的角度體會古體詩的聲韻規律，而不是從個別字句上孜孜以求；妥貼、勻稱、平鈍雖然不是創作古詩之病，但終非高水平、高境界；有格調而富於變化、有生氣而空靈動蕩，才是詩歌創作特別是古體詩創作應當追求的目標。

可見，這種理論觀念和藝術趣味，不僅能夠從音律美的角度切近詩體本身，在更貼切、更完整的意義上把握詩美的要素，對詩歌藝術進行盡可能全面準確的體味，而且反映了詹安泰獨特的藝術修養和品鑒趣味，也與他長於詞學聲律的修養和興趣大有關係。這種理論觀念實際上也反映了中國古典詩歌創作的某些共同規律，也是許多詩人、詩論家的共同認識。因此可以認爲詹安泰對於詩歌聲韻之美的特別重視和充分論述，具有重要的理論價值和實踐價值。

詩之氣格與錘鍊、平易與險怪、通俗與艱深，不僅一直是中國詩歌理論與創作中的重大問題，而且幾乎是每一個詩人的創作實踐中都必然碰到、不可迴避的突出問題。對這一點，詹安泰自然有所關注，並進行過認眞的斟酌和思考。他指出：「一切文字，奇險易工，平正難好，惟詩亦然。」將奇險與平正對舉，二者相較，平正的難度要遠大於奇險。詩之歸於平易、端正、自然，初看起來似乎無何動人之處、深微含意或堪可尋味之微旨，但這卻是最難達到的境界。假如不是於詩歌創作心知甘苦並深有所悟，斷然不可能發出此番議論並提出這樣的見解。他又曾說：「詩太煉傷氣，太易患滑。鍛鍊而出之以自然，斯臻絕詣。自然非必明白如話也，主明白如話者，詩中之一派，不能包括自然。」〔註 4〕還說過：「側重情韻者，失則圓滑，側重意格者，失則枯澀。恰到好處，正不易言。」〔註 5〕對於詩人來說，在鍛鍊與平易、圓滑與枯澀、情韻與意格之間的選擇是相當艱難的。這主要並不是理論思辨和闡發表述上的艱難，而是創作實踐中具體把握和處理的糾結困惑。而至高至善的境界則應當是鍛鍊無迹而全以自然出之，自然平易卻飽含千錘百鍊，也就頗似百鍊鋼化爲繞指柔的境界，也就是「恰到好處」。

詹安泰在幾首論詩詩中將詩歌創作的最終目標和至高境界表達得相當充分。其《論詩三首斠師命作》（1940 年）三首之一云：「詩者志所之，精垺恃

頁。筆者對原標點略有調整。

〔註 4〕吳承學、彭玉平編《詹安泰文集》，廣州：中山大學出版社 2004 年版，第 349 頁。

〔註 5〕吳承學、彭玉平編《詹安泰文集》，廣州：中山大學出版社 2004 年版，第 352～353 頁。

其膽。隨物以賦形，窮盡亦可嗆。正變自因時，勇往無險坎。一關遂能造，何論濃與淡。」之二云：「奇矯固難階，凝煉亦可喜。謂與元氣侔，譬以指喻指。天地豈不寬，人自見一咫。人天果湊合，大道乃如砥。」〔註6〕此詩是詹安泰奉其師陳鍾凡之命所作，其中提出的隨物賦形、正變因時、天人湊合等觀念，雖主要還是傳統詩學理論的承襲，但此論在古典詩歌已走向式微的二十世紀四十年代發出，仍然顯示出在特殊詩壇風氣和時代背景之下的針對性與現實意義。

詹安泰《學詩一首示湛銓》有云：「成詩辨咄嗟，學詩非兒戲。在天不可求，恃人未爲至。人天兩得之，得之豈易易。……側豔固所嗤，俗濫尤所避。跌宕生濃姿，清新刻摯意。境寂鈎幽玄，興來極橫肆。筆既從所欲，擬常不以類。得魚能忘筌，劈堊仍傷鼻。恍悟徇迹象，投鼠或忌器。果得造化工，糟粕寧非累。幹畫馬壞足，驅風如騄駬。宋玉賦高唐，詎目睹所記。後山仙骨喻，神妙久無比。理法尚其粗，況乃逐聲字。萬卷要能破，萬象羅胸次。靈機一觸闢，何適非正位。」〔註7〕其中特別強調的人天兩得、得魚忘筌、造化之工的創作境界，讀書萬卷、胸羅萬象、靈機獨闢的進取途徑，都是冷暖自知、甘苦自得的當行之論。相當明顯，這些觀念和論斷與上文所述具有明顯的相關性和統一性，可見詹安泰詩學觀念中一以貫之的思想內涵。

可以說，詹安泰在面對詩歌創作中經常遇到且難以取捨的種種相對觀念、兩極範疇的時候，選擇的是一種穩當持重、中和平正的理論姿態。這對於最後階段的古典詩歌理論和創作實踐而言，不僅具有以綜合集成、延續承傳爲基本特徵的理論深度，而且具有極強的現實針對性和實踐價值。

〔註6〕詹安泰《鷦鷯巢詩集》卷三，《詹安泰詩詞集》，香港：翰墨軒出版有限公司2002年版，第96～97頁。又見《詹安泰紀念文集》編輯組編《詹安泰紀念文集》，廣州：廣東人民出版社1987年版，第116頁。詹安泰著，左鵬軍點校《詹安泰全集》（第四冊，詩詞集），上海：上海古籍出版社2011年版，第66～67頁。此三詩又題《論詩三首呈斠師》，收入《清暉山館友聲集》，南京：江蘇古籍出版社2000年版，第445頁。第三首末二句作：「陶公豈不偉，無心用自遣。」

〔註7〕《詹安泰紀念文集》編輯組編《詹安泰紀念文集》，廣州：廣東人民出版社1987年版，第110頁。又見吳承學、彭玉平編《詹安泰文集》，廣州：中山大學出版社2004年版，第354～355頁。詹安泰《鷦鷯巢詩集》卷三，《詹安泰詩詞集》，香港：翰墨軒出版有限公司2002年版，第102～103頁。詹安泰著，左鵬軍點校《詹安泰全集》（第四冊，詩詞集），上海：上海古籍出版社2011年版，第73頁。

詩歌創作的入手與取徑，一向是古典詩人和詩論家非常重視甚至是無法迴避的重要問題，也是中國詩歌批評品鑒中的關鍵問題。歷代詩人和詩論家在這一問題上的好惡取捨、倡導貶抑、或即或離，不僅可見其在創作中的風格去取、個性氣質、情感傾向，而且經常能夠直接表現一定的詩歌理論觀念和創作傾向。

對於這一問題，詹安泰是通過自己經常評價、反覆體味的幾位詩人的創作來表現其理論觀念和創作主張的。他指出：「梅宛陵五古，氣韻絕高，非唐宋所能囿。夏映庵氏謂唐宋兩代詩人，宛陵一人而已。雖屬偏見，亦非妄說。宛陵五古之起步，每甚不經意，而愈轉愈深，愈深愈厚，絕無刻削之痕迹，亦無劍拔弩張之習氣，氣力甚大，工候最純；又善用鈍拙句，而鮮明生動。余生平於五古最服膺者，陶公以外，端推此老。」〔註 8〕論者頗爲重視並強調詹安泰喜好宋梅堯臣詩並受其影響。〔註 9〕從詹安泰有關言論中表達的對於梅堯臣詩歌的推重來看，這自不無道理，且道出了他詩學主張、創作取徑的一個重要方面。梅堯臣確是詹安泰提及最多、用力最勤的古典詩人之一。

他還在《澂江苦無書讀忽睹〈宛陵集〉大喜過望因題》一詩中寫道：「壯歲獨喜都官詩，亦不見悔人見嗤。連年離亂工轉徙，屢欲書竄難爲辭（宛陵集外有書竄詩多所指斥）。辭成豈遽羽毛比（老泉詩誰爲山川不如羽毛），語澀恐被鬼神疑。橐筆荒陬忽怪事，得所愛好彌稱奇。破壁寸燐閒披讀，賞心一刻祛憂噫。深遠閒淡固莫匹，政以皺折窮覃思。翻空時或吐芬豔，挹之無盡即以離。俗子紛紛乞高格，門牆渺邈況骨皮。亮哉昔有海藏翁，爲言宛陵何可追（臨川不易到，宛陵何可追。海藏句）。對卷三復還三歎，悠悠斯世知其誰？」〔註 10〕除表達自身對於梅堯臣詩歌的「獨喜」與「不悔」之外，還引用鄭孝胥的言論觀點，對此做深一層闡發。詹安泰對於梅堯臣其人其詩的

〔註 8〕吳承學、彭玉平編《詹安泰文集》，廣州：中山大學出版社 2004 年版，第 350 頁。

〔註 9〕羅偉漢《鷦鷯巢詩序》有云：「吾友詹祝南教授，少好梅宛陵之詩。」何耀光《鷦鷯巢詩・無庵詞合集序》亦有云：「其遺詩九卷，曰《鷦鷯巢詩》，寢饋於宛陵者特深，而助之以昌黎、東坡筆勢。」

〔註 10〕詹安泰《鷦鷯巢詩集》卷三，《詹安泰詩詞集》，香港：翰墨軒出版有限公司 2002 年版，第 84 頁。《詹安泰紀念文集》編輯組編《詹安泰紀念文集》，廣州：廣東人民出版社 1987 年版，第 110 頁。又見吳承學、彭玉平編《詹安泰文集》，廣州：中山大學出版社 2004 年版，第 354 頁。後者不錄詩中夾註。筆者對原標點略有調整。詹安泰著，左鵬軍點校《詹安泰全集》（第四冊，詩詞集），上海：上海古籍出版社 2011 年版，第 57 頁。

欽敬之情溢於言表。

陳衍《石遺室詩話》有云：「宛陵用意命筆多本香山，異在白以五言，梅變化以七言。東坡意筆曲達，多類宛陵，異在音節：梅以促數，蘇以詣暢；蘇如絲竹悠揚之音，梅如木石摩戛之音。」〔註 11〕準此而論，詹安泰詩歌創作也不能不間接受到白居易、蘇軾等人的影響啓發。此外，同樣值得注意的是，推重梅堯臣詩並非詹安泰詩學觀念的理論終點和最高追求。如上所引，他曾明確指出「余平生於五古最服膺者，陶公以外，端推此老」，顯然是將陶淵明之詩看得更高，置於更顯赫的地位。他在《東坡書陶詩小楷墨迹丹師命題》中還留下了這樣的詩句：「平生喜臨東坡字，平生喜讀東坡詩。亦猶東坡喜淵明，和詩作字無時離。」〔註 12〕表達對蘇軾書法與詩的喜愛之情和所下功夫，更進一步以蘇軾之喜愛陶潛爲比，間接表達了他本人對陶詩的喜愛。在《論詩三首斠師命作》（1940 年）三首之三中，詹安泰再一次提及陶淵明並表達欽敬之情：「至人未易求，下此必狂狷。徇名蓋可恥，況以要貴顯。正聲日微茫，湖海致曼衍。陶公猛志在，高辭用自遣。」〔註 13〕

宋代以降，幾乎所有的中國古典詩人都不可能忽視或繞過杜甫這個空前絕後的巨大存在，也很難不受到杜詩的影響，只是影響的方式、程度、表現形式有所區別而已。這一方面表明杜甫及其詩歌的包羅萬有、博大高妙，另一方面也詮釋著中國古典詩歌通變揚棄、傳承創新的優良傳統。詹安泰作爲一位學者型詩人，當然不可能不關注杜甫，也不可能不接受杜詩的影響。其《寒夜讀杜集漫成十五韻》云：「風雨積旬日，來往迹如掃。解悶惟展卷，杜詩夙所好。理亂關家國，刻未去諸抱。飢餓長相親，皮骨空爾老。世路悲澀梗，流離失昏曉。驚人百死餘，豈盡由心造。不待痛定痛，慘絕能屬稿。當其下筆初，已非人可到。世既憚其行，而苦學其貌。徒詫功力深，公名寧獨

〔註 11〕陳衍著，鄭朝宗、石文英校點《石遺室詩話》卷十四，北京：人民文學出版社 2004 年版，第 223 頁。

〔註 12〕詹安泰《鷦鷯巢詩集》卷四，《詹安泰詩詞集》，香港：翰墨軒出版有限公司 2002 年版，第 117 頁。詹安泰著，左鵬軍點校《詹安泰全集》（第四冊，詩詞集），上海：上海古籍出版社 2011 年版，第 83 頁。

〔註 13〕詹安泰《鷦鷯巢詩集》卷三，《詹安泰詩詞集》，香港：翰墨軒出版有限公司 2002 年版，第 97 頁。又見《詹安泰紀念文集》編輯組編《詹安泰紀念文集》，廣州：廣東人民出版社 1987 年版，第 116 頁。詹安泰著，左鵬軍點校《詹安泰全集》（第四冊，詩詞集），上海：上海古籍出版社 2011 年版，第 67 頁。此三詩又題《論詩三首呈斠師》，收入《清暉山館友聲集》，南京：江蘇古籍出版社 2000 年版，第 445 頁。第三首末二句作：「陶公豈不偉，無心用自遣。」

保。人劫正通天，血肉滿衢道。受風猝倒斃，食人以求飽。彈花燒城裏，機翼橫蒼昊。雨淚如沸湯，著木木立槁。使公猶在今，哀歌定浩浩。」〔註 14〕像歷代詩人評價杜甫一樣，也主要是從其反映離亂、關懷家國、悲天憫人的角度立論的，而不在於杜詩之功力如何、面貌如何，可見對杜甫思想深度和藝術造詣獨絕之處的關注。除此之外，值得特別注意的是詩中「杜詩夙所好」一句，表明詹安泰於杜甫詩作之喜愛程度和所下功夫；而由「使公猶在今，哀歌定浩浩」二句，則可知詹安泰對於杜詩的喜愛和產生的共鳴，與當時的政治局勢和國家命運密切相關，對杜甫的評價和感知中寄予了他對時局的感慨。

詹安泰《甲申四月閏四月所作五律》十首之十云：「親老猶多別，時艱每共嗟。浮沉凋鬢綠，風雨損天涯。險字烹東野，宗風拜浣花。一錢今不值，坐看日西斜。」〔註 15〕頷聯不僅表達了宗法杜甫的創作傾向，而且道及在運用險字、鍛鍊詩意方面受到孟郊的影響。就詩歌創作的取徑和趣味而言，由杜甫而延至孟郊，當屬順理成章。詹安泰嘗作有《大水二首效東野》，其一云：「哭聲滿天地，滾此一江水。勢驅岸石翻，力割岸根死。千花萬花叢，驚呼奔虎兕。奪魄鬼失雄，悚息人瞠視。列屋攢梔檣，飛漂高岌嶬。舟子離舟家，遑遑忘所止。客心脫亂山，危坐觀無始。」其二云：「三點兩點星，守此春夜遙。人語一不聞，風水激相號。萬松懾陰壑，流聲爭來朝。浩然挾正氣，餘響沖青霄。正氣苟不泯，飛走笑徒勞。掩淚謝江神，蓄膽斬凶蛟。蛟今未可斬，心劍長飄飄。」〔註 16〕可以作爲詹安泰詩歌創作受孟郊詩影響的一個例證，亦可以從中窺見其詩學主張受東野影響的一個側面。

中國文學史上另一個彪炳千古的偉大詩人就是屈原。屈原對於後世中國

〔註 14〕詹安泰《鷦鷯巢詩集》卷七，《詹安泰詩詞集》，香港：翰墨軒出版有限公司 2002 年版，第 197～198 頁。又見《詹安泰紀念文集》編輯組編《詹安泰紀念文集》，廣州：廣東人民出版社 1987 年版，第 128 頁。又見吳承學、彭玉平編《詹安泰文集》，廣州：中山大學出版社 2004 年版，第 355 頁。詹安泰著，左鵬軍點校《詹安泰全集》（第四冊，詩詞集），上海：上海古籍出版社 2011 年版，第 132 頁。

〔註 15〕詹安泰《鷦鷯巢詩集》卷八，《詹安泰詩詞集》，香港：翰墨軒出版有限公司 2002 年版，第 244 頁。詹安泰著，左鵬軍點校《詹安泰全集》（第四冊，詩詞集），上海：上海古籍出版社 2011 年版，第 163 頁。

〔註 16〕詹安泰《鷦鷯巢詩集》卷六，《詹安泰詩詞集》，香港：翰墨軒出版有限公司 2002 年版，第 173～174 頁。詹安泰著，左鵬軍點校《詹安泰全集》（第四冊，詩詞集），上海：上海古籍出版社 2011 年版，第 116 頁。

詩人、中國詩歌的影響之巨大深遠是難以估量的，更是無法說盡的。詹安泰的詩論不僅同樣深受屈原的影響，於屈原作品用功甚劬且深有體會，而且對屈原及其作品孜孜不倦、一往情深。其《詩人節懷屈原》有句云：「春花開老雨水足，欲熱未熱天搖綠。白雲行空不可招，世上乃有招魂曲。雲耶魂耶本同體，魂獨冥冥雲濯濯。定有精魂逐雲飛，千載耿耿人心目。我讀離騷每每夢，夢與屈原相馳逐。忽駕六鼇淩滄海，旋登灰野攀若木。捫摘星斗綴風襟，徵遣鳳鸞歌寒玉。十盞百盞瓊樓醉，載浮載沉瑤池浴。」〔註 17〕特別值得注意的是詹安泰讀《離騷》所產生的強烈共鳴，甚至出現了如夢如癡、亦幻亦眞、同屈原相與馳驅的忘我狀態。這對於一向相當理性沉著、甚至時常帶有幾分憂鬱心境的詹安泰而言，是非常少見的情感狀態，更是他人難得一見的不尋常情狀。

不僅僅是詩人節的懷念和詠歎，詹安泰還以學術的方式表達對屈原的感情。詹安泰撰寫了《屈原》一書，這也是他最早完成的一部學術專著，後來由上海人民出版社於 1957 年 7 月出版。此後又完成了另一部關於屈原的重要著作《離騷箋疏》，由湖北人民出版社於 1981 年 5 月出版。可以說，除詞體創作和詞學研究以外，詹安泰一生用力最勤、用心最深的一位中國古典詩人，就是屈原。而且，這種選擇並非出於種種被動原因，而主要是他在創作、教學和研究過程中的一種主動選擇。由這種現象本身，就可以體會屈原的作品和精神帶給詹安泰幾多感動與震撼，也可以推知他由屈原的作品和精神中獲得了多少鼓勵和力量。

對於詩人和詩論家來說，還有一個重要因素影響甚至決定著其詩歌理論觀念或品鑒評價趣味，即一定時期的詩壇風氣、特別是與之交往密切、多有切磋的師友。從詹安泰經常閱讀、經常交往的詩人和詩論家及著作等相關情況中，可以認識其詩歌理論觀念的另一些重要方面。其《讀蒹葭樓詩二首》之一云：「節庵剛父與公三，詩派能開非浪談。憂自何來煎獨飽，夢隨蛟瘦舞澄潭。人當雪涕寧初願，天壓重寒素所諳。猶感哀歌今不及，獨容後死發深慚（天壓重寒似亂原，吾亦作歌哀不及，俱蒹葭樓中語）。」之二云：「氣古

〔註 17〕詹安泰《鷦鷯巢詩集》卷六，《詹安泰詩詞集》，香港：翰墨軒出版有限公司 2002 年版，第 178 頁。《詹安泰紀念文集》編輯組編《詹安泰紀念文集》，廣州：廣東人民出版社 1987 年版，第 128 頁。詹安泰著，左鵬軍點校《詹安泰全集》（第四冊，詩詞集），上海：上海古籍出版社 2011 年版，第 119～120 頁。

乃如陳後山，不徒拙澀見蒼堅。聲能變徵腸最斷，語到紅桑秋自憐。閒著一花觀世法，強支殘骨傲風煙。別張獨幟眞何似，欲著明詩起昔賢。」〔註 18〕這是詹安泰讀近代廣東順德詩人黃節《蒹葭樓詩》所感，從中可見對黃節詩歌的高度評價，強調黃節對於陳師道的師法與承傳。黃節嘗有小印一方，上鐫「後山而後」四字，可見其對於以陳師道爲代表的宋詩一派的肯定與嚮往，也很能反映黃節的詩歌主張和創作傾向。特別值得重視的是，詹安泰詩中還指出黃節與近代廣東番禺梁鼎芬、揭陽曾習經三人有別開詩派之功，並非浪得虛名。

關於梁鼎芬，詹安泰嘗作《題梁節庵先生遺詩二首》，其一云：「擔天風力鳳鸞姿，極靚奇聲要護持。山館叢殘埋獨抱，餘生犬馬斷深期。幽悄苦寫精禽恨，半指寒添別殿悲。閒夢去來總頭白，沉湘有願竟誰知？」其二云：「再傳弟子學何有（先師楊果庵先生爲文忠高第弟子）？竊以芹香叩妙門。自愛靈珠忘食寐，看承仙露瀹心魂。笑談長蓄經天淚，溫厚中藏絕足奔。宗法三元歸一乳，正風變雅漫深論。」〔註 19〕可見詹安泰對梁鼎芬詩的高度評價，特別是對梁氏論詩標舉「三元」說，拓寬學詩門徑，並以此作爲作詩、評詩的準則。陳衍《石遺室詩話》卷一有云：「余謂詩莫盛於三元：上元開元，中元元和，下元元祐也。……今人強分唐詩、宋詩，宋人皆推本唐人詩法，力破餘地耳。」〔註 20〕上元開元爲唐玄宗李隆基年號（713～741 年），中元元和爲唐憲宗李純年號（806～820 年），下元元祐爲宋哲宗趙煦年號（1086～1093 年）。詹安泰可謂梁鼎芬再傳弟子，與梁鼎芬在詩學淵源上有著如此密切的關係，亦屬順理成章之事，其詩歌理論觀念的傾向性也可以從中得到再一次印證。

上述三位詩人，再益之以廣東順德羅惇曧，四人被合稱爲「近代嶺南四家」。清末舉人、學者、廣東樂昌人張昭芹還於 1955 年在臺灣編輯《嶺南近

〔註 18〕詹安泰《鷦鷯巢詩集》卷八，《詹安泰詩詞集》，香港：翰墨軒出版有限公司 2002 年版，第 225 頁。《詹安泰紀念文集》編輯組編《詹安泰紀念文集》，廣州：廣東人民出版社 1987 年版，第 137 頁。詹安泰著，左鵬軍點校《詹安泰全集》（第四冊，詩詞集），上海：上海古籍出版社 2011 年版，第 150 頁。

〔註 19〕詹安泰《鷦鷯巢詩集》卷七，《詹安泰詩詞集》，香港：翰墨軒出版有限公司 2002 年版，第 203～204 頁。詹安泰著，左鵬軍點校《詹安泰全集》（第四冊，詩詞集），上海：上海古籍出版社 2011 年版，第 135 頁。

〔註 20〕陳衍著，鄭朝宗、石文英校點《石遺室詩話》卷一，北京：人民文學出版社 2004 年版，第 7 頁。

代四家詩》印行。詹安泰的認識和主張顯然與此有相通相和之處，共同反映了晚清以來嶺南詩壇風尚及其與崇尚義理、講究學問、不避苦吟之宋詩的密切關係，其詩學觀念亦從中得到了頗爲充分的反映。

除對於晚近嶺南詩壇的關注與評價外，詹安泰還與其他地區具有重要地位和廣泛影響力的詩人與詩論家多有聯繫，保持交往，從中也可以考察他詩學主張的部分內容。被稱爲清末民初時期最有影響力的詩論家、也是傑出詩人、學者、福建侯官（今福州）人陳衍就是其中特別值得重視的一位。詹安泰《上石遺先生》有句云：「我公一鼓通宋唐，詩鈔詩話詩教昌。紀事褒貶謹毫芒，現身說法居上庠。或引堂室或門牆，或海外來爭趨蹌，或伏窮僻薰心香。尊杜工部韓侍郎，旁推孟白兼歐陽。都官半山蘇陸楊，不祖苦陳鬥硬黃。金元明清誰短長，自然體大大無方，萬方羅拜羅酒漿。」〔註 21〕此詩之所以值得關注，不僅僅在於詹安泰對陳衍所編選《近代詩鈔》、所著《石遺室詩話》予以高度評價，對陳衍貫通唐宋、綜合諸家的詩歌路徑予以讚揚，而且反映了他本人對於以陳衍爲代表的同光體詩人、特別是其中的福建派詩歌主張、詩風倡導和創作路徑的讚同。由此可見詹安泰對於詩壇風氣的認識與判斷，而他自己的好惡取捨、遠近親疏之感也從中得到了相當明顯的體現。

總而言之，詹安泰在古典詩歌走向式微蕭索不可逆轉、唐詩宋詩之爭依舊聚訟不已的喧囂背景下，一方面基於對於古典詩歌理論的繼承與創新，一方面基於自身創作過程的經驗與體悟，表達了雖不夠系統全面卻極有見地、極有針對性的見解，在理論思考和創作實踐兩個方面反映了對中國古典詩學理論的深切理解。其中重要者如：詩之最高境界是人天相得、自然造化之境；詩之聲韻美當先由近體入手、上溯至古體而深得之；於詩之取徑當懷有開闊通達觀念，不可狹隘偏廢；在個性氣質和興趣上，特別喜愛宋之梅堯臣，兼及白居易、蘇軾等，並由此上追唐之杜甫，而最高目標則是東晉陶淵明，而對於中國第一位偉大詩人屈原也表現出極高的崇敬和嚮往；對於同時代或稍早詩家，表現出明晰的地域觀念，特別重視產生了全國性影響的廣東詩人黃節，兼及梁鼎芬、曾習經等，對於當時詩名甚隆、影響極巨之福建詩人陳衍也特別尊重，表現出更多地親近嚮往宋調的理論方向和興趣指向。可以認爲，

〔註 21〕詹安泰《鷦鷯巢詩集》卷二，《詹安泰詩詞集》，香港：翰墨軒出版有限公司 2002 年版，第 39 頁。詹安泰著，左鵬軍點校《詹安泰全集》（第四冊，詩詞集），上海：上海古籍出版社 2011 年版，第 28 頁。

詹安泰的詩學理論觀念，無論對於晚近嶺南還是全國的古典詩歌理論、詩歌創作、學術研究來說，都是一筆具有重要價值的珍貴財富，確有認眞研究、深入理解之必要。

二、才學並至的創作趣味

作爲一位詩詞創作經驗豐富、理論素養深厚的學者型詩人，詹安泰在詩歌理論觀念與創作實踐之間可以獲得相當廣闊的思想藝術空間，可以將理論闡發和創作實際自然而然地結合起來、融爲一體，從而實現理論與創作之間的自由發展、合二爲一。在詹安泰的詩歌創作中，一方面，創作經驗爲理論觀念提供豐富的感性材料和實踐基礎；另一方面，理論闡述又爲創作實踐提供了有力的思想資源和理論依據。這種離則兩傷、合則雙美的人文素養和創作狀態，儘管在今日看起來已經遙不可及、恍如隔世，實際上卻是傳統時代裏許多古典詩人的共同之處。

詹安泰素以詞作和詞學名世，其實詩亦其所擅長。他在詩作方面所花氣力、所取得成就，似也並不在其詞作之下。以詹安泰生前編定的詩詞集爲據，《鷦鷯巢詩集》凡九卷，《無庵詞》凡五卷，詩之數量大約是詞的兩倍，且詩作水平也毫不遜色於詞。這實際上比較準確地反映了詹安泰詩詞兼擅的創作特點。而且，在詹安泰的思想觀念和創作過程中，詩與詞之間似也不存在不可逾越的界限，並不存在優劣軒輊、非此即彼之別；也就是說，在詩與詞的文體選擇上，他採取的也是一種兼收並蓄、兩相擅場、彼此激發、共同發展的創作路徑。

關於詹安泰的詩歌創作及其意義價值，當年的多位師友曾發表過相當全面且精彩的評論，從多個角度評價品鑒詹安泰其人其詩，展現了其詩的思想價值與藝術造詣。但是，在幾十年之後的今天，這些言論被關注的程度似乎遠不及其詞作和詞論，甚至被提及的時候也並不很多。這種情況的長期存在，不能不極大地限制和影響詹安泰研究的持續深化與全面發展。

方孝岳《鷦鷯巢詩序》中云：「今君以沉博絕麗之才，主盟壇坫，掌教大學，澤諸生以風雅，雖家邦多故，居處未寧，而資之以放情山川，周覽人物，舊時文士所謂殘杯冷炙苜蓿含辛者，已非今日學人之所恒歷，宜其詩之鯨鏗春麗，沉雄峻雅，而款步堂堂，絕無一毫羞澀之態。蓋幾於合韓白爲一手，而清和自得之氣，又不爲前人之所掩焉。天將以昌君之詩者，昌吾華夏，則將爲之益多，爲正聲之鼓吹，而何事刪削爲哉？」〔註 22〕此類評價出於同事之口，雖不無出於禮貌客氣或趣味相投等因素的有意揄揚，但並不曾遮蔽基於詩歌思想藝術修養和理解作出的值得參考的見道之語。比如以「鯨鏗春麗，沉雄峻雅」描摹其詩的基本格調，以「合韓白爲一手，清和自得之氣」概括其詩的入手取徑與獨創精神，既可見詹安泰詩歌的氣韻格調，又可見方孝岳的評論眼光和品鑒水平。

循此思路品讀詹安泰詩，可以得到較爲貼切的認識。最能體現詹安泰詩歌才華與功力的詩作，當屬集中多有的七言古詩、七言歌行、七言排律，如其詩集卷一的開篇之作《韓山韓水歌寄邵潭秋祖平》、《遊別峰八十六韻》、《上石遺先生》、《旅瀓一月所懷萬端紀以長句》、《冰若李氏余忘年交也教授暨南大學五六年今秋赴渝尙未通問遽以客死聞傷哉》、《悼張藎臣自忠將軍》、《遊南華寺》、《壬午十一月廿三日四十一初度時客平石》、《離家一月梅州作》等都是。在這些篇章中，詹安泰的才情、學問、功力、技巧均得到了充分的表現，其思想特點、藝術追求、創作趣味也由此得到充分的顯現。其《得慧兒報藝冠其曹成此卻寄》云：「知誰爲汝品題寬，使我於今笑惱難。蹉跌半生書豈補，沉綿萬劫眼頻看。多時未信龍失馭，何日眞能風與摶。共慰唯餘一事在，高堂長健故家安。」〔註 23〕這樣的詩作雖然並不多見，卻可以視爲以流走暢達之筆、平易淺白之語寓世道板蕩、孝親愛子深情的一個例子。

羅倬漢《鷦鷯巢詩序》（1940 年 6 月）有云：「吾友詹祝南教授，少好梅宛陵之詩，著《鷦鷯巢詩稿》，不以色澤自娛，舉淳樸古勁之味，斂於行間，以發其奇鬱之思。乍視之，若爲棘澀；徐而即之，始知其腴拙之味，是殆可謂聲與意湊合而相宣者。……祝南亦進退於宋人，獨能低回漢魏，將進而之宣尼正樂之所。倘能益以予小子會廟堂鐘鼓、山水清音之旨，激昂而極道之，則揄揚民族之興也有日矣，而況於陶寫身世之感乎！」〔註 24〕明確指出詹安

〔註 22〕詹安泰《詹安泰詩詞集》卷首，香港：翰墨軒出版有限公司 2002 年版，第 6 頁。吳承學、彭玉平編《詹安泰文集》，廣州：中山大學出版社 2004 年版，第 379 頁。詹安泰著，左鵬軍點校《詹安泰全集》（第四冊，詩詞集）卷首，上海：上海古籍出版社 2011 年版，第 8 頁。

〔註 23〕詹安泰《鷦鷯巢詩集》卷八，《詹安泰詩詞集》，香港：翰墨軒出版有限公司 2002 年版，第 222 頁。《詹安泰紀念文集》編輯組編《詹安泰紀念文集》，廣州：廣東人民出版社 1987 年版，第 137 頁。詹安泰著，左鵬軍點校《詹安泰全集》（第四冊，詩詞集），上海：上海古籍出版社 2011 年版，第 147 頁。

〔註 24〕詹安泰《詹安泰詩詞集》卷首，香港：翰墨軒出版有限公司 2002 年版，第 10

泰詩歌淳樸古勁、奇鬱腴拙、聲意湊合相宣的格調，在取徑上由宋之梅堯臣上追至漢魏詩歌、直至孔子雅正無邪觀念的創作趣味。

這樣的評價與詹安泰本人闡述的詩歌創作觀念是一致的，洵爲知言。詹安泰的五言古詩、五言排律最能體現其質樸古拙、直追漢魏的功力修養與創作特點，如《遊翠竹庵》、《出澂江廢城登麒麟山因遊東龍潭》、《斠玄夫子寄清暉吟稿屬爲點定拜讀後敬題五十均》、《辛巳臘不盡一日坪石初見雪》等都是。《饒城聞夢眞之喪悲痛欲絕哭之以詩三首》之一云：「八年遭離亂，常嗟會面難。何期一爲別（去秋始來饒城晤夢眞），竟去不復還？親老婦淑賢，號痛欲毀顏。幼子始三齡，呼爸故闖棺。知交各慘戚，涕下不可刪。天乎胡此酷，而刳我心肝！」之三云：「曰固其誰信？少著青睛譽。群書既博涉，大恐虛名誤。近乃守以卓，希蹤到鄒魯。餘力試爲詩，欲叩大謝戶。雕繢雖滿眼，至理時一遇。精嚴如其人，堅壁不可侮。膏以明自煎，才實天所妒。鬼瞰莫之逃，窮達寧非數。胡不三緘口，而告人以故？師道自淪喪，彼蒼復何與？」〔註25〕以幽咽低回與勁直率眞相結合之筆，抒發沉痛莫名、悲戚無端之感懷，表達對逝者至眞至深的懷念哀悼之情，具有直逼心靈、攪動心扉的藝術魅力。若非達到情感極至、以至於達到難以自拔的情感狀態，斷不可能寫出如此沉痛動人、摧人泣下之詩。詩人的情感強度、思慮深度由此得到了淋漓盡致的展現，其創作趣味亦由此得到充分的發揮。

詹安泰《歲暮雜詩》（1947年）六首之一云：「復國殷家望，離家又二年。生事不可問，此心常淒然。庭梅知幾花，弄影竹娟娟。千山隔重水，一鳥飛蒼煙。懷往情如昨，抽身慮漸捐。誰抱歲寒姿，而希人世憐。」之三：「陰氣鬱不舒，畏途難策杖。庭草不曾除，瓶花自長養。推書喜當戶，初陽懸萬象。至道未易窮，高賢來瞑想。寧無清芬挹，或聽心泉響。識字憂愁始，此語難激賞。使我昏雙睛，古鞭曷由獎？」之六：「天風發浩歌，來破蕭寂境。關心昨宵語，明日將誰定？及茲一夕晴，微茫涵星影。摳衣出戶牖，叩閽再三請。

～12頁。吳承學、彭玉平編《詹安泰文集》，廣州：中山大學出版社2004年版，第381頁。「相宣者」後者誤爲「相宜者」。詹安泰著，左鵬軍點校《詹安泰全集》（第四冊，詩詞集）卷首，上海：上海古籍出版社2011年版，第10～11頁。

〔註25〕詹安泰《鷦鷯巢詩集》卷八，《詹安泰詩詞集》，香港：翰墨軒出版有限公司2002年版，第254～255頁。詹安泰著，左鵬軍點校《詹安泰全集》（第四冊，詩詞集），上海：上海古籍出版社2011年版，第168～169頁。

幾聞呼蹌情，能伏豺虎猛。罷寫左徒騷，留夢發深省。」〔註 26〕將年終歲暮時節孤寂冷落與希冀期許的複雜心境以古樸雅正之筆描摹而出，情感內涵極爲豐富，體式運用功力極深，可見詩人造詣修養之一斑。此類之詩，都頗能體現其五古的風格特色，亦可視爲其全部詩作中的代表作品。

詹安泰的老師陳鍾凡在《〈鷦鷯巢詩〉題詞》（1941 年 5 月 10 日）中說：「饒平詹祝南，崛起韓江湄。沉冥積歲月，搏空卒奮飛。當其淬厲初，綺思粲芳菲。流泉不擇地，珠玉信毫揮。澤古既已久，落筆轉矜持。繩趨日勤劬，處忘行若遺。練就幾險句，撚斷幾吟髭。沉浸亦有年，終自出杼機。情詞兼雅怨，文質窮高卑。雅鄭別涇渭，天巧契人爲。恍若出幽谷，曠快映朝暉。長空任翱翔，浩蕩天風吹。賞音代有人，醇醨寸心知。」〔註 27〕在描繪了詹安泰學詩經歷的由綺粲芳菲、信筆揮灑、矜持苦吟等幾個不同階段、走向逐漸進步的歷程之後，著重指出其詩自出機杼、自成面貌的長處，從而有可能達到情詞兼備、文質雙美、人天契合的境界，也就有可能實現長空奮飛、知音代有的效果。其中雖有老師愛護鼓勵弟子的成分，但對於詹安泰詩歌創作趣味的描摹還是價值獨具、數量值得參考的。

詹安泰寫作向所擅長、較多的五律庶可集中體現這一方面的特點。如其《甲申四月閏四月所作五律》十首之一云：「一雨遂經月，無花與餞春。山昏雲壓晝，草腐夜飛燐。壯往終成惜，孤居不厭貧。拚將家國淚，灑向酒懷新。」之三云：「棗栗當千戶，低回又一時。不成竈下婢，勤老鬢邊絲。鬧市魚蝦貴，山家耕種宜。何當書苦讀，坐此病難醫。」之六云：「天心存警戒，活計忍酸寒。懶久還成癖，愁深不可寬。輕衫當戶外，亂髮舞風端。閱世成孤噫，蟬聲應未殘。」之九云：「道狹艱舒眼，顏蒼欲轉喉。驚飈奈日夜，大夢幾春秋。即物聊觀法，逢人只掉頭。女蘿與山鬼，厭汝說離憂。」〔註 28〕將時令變化、自然景物與個人心境、國家局勢交織於一體，以整飭

〔註 26〕詹安泰《鷦鷯巢詩集》卷九，《詹安泰詩詞集》，香港：翰墨軒出版有限公司 2002 年版，第 312～313 頁。《詹安泰紀念文集》編輯組編《詹安泰紀念文集》，廣州：廣東人民出版社 1987 年版，第 135～136 頁。詹安泰著，左鵬軍點校《詹安泰全集》（第四冊，詩詞集），上海：上海古籍出版社 2011 年版，第 209～210 頁。

〔註 27〕《詹安泰詩詞集》卷首，香港：翰墨軒出版有限公司 2002 年版，第 14 頁。吳承學、彭玉平編《詹安泰文集》，廣州：中山大學出版社 2004 年版，第 383 頁。「當其淬厲初」後者誤作「當其淬厲切」；「文質窮高卑」後者誤作「文質空高卑」；「曠快映朝暉」後者誤作「曠快映朝暈」。

〔註 28〕詹安泰《鷦鷯巢詩集》卷八，《詹安泰詩詞集》，香港：翰墨軒出版有限公司

工穩的形式充分表現出來，都是頗能體現詹安泰五律風格的篇章。

詹安泰的另一位老師溫廷敬也在《臺城路・寄題祝南老弟鷦鷯巢詩集即用其題高吹萬風雨勘詩圖韻》（1940 年秋）中寫道：「綺年早具耽吟癖，陳迹已成雲霧。八代風標，西江派別，長憶燈哦雨。葩經案譜，溯正變源流，聖心如語。轉益多師，鴻爐鑄出驚人句。　芳華歎隨水去，一枝聊可託，隱願誰訴？粵嶺烽煙，滇雲棖觸，哀情如許。新篇舊賦盡叢集，詩囊兩間長住。莫泣新亭，挽瀾憑砥柱。」〔註 29〕其中除了老師對學生的鼓勵期許之詞外，值得注意的是揭示詹安泰詩學八代、用心於江西詩派的經歷和趣味，進而走向轉益多師、自成一家的道路。

至於其中提及的在日軍侵華、中國人民進行抗日戰爭時期詹安泰先在廣東、後來流落雲南澂江的經歷，則反映了國家危難、民族危機、時代動蕩對於詩人生活與創作產生的重要影響。這一點，在詹安泰作於抗日戰爭期間的大量詩歌中可以得到集中的體現，也是他詩歌創作中最有眞情實感、最爲剴切動人、最具歷史價値的部分。如《遊宋王臺》云：「一月煩囂百慮侵，盛年胥負壯遊心。摩挲勝迹憐頑石（宋王臺僅三巨石耳），多少行人託苦吟。帝子精魂隨日遠，孤臣痛淚勝波深。樓船彷彿驅風雨，待續龍編感不禁。」〔註 30〕在歷史的滄桑之感中寄予了時代的感慨。《己卯除夜》（1939 年）云：「又驚歲月去堂堂，脫亂袪貧未有方。與鑷短髭寧避白，強開病眼爲思鄉。邊笳鄰笛都成怨，賣劍買牛倘可商。何日眞符大吉利，不勞催淚落哀章？」〔註 31〕《庚辰元日》（1940 年）云：「慣向山城數歲晨，敢辭鬢髮逐年新。平生所學知何用，晚輩相過若至親。浩蕩從看一起痼，健頑未信終逃秦。欲窮百國異書讀，且領江天自在春。」〔註 32〕也都是基於時代感懷和自身際遇而發出的內心聲

2002 年版，第 242～244 頁。詹安泰著，左鵬軍點校《詹安泰全集》（第四冊，詩詞集），上海：上海古籍出版社 2011 年版，第 162～163 頁。

〔註 29〕《詹安泰詩詞集》卷首《題詞》，香港：翰墨軒出版有限公司 2002 年版，第 15 頁。

〔註 30〕詹安泰《鷦鷯巢詩集》卷二，《詹安泰詩詞集》，香港：翰墨軒出版有限公司 2002 年版，第 67 頁。詹安泰著，左鵬軍點校《詹安泰全集》（第四冊，詩詞集），上海：上海古籍出版社 2011 年版月，第 46 頁。

〔註 31〕詹安泰《鷦鷯巢詩集》卷四，《詹安泰詩詞集》，香港：翰墨軒出版有限公司 2002 年版，第 110 頁。詹安泰著，左鵬軍點校《詹安泰全集》（第四冊，詩詞集），上海：上海古籍出版社 2011 年版，第 79 頁。

〔註 32〕詹安泰《鷦鷯巢詩集》卷四，《詹安泰詩詞集》，香港：翰墨軒出版有限公司 2002 年版，第 110～111 頁。詹安泰著，左鵬軍點校《詹安泰全集》（第四冊，

音。《丘滄海遺墨爲丘矚雲題》云：「海日嶺雲明素抱，深悲苦笑出沉雄。脫贈奇翼有時響，起皺微波無路通。何限滄桑來腕底，但能憂樂與民同。亂餘留此精魂在，作健誰堪拜下風？」〔註 33〕通過對近代臺灣抗日英雄丘逢甲詩歌的充分肯定和高度評價，表現自己的民族感情。

饒宗頤在作於 1980 年 6 月（庚申五月）的《詹無庵詩序》中，不僅高度評價了詹安泰詩，而且藉以發抒感慨，意味深長：「無庵之於詩，氣骨遒而情性蔓。擡太華曾雲之峻，不足以方其縹緲之思；吸兩顥沆瀣之英，不足以喻其高騫之操。……無庵掛瓢滇海，淒吟武溪，居山林之年，值澒洞之際。晚歲所作，如書之一波三折，逋峭峻絜，至今誦之，低徊悱惻，彌愴平生於疇日。」〔註 34〕時詹安泰已逝世十三年，饒宗頤睹詩作思故人，心中自是難以平靜。詹安泰與饒宗頤交往極深，已經是眾所周知的事實。詹安泰生前嘗作《贈饒伯子》二首讚譽饒宗頤，其二云：「我往所爲詩，凝煉誠自喜。人天未湊合，運斤或傷指。及今讀君詩，如遊五都市。光彩紛四射，無復見俚鄙。我豈深詩者，貌相政爾爾。君才實過我，學亦不可齒。乃者我有疾，乞君代講几。高情久不忘，小試何足紀。君自有可傳，可傳不繫此。」〔註 35〕詩中不僅回顧了二人在韓山師範學院任教時的深厚情誼，而且於自謙之中對饒宗頤之詩才與學問均給予極高評價。詹安泰此詩中表現的過謙態度自是他人格特徵的一種表現方式，並不應據此認爲事實本來如此；而二人後來的遭逢和命運，卻不幸被此語言中。這也不能說是詹安泰的先知先覺，更不能用一語成讖來解釋，只能說是時代弔詭與個人命運的一次無端的巧合。

由於饒宗頤的推薦，何耀光將《鷦鷯巢詩・無庵詞》作爲「至樂樓叢書」第廿五種，於 1982 年 8 月在香港印行，所據版本爲詹安泰手定稿本，是爲詹

詩詞集），上海：上海古籍出版社 2011 年版，第 79 頁。

〔註 33〕詹安泰《鷦鷯巢詩集》卷七，《詹安泰詩詞集》，香港：翰墨軒出版有限公司 2002 年版，第 196 頁。詹安泰著，左鵬軍點校《詹安泰全集》（第四冊，詩詞集），上海：上海古籍出版社 2011 年版，第 131 頁。

〔註 34〕《詹安泰詩詞集》卷首，香港：翰墨軒出版有限公司 2002 年版，第 1 頁。吳承學、彭玉平編《詹安泰文集》，廣州：中山大學出版社 2004 年版，第 380 頁。詹安泰著，左鵬軍點校《詹安泰全集》（第四冊，詩詞集）卷首，上海：上海古籍出版社 2011 年版，第 4 頁。

〔註 35〕詹安泰《鷦鷯巢詩集》卷二，《詹安泰詩詞集》，香港：翰墨軒出版有限公司 2002 年版，第 57 頁。《詹安泰紀念文集》編輯組編《詹安泰紀念文集》，廣州：廣東人民出版社 1987 年版，第 110 頁。詹安泰著，左鵬軍點校《詹安泰全集》（第四冊，詩詞集），上海：上海古籍出版社 2011 年版，第 40 頁。

安泰逝世之後其詩詞集首次獲得出版機會。何耀光在該書卷首《序》（1982年8月）中說：「君踵承同光諸老之後，挹其流韻遺風，發爲詩詞，兼精而獨到。其遺詩九卷，曰《鷦鷯巢詩》，寢饋於宛陵者特深，而助之以昌黎、東坡筆勢。其長篇古風，往往在千言以上，浩瀚崢嶸，極文筆之宏肆；近體雅煉，不避僻澀艱深，意欲歷幽險以成孤詣也。而入滇以後，所作尤多。其中紀亂之篇，與杜陵《三吏》、《三別》同其悲慨，又可作詩史讀焉。其詞則初宗白石，繼學夢窗，辛辣處殆過其詩。亦欲隨古翁、述翁之後，安排椎鑿，以力破餘地也與！」〔註36〕因爲此論較爲後出，對於詹安泰詩詞創作的取徑特點都做了相當細緻的評述，較以往所論有所豐富，更能體現詹安泰詩詞創作的趣味與風格。尤可注意者，是強調詹安泰詩歌創作繼承同光體諸老路徑並有所發展、以韓愈詩和蘇軾詩爲助力的淵源關係。而將其身逢亂離、遠走雲南澂江期間的詩作視爲「詩史」，在中國古典詩歌評價話語體系中，則是至高至美的評價，揭示了詹安泰詩歌反映時代風雲變幻、記錄個人非凡經歷的特點，切合其詩詞的實際情況，也反映了對其詩歌創作的欽敬推崇之意。

詹安泰作於抗日戰爭時期的詩歌，充分反映了耳聞目睹的歷史事件，具有詩史的價值；也表現了在戰爭亂離中的內心感受，也具有心史的價值。如《驚聞黃岡失陷》有句云：「忽報一日失黃岡，驚呼乃如中流矢。小室孤燈困橫床，追思寸寸斷剛腸。青春便與剪髻去，白髮可忍倚閭望。黃岡離家百里耳，濱水依山人慕義。烈士名節赫四表（黃岡起義在廣州前），早與黃花相映美。近十年更日繁華，傑構崇墉交矜誇。……遂使蝦夷常側目，況復賦性具三毒。鐵鳥張翼助威勢，嗟哉骨肉空爾築。脅肩諂笑猶紛紛，方生方死未知分。安得龍泉號出匣，飛光直截海東雲。」〔註37〕廣東饒平黃岡距詹安泰出生地甚近，此詩表達了對家鄉境況的關切。《得慧兒報各地亢旱求神黯然賦此》有云：「最難支拄此凶年，久醉如焚可問天。三月收風無點雨，

〔註36〕《鷦鷯巢詩・無庵詞》卷首，「至樂樓叢書」第廿五種，香港何氏至樂樓，1982年冬據詹安泰手訂稿本影印。又題爲《鷦鷯巢詩、無庵詞合集序》，見吳承學、彭玉平編《詹安泰文集》，廣州：中山大學出版社2004年版，第382頁。又題《序二》，詹安泰著，左鵬軍點校《詹安泰全集》（第四冊，詩詞集），上海：上海古籍出版社2011年版，第2～3頁。

〔註37〕詹安泰《鷦鷯巢詩集》卷三，《詹安泰詩詞集》，香港：翰墨軒出版有限公司2002年版，第101～102頁。又見《詹安泰紀念文集》編輯組編《詹安泰紀念文集》，廣州：廣東人民出版社1987年版，第117頁。詹安泰著，左鵬軍點校《詹安泰全集》（第四冊，詩詞集），上海：上海古籍出版社2011年版，第72頁。

萬家傾淚欲平田。未聞李靖行驄馬，孰踵龜堂拜杜鵑？各有心肝休論命，前頭隱隱起狼煙。」〔註 38〕在戰亂背景下，詹安泰通過長子伯慧書信所帶來的消息，仍然關心著家鄉大旱、民不聊生的苦難情形，悲憫之心由此得到充分的展現。

其《寄懷石銘老普寧銘老故鄉淪陷違難普寧三年矣》云：「卻憶繩床獨坐翁，平時酒力與詩工（《石遺室詩話》謂：晚近詩人得剛健之美者，石銘吾與曾履川而已）。三年不弔繁花死，一飯難量百計窮。日入知誰供涕笑，憂來留夢作沉雄。如狂談口吾猶爾，何日相看側岸楓（余居楓溪，銘老時相過從）？」〔註 39〕雖是懷念已逝故人，但重點仍在於時局動蕩給百姓造成的流離失所與無盡苦難。處於亂離奔競之中的詹安泰，還繫念著香港的親友，並有《聞亂憶香港諸親友二首》云：「遭亂同飄泊，向誰問死生！極天無淨土，鬥海有飛鯨。夢入千家哭，城餘百戰聲（英兵拒守維多利城已十六日矣）。何堪私痛在，未敢說休兵。」又云：「昔日繁華地，當年帝子魂。盡隨烽火渺，留伴海雲昏。恩怨竟何說，交親可幸存？無誰與解脫，欲爲叩重閽。」〔註 40〕通過對香港親友的關注，表達的也是對香港乃至整個中國局勢的關切。

又如《得挽波梅州詩適聞坪石失陷》云：「陰寒一月惟孤悶，得句如同選勝遊。所幸天留眞懶窟，不然我滯古韶州。刺心萬鏃聞初變，覆水何時得再收？煮茗哦詩應不惡，未須生事苦冥搜。」〔註 41〕通過與老友黃海章的詩歌交往，反映日軍攻佔廣東韶關坪石的近況，表達對戰爭局勢的極度關切。可以認爲，從社會意義的角度來看，這些反映抗日戰爭時期個人經歷、精神感

〔註 38〕詹安泰《鷦鷯巢詩集》卷九，《詹安泰詩詞集》，香港：翰墨軒出版有限公司 2002 年版，第 275 頁。詹安泰著，左鵬軍點校《詹安泰全集》（第四冊，詩詞集），上海：上海古籍出版社 2011 年版，第 181 頁。

〔註 39〕詹安泰《鷦鷯巢詩集》卷五，《詹安泰詩詞集》，香港：翰墨軒出版有限公司 2002 年版，第 144～145 頁。《詹安泰紀念文集》編輯組編《詹安泰紀念文集》，廣州：廣東人民出版社 1987 年版，第 123 頁。詹安泰著，左鵬軍點校《詹安泰全集》（第四冊，詩詞集），上海：上海古籍出版社 2011 年版，第 98～99 頁。

〔註 40〕詹安泰《鷦鷯巢詩集》卷五，《詹安泰詩詞集》，香港：翰墨軒出版有限公司 2002 年版，第 155 頁。《詹安泰紀念文集》編輯組編《詹安泰紀念文集》，廣州：廣東人民出版社 1987 年版，第 125 頁。詹安泰著，左鵬軍點校《詹安泰全集》（第四冊，詩詞集），上海：上海古籍出版社 2011 年版，第 105 頁。

〔註 41〕詹安泰《鷦鷯巢詩集》卷八，《詹安泰詩詞集》，香港：翰墨軒出版有限公司 2002 年版，第 255 頁。詹安泰著，左鵬軍點校《詹安泰全集》（第四冊，詩詞集），上海：上海古籍出版社 2011 年版，第 169 頁。

受的詩篇，也從一位學者詩人的角度反映了那個特殊的災難性時代的某些歷史事件，是詹安泰一生創作中最具有時代價值和思想意義的作品。詹安泰詩歌創作的思想追求與藝術趣味也通過這些作品得到了非常充分的展現。

概括地說，處於中國古典詩歌最後階段的詹安泰的詩歌創作趣味具有明顯的融通性、綜合性特徵，其基本格局是才華與學養並重、唐音與宋調兼顧、個人情感與時代感懷相融，希圖在廣泛地繼承和汲取歷代詩歌創作經驗的基礎上創造自成面目的詩作，並尋求建立獨特風格的道路。從個人性情稟賦、興趣愛好、學識修養、詩學淵源、師友交往的角度來看，兼學者、詩人、詞人於一身的詹安泰的詩作，更多地傾向於婉曲內斂、筋節骨力、冷峻沉雄、理性哲思一路。假如用唐音或宋調來比方的話，可以認爲詹安泰的詩作主要是傾向於宋調的；假如以雄直作爲考察嶺南詩歌的一種風格尺度的話，也可以認爲詹安泰的詩作總體上是傾向於雄直之氣的。

詹安泰這種詩歌創作趣味的形成與持續，除其個人方面的原因外，清末民初時期以宋詩派、同光體爲主流的詩壇風氣的影響也是一個至關重要的因素。錢鍾書曾指出：「一個藝術家總在某些社會條件下創作，也總在某種文藝風氣裏創作。這個風氣影響到他對題材、體裁、風格的去取，給予他以機會，同時也限制了他的範圍。就是抗拒或背棄這個風氣的人也受到它負面的支配，因爲他不得不另出手眼來逃避或矯正他所厭惡的風氣。」〔註 42〕從這一角度看，詹安泰是有意識地接受清末民初時期主流詩壇風氣的正面影響而進行詩歌創作的。這與詹安泰的個性氣質、學者身份、詩學淵源、文學交往等多種因素密切相關，當然也與國家不幸、民族危難、時局動蕩、個人亂離等因素有著非常密切的關係。因此，詹安泰詩歌創作趣味的形成是詩歌內部和外部多重因素複雜作用而產生的複雜結果，也表明他彙入主流詩壇的主觀願望和努力方向。

三、餘論：學人與詩人之合一

關於詩人之詩與學人之詩的是此非彼、雅俗高下、遠近取捨，是清初以來詩歌理論與創作中的重大問題之一。陳衍曾在《石遺室詩話》中指出：「余亦請劍丞評余詩，則謂由學人之詩，作（去聲）到詩人之詩。此許固太過，

〔註 42〕錢鍾書《中國詩與中國畫》，《七綴集》，上海：上海古籍出版社 1985 年版，第 1 頁。

然不先爲詩人之詩，而徑爲學人之詩，往往終於學人，不到眞詩人境界。蓋學問有餘，性情不足也。」〔註 43〕他選編的《近代詩鈔》也集中體現了「合學人詩人之詩二而一之」的理論主張。從這一角度考察詹安泰的詩歌理論主張與創作趣味、詩作與詞作及詞學研究、詩詞創作與學術研究之間的關係，從多個面向體會其中的經驗，可以引發多種思考並獲得相當豐富的啓示。

由上文所述可以看到，詹安泰詩學理論觀念與創作實踐之間存在著非常密切的關聯性和比較明晰的對應性；準確地說，詹安泰對於詩歌的理解和造詣是從理論觀念與創作實踐兩個方面共同體現出來的。他對於性情與學問、繼承與創新、時代與個人、唐音與宋調、淺易與古雅等關係的認識和處理，既體現了理論的合理性與針對性，又體現了實踐的允當性和可行性，表現出一種自然中和、才情並至的理論追求和創作趣味。這對於詹安泰及其同時代的許多學者詩人、詩人學者來說，是一而二、二而一的自然關係，宛如一體之兩面，學人的修養與詩人的才華互相依託、彼此激發，共同成爲創造詩美的要素；只是二者各有側重、各有偏至、各有其體現方式而已，其間並無任何障礙或枘鑿不合之處。這或許是詹安泰那一代及其前代詩人學者、學者詩人將詩與學問、學問與詩兩相結合得如此自然並取得如此傑出成就的重要原因。

詹安泰對於詩和詞均素所喜好，在詩與詞的文體選擇上的認識和做法也是比較自然通達的，並不像某些創作者那樣或專注於詩，或專注於詞，而是詩詞兼顧亦且兼擅，只是根據不同的吟詠對象、表現事物，在不同的情境或興味之下，根據詩與詞的文體特點和藝術個性進行主動的取捨。在多年的寫作經歷中，除了學術著述、教學活動之外，他把主要精力用於詩詞創作方面，而且在詩歌創作方面所花精力、所取得成就並不在其詞之下。由這種現象可以認識到，詹安泰的詩歌創作與詞體創作之間的關係也十分密切，二者之間存在著一種互相支撐、互相促進的關係，從而共同造就了他的整體詩詞創作成就。在傳統文學與文化中浸潤較深、涵泳較久的許多詩人詞家也大多如此。

還有，從總體上考察詹安泰的詩詞創作與學術研究，也可以發現彼此之間構成了相輔相成、促進激發、渾然一體的關係。就學術研究而言，詹安泰在詩學方面下過很深的功夫並有重要著作傳世，在中國文學史特別是先秦文

〔註 43〕陳衍著，鄭朝宗、石文英校點《石遺室詩話》卷十四，北京：人民文學出版社 2004 年版，第 223 頁。

學史方面也作過專門研究並主編過大學教材，而所下功夫最深、成就最爲突出、影響最大者當是詞學研究。應當看到，對於詹安泰的詩詞創作來說，如此深厚的學術修養、如此豐富的學術經歷、如此厚重的研究成果是其詩詞創作的學問根柢和強大支撐，也是必不可少的思想資源和精神動力。

才華與學問、興味與學術、創作與研究之間這種自然而然、渾然一體和共生並進，實際上也是中國傳統文人學者的普遍追求，也是他們取得傑出的創作成就和學術成就的一個重要原因。然而，由於近現代以來教育的變革、世道的隆替和文化的變遷，詹安泰和他的同道們，可能是傳統意義上的人文知識分子的最後一代了。

黃詠雩詩中的興亡感慨與家國情懷

黃詠雩嘗在詩集《自序》（1961）中云：「今予詩誠不工，然自有性情面目，宛然其爲予矣。夫性情善惡，面目妍媸，得之於天，覽者固當知之，其工不工，又何俟夫自言？姑置之篋衍，庶以見山川行役，時物變化，師友交遊，學問進退，與夫晴雨寒燠，榮枯興廢，聚散歌哭，得失樂哀之情；夢影塵蹤，如鏡如繪，將內省求益，博學以知脈也可乎！」〔註1〕雖多有謙遜之意，然對於自己詩作之自信、對於詩歌思想藝術之追求、特別是發抒眞性情以成自我面貌的創作觀念，仍然表達得相當充分。

黃詠雩摯友、詩人羅雨山在《芋園詩稿序》（1960）中說：「粵詩之盛，有由來矣。今吾友黃子詠雩復以詩鳴，其詩取徑騷選，契合於玉溪、海雪，又通佛老之微旨，烹煉精詣，悱惻芳馨，而不欲苟同。殆又異軍突起，卓然一幟矣。」〔註2〕又曰：「芋山五七律，如碧桃滿樹，時見美人。而思致綿密，神理內蘊，殆得力於玉溪、海雪，讀之使人意遠。其沉雄處，又如幽燕老將，笳鼓登壇，令人迴腸蕩氣。五七絕亦清新獨絕，雅韻欲流。當於月明花下，把酒誦之。」〔註3〕道出黃詠雩於詩諸體兼擅、自成面目的造詣，將其視爲詩風綦盛、淵源有自的廣東詩壇中一位異軍突起、卓然大家的標誌性人物。結合黃詠雩的詩歌創作來認識這些評價，可以說這既是對其人的高度讚譽，也

〔註1〕黃詠雩《天蠁樓詩文集》上冊卷首，廣州：花城出版社1999年版，第9～10頁。筆者對原標點有所訂正。

〔註2〕黃詠雩《天蠁樓詩文集》上冊卷首，廣州：花城出版社1999年版，第6頁。筆者對原標點有所調整。

〔註3〕黃詠雩《天蠁樓詩文集》上冊卷首，廣州：花城出版社1999年版，第13頁。

道出了其詩的重要特徵和主要價值。

黃榮庚《芋園北江遊草・序》(1928)中亦評曰:「夫老杜《石壕》,傷亂之作也;青蓮《天姥》,招隱之吟也。芋園自有仙才,亦號詩史。蠟屐幾緉,錦囊半肩;雕刻山靈,藻繪野態。不爲造物所忌,更得風人之旨。」〔註4〕以「詩史」評價黃詠雩詩的歷史價值和文學價值,以「得風人之旨」論說黃詠雩的詩歌創作追求,既是中國詩論傳統中質實懇切的評價,也是充分飽滿的肯定讚譽。從這一角度考察和認識黃詠雩其人其詩,確可看到,生逢亂世、屢遭流離的詩人,在許多詩篇中表達了對於國家興亡、朝代興替、歷史經驗的思考,更表達了對於世道人心、民生疾苦、百姓境況的關注。由此,黃詠雩的學人修養、詩人才華、文人氣質也得到了充分的展現,一種強烈的憂生念亂之感、悲天憫人之情貫穿於詩作之中,成爲其詩歌的重要思想特徵,也成爲其詩歌格調的重要表徵。

黃詠雩興亡感慨與家國情懷的重要表現方式之一,就是以湖湘地區爲中心,對屈原、宋玉、賈誼遭遇的感慨和對其人格精神的崇敬,以及對其文學才華的效法推重。通過這種用意深微的內容選擇和內涵豐富的詩歌創作,表現深摯的情緒和強烈的感慨。通過這種題材和方式的創作,黃詠雩的文學才華、思想深度、學問根柢、文史修養,特別是對於歷史事件和人物的體認與評騭,都得到了非常充分的展現。

化用《楚辭》詩句和集《楚辭》詩句,是黃詠雩詩歌創作的突出特點之一。其中最爲引人注目的就是集《楚辭》詩句、或化用《楚辭》詩句所作的眾多詩篇。長篇五古《逍遙篇》二首,全部「用《離騷》、《九歌》語」〔註5〕寫成。《南嶽一百二十韻全用楚辭屈宋語》(1957)更是這種做法的代表作。首有序云:「丙申臘朔(公元一九五七年元旦)予遊南嶽,靈光歸然,鐘簴無恙,女巫將事,備薦馨絜。既捫碑字,尋史迹,徘徊不去。……予輒以《楚辭》屈宋語爲七言古詩,得一百二十韻,題曰《南嶽》;又爲七言律詩九首,題曰《九歌》。殆猶對越神靈,撫山川之琦瑋;徬徨天問,仰圖畫之譎怪。憤懣呵壁,搖落悲秋;神之聽之,知我罪我。」〔註6〕黎慶恩《芋園詩稿》批語

〔註4〕黃詠雩《天蠁樓詩文集》中冊,廣州:花城出版社1999年版,第214頁。又見該書上冊卷首,第10頁,無「夫」字。

〔註5〕黃詠雩《天蠁樓詩文集》上冊,廣州:花城出版社1999年版,第15～17頁。

〔註6〕黃詠雩《天蠁樓詩文集》上冊,廣州:花城出版社1999年版,第196～197頁。筆者對標點有所調整。

（1957）云：「《南嶽》百二韻，全用屈宋語，體大思精，超越昔賢演騷比之智。」〔註 7〕七律《九歌用楚辭屈宋語九首》（1957）〔註 8〕也是這種做法的再次運用。

除化用《楚辭》語句而作新詩之外，黃詠雩還採用集《楚辭》詩句形式，創作了《朝雲曲》、《湘弦曲》等作品。其《朝雲曲》題下小序云：「《樂府詩集》有沈約《朝雲曲》。予過巫山，雲氣變化，彷彿有遇，爰集屈宋句，輒成此篇，援沈約之題，擬宋玉之賦。班固曰：『賦者，古詩之流也。』用是敷陳其事，賡歌永言，神女其嫣然，許我可與言詩矣乎？」〔註 9〕《湘弦曲》題下小序亦云：「《樂府詩集・湘弦曲》皆詠湘妃而作。予過黃陵廟，集屈宋句譜成此曲，頗覺古音未墜也。」〔註 10〕均可看出詩人的創作用意和所下功夫，其學問根柢和詩學趣味亦由此得到了相當充分的表達。

此外，黃詠雩還寫下多首關於屈原、宋玉、賈誼的詩篇，表達崇敬之情並從中獲得思想的共鳴。《屈大夫祠》云：「雲霓時結晦，日月與爭光。呵壁煩天問，傳芭禮國殤。大招靈浩蕩，終古事周章。何以紉予佩，香溪蘭蕙香。」〔註 11〕《宋大夫宅》云：「白雲郢中曲，而今和者誰？朝雲無處所，當日有微辭。雨作陽臺夢，秋生楚客悲。登牆闚未許，何得覯吾師？」〔註 12〕《長沙弔屈賈二賢》云：「菲菲長佩欲誰捐？寂寂寒林望渺然。要眇九歌蘭蕙氣，翺翔千仞鳳凰天。美人自昔傷遲暮，諸老何因忌少年？太息懷沙人去後，日斜野鳥又高翩。」〔註 13〕

區季謀《芋園詩稿序》（1973）嘗評論曰：「曩者嘗讀詠雩《天蠁樓詞》，清空麗密，兼而有之，蓋折取於周姜二家而有以得，其性之所近，宜其詩亦曠放以爲遠，典麗以自妍。論者常謂五七言古體，取徑於昌黎，近體得力於義山，其集騷諸篇，尤前人所未有。夫以詠雩之性厚，學端而才且美，於藝事何施而不可乎？其發於語言文字之際，不能自掩如此，古所謂面目懷抱，

〔註 7〕黃詠雩《天蠁樓詩文集》上冊卷首，廣州：花城出版社 1999 年版，第 13 頁。按：據原詩，「百二韻」當作「百二十韻」。

〔註 8〕黃詠雩《天蠁樓詩文集》上冊，廣州：花城出版社 1999 年版，第 338～341 頁。

〔註 9〕黃詠雩《天蠁樓詩文集》中冊，廣州：花城出版社 1999 年版，第 8 頁。

〔註 10〕黃詠雩《天蠁樓詩文集》中冊，廣州：花城出版社 1999 年版，第 13 頁。

〔註 11〕黃詠雩《天蠁樓詩文集》中冊，廣州：花城出版社 1999 年版，第 92～93 頁。

〔註 12〕黃詠雩《天蠁樓詩文集》中冊，廣州：花城出版社 1999 年版，第 93 頁。

〔註 13〕黃詠雩《天蠁樓詩文集》中冊，廣州：花城出版社 1999 年版，第 151 頁。

因人世而異者，其信然也。」〔註 14〕黃詠雩以化用、集句等方式寫下這些詩作，可見對於屈原、宋玉等人詩歌的熟稔程度，表現出深厚的創作根柢和學問功力，亦可見對於這種創作方式的喜愛。同時還應當看到，這種創作方式和題材選擇不僅僅是出於詩歌創作藝術的考慮，其中必定包含著黃詠雩由屈原、宋玉、賈誼所處時勢、身世際遇生發而出的感情共鳴，寄託著關於國家興亡與個人命運的感慨，也包含著他對三位偉大文學家人格魅力、創作精神的欽敬嚮往。

黃詠雩興亡感慨與家國情懷的另一種表現方式是以嶺南地區爲中心，對宋元之際動蕩歷史的追懷和對宋朝忠臣烈士的崇敬。作爲一位嶺南詩人，黃詠雩對於家鄉桑梓的歷史故事、現實事件不僅非常熟悉，而且特別關心，加之具有深厚的文史學問修養，遂使他能夠在長期的創作過程、多變的時代處境中保持對嶺南歷史人物和相關事件的關注與思考，從而表達具有反思歷史經驗教訓、思索當下與未來意義的詩篇。

岳飛雖與嶺南無直接關聯，但是由於其深遠的歷史影響和個人命運中包含的強烈的悲劇色彩與象徵意義，仍然引起了在杭州憑弔瞻仰岳飛遺迹的黃詠雩的共鳴。其《岳王墳》（1929）云：「亭外風波一夢空，當時歌舞滿湖中。從來和議皆亡國，惟有奇冤是大忠。丸臘早成三字獄，衝冠徒唱滿江紅。輕陰弄日胡氛熾，松柏蕭蕭有怒風。（武穆詩：輕陰弄晴日，秀色隱空山。）」〔註 15〕詩人關注的重點顯然在於和議必然亡國的結果和忠貞永垂青史的精神。不能不說，這樣的詩句中也包含著詩人對於當時所處時勢與國家局勢的感悟。《宋熊飛將軍故里》（1944）描寫南宋抗元將領、東莞熊飛英雄事迹云：「天地膻腥氣，山河日月昏。不堪寒食節，來弔國殤魂。芳草銀塘路，榴花石塔村。一聲啼望帝，風雨黯崖門。」〔註 16〕著重表現的仍然是熊飛誓死抗爭的英雄氣概和英雄失路對於當時政治局勢的重大影響。

南宋抗元戰爭中最爲偉大、最爲著名的人物就是文天祥，歷代反映南宋抗元歷史的文學作品幾乎無法不涉及他。黃詠雩《過零丁洋作》（1941）云：「潮落潮生天地青，九洲南盡此零丁。鵬摶鯤擊風斯下，鼇擲鯨呿氣尙腥。望裏江河供一唾，劫餘鬢髮有繁星。從今浮海歸耕日，擬續龜蒙耒耜經。」

〔註 14〕黃詠雩《天蠁樓詩文集》上冊卷首，廣州：花城出版社 1999 年版，第 4～5 頁。
〔註 15〕黃詠雩《天蠁樓詩文集》上冊，廣州：花城出版社 1999 年版，第 81～82 頁。
〔註 16〕黃詠雩《天蠁樓詩文集》上冊，廣州：花城出版社 1999 年版，第 225 頁。

〔註 17〕又有《宋文丞相祠》云：「天水厓門盡，風沙燕市摧。兩間留正氣，萬古有餘哀。玉帶生何往，火輪兒不來。招魂見朱鳥，我亦哭西臺。」〔註 18〕都是把文天祥作爲亙古英烈、民族英雄來表現的，其中也蘊含著對於南宋王朝興亡隆替、忠奸善惡、是非成敗的感慨。詩中透露出一種逼人的蒼涼哀痛之氣，具有震撼人心的思想深度和藝術力量。

宋朝實際上最終滅亡於廣東新會厓山。那場發生於宋祥興二年二月初六日（1279 年 3 月 19 日）的慘烈的宋元決戰，成爲南宋王朝灰飛煙滅的標誌。宋代以來，歷經元明清及民國時期，直至現當代，各個時代均有一些文學家及其他人士對厓山及有關歷史事件和人物予以特別關注，並以各種形式的文學作品進行描述、表現和抒發，可以說形成了一個值得關注的「厓山文學」現象。〔註 19〕黃詠雩對於厓門及相關人物事件也予以關注並以詩歌著力表現，寄託深摯的今昔之慨與興亡之感。其《厓門懷古》云：「天水蒼茫四望窮，慈元荒殿咽沙蟲。南來白雁言終驗，北擣黃龍事已空。萬里艱虞存塊肉，一朝氣節殿三忠。江山從古胡塵黯，獵獵靈旗拂怒風。」〔註 20〕又《新會道中》云：「岡州舊是祥興地，終古圭峰翠欲飛。夾道葵疑青蓋立，抱城山似玉屏圍。興亡莫問人間事，離亂如從夢裏歸。極目慈元遺殿外，厓門風浪是天威。」〔註 21〕都是從歷史興亡、忠奸善惡的角度表現那次曾經影響了中國歷史進程的戰略決戰，而重點則在於思考其間的經驗教訓。

除厓門外，遺留於嶺南的南宋遺迹所在多有，那些見證歷史興亡、訴說忠奸善惡、引發後人思索評說的遺迹，也自然成爲南宋以來許多文學家的表現對象。黃詠雩也延續著這種創作傳統。其《九龍宋皇臺》（1939）云：「天水茫茫問水濱，景炎輦道未全湮。白鷳海上猶同死（見二王本末），金甲雲中倘有神（張世傑事，見《說郛》）。天地至今爲逆旅，江山從古有胡塵。寒風吹斷西臺淚，我亦當時慟哭人。」〔註 22〕憑弔見證興亡的歷史遺迹，面對當時不幸的國運時勢，將古今之慨、今昔之歎融爲一體，詩人的感情至爲沉痛。

〔註 17〕黃詠雩《天蠁樓詩文集》上冊，廣州：花城出版社 1999 年版，第 279 頁。
〔註 18〕黃詠雩《天蠁樓詩文集》中冊，廣州：花城出版社 1999 年版，第 87 頁。
〔註 19〕關於此問題，可參考左鵬軍《厓山記憶與嶺南遺民精神的發生》，《華南師範大學學報（社會科學版）》2012 年，第 6 期。
〔註 20〕黃詠雩《天蠁樓詩文集》上冊，廣州：花城出版社 1999 年版，第 246～247 頁。
〔註 21〕黃詠雩《天蠁樓詩文集》上冊，廣州：花城出版社 1999 年版，第 247 頁。
〔註 22〕黃詠雩《天蠁樓詩文集》上冊，廣州：花城出版社 1999 年版，第 258 頁。

《九龍楊亮節廟》（1939）云：「鐵膽孰爲金甲將（張世傑事，見《說郛》），紅光不見火輪兒（王樸事，見《默記》）。一生提舉勞王事（德祐二年，以淑妃、弟亮節提舉二王府事，見《宋史》），後死慈元繫姊思。此去趙家無片地（《宋史·汪立信傳》：某去尋趙家一片地死耳），誰知官富有遺祠？神州又睹沉淪日，極目關山鼓角悲。」〔註 23〕都是同樣題材和用意的詩篇，詩人總是不能不將歷史人物和事件與當時的國家局勢聯繫起來，表達強烈的傷時感世、憂生念亂情懷。後一首於紀事抒情之中，引用正史、筆記材料以爲證據，以詩中自注的形式出之，從一個角度反映了黃詠雩詩歌創作的嚴謹作風和學問素養。

對於南宋的最後命運而言，廣西桂林也是一個非常重要的所在，那裡同樣發生過非常激烈的戰爭並對其後的政治局勢產生了直接影響。這一切也自然引起黃詠雩的關注並產生強烈的共鳴。《桂林二忠歌》（1964）云：「胡馬蹴踏神州沉，朱明日落八桂林。十三鎮兵俱成擒，殺人如草鼓聲死。力盡援絕事亟矣，高座堂皇者誰子？瞿留守（式耜），張總督（同敞），此頭可斷不可辱。沙蟲一夢三百年，江山洗滌無腥膻。灕江之水清於天。天有傾，地有竭，忠節大名懸日月。」〔註 24〕又《桂林雜詩五首》之三：「瞿張貞烈壯山河，仰止堂前血不磨。至大至剛唯浩氣，迴腸作我二忠歌。（疊彩山下有南明留守大學士、臨桂伯瞿式耜，兵部侍郎、總督諸路軍務張同敞二公成仁處碑，道光間梁章鉅題立。其書乾隆賜謚，殊背忠忱。新修仰止堂，壁設瞿、張二公石刻像，旁刻二公獄中唱和詩，題曰《浩氣吟》。予瞻仰遺像，作《桂林二忠歌》。）」〔註 25〕都是以表現瞿式耜、張同敞之忠勇爲中心內容和價值傾向的。這也是歷代文學作品所著重表現的共同主題，可見中國文學傳統和中國人思想意識中對于忠貞正義、毅勇剛直、烈士精神的深度認同。

對於嶺南地區而言，除南宋末年外，另一個在朝代更替、江山易主的動蕩變革中產生重要作用、並對嶺南文化精神的形成與發展產生深遠影響的關鍵時期就是明清之際。這一時期嶺南地區曾出現過眾多的抗清志士，他們以不同的行爲方式和著述方式昭明自己的政治態度、文化信仰和反清立場，並在後來的歲月裏積澱爲嶺南文化精神中的核心內容。黃詠雩《〈陳岩野先生永

〔註 23〕黃詠雩《天蠁樓詩文集》上冊，廣州：花城出版社 1999 年版，第 258 頁。
〔註 24〕黃詠雩《天蠁樓詩文集》中冊，廣州：花城出版社 1999 年版，第 77 頁。
〔註 25〕黃詠雩《天蠁樓詩文集》中冊，廣州：花城出版社 1999 年版，第 188 頁。

曆三年敕其子獨漉手錄卷〉爲蒿庵題》（1965）云：「朱明日落陣雲屯，中宿潮轟戰鼓喧。化碧終埋君子血，焚黃差慰鬼雄魂。錦岩石破河山改，獨漉堂空日月昏。夷夏已無分限處，孤兒危涕弔厓門。」〔註 26〕對堅守民族立場、堅決抵抗清軍南侵的陳邦彥、陳恭尹父子表達了懷念與崇敬之情。又《陳岩野先生墓園》云：「日星河嶽壯乾坤，正氣長存太艮邨。不信蠻夷終猾夏，猶傳忠烈此歸元。青林池沼清泉冽，朱果山河落照昏。今日腥膻都洗盡，作詩來告國殤魂。」〔註 27〕此詩感情極爲沉痛深摯，將陳邦彥抗清而死的行爲視爲爲國犧牲之國殤，可見作者的深刻感慨與激動情緒。

黃詠雩還有《清遠城弔白忠節燦玉、朱忠愍叔子》（1933）云：「朱明日落鼓聲死，夜借伶衣謁天子。鬩牆不禦外侮兵，六脈渠中血爲水。岩野先生眼眥裂，手揮殘卒保西粵。殺官相應二公謀，清遠城高固如鐵。轟城火藥天地崩，血肉相薄刀槍鳴。白公怒斬百騎卒，四萬人無一欲生。白公前仆陳公逐，趨謁朱公相抱哭。青林深處朱家園，空貯琴樽書萬軸。衣冠自縊書堂中，哭之拜之悲塡胸。孤臣心似西池水，一死要與叔子同。當時將軍有藥圃，待詔章堂亦歌鼓。雲淙題字甘泉記，文燕流連互賓主。南禺花落又清明，階前淚滴松梢雨。萬死難忘報國心，中宿潮聲尙激楚。」〔註 28〕通過對明末史事的描寫和對歷史人物的追憶，表達對於明朝滅亡及其歷史教訓的思考，寄託的仍然是強烈的興亡成敗之感和滄桑變幻情懷，而詩人對於當時政治局勢、亂離動蕩環境的體認，也間接表現出來。

《粵中懷古二首》也是以明清之際的滄桑巨變及其深遠歷史影響爲中心，展開詩人國家興亡、成敗榮辱的感慨與追懷，寄託著深沉的家國情懷。其一云：「朱明天遠入重溟，島嶼紛如水上萍。海岸浪翻獅子白，關門山聳虎頭青。番禺八桂開秦郡，牛女雙星照楚庭。夜半三峰觀日出，人間渴睡正迷冥。」其二云：「朝漢臺前聞鷓鴣，呼鸞道上採蘼蕪。寶鞍又見降王去，黃屋聊爲大長娛。亦擬曲江獻金鑒，更從南海出明珠。山輝川媚依然在，浴日迴天燭九隅。」〔註 29〕黃詠雩還通過爲他人著作題詩的方式表達對明代興亡的認識與感慨，寄託了濃重的歷史經驗和教訓。《吳太史玉臣〈明史樂府〉題後》云：「人人護黨忘憂國，大義微言感慨深。彪狗一群趨內廠，驥

〔註 26〕黃詠雩《天蠁樓詩文集》中冊，廣州：花城出版社 1999 年版，第 162 頁。
〔註 27〕黃詠雩《天蠁樓詩文集》中冊，廣州：花城出版社 1999 年版，第 164 頁。
〔註 28〕黃詠雩《天蠁樓詩文集》上冊，廣州：花城出版社 1999 年版，第 153～154 頁。
〔註 29〕黃詠雩《天蠁樓詩文集》中冊，廣州：花城出版社 1999 年版，第 152～153 頁。

蠅千里惜東林。衣冠坐揖胡夷入，金帛翻求蟻賊侵。恨史至今成覆轍，泥誰鐵笛付哀吟。」〔註 30〕雖是題吳道鎔所著《明中樂府》之作，用意和思考卻遠不止於此，而是涉及到明朝的統治政策、政治手段與國家興亡、人心向背之關係等重大問題。黃詠雩思慮之深沉和思想之深刻，集詩人與學人於一身的創作特點，由此也得到了相當集中的體現。

黃詠雩興亡感慨與家國情懷的又一種表現方式是以北京等地區爲中心，通過對明清之際的歷史遺迹和政治人物的歌詠追憶，通過對流傳保持至現當代的某些歷史遺迹及其變化、相關人物與事件、意義與價值的變化的描繪，表達對於歷史興亡與個人命運、民族興衰與世道人心、現世境遇與青史評價的長遠思考，寄託濃重的歷史滄桑之感和憂生念亂情懷。這種表現內容與思考方式，表現了深受傳統思想文化薰陶的黃詠雩的現世情懷和入世精神，儘管他所能夠做到的只有文學創作和學術著述而已。

在中國傳統政治體制和文化觀念中，首都向來是政治統治中心、文化思想中心，歷朝歷代的政治、經濟、思想、文化特徵和最高水平都經常集中反映在首都之中。同時，首都也是最集中地反映治亂興衰、國家興亡的所在。因此在黃詠雩的詩歌中，經常以歷代首都及相關地區爲中心，如北京、南京、西安、開封、杭州等地，都是他經常關注的地區，通過描述重要歷史事件和人物來表現對於朝代興替、治亂興衰的認識與評價，從而形成了黃詠雩詩歌創作一個明顯特徵。

在中國歷代多個首都城市中，北京無疑是最有代表性的一個，特別是對於黃詠雩經常描寫歌詠的元明清三代歷史而言，北京更具有無法取代的獨特意義。《燕歌集》是黃詠雩晚年最重要的作品，也是以北京地區爲中心反映歷史興亡、政治局勢、文化變遷的代表性作品。這不僅在於黃詠雩的詩歌才華、學問修養由此得到了最充分的展現，詩人之詩與學人之詩相結合的特點由此得到了最充分的彰顯，而且在於他的晚年心境、入世情懷、人生態度也由此得到了集中的體現，而數十年間的風雨飄搖、時局動蕩、世變孔亟也由此得到了充分的顯現，其中當然蘊含著深刻的世道感慨、興亡感受、時運體察和家國情懷。

《燕歌集・自序》是一篇極其重要的文章，表現了黃詠雩一生的許多感受，值得特別注意。中有云：「山川人物之魁殊，十年作賦；今古興亡之遞嬗，

〔註 30〕黃詠雩《天蠁樓詩文集》上冊，廣州：花城出版社 1999 年版，第 78 頁。

世事如棋。慷慨悲歌，詎唯燕趙；風流文采，不少鄒枚。……玄女演陣而麾兵，豈是帝鴻之世；天魔跳舞而讚佛，更誇詐馬之裝。於是叛漢者著雋永之篇，談天者罹霜飛之獄。望諸奔趙，乃報惠王之書；騎劫功齊，竟觸田單之火。民生塗炭，國事沸羹。下遞完顏，終失幽蘭軒之璽；遙傳擴廓，又喪沈兒谷之師。萬戶抄家，驢馱金餅；九逵主教，人點紅燈。土崩之勢已形，肉食之謀安出？覽古於此，感慨何如乎？……內翰當年，憶阿婆之春夢；半塘今日，譜庚子之秋詞。長謠皆盍旦之鳴，促柱亦思歸之引，此《燕歌集》舊作所由錄存也。或謂：子昔遊題詠，不止於燕，胡獨以燕歌爲名也？予曰：尊國都以概其餘耳。嗟乎！靈猿照水，抱月皆空；孽雁驚弦，沖雲獨唳。天涯芳草，王孫遊兮未歸；日暮煙波，鄉關佇兮何處？樂土奚適，念萇楚之無家；可人不來，歎風雨其如晦。薄寒憭慄，何來秋士之悲；幽籟於喁，總是勞人之唱。用待輶軒之採，聊爲匣衍之藏。讀之者倘視爲高漸離之築，抑雍門周之琴歟？」〔註 31〕

基於這樣的心態和感受，黃詠雩寫下了許多具有重要總結意義的詩篇。其《燕歌行》標題下注有云：「今予燕山懷古，獨表昔賢辭讓高風，云誰知音？正恨古人不見我，相與掩抑冰弦也。」詩有云：「坐我黃金臺，館我碣石宮。贈我以曆室之寶鼎，元英之洪鐘。……白眼橫看時無人，豎子爾乃誇英雄。民生昏墊志士廢，世事兒戲將毋同。我來燕市尋酒人，嗚呼！我歌兮思何窮。將以和擊築變徵之高漸離，且以答窮哭之阮嗣宗。長歌登車去不顧，易水爲我生寒風。」〔註 32〕詩人的今昔是非之感、世道滄桑之慨清晰可見，詩人百感交集的難平思緒亦歷歷可見。《煤山》云：「寂寞煤山路，落花如血紅。狼燧煽宇甸，駮馬闖燕宮。氈笠人當寧，金臺事轉蓬。黃埃西北起，天地不周風。」〔註 33〕通過對明朝最後一位皇帝崇禎皇帝自盡處周遭景物的描寫，眞切而直接地傳達出明王朝土崩瓦解時的塵埃蔽日、血雨腥風。《神武門》云：「北門空鎖鑰，左個失戎機。又見銅駝歎，無端鐵牝飛。掛冠誰則去，被褐我何歸？一瞥傾亡乍，當時萬事非。」〔註 34〕也是通過表現明末史事以寄託興亡成敗、世道滄桑之感的作品。《明袁督師墓》云：「五年復遼海，一讜對平臺。已鑿凶門出，難防眾口猜。長城終自壞，東市並堪哀。血肉此埋碧，

〔註 31〕黃詠雩《天蠁樓詩文集》中冊，廣州：花城出版社 1999 年版，第 1～4 頁。
〔註 32〕黃詠雩《天蠁樓詩文集》中冊，廣州：花城出版社 1999 年版，第 3～5 頁。
〔註 33〕黃詠雩《天蠁樓詩文集》中冊，廣州：花城出版社 1999 年版，第 83 頁。
〔註 34〕黃詠雩《天蠁樓詩文集》中冊，廣州：花城出版社 1999 年版，第 83 頁。

江山亦劫灰。」〔註 35〕通過對袁崇煥生前死後、朝代更替的詠歎，抒發詩人強烈的興亡感慨和民族感情。

黃詠雩《故宮詠史四首》分別歌詠遼、金、元、明四朝。其四詠明朝云：「朱明日落朔風霾，妻子愁看拔劍來。唱蹕鳴鐘朝列散，縹衣烏馬殿廷開。烽煙枉歎人民苦，門戶終成國社災。聞道故家抄沒盡，萬驢金餅過金臺。」後有說明云：「附注：《明史・莊烈帝本紀》：十七年春正月，庚寅朔大風霾。《通鑒輯覽》卷之一百十六：明莊烈帝崇禎十七年，三月京師陷，帝崩於煤山。下書曰：帝出宮，登煤山，望見烽火徹天，歎息曰：苦我民耳！徘徊久之，還宮，命分太子、永、定二王於周奎、田宏遇第，以劍斫長平宮主。歎曰：汝何故生我家！趣皇后自盡，后即承旨，自經。又斫殺妃嬪數人，翌日昧爽，內城亦陷，鳴鐘集百官，無至者，帝乃復登煤山，書衣襟爲遺詔，以帛自縊於山亭，遂崩。李自成氈笠縹衣，乘烏駮馬入承天門，登皇極殿。《明史》卷三百九《李自成傳》：自成氈笠縹衣，入承天門。僞丞相牛金星、尚書李企郊、喻上猷、侍郎黎志陞、張嶙然等騎而從，登皇極殿，據御座，下令大索帝后，盡改官制，六部曰六政府。《明史・莊烈帝本紀》贊曰：惜夫大勢已傾，積習難挽，在廷則門戶糾紛，疆埸則將驕卒惰。故家抄沒。詳見《明季北略》、《通鑒輯覽》卷之一百十六：自成退出之先，悉熔帑金器皿，鑄爲餅，每餅千金，驢車載歸西安。」〔註 36〕詩後長達四百字的注文，不僅表明詩人以學問典故入詩的創作習慣與修養，更可看出其創作態度之嚴謹以及在重要歷史細節的描述中所寄託的對於歷史上興亡成敗、經驗教訓的體悟。

又如《天壽山明陵》云：「昌平疊巘碧千尋，鳥轉珠丘見陸沉。天地玄黃經戰血，河山迢遰起層陰。陵園石馬空流汗，校尉材官有摸金。日落欑宮對松柏，題詩愁煞顧亭林。」〔註 37〕於肅殺蕭索的意境中，可見詩人面對歷史遺迹時的沉重心境。《于忠肅公墓》云：「北狩乘輿竟鑾凶，倉皇土木戰塵蒙。一腔熱血灑何地，兩字奇冤殺有功。冰上鷺鷥迷宿草，墓前駿馬立剛風。奪門爭國終遺恨，愁絕岡州老病翁。」詩後又有說明云：「附注：吾粵陳白沙先生（獻章），於明天順朝，不赴會試。及後再徵，謝病不出。其平日題款，自署曰岡州病夫。人謂先生以當時奪門爭位，有愧子臧季札，其皦然高遁，有

〔註 35〕黃詠雩《天蠁樓詩文集》中冊，廣州：花城出版社 1999 年版，第 88 頁。
〔註 36〕黃詠雩《天蠁樓詩文集》中冊，廣州：花城出版社 1999 年版，第 114～115 頁。
〔註 37〕黃詠雩《天蠁樓詩文集》中冊，廣州：花城出版社 1999 年版，第 121～122 頁。

深意云。惲敬撰《白沙先生祠堂記》言：先生景泰二年會試後，更十五年，至成化二十年，始赴會試。此何爲哉？蓋景泰之立，所以守社稷也。於義本甚正。至英宗歸，而錮之南內，則君臣之禮廢，兄弟之恩絕矣。易太子則父子之道舛矣。至英宗復辟，輔之者幾如行篡焉，遂成一攘奪之天下，此先生所以不出也。憲宗則序宜立者也，故先生復出焉。此論發前人之所未發。先生嘗云：名節道之藩籬，合惲記觀之，可以知先生所存。見吳道鎔《明史・樂府卷五活孟子篇》，謹詳述之。」〔註38〕此詩通過文獻徵引、史實考述，表現身處世變之際、動蕩之時的個人出處、政治選擇，寄託的仍然是對於歷史命運與個人際遇關係的深刻思考。

黃詠雩還有個別詩篇，從其他角度或以另外的方式表達一以貫之的興亡感慨和家國情懷。爲表現抗日戰爭取得勝利的歡欣鼓舞，詩人寫有七律《凱歌八首》（1945），其一云：「軒轅一戰服蚩尤，妖霧當風雲爾收。軍國有才儲玉帳，家邦無缺喻金甌。且看干羽三苗格，便復春秋九世讎。刻石紀功原盛事，磨崖今已隘之罘。」其五云：「立馬神山海宇平，三邊應築受降城。同仇早賦戈矛什，和會眞爲玉帛盟。興漢匈奴甘伏闕，盛唐回紇助收京。鴻勳有史前無比，善善何須用戰爭？」其七云：「絕漠窮廬樹外防，三臺分野赫重光。黎桓尙遣還交趾，衛滿仍教治樂浪。紫塞好歸區脫地，白門更榜大功坊。長蛇封豕今能制，豈在窮兵侈殺傷？」〔註39〕

《行路難》（1962）則是體現黃詠雩另一種政治關懷和時局感受的詩作，如有句云：「我聞三雄同盟一獨尊，無冠之王執政官。元老會議頌功德，奈何變生肘腋間？又聞英雄垂暮竄荒島，手澆翠浪聲潺潺。世界震撼獅子吼，始何勇猛終何孱？……復聞赤符眞人白玉棺，朱宮晏駕開羨門。當時舉國拜神聖，一朝身死叢譏彈。憤甚鞭屍置之火，小碑黑字埋榛菅。嗟吁乎！行路難。同舟豈意生敵國，叱馭那敢超危巒。世途險惡難復難，人情詭變艱復艱。」〔註40〕顯然，這是一首結合二十世紀五六十年代的國內局勢、國際關係、中外首要政治人物的命運遭遇，表現詩人外在觀感和內心感受的作品，同樣具有反映當代中國政權變化、政治局勢的用意。詩人對於歷史故實、朝廷更替、興亡成敗、國家局勢、民族命運等重大問題的一貫關注，也寄予於其中。

〔註38〕黃詠雩《天蠁樓詩文集》中冊，廣州：花城出版社1999年版，第137～138頁。
〔註39〕黃詠雩《天蠁樓詩文集》上冊，廣州：花城出版社1999年版，第289～291頁。
〔註40〕黃詠雩《天蠁樓詩文集》中冊，廣州：花城出版社1999年版，第15～16頁。

黃詠雩這位從舊社會走進新時代的詩人、學者的入世情懷、家國之感和晚年心境由此也可以窺得一斑。

特別值得注意的是，黃詠雩晚年還寫有一些對當時中國政治狀況、國家局勢、時事人物、歷史古迹進行思考和評說的詩篇，雖用語較爲隱晦，用意頗爲深微，創作態度相當謹愼，但從中還是可以看出詩人晚年所處所思、所念所感的一些方面，同樣表現了詩人的入世精神和家國情懷。特別值得注意的是，從這些詩作中運用曾流行一時的帶有鮮明政治色彩的名詞術語和由此引起的中國傳統詩歌話語體系的重大轉折中，可以分明感受到二十世紀中後期中國政治文化氣氛的某些方面。

如其《君子有所思行》結句云：「老養壯用足溫飽，四民樂業登嘉祥。不朽有三福有五，人其仙矣俱壽昌。崑崙積雪流金珠，戈壁萬里農牧場。黃河清宴支祁伏，休煩疏鑿兼隄防。海不揚波地不震，九州八極通梯航。戰器毒藥皆消毀，萬國玉帛隆一匡。三千大千極樂土，娑婆世界蓮華香。跨湯越禹邁三五，遂臻大同踰小康。大同之望何時償？夢寐求之思難忘！」〔註 41〕雖然此詩寫作的具體時間尚未能確定，但那種強烈的理想浪漫色彩、簡單樂觀的自信情緒，仍然反映了那個時代特有的社會氣氛和個人情緒。《軒轅臺懷古三十四韻》有句云：「覽古涿鹿野，登高軒轅臺。日月叠出矣，山川何遼哉！……後昆垂七億，功烈光九垓。革命此權輿，戰爭亦初階。黃星他有耀，玄霧誰能霾？來者孰取法，明時得追陪。迢迢閱年代，茫茫吹風埃。鼎湖遺故劍，髀冢揚其灰。景雲今倘睹，神策將安推？世道遞隆污，人情生樂哀。望道道阻長，驅馬馬虺隤。黃軒何處所，浩歌歸去來。」〔註 42〕也是從人類發展最終目標的高度，通過追懷古迹、品味其文化象徵意義來思考和認識革命、戰爭及其可能帶來的結果以及其間存在的局限性，同樣寄託了詩人的理想追求和浪漫情懷。

又如《天安門篇一百二韻》有句云：「眾星拱北辰，廣場臨勃海。薊丘宛建瓴，燕山猶負扆。遑遑天安門，熙熙北平市。浩穰集萬品，迢嶢過百雉。……普天皇星明，泰階景雲啓。至今七億人，傳世五千載。……閱世恍枰棋，登場誚傀儡。古今浩無窮，得失良有以。……民主法共和，封建毒煎洗。寰宇儼家庭，四海皆兄弟。異同能共處，世界庶寧敉。古人俱已往，大

〔註 41〕黃詠雩《天蠁樓詩文集》中冊，廣州：花城出版社 1999 年版，第 6～7 頁。
〔註 42〕黃詠雩《天蠁樓詩文集》中冊，廣州：花城出版社 1999 年版，第 31～32 頁。

同今可企。……艱難知稼穡，恭敬維桑梓。三徑撫松菊，九畹藝蘭芷。襲義而親仁，入孝而出悌。民生同樂康，兵氣長消彌。天下方晏然，先生且休矣！」〔註 43〕此詩以歷史時序爲線索，以豐富的史料史故實爲基礎，將作爲中華人民共和國政治象徵的天安門的歷史經歷、風雲變化一一寫出，最後寄託了對於世界大同、民生樂康、天下晏然的希望。

總之，以中國傳統知識分子的入世精神和淑世情懷爲思想底蘊與精神動力，以深厚的歷史修養和深刻識見、傑出的詩歌才華和豐富的創作實踐爲基礎，黃詠雩一生創作了爲數眾多的以朝代更替、國家局勢、民族興亡、個人處境、政治選擇、命運評價等爲中心內容的詩篇，表現出對於古今滄桑、是非成敗、忠奸善惡、歷史經驗、時代憂患、未來可能的深刻反思，表現出獨特的思考角度和思想深度。

通過這些詩篇，黃詠雩詩人兼學人於一身、性情才華與學問根柢並重的致思方向和創作觀念，格調高古、剛健猷上、厚重深沉的詩歌創作風格也得到了充分的表現。黃詠雩一生詩歌創作豐富，多達一千二百多首，且擅詞作與文章，兼及學術著述，但是，從詩歌創作的角度來看，應當將表現興亡感慨與家國情懷的詩作視爲其最具代表性的作品，反映了他詩歌創作的最高水平，也反映了時代的風雲變幻和個人的思想歷程，因此兼具時代詩史和詩人心史的雙重價值。

〔註 43〕黃詠雩《天蠁樓詩文集》中冊，廣州：花城出版社 1999 年版，第 17～22 頁。

先生詩史亦心史
——詩人陳寅恪和他的時代

同學們晚上好！今天，我想跟大家談一下詩人陳寅恪先生和他的時代。

陳寅恪是二十世紀一位非常優秀的學者，這樣的學者我們不敢奢望在每一個世紀總能碰見。二十世紀對中國來說是一個非常動蕩、急速變化的世紀，同時也是一個非常幸運的世紀。那個時候有很多優秀的學者，除了陳寅恪先生以外，一般所說的清華國學院四大導師還有王國維、梁啓超、趙元任，都是令我們高山仰止的學問大家。他們的學問可能跟我們很多人沒有多少直接關係，但他們的人格風範、對學問和精神境界的追求或者說對世界、民生、生命價値的體認和提陞，就跟我們每一個人有關了。陳先生的學問不是我能夠望其萬一的，我只能從自己比較膚淺的閱讀體會來對他的詩做一些解讀。假如解讀得有一點點恰當，用陳寅恪先生的話說，就是 1962 年 11 月寫下的《壬寅小雪夜病榻作》中的詩句：「今生積恨應銷骨，後世相知倘破顏」；假如解釋得有一些不通，只要我們是在誠懇地學習、體會其中的道德文章、思想學術、精神境界，我想陳先生的在天之靈是不會怪罪我們的。

首先還是簡單介紹一下陳寅恪先生的情況。他 1890 年出生於長沙，原籍江西義寧（今修水縣），早年留學日本、歐美，學了很多種語言，包括歐洲的、中亞的、西亞的語言。他是 1897 年被任命爲湖南巡撫的陳寶箴的孫子、著名詩人陳三立的第三個公子。曾在清華大學、西南聯大等一些學校任教。1948 年 12 月，他離開了中共將要接管的北京城，於 1949 年 1 月流落到廣州的嶺南大學，就是現在的中山大學康樂園。從此，他就留在了康樂園。1952 年，院系調整，作爲教會大學的嶺南大學併入了國立中山大學。他在此後生命的二十年中，擔任中山大學歷史系、中文系兩系的教授，直到逝世。與王國維、梁啓超、趙元任相比，他的著作不是最多的，不過也相當豐富。1980 年以後，他最優秀的學生蔣天樞教授所編的《陳寅恪集》共七種、九冊，由上海古籍出版社出版；1993 年他的女兒陳美延、陳流求爲父親編了《陳寅恪詩集》，由清華大學出版社出版；再後來，有生活・讀書・新知三聯書店 2009 年出版的《陳寅恪集》。

1969 年 10 月 7 日，陳寅恪先生在廣州去世，他的葬禮於 10 月 17 日舉行。今年是中華人民共和國成立六十週年華誕，今天是我們這個國學講壇的第六十期，這是一個巧合；同樣有一個巧合是在四十年前的這個時候，陳先生悄悄地離開了我們。但他爲我們留下了寶貴的文化遺產，只要文化、學問、國學還在，他的精神就會在。

大家請看（演示 PPT 圖片），這是他的故居照片，原來叫做東南區一號。他的故居隱藏在樹木之中，從這條小路上去以後就是他的故居了。假如從東邊沿著另外一條小路走進來，會看到一個標牌「陳寅恪教授故居」，這個小門總是虛掩著的。陳先生晚年雙目失明，學校專門修了這條白色水泥路，供陳先生的太太唐篔女士攙扶他下來做一些活動。他家住在二樓，後來一段時間他的樓下住著中山大學著名教授王季思先生。東南區一號，意味著什麼呢？它的對面是原中山大學校長辦公的地方，條件算是相當不錯的了。陳先生來中大以後，學校爲表尊重，將他安排在此，方便他做學問、教學生。

這張照片是 1936 年陳先生全家的合影（演示 PPT 圖片）。這是他的著作（演示 PPT 圖片）。陳先生的著作在很長一段時間內不能出版。1950 年代曾出版過，後來就長期沒有面世了。1980 年又開始出版。稍微關注中國當代文化、當代歷史的同學都知道，只有到了 1979 年中共十一屆三中全會閉幕以後，文化出版事業才發展起來。郭沫若晚年曾激情洋溢地說「科學的春天來了」，這個比喻用在十一屆三中全會以後的中國大陸是更恰當的。這是 1993 年陳先生的女兒陳流求、陳美延所編的《陳寅恪詩集》（演示 PPT 圖片），後面附了她們的母親唐篔女士的詩，給這本書的封面題簽的是前不久去世的北京大學的季羨林教授。季先生是陳先生身後最優秀的學生之一。陳先生一輩子帶了無數優秀的學生，有些跟他的人品相像，比如季羨林教授、蔣天樞教授。

在談陳寅恪先生的詩之前，我想問問同學們：你們還讀詩嗎？你們讀什麼樣的詩？你們還讀中國古典詩歌嗎？在古典詩歌的閱讀當中，我們能夠體會到怎樣的一種精神、中國文化怎樣的一種底蘊？從我自己上大學的經歷來說，在二十九年前的這個時候，我跟在座的諸位一樣，是一名大一的學生。那時我們是讀詩的，我們會讀《詩經》、《楚辭》、《女神》等等。我覺得一個人的一生當中，總有一個年華是屬於詩的。這個時候你有很多激情、很多理想，這就是詩性。在中國這個龐大的詩的國度，在這麼多的詩當中，我們需要讀什麼樣的詩？選擇可以很不一樣，但有一點是肯定的，我們需要讀一些古典的詩。作爲一個中國人、作爲一名大學生，假如對中國的古典詩詞等沒有些許的瞭解，我們總覺得欠缺了點什麼。這不是指知識的欠缺，而是指心智的、情感的、母語文化的某種缺憾。作爲一個人、一名接受高等教育的大學生，詩對於我們的心智、情感、生命是有價值的。

越是在數字化、技術化、實用化、世俗化的時代，就越需要詩這種屬於生命本體的東西。你的專業可能是很技術性的、很實用的，但越是這樣，越要有意識地培養起對詩、文學、藝術的追求、理解以及內心的希望。不管多麼偉大的科學家，有了詩性的一面，他的生命才會變得圓滿、充盈、充滿生命的活力。包括陳寅恪先生這樣的學問大家在內，也是需要詩情的。他的學問與他的詩之間也有著一種互補的關係。有些學問可能只有他一個人在做或者說只有他一個人做得那麼好，但是他的生命同樣需要很多詩性的、感性的、真切鮮活的東西。

另外，在古典詩歌與現代詩歌之間，我們需要有一個考量。這並不是說誰是誰非、誰高誰低的問題——這很難得出一個結論來。胡適在早年倡導文學革命的時候，曾說過作詩不要用典、甚至不要韻律。這些話對於年輕的、充滿浪漫思想的革命家來說是沒有問題的，但若是眞正回到中國文化和世界文化的角度來思考詩歌的價值，我們要問的是，假如中國的古典詩歌缺了韻律、平仄、用典、對仗，還能剩下什麼？我們的古典詩歌就會變得土崩瓦解。所以我覺得，我們要讀點古典詩歌，對古典詩歌的有所體會。古典詩歌與現代詩歌之間是可以融通的，並不是有你無我、有我無你的關係。幾十年來，我們的文學史當中、意識形態話語當中，甚至我們的思維方式當中，經常把包括古典詩歌在內的傳統與現代詩歌、現代文化對立起來，這種認識方法和處理方式是大有問題的——實際上已經出現了很嚴重的問題。

帶著這樣的想法，我們就可以試圖通過陳寅恪先生的一些詩而走近他的精神世界。他的一些詩在生前是不示人的，這可能有他的想法和深意。閱讀他的詩，一方面我們能夠走進他的心裏；另一方面，通過他對於自己情感的、事物的發掘、表現和描摹，我們或許可以走進他的時代。我想，如果讀他的詩，我們能對他和他的時代有一些瞭解，對我們自己的情感、內心的追求、人格的塑造也有一些體悟，我們就不虛此行。

首先看 1910 年陳先生做的一首詩（演示 PPT 圖片）。當時他在柏林，驚聞日本要吞併朝鮮，作詩曰：「興亡今古鬱孤懷，一放悲歌仰天吼」。那個時候他才二十來歲，跟在座的同學們一樣很年輕、很激進。就是在他早年的這類詩歌中，我們可以看到一種愛國的、對於古今興亡非常敏感的素質。他的這種素質其實是他詩性情懷的一個非常重要的出發點，延續了他一生，直至去世。

讀詩，有幾個關鍵點是很重要的。一個就是標題。對於那些非常嚴謹的詩人的詩的標題，我們要好好體會。還有一點，陳寅恪先生開創了一種學術方法，就是「以詩證史」，後來發展爲「詩史互證」。王國維曾講過二重證據法，即出土文獻與傳世文獻互爲釋證，以達到鐵證如山的學術境界。陳先生對於「詩之實」與「史之虛」有著非常深刻的體悟，他注意詩的史學價值和史學著作的詩性情懷。例如《史記》，雖然它的體裁不是詩歌，但其中包含了司馬遷的無數情感的抒發。魯迅稱之爲「史家之絕唱，無韻之《離騷》」，這絕對是精彩之論，將《史記》的詩性情懷說得十分清楚。

1913 年，陳寅恪在巴黎大學讀書。期間，有一次偶然看國內報紙，見有人提議大總統當改爲終身制，以獻媚於竊國大盜、共和逆賊袁世凱。而法國舊有選花魁之俗，陳寅恪到巴黎時恰遇當地選花魁的盛會，於是寫下《法京舊有選花魁之俗余來巴黎適逢其事偶覽國內報紙忽睹大總統爲終身職之議戲作一絕》。「戲作」一詞需要注意，有時候比正兒八經地嚴肅認眞地作還認眞，可以以此故意引起他人的注意。陳先生詩曰：「歲歲名都韻事同，又驚啼鴂喚東風。」七絕有一個基本的做法，前兩句一般是敘事、寫景，後兩句一般要議論、點題、加深，於是陳詩又說「花王那用家天下，佔盡殘春也自雄」，開始諷刺袁世凱，加深戲作的戲字的含意，把花魁與大總統相連。請注意，陳先生在巴黎還閱覽國內報紙，可看出他是非常關注國內政治的，即使他晚年雙目失明，仍堅持讓他的夫人、助手念《人民日報》給他聽，這個習慣保持了一生。他並不是一個一心只讀聖賢書的人，他對政治的關注和敏感遠遠超過了我們一般人。

陳先生也有非常風趣的一面。1919 年，他看了一個刊物以後，將一種當時流行的、新潮的、時尚的詞彙用到了中國古典詩歌中。詩曰：「文豪新制愛情衡，公式方程大發明。始悟同鄉女醫士，挺生不救救蒼生。」這樣的一種習做法由來已久，近代以來的許多詩人都曾經這樣嘗試過，留下了許多被稱做「新派詩」或「新詩」的作品。我們可以舉一個距我們比較近的例子。錢鍾書先生在跟他的朋友向達教授開玩笑時說向達是「外貌死的路（still），內心生的門（sentimental）」，指向達先生外貌一本正經，內心卻是激情澎湃的。這反映了一百年來中國古典詩歌變化、求新的一種努力。

1927 年 6 月 2 日，中國學術界發生了一件大事，王國維先生以五十歲的年齡，令人毫無預料地在北京頤和園昆明湖自沉逝世。王先生之死有多方面的原因，他的去世帶給陳先生極其沉痛的精神打擊和空前深切的生命無常之感。他的《輓王靜安先生》說：「敢將私誼哭斯人，文化神州喪一身。越甲未應公獨恥，湘纍寧與俗同塵。吾儕所學關天意，並世相知妒道眞。贏得大清乾淨水，年年嗚咽說靈均。」可以看出，陳先生將王國維視爲中國文化的託命之人，王先生的離世代表了文化神州的喪失。文化是需要人來傳承的，在芸芸眾生之中，總有一些人對文化的傳承起著關鍵的作用，王國維先生可能就是這樣的一個人。陳先生說「贏得大清乾淨水，年年嗚咽說靈均」，是將王國維與屈原相比，可見王先生在他心中的分量。

看多了陳寅恪先生的詩，會發現他的一些習慣。他是一個非常矜持、節制、小心謹慎的人，對於內心的情感、感受，是盡量不說的。與感情充沛、熱情洋溢的梁啓超和細心記錄、盡量多說的吳宓相比，陳寅恪是一個小心謹慎、誠惶誠恐、甚至是如履薄冰的人。這種敬畏、憂懼的性情來自他的家庭。由此判斷，這樣一個寫文章非常矜持、節制的人，卻在應清華學子之邀爲紀念王國維先生去世兩年所寫的碑銘《清華大學王觀堂先生紀念碑銘》中，感情噴發達到了毫無節制的境界，一定是到了必須要這樣做、不得不然的時候。陳寅恪寫道：「先生以一死見其獨立自由之意志，非所論於一人之恩怨、一姓之興亡。來世不可知者也，先生之著述，或有時而不章；先生之學說，或有時而可商。惟此獨立之精神，自由之思想，歷千萬祀，與天壤而同久，共三光而永光。」只要天地還在，日月星辰還在，王國維先生的精神就在，與日月星辰一起照亮整個天空。陳先生所說的「獨立之精神，自由之意志」，不僅僅指王國維，也是在說他自己。這是他對學問、對知識分子的一種理解。他還曾說過「不自由，毋寧死」。在這個意義上，可以體會到陳先生的詩和他的學問的某種同一性，這是對「獨立精神、自由意志」的詮釋。

陳寅恪先生 1930 年所作的《閱報戲作二絕》說：「弦箭文章苦未休，權門奔走喘吳牛。」這是指有些人特別是文人，唇槍舌劍、互相攻擊，又沒完沒了的爭相巴結權貴。這種情形是違背獨立精神、自由意志的，所以陳先生說「自由共道文人筆，最是文人不自由。」很多情況下，文人是有意地逃避自由，放棄自由，甚至害怕自由。陳先生有感於當時文人奔走於權貴之門，喪失了自己的人格，故戲作二絕句以爲諷刺。另一首是：「石頭記中劉姥姥，水滸傳裏王婆婆。他日爲君作佳傳，未知眞與誰同科。」我覺得，這樣的詩作應當是有所指的，甚至是實指某些人的，只是我目前還不能坐實詩中所指之人。

再看他 1938 年作的《殘春》：「家亡國破此身留，客館春寒卻似秋。雨裏苦愁花事盡，窗前猶噪雀聲啾。群心已慣經離亂，孤注方看博死休。袖手沉吟待天意，可堪空白五分頭。」從「袖手沉吟待天意，可堪空白五分頭」，可引出陳先生的父親陳三立老人的兩句詩「憑欄一片風雲氣，來作神州袖手人」，這都是用反話說出憂國憂民之情。再看陳寅恪的《藍霞》：「天際藍霞總不收，藍霞極目隔神州。樓高雁斷懷人遠，國破花開濺淚流。甘賣盧龍無善價，警傳戲馬有新愁。辨亡欲論何人會，此恨綿綿死未休。」藍指的是國民黨，霞指的是共產黨，這是可以確定的。此時他還不到五十歲，卻已經說出了「此恨綿綿死未休」這樣絕望殘酷的話來。不能不說這樣的詩反映了他孤獨難堪的心境。

從一般意義上而言，任何的時間、空間都是一樣的，但是由於人們賦予它們不同的含義，就有了某些特殊的、超文化的、超政治的含義。每個人對每一個時間、地點必定有特殊的情懷，這是注定的。或者說，假如人對於時間、空間沒有了這種敏感，那麼他的時間、空間就會變得極其枯燥、了無意趣。生日是詩人們引發感慨的時刻，請看陳先生過五十六歲生日的情景（演示 PPT 圖片）。他寫道：「去年病目實已死，雖號爲人與鬼同。」這時的他雙目失明（據說陳先生在光線強烈的時候還能分辨黑白）。對於一個讀書人、學問家，這是一個非常沉重的打擊。這句詩寫出他的心如死灰之感，後面一句

「可笑家人作生日，宛如設祭奠亡翁」，寫得極其殘酷，而在自己生日時寫出這樣殘忍的詩句來，更見出他的絕望之情。可以想見他目盲以後的絕望情緒與孤獨心態。

接下來我想先請同學們來朗讀杜甫的《聞官軍收河南河北》（演示 PPT 圖片），之後再來體會陳先生知道抗戰勝利之後的心情。杜詩曰：「劍外忽傳收薊北，初聞涕淚滿衣裳。卻看妻子愁何在，漫捲詩書喜欲狂。白日放歌須縱酒，青春作伴好還鄉。即從巴峽穿巫峽，便下襄陽向洛陽。」這首老杜平生第一快意詩，表達的是一種狂喜、奔放的心情。那麼陳先生的詩是怎樣的呢？《乙酉八月十一日晨起聞日本乞降喜賦》說：「降書夕到醒方知，何幸今生見此時。聞訊杜陵歡至泣，還家賀監病彌衰。國仇已雪南遷恥，家祭難忘北定時。念往憂來無限感，喜心題句又成悲。」大家注意到詩中情緒的變化了嗎？詩人情緒的變化是明顯的，但我想強調的是，從詩的表現來看，這種情緒的變化似乎連陳先生自己都沒料到，他不是先設計好去寫一個從喜到悲的過程，詩中的用典涉及杜甫、賀知章、陸游詩。讀詩要注意標題、注意詩註，陳先生不是隨便加詩註的，他一定是在不得已的情況下才加這樣的詩註：「丁丑八月先君臥病北平，彌留時猶問外傳馬廠之捷確否」。1937 年，陳三立已八十六歲高齡，他在病中聽說日本又侵略中國，開始絕藥，隔了幾天又絕食，沒過多久，這位老人含恨去世。這一舉動昭示了中國士大夫可殺不可辱的高貴氣節和愛國情懷。這就是陳三立之死。他是在一種「猶問外傳馬廠之捷確否」的期待與盼望中含恨離世的。這個詩註一加，一下子把時間拉到了陳三立逝世那一年。想起了父親陳三立，陳先生有可能不想起祖父陳寶箴嗎？詩歌的含量之大由此可見一斑。有這樣一種關懷、這麼沉重的一個歷史問題在其中，所以陳先生說「念往憂來」，感慨萬端。歷史學家的睿智就在這裡。當別人都在慶祝勝利的時候，陳先生冷靜地說，別看今天贏了日本，明天怎麼辦？將來怎麼辦？我們勝利了，國家怎麼辦？國共兩黨怎麼辦？中國會不會由此進入和平安定的時代？這就是陳寅恪先生的深刻之處。他參透了古今中外、興亡成敗的經驗教訓。有這樣深邃的思考，他才說「喜心題句又成悲」。這首詩的跌宕起伏、情感含量、歷史內涵由此可見。如果要在杜甫的那首詩與陳先生的這首詩之間做一個選擇，我會選擇陳先生的詩。這並不是說陳先生的詩超越了杜甫，杜甫是一個空前絕後的詩人，沒有人能超越他；但就情感含量、歷史內涵而言，我覺得陳先生的這首詩是超越了杜甫的。

1949 年，傳作義與中共達成協議息兵，中共軍政人員進入北京城，陳先生選擇離開北京，由北向南，應該說他選擇的方向帶有一種政治的、文化的含義。《戊子陽曆十二月十五日於北平中南海公園勤政殿門前等車至南苑乘飛機途中作並寄親友》中說：「臨老三回逢亂離，蔡威淚盡血猶垂。眾生顛倒誠何說？殘命維持轉自疑。去眼池臺成永訣，銷魂巷陌記當時。北歸一夢原知短，如此匆匆更可悲」。說的是他離開北京時的感受。他當時已經五十八歲了，共趕上了三回亂離，一次是 1937 年的盧溝橋事變，一次是 1941 年的太平洋戰爭，他將這一次也稱爲一次亂離。他在結句中說「北歸一夢原知短，如此匆匆更可悲」，意思說是他離開北京以後可能再也回不來了。這並不是說他回不來，而是說他不回來。

陳先生到廣州嶺南大學以後，做詩曰：「無端來作嶺南人，朱橘黃蕉門歲新。食蛤那識今日事，買花彌惜去年春。避秦心苦誰同喻，走越裝輕任更貧。獨臥荒村驚節物，可憐空負渡江身。」「獨臥荒村驚節物，可憐空負渡江身」一句，體現了他對於時令、季節變化的驚訝，說明他非常不習慣。這種不習慣不僅僅是一種水土不服，更是一種文化上的無歸屬感，十分孤獨，內心極其孤單、無助。這讓我想起了陳寅恪父親陳三立的一首詩《人日》。1901 年，陳三立身邊四位親人相繼離世，在人日即農曆正月初七這一天做了《人日》一詩：「尋常節物已心驚，漸亂春愁不可名。煮茗焚香數人日，斷笳哀角滿江城。江湖意緒兼衰病，牆壁公卿問死生。倦觸屏風夢鄉國，逢迎千里鷓鴣聲。」你看，「尋常節物已心驚」與「獨臥荒村驚節物」多像啊。我想陳三立在 1901 年人日那天與陳寅恪在 1949 年離京時的感受是一樣的。再看這句「餘生流轉終何止，將死煩憂更沓來」。其實陳寅恪在廣州的生活非常孤單，對於政局，他也很擔憂。

1950 年 2 月 16 日除夕這一天，陳寅恪先生爲一個名叫吳辛旨的人的詩作題詩（《己丑除夕題吳辛旨詩》）。吳辛旨是誰呢？他是華南師範大學中文系的一位老先生，梅州人，也叫三立。1955 年被評爲二級教授，當時陳先生是一級教授。這裡出現了一個吳三立，之前又有一個陳三立，就是陳寅恪的父親，大家知道「三立」指的是什麼嗎？「三立」是指立德、立功、立言。中國向來有「三不朽」的說法，有三種事業是雖久不廢的，不管世道如何滄桑變化，這三樣東西是不會被廢棄的，它們擁有永恒的價值。《左傳・襄公二十四年》有言：「太上有立德，其次有立功，其次有立言，雖久不廢，此之謂不朽」。

立德是聖人的事，立功的典範有諸葛亮等人，立言並非隨便的什麼寫作或者胡言亂語，而是如《左傳》、《離騷》、《史記》等那樣的經天緯地、具有經典價值的文字。陳先生對吳三立的評價是很高的：「人境高吟迹已陳，蒹葭墓草幾回春。說詩健者今誰是？過嶺南來得此人。」將吳三立視爲黃遵憲人境廬詩、黃節蒹葭樓詩之後，嶺南詩壇的又一位具有標誌性意義的詩人，這是非常高的評價。這於陳寅恪先生，有在嶺南獲得知音的感覺；而對於吳三立，也是非常大的鼓勵。據說吳三立在後來的許多年中，一直把陳寅恪對他的稱讚當作一件很自豪的事情，並時常向別人講述。

1951 年，是中華人民共和國成立後「第一個五年計劃」剛剛開始的一年。這時在嶺南大學教書的陳先生寫過這麼一首具有諷刺意味的詩，標題爲《文章》，詩曰：「八股文章試帖詩，宗朱頌聖有成規。白頭宮女哈哈笑，眉樣如今又入時。」「朱」與之前的紅霞指的都是共產黨，宮女雖然已人老珠黃，但而今天地變了，她們的打扮也入時了。陳先生借詩諷刺某些人媚時的宗朱頌聖，就相當於八股文這樣的東西，表達他對那種毫無根據、毫無底線的吹捧和崇拜是非常反感的。這再次回應了他對於學術的追求與對於生命的要求：獨立之精神，自由之意志。

我曾經聽我的老師、中山大學中文系教授吳國欽先生說，他讀大學時，中山大學的小禮堂經常有京劇上演，陳寅恪先生身體好時也會去看戲。陳先生經常是在戲正式開始之前幾分鐘由別人推著進來，每當陳先生出現的時候，一些人就會小聲說：「那就是陳寅恪先生」，言談之中充滿了敬仰之情甚至帶有幾分神秘感。陳寅恪先生是懂戲的，但是我敢斷定陳先生 1952 年所作的一首詩肯定是要表達另一種東西，是有所指的，絕對不僅僅是要寫白娘子和許仙的事情（演示 PPT 圖片）。他說：「雷峰夕照憶經過，物語湖山恨未磨。惟有深情白娘子，最知人類負心多。」陳先生有很多的感慨，不是確有所指不會這樣寫。陳先生還有這樣的詩句：「南方亦有牡丹王」。我一直疑惑，牡丹王指的是什麼？我落實不了，也不敢輕易地落實。但我們可以思考其中的深意。中國的四大名旦有梅蘭芳、程硯秋、尙小雲、荀慧生。陳先生說男旦，所指是不是舞臺上的男旦？他說：「改男造女態全新，鞠部精華舊絕倫。」鞠部指的是戲曲界，這是說，戲曲界的改男造女的男旦現象沒有了，過去的美侖美奐、精妙絕倫的東西在戲曲舞臺上已經消失了。剛才我提醒大家讀詩要注意一些東西，比如七律，它必定在某一聯做出詩眼。七絕也經常出現一些核心句子。在這首詩中，陳詩又說：「太息風流衰歇後，傳薪翻是讀書人。」太息指長長的歎息，屈原就有「長太息以掩涕兮，哀民生之多艱」的詩句。陳先生感慨當舞臺上的男旦的風流沒有了以後，卻有一幫讀書人在政治的舞臺上很可悲地擔任著男旦的角色。這指的是誰？可不可以包括郭沫若呢？可不可以包括茅盾呢？不知道，但肯定有一幫人是這種人。

北京大學周一良教授是陳寅恪先生非常優秀的弟子，但後來被陳先生開除了師門，原因在於他進入了「梁效」，就是「清華北大兩校大批判組」。1994年，在中山大學舉辦的紀念陳寅恪先生的學術研討會上，他的很多弟子都來了，包括北京大學季羨林教授、武漢大學石泉教授。季羨林教授還作了發言，主要講陳先生的「道德」。那也是我唯一一次見到季先生並聽他講話。周一良先生因爲摔斷了腿，不能來，寫了一封書信，並請人在會上宣讀。我當時作爲一個旁聽會議的人，聽到了那封信的全部內容。在那封信中，周一良說過大意是這樣的話：我是一個不久於世的人，到現在再也沒有什麼其他的希望，只希望不久之後能在地下能見到我的老師，希望陳先生能夠再認我這個學生。話說得非常沉痛。

蔣天樞先生在1953年9月份坐四十幾個小時的火車從上海來廣州看望老師，與陳寅恪先生交談了三天三夜。談話的具體內容別人不知道詳情，但有一點是清楚的，那就是陳先生在向這個最可靠的學生交待後事。當時在中山大學還有一位陳先生的學生，那個學生後來還當了中山大學的副校長，陳先生爲什麼不選擇這位學生而偏偏選擇了蔣天樞先生呢？陳先生這是有含義的，也可以說，陳先生是看得很清楚的。我們看這首《廣州贈別蔣秉南》：「不比平原十日遊，獨來南海弔殘秋。瘴江收骨殊多事，骨化成灰恨未休。」當時師生短暫相聚旋又長久分別、而且很可能是生離死別的情境和陳先生的心境，由此詩中可以非常真切地看到。

每個時代都有一些流行或者被流行的歌曲，每個時代的歌曲總能反映那個時代的一些文化氣氛。陳先生在那個時代也可以聽到一些歌曲，不免引發了一些感想，並用詩歌的形式表達出來。如1954年的作品《聞歌》：「江安淮晏海澂波，共唱梁州樂世歌。」聽起來是一片歌舞昇平、歡天喜地的祥和、和諧情景。但後兩句又說：「座客善謳君莫訝，主人端要和聲多。」座客善於唱歌，主人讓他怎麼唱他就怎麼唱，主人想聽什麼他就唱什麼，這就叫會唱。陳先生說這個情況並不令人驚訝，「主人端要和聲多」，主人的確是需要和聲多多，最好是一唱百和、千和、無限多的和。陳先生藉此詩諷刺只有一個聲音的情況。當一個時代僅僅剩下一種聲音時，就失去了和諧。和諧必定是在眾聲喧嘩之中達成的一種美妙的、合理的「和」的效果；一個聲音不是和，不可能有和。

再看看陳先生 1956 年做的一首詩（演示 PPT 圖片）:「平生所學供埋骨，晚歲為詩欠□頭。」請注意，學生對老師的愛、保護、繼承有很多方面。1980 年蔣天樞教授為陳先生編《陳寅恪集》時，在此句詩下特別加注說明：「按詩中原缺一字，以□代之」。後來眞相大白，是「晚歲為詩欠砍頭」。因為經過了長達十年的「文化大革命」的浩劫，1980 年的中國大陸還是一個乍暖還寒的時刻，誰也不知道明天會怎麼樣？蔣先生為了讓老師的著作能夠平安出版，故意隱去一字。就這一句詩來說，隱去與不隱去實際上差別不大，因為作為七律，中間兩聯一定是需要對仗的。這首詩中，有上一句的「供埋骨」，就可以啓發讀者揣摩並知道隱去的一字可能是什麼，那必定是一個具有殺戮意義的動詞。我們從這種精心的處理中，可以看出蔣天樞先生對老師陳先生的眞摯感情和對老師詩作的精深理解。

《無題》詩講的是一個很滑稽的現象：「折腰為米究如何？折斷牛腰米未多。還是北窗高臥好，枕邊吹送楚狂歌。」意思是說，即使強壯的牛腰，折斷了，米也沒有因此而增多，我還是當個高人、隱者算了。1961 年陳先生的老朋友吳宓教授從重慶來看望他，他們敘舊、吟詩、論學，臨別時陳先生作了一首詩：「問疾寧辭蜀道難，相逢握手淚汍瀾。暮年一晤非容易，應作生離死別看。」陳先生的詩總是很殘酷，不留一點餘地，這說明他已經到了極其激憤的時刻。不幸的是，八年後陳先生去世，1978 年吳宓教授也黯然離世。只是到了近年，人們才重新慢慢地把這些本來就不應該忘記的優秀學者、詩人想起。

1962 年 11 月，陳先生寫下《壬寅小雪夜病榻作》:「任教憂患滿人間，欲隱巢由不買山。剩有文章供笑罵，那能詩賦動江關。今生積恨應銷骨，後世相知倘破顏。疏屬汾南何等事，衰殘無命敢追攀。」陳寅恪在《論再生緣》開篇稱自己寫此書乃是「聊作無益之事，以遣有涯之生」，還說「知我罪我，請俟來世。」1964 年，他給學生蔣天樞先生的《甲辰四月贈蔣秉南教授》中說道：「草間偷活欲何為，聖籍神皐寄所思。擬就罪言盈百萬，藏山付託不須辭。」又說：「俗學阿世似楚咻，可憐無力障東流。河汾洛社同邱貉，此恨綿綿死未休。」同年，陳寅恪在《贈蔣秉南序》一文中，陳先生表示：「默念平生固未嘗侮食自矜，曲學阿世，似可告慰友朋。」他這輩子飯沒有白吃，可是滿懷的希望沒有實現。雖然陳先生晚年在廣州度過，但始終沒把廣州當成自己的家，在他看來，他的家在北京、在杭州，所以他說「越鳥南枝無限感，唾壺敲碎獨悲歌。」

現在講最後一首詩（演示 PPT 圖片）。1965 年初，陳先生作《聞甲辰除夕廣州花市有賣牡丹者戲作一絕》：「爭看魏紫與姚黃，辜負寒梅媚晚妝。易俗移風今歲始，鬼神不拜拜花王。」過年了，大家爭看魏紫姚黃，也就是牡丹，而寒梅呢，儘管它已經把自己打扮得很嬌媚，卻無人理會。這是爲什麼呢？因爲它太孤高、太兀傲了，而今年開始移風易俗了，人們不拜鬼神改拜花王了。1964 年下半年到 1965 年初，中國大陸大力提倡移風易俗，破除迷信，陳先生的詩正好應和了《人民日報》的輿論宣傳。然而問題是，人們不拜鬼、不拜神了，那麼拜什麼呢？原來是開始拜花王了。之前講過，還是在 1913 年的詩中，陳先生曾將花王、花魁與大總統連在一起，到了 1965 年陳先生輕車熟路、故伎重演，又從牡丹、花王說起。「花」通「華」，榮也。花王的花是形聲字，華是象形字，就是一朵花盛開的樣子。可以斷定，陳先生詩中說的，我們今天不拜鬼不拜神，開始拜「華」王了，已經看出了當時中國大陸的政治走向，也是對當代中國大陸造成嚴重災難的專制的個人崇拜提出了非常尖銳的諷刺。這話在今天來說是沒有什麼問題的，但陳先生在 1965 年事情正在發生的時候就看透了這一點。這就是過人歷史的洞察力和敏銳政治感受，還有深切的現實關懷，是歷史學家對於中外歷史經驗教訓的精粹總結。陳先生不是先知先覺，而是有著先見之明的眞正追求獨立自由的知識分子。這也可以說是陳先生正直人格、愛國情懷、道德理想的詩性表現，這樣的情懷是最令人感佩的，也最具有歷史價值和思想價值。即便是在二十一世紀的今天，仍然具有動人的力量和珍貴的價值。

總起來說，陳寅恪先生以他的詩和學問詮釋了一位傳統士大夫的傲岸風骨和入世情懷，這個東西是永遠的。但是，不管他如何努力地抵抗某些異化的東西，不管他如何護持中國古典詩歌的韻律、節奏、傳統和詩史的價值，中國的古典詩歌在陳先生之後注定要走向衰落，因爲此時的文化環境與文化生態已經不適於古典詩歌的創作和健康發展。這裡我想提出的是，首先，我們應該懷有什麼樣的瞭解之同情來回顧陳先生和他的先輩們所昭示的傲岸風骨和表現出來的入世情懷？這個問題，我們可以深思。第二，陳先生對於現代西方學術思想「獨立精神、自由思想」的堅持，恰恰遇到了一個扭曲的時代，趕上了一個對於「獨立自由精神」來說非常困難的時期，所以他的精神中永遠蘊藏著一種巨大的痛苦。第三，陳先生的詩蘊涵的詩性、史實性之間存在著一種張力，這種張力在於陳先生在詩和史之中給我們留下了具有長久精神價值的一筆藝術的、思想的遺產。最後，作爲一位著名學者、一位傑出詩人，陳先生用他的詩、學問詮釋著他的生命歷程和心靈歷程，也留下了一筆永恒的精神財富。

今天，我們要思考的是，作爲對中國文化應該有所體認的年輕人，是不是應該懷著一種理解之同情去走進傳統、理解陳寅恪先生？這樣的一種心情，用司馬遷的話來說就是：「雖不能至，然心嚮往之」。

今天就講到這裡，謝謝大家！

【互動提問】

問：聽了老師的講座，我受益匪淺。陳寅恪先生無疑是愛國的，但他來到了廣州，卻給我一種貶居在此、鬱鬱寡歡的感覺。我的問題是，左老師您對陳寅恪先生這種不能以平常的心態平靜地生活的態度是怎麼認識的？

答：這個問題非常好。陳先生爲什麼離開北京？是因爲他覺得北京再也不是他能依託、生存的地方了，必須離開。他一生經歷多變，輾轉了很多個地方包括美國、英國、香港等。在二十世紀四十年代末政治局勢的變化愈來愈明顯的時候，他經過審慎考慮，最後選擇了廣州。這個選擇本身就是有意味的。廣州對於他來說是一個可守可退、卻不想進的地方。至於他的心情，我覺得陳先生在任何一個時代、在二十世紀五十年代以後中國大陸的任何一個地方，都會有這樣的心境。因爲他的文化理想和精神追求已經超越了一般的政治、民族或黨派的界限，他對文化傳統、道德理想的呵護、對學術眞理的追求極其強烈，他對中國文化前途的關切、對世界文化發展的瞭解早已遠遠超越了一般的水平。由於他太傑出、太超前，就必定是非常孤獨的。他對任何一個地方、任何一個時代都不會完全滿意，因爲他的心中總是懷有更加高遠的理想。陳寅恪先生來到廣州以後的情緒，只是一種正常的情緒反映，或者說是時代變遷、政治變遷給他帶來的必然感受。其實他眞正的感覺在於，中國政治與文化的劇變、世界的變化發展與他所守護的傳統和心中的理想信念相比，已經產生了很大的差異，讓他分明地感覺到無法適應也不願意適應。任何時代的先行者都注定是孤獨的。陳寅恪先生用他孤獨的聲音爲我們留下了意味深長的、具有符號學意義的追問空間，也留下了非常具有人文意義和思想深度思考可能。

謝謝大家！

唾壺敲碎獨悲歌
——陳寅恪先生的幾首生日詩

在經過了數十年的沉寂之後，至二十世紀八十年代初以來，陳寅恪的名字和著作再度出現並持續引起關注，以至於由此引起對其父親陳三立、祖父陳寶箴及其家族多名傑出人物的關注，這本身就是具有深刻學術史和文化史意味的，或者可以看作是近三四十年來一個值得注意的人文學術現象。

1980 年 6 月出版的《寒柳堂集》中附有陳寅恪先生及門弟子蔣天樞教授所輯《寅恪先生詩存》，然只是陳寅恪全部詩作的一部分，學界每恨不全，難窺陳寅恪詩之全貌。正如蔣天樞作於 1979 年 2 月 2 日的識語中所說：「寅恪先生逝世前，唐曉瑩師母曾手寫先生詩集三冊，一九六七年後因故遺失。現就本人手邊所有叢殘舊稿，按時間先後，錄存若干篇。藉見先生詩之梗概云爾。」〔註 1〕但是，在陳寅恪先生最優秀、最忠誠的弟子蔣天樞教授的努力下，終於促成了《陳寅恪文集》的出版。這不僅完成了已經去世了十三四年的陳寅恪先生的生前願望，而且是當代中國人文學術史上的一件具有標誌意義的重要事件。在當時的中國大陸來說，這已經是屬於非常大膽的行動，甚至可以說是具有學術膽略和政治膽識的行動。

時隔十幾年之後，1993 年 4 月《陳寅恪詩集（附唐筼詩存）》出版，收集了至今可見的陳寅恪先生自青年至暮年五十餘年的詩作，其中近半數爲首次發表，彌足珍貴。而且收集陳夫人唐筼詩爲附錄，二者合爲一集，以成完璧，

〔註 1〕 蔣天樞編《寅恪先生詩存》卷首，《寒柳堂集》後附，上海：上海古籍出版社 1980 年版，第 3 頁。

就更加値得重視。此乃研究陳寅恪其人其學其詩的重要資料，也是對陳先生的最好紀念，倘若九泉有知，老人也許會再吟「今生積恨能銷骨，後世相知倘破顏」〔註 2〕之句，破顏一笑的吧。

陳寅恪先生一再強調爲人爲學的「思想而不自由，毋寧死耳」，「獨立自由之意志」，「獨立之精神，自由之思想」，〔註 3〕他以自己的學術著作、詩歌創作實踐著畢生的追求，用心靈和生命開闢了一條獨立自由的學術之路。

陳先生被文史學界譽爲一代宗師，這端賴他的學問，更靠他傑出的學術精神和偉岸的人格力量。陳寅恪將清代乾嘉以來的考據之學發展到一個新階段，在文史研究中以詩證史，詩史互證，取得了空前的學術成就。陳寅恪的詩歌創作，也貫穿著這樣一種亦詩亦史的精神，解讀他的詩，同樣可以採用他開創的方法。楊傭子評黃公度詩嘗有云：「公詩詩史亦心史」，〔註 4〕我以爲此語也完全可以移之於陳寅恪的詩。這些詩篇也是先生留下的一部時代的詩史，詩人的心史，正是：「剩把十年心上語，短毫濡淚記滄桑。」〔註 5〕

《陳寅恪詩集》實在是一部承載歷史、昭示心靈的大書，非我之愚鈍不學所能窺其萬一。本文只試圖摘引其中的幾首生日詩，以見陳寅恪先生晚年生活、心境之一斑。此集中共得先生生辰所作詩歌五題八首，現引述如次。

乙酉五月十七日（1945 年 6 月 26 日），寅恪先生在重慶度過五十六歲生辰，作《五十六歲生日三絕》，詩曰：

去年病目實已死，雖號爲人與鬼同。
可笑家人作生日，宛如設祭奠亡翁。

鬼鄉人世兩傷情，萬古書蟲有歎聲。
淚眼已枯心已碎，莫將文字誤他生。

女癡妻病自堪憐，況更流離歷歲年。

〔註 2〕陳寅恪《壬寅小雪夜病榻作》，陳美延、陳流求編《陳寅恪詩集（附唐篔詩存）》，北京：清華大學出版社 1993 年版，第 118 頁。

〔註 3〕陳寅恪《清華大學王觀堂先生紀念碑銘》，《金明館叢稿二編》，上海：上海古籍出版社 1980 年版，第 218 頁。

〔註 4〕楊傭子《榕園續錄》卷三，梅縣東山中學民國三十三年版，第 7 頁。

〔註 5〕陳寅恪《己丑除夕題吳辛旨詩》，陳美延、陳流求編《陳寅恪詩集（附唐篔詩存）》，北京：清華大學出版社 1993 年版，第 62 頁。

願得時清目復朗，扶攜同泛峽江船。〔註6〕

據蔣天樞《陳寅恪先生編年事輯》1944 年條載：「時先生生活最困難，亦眼疾日益惡化之時。」該書 1945 年條載：「春正月，因生活艱苦，營養很差，左眼視網膜剝離加重，致失明。住進成都存仁醫院，醫生施手術亦未奏效。」〔註7〕不難想見，這對於以讀書、講課、著述爲主，以學術活動爲生命的陳寅恪先生來說，是最痛苦不堪的事。他被如此沉重的打擊壓得幾乎窒息了，時逢生辰，不但不能給他帶來一絲欣喜，家人的祝賀反倒讓他更深刻地體驗自己目盲的不幸，愈加強化了他內心深處的徹骨悲涼，以至於產生生如同死的絕望感。正如《陳寅恪先生編年事輯》中所說：「諸詩均令人讀之淒絕。」〔註8〕詩人寫下這樣的詩句，是由於內心絕望淒涼而產生的一種極度的殘酷冷漠，心頭毫無生氣，一片死寂。假如用心如死灰形容作者的心境，應該是恰切的。

然而詩人心中同時還存有那麼一線渺茫的希望和期待：「願得時清目復朗，扶攜同泛峽江船」，讓已經持續了八年的戰爭早些結束，讓自己的雙眼重見光明。這三首詩，如果說前兩首表明作者已完全絕望的話，那麼後一首還流露出一點淒慘的亮色，給詩人和家人都帶來些許慰藉，也總算讓讀者透過一口氣來。

辛卯五月十七日（1951 年 6 月 21 日），先生六十二歲生日，時已居住在廣州，有《丙戌居成都五十六歲初度有句云「願得時清目復朗扶攜同泛峽江船」辛卯寓廣州六十二歲生日忽憶前語因作二絕並贈曉瑩》詩。此處陳寅恪先生所記似有誤：這兩句詩乃先生五十六歲生日所作《五十六歲生日三絕》之三中的後二句，寫作時間爲乙酉年（1945 年），而非丙戌年（1946 年）。詩云：

七載流離目愈昏，當時微願了無存。
從今飽吃南州飯，穩和陶詩晝閉門。

扶病披尋強不休，燈前對坐讀書樓。

〔註6〕陳美延、陳流求編《陳寅恪詩集（附唐篔詩存）》，北京：清華大學出版社 1993 年版，第 39 頁。
〔註7〕蔣天樞《陳寅恪先生編年事輯》，上海：上海古籍出版社 1981 年版，第 124 頁。
〔註8〕蔣天樞《陳寅恪先生編年事輯》，上海：上海古籍出版社 1981 年版，第 124 頁。

餘年若可長如此，何物人間更欲求。〔註 9〕

又是七年過去，詩人一家又流落到嶺南，從前還有的那麼一點點「時清目復朗」的希望和期待，如今已了然無存，此時生活的基本境況就是「飽吃飯」、「和陶詩」、「晝閉門」。依舊與世無爭，別無他求，一如既往，只求內心的寧靜、思想的自由和精神的獨立。陳寅恪先生還是想盡可能地多讀些書，多從事些學術工作，「扶病披尋強不休，燈前對坐讀書樓」可說是先生當時生活的寫照。正如《陳寅恪先生編年事輯》中所說：「此詩可見先生當日生活及著述情況。」〔註 10〕此時詩人的心境雖未免仍是悲涼淒清，但因爲時間的流逝已經減輕了目盲的打擊，逐漸冷靜地體認自己的命運，他的心頭已少了些從前那種萬念俱灰的絕望，情緒似乎漸趨平和。

丙申五月十七日（1956 年 6 月 25 日），寅恪先生六十七歲生日，有《丙申六十七歲初度曉瑩置酒爲壽賦此酬謝》詩，詩云：

紅雲碧海映重樓，初度盲翁六七秋。

織素心情還置酒，然脂功狀可封侯。

（時方箋釋河東君詩。）

平生所學供埋骨，晚歲爲詩欠砍頭。

幸得梅花同一笑，炎方已是八年留。〔註 11〕

要特別提出並加以討論的是，此詩的頸聯《寅恪先生詩存》作：「平生所學供埋骨，晚歲爲詩欠□頭。」需要特別注意的是，此處蔣天樞先生特加按語說「詩中脫一字，以□代之」。〔註 12〕而《柳如是別傳》中所錄此詩，文字有些異同，詩題也有異，當係依據另一稿本，題作《丙申五月六十七歲生日，曉瑩於市樓置酒，賦此奉謝》，全詩如下：

紅雲碧海映重樓。初度盲翁六七秋。

織素心情還置酒，然脂功狀可封侯。

（時方撰錢柳因緣詩釋證。）

〔註 9〕陳美延、陳流求編《陳寅恪詩集（附唐篔詩存）》，北京：清華大學出版社 1993 年版，第 69 頁。

〔註 10〕蔣天樞《陳寅恪先生編年事輯》，上海：上海古籍出版社 1981 年版，第 141 頁。

〔註 11〕陳美延、陳流求編《陳寅恪詩集（附唐篔詩存）》，北京：清華大學出版社 1993 年版，第 99 頁。

〔註 12〕蔣天樞編《寅恪先生詩存》，《寒柳堂集》後附，上海：上海古籍出版社 1980 年版，第 42 頁。

平生所學惟餘骨，晚歲爲詩笑亂頭。

幸得梅花同一笑，嶺南已是八年留。〔註 13〕

在陳寅恪先生著作中三見此詩，三處又各有異同，僅此即可見這首詩特別重要。其他的異同此暫不具論，惟有頸聯的差異最大。美國學者余英時先生在 1982 年所撰《陳寅恪的學術精神和晚年心境》中指出：「此詩頸聯不僅對仗不工，意義不明，而且文字幾可謂之不通。什麼叫做『平生所學惟餘骨』？難道其中全無血肉？『笑亂頭』三字則根本不知所云，且不說『笑』字如何能與『惟』字屬對了。……《柳如是別傳》中的『惟餘骨』、『笑亂頭』是中共官方的改筆，故拙劣得至於不通，而《詩存》所脫一字則是蔣天樞先生有所顧忌，故意隱去『斫』字，並不是原詩眞有脫落。」〔註 14〕彼時海內外都還不曾見到這部《陳寅恪詩集》，對陳先生的其他情況也還缺少足夠的瞭解。《柳如是別傳》中此詩的頸聯是否經過「中共官方的改筆」，余先生似也沒有拿出過硬的證據，多係推測之辭。至於說編輯《寅恪先生詩存》時蔣天樞先生有難言苦衷，不得已把中間的一個「斫」（按：今本《陳寅恪詩集》作「砍」）字隱去，愚以爲結合那個浩劫剛過的特定時代，體察知識分子的猶有餘悸的心態，則此說於情理上大有可能。從當時的政治局勢和陳寅恪先生的現實處境來、學術信念、道德理想來看，其實這樣的詩句也不一定有什麼「政治問題」，大可不必神經過敏，多所避忌。詩中只不過眞實地表現了一個從舊時代過來的正直學者晚年心境的悲涼，述說著一個「文化遺民」對自己所依戀的文化傳統、道德理想的懷舊之情。

丁酉五月十七日（1957 年 6 月 14 日），先生六十八歲生辰，又恰在病中，作《丁酉陽曆七月三日六十八歲初度適在病中時撰錢柳因緣詩釋證尙未成書更不知何日可以刊佈也感賦一律》，詩云：

生辰病裏轉悠悠，證史箋詩又四秋。

老牧淵通難作匹，阿雲格調更無儔。

渡江好影花爭豔，塡海雄心酒祓愁。

珍重承天井中水，人間唯此是安流。〔註 15〕

〔註 13〕陳寅恪《柳如是別傳》，上海：上海古籍出版社 1980 年版，第 6 頁。

〔註 14〕余英時《陳寅恪的學術精神和晚年心境》，《陳寅恪晚年詩文釋證》，臺北：時報文化出版事業有限公司 1984 年版，第 39～40 頁。

〔註 15〕陳美延、陳流求編《陳寅恪詩集（附唐篔詩存）》，北京：清華大學出版社 1993

此詩的寫作時間需要稍作考查說明：陳寅恪先生的生日爲舊曆五月十七日，丁酉年的五月十七日應爲新曆 1957 年 6 月 14 日。但是此詩標題中有「丁酉陽曆七月三日六十八歲初度」字樣，即 1957 年 7 月 3 日，此日舊曆已爲丁酉六月初六日。顯然在時間上有矛盾之處，未知何以如此？或者是陳先生記憶之誤，或者是此詩作於新曆 7 月 3 日。無論如何，貫穿於詩中的，仍然是先生那難以消解的一懷愁緒和壯志難酬的感慨。這時他最爲關心的，是正在進行中的《柳如是別傳》（初名《錢柳因緣詩釋證稿》）何時可以完成；即便能夠完成，又何時可以出版。此書可說是先生晚年心血的結晶，先生的學術精神、人格情操亦由此得到充分的展現。

1962 年初春，陶鑄陪同胡喬木到廣州中山大學看望先生，談及舊書稿重印事，雖已交付書局多年，卻遲遲不見出版，先生說：「蓋棺有期，出版無日。」胡喬木回答：「出版有期，蓋棺尚遠。」〔註 16〕由此事亦可見寅恪先生對學術的一往情深。這種關切和期待實際上一直伴隨著他。此詩中所描繪的這一小景對理解此詩也當有所幫助。

《陳寅恪詩集》中所收先生的最後一首生日詩，是甲辰五月十七日（1964 年 6 月 24 日）他七十五歲時所作的《甲辰五月十七日七十五歲初度感賦》，詩云：

吾生七十愧蹉跎，況復今朝五歲過。
一局棋枰還未定，百年世事欲如何。
炎方春盡花猶豔，瘴海雲騰雨更多。
越鳥南枝無限感，唾壺敲碎獨悲歌。〔註 17〕

此詩《寅恪先生詩存》中不載，亦未見《陳寅恪先生編年事輯》提及，當屬《陳寅恪詩集》中新發表的一首詩。因而具有特殊的文獻價值，值得予以特別關注。

1962 年秋，先生右腿骨跌折，住院半年，終未復原。至 1964 年，陳先生的身體狀況仍然不佳。據蔣天樞《陳寅恪先生編年事輯》記載：「時先生已能

年版，第 105 頁。

〔註 16〕蔣天樞《陳寅恪先生編年事輯》，上海：上海古籍出版社 1981 年版，第 159～160 頁。

〔註 17〕陳美延、陳流求編《陳寅恪詩集（附唐篔詩存）》，北京：清華大學出版社 1993 年版，第 126 頁。

由兩護士夾扶起立。惜不能再如往昔由師母陪同在校園內散步矣。」〔註 18〕目盲更加足臏，對這位七十多歲的老人來說，無異雪上加霜。先生的悲涼抑鬱情懷不難想見。這就是七十五歲生日時陳寅恪先生的處境和心境。詩中述說著自己一生蹉跎無成的哀歎。其實，他已經取得了世人矚目的學術成就，還為何有如此強烈的失落感，為何這般黯然神傷呢？

愚以為，這也實在是先生心態的眞誠表白。如果他能遇上一個承平的時代，獲得安定優良的學術環境，再能有健康的身體，免除他經歷的無量多的家國之痛、流離之苦，那麼先生的學術成就豈僅如此而已？詩中也有對時局的關注，這也是陳寅恪先生一貫的特點。他從來就不是一個忘懷世事的人，究其一生，他總是將家國興亡、宇宙人生的大問題凝於心中，流諸筆端，當然更自有他的終極關懷。當然，貫注於詩中的，還是他那歷盡坎坷的內心淒涼，那無所依託的精神孤獨。他的「越鳥巢南枝」的無家吟，無歸宿感，實際上是貫穿他晚年的一種情緒。這不僅因為從北京流落到嶺南這種具體的時間空間上的變化，更深層的原因是，在陳寅恪先生的思想中，他可以依戀寄託、聊以獲得精神安寧的文化已經花果飄零，那種人文精神氛圍早已蕩然無存。種種的不幸不適，萬般的悲涼孤寂，逼出一句「唾壺敲碎獨悲歌」。這其實也是先生晚年詩文中常見的情緒，所不同者，此詩的末句一改以往的低徊婉轉，隱憂深重，寫得沉痛頓銼，鬱勃蒼涼，先生的極度痛苦、無限悲憤於此清晰可見。

筆者還想指出的是，陳寅恪先生晚年詩文中無處不在的這種淒涼悲憤，孤寂無望，雖然與特定時期的中外歷史狀況、某些人物事件有關，但這些最多只是起到一種觸發和導引的作用。深層的原因是他思想的深刻、見識的深遠、理想的崇高和信念的堅韌。他所思所懷所感的一切，已經遠遠超越了對一時一事、一朝一世、某人某物、某黨某派而發的層面。這乃是以熟稔中外古今歷史文化、洞察人情世態為基礎，傳承著中國古代士人的高貴傳統和西方近代以來的獨立自由精神，而生發出來的對中國現實與未來的深切憂患和痛苦思索。

陳寅恪先生曾自述道：「寅恪平生為不古不今之學，思想囿於咸豐同治之世，議論近乎曾湘鄉張南皮之間」。〔註 19〕在《王觀堂先生輓詞序》中又寫道：

〔註 18〕蔣天樞《陳寅恪先生編年事輯》，上海：上海古籍出版社 1981 年版，第 163 頁。

〔註 19〕陳寅恪《馮友蘭中國哲學史下冊審查報告》，《金明館叢稿二編》，上海：上海

「凡一種文化值衰落之時，爲此文化所化之人，必感苦痛，其表現此文化之程量愈宏，則其所受之苦痛亦愈甚；殆非出於自殺無以求一己之心安而義盡也。……其所殉之道，與所成之仁，均爲抽象理想之通性，而非具體之一人一事。……近數十年來，自道光之季，迄乎今日，社會經濟之制度，以外族之侵迫，致劇疾之變遷；綱紀之說，無所憑依，不待外來學說之掊擊，而已銷沉淪喪於不知覺之間；雖有人焉，強聒力持，亦終歸於不可救療之局。蓋今日赤縣神州值數千年未有之巨劫奇變；劫盡變窮，則此文化精神所凝聚之人，安得不與之共命運而同盡，此觀堂先生所以不得不死，遂爲天下後世所極哀而深惜者也。」〔註 20〕這也就是他在《輓王靜安先生》一詩中所說的：「敢將私誼哭斯人，文化神州喪一身。」〔註 21〕這種「遺民文化情結」伴隨了他一生，並留下非常悠遠的精神價值思考。

或許，陳寅恪先生的這幾首生日詩太過悲涼，太過消沉了些；或許，這幾首生日詩所反映的只是陳先生精神感受、心境處境、內心情緒的冰山一角。但是，他對家國故園、對中華文化的依戀關切歷歷在目，對人生眞理、理想信念、美好未來的嚮往可見可感，眞摯動人，引人遐想，令人沉思。因此，說陳寅恪先生的詩篇是那個時代的詩史和他個人的心史，並不是誇張之詞。這一點，通過這幾首生日詩，即可見一斑。

古籍出版社 1980 年版，第 252 頁。

〔註 20〕陳寅恪《王觀堂先生挽詞序》，陳美延、陳流求編《陳寅恪詩集（附唐篔詩存）》，北京：清華大學出版社 1993 年版，第 10～11 頁。

〔註 21〕陳寅恪《輓王靜安先生》，陳美延、陳流求編《陳寅恪詩集（附唐篔詩存）》，北京：清華大學出版社 1993 年版，第 9 頁。